水木年华

青春集

FOREVER YOUNG

火听音乐 著

SPM 南方传媒 | 广东人民出版社
·广州·

图书在版编目（CIP）数据

水木年华青春集/火听音乐著. —广州：广东人民出版社，2024.9
ISBN 978-7-218-17571-3

Ⅰ. ①水… Ⅱ. ①火… Ⅲ. ①随笔—作品集—中国—当代 Ⅳ. ①I267.1

中国国家版本馆CIP数据核字（2024）第103389号

SHUIMU NIANHUA QINGCHUNJI
水木年华青春集
火听音乐　著

出 版 人：肖风华

责任编辑：周汉飞
责任技编：吴彦斌
装帧设计：火听音乐
插 画 师：人觉社 夜半

出版发行：广东人民出版社
地　　址：广东省广州市越秀区大沙头四马路 10 号（邮政编码：510199）
电　　话：（020）85716809（总编室）
传　　真：（020）83289585
网　　址：http：// www.gdpph.com
印　　刷：深圳市雅德印刷有限公司
开　　本：787mm×1092mm　1/16
印　　张：16.5　　**字　　数**：300千
版　　次：2024 年 9 月第 1 版
印　　次：2024 年 9 月第 1 次印刷
定　　价：98.00 元

如发现印装质量问题，影响阅读，请与出版社（020-85716849）联系调换。
售书热线：（020）87716172

CONTENTS

我在清华园

2001 一生有你

CONTENTS

2002

青春正传

CONTENTS

2003
水木年华3

2004
70 · 80

CONTENTS

2006 生命狂想曲

访谈回忆录

2007 双重幻想

CONTENTS

CONTENTS

2022

手里的吉他

是治愈

世界的

枪

CONTENTS

2023/9

四方

2023/10

海峡爱情 1949

我在清华园

卢庚戌

那年夏天

很多年后的夏天，就像现在的这个时候，我都会想起 1994 年初夏的傍晚。夕阳暖暖而忧伤地照在一个瘦瘦少年的脸上，他端着饭盆，慢慢地边走边吃。透过他黑框眼镜的是柔软而迷茫的光，他望着遥远而未知的前方——那个少年是我，在毕业前夕，我就是这样散漫悠闲地吃我的晚饭。

1994年的夏天，清华80年代最后一年的入校生要离开他们读了五年的学校了。应邀写这篇文章时，我要做的，就是努力地回想，回想毕业前夕，我都做了些什么，心情又是怎样的。

和很多其他高校的学生不一样，大多数清华学子在毕业前并不是悔恨以前没好好学习，而是相反，感到“亏了”。那么喧嚣绚烂的青春年华都泡在了寂静的图书馆、实验室里，那么热情灼人的花样岁月都献给了冷冰冰的电脑、图板。该勇敢表白的为什么退却了，该接受的为什么错过了。临到毕业，恍然大悟，于是毕业前的放纵变本加厉。

他们在校门口的酒馆里大声哭泣，平时不喝酒的女生此时也不让男生，一杯酒一饮而尽。平时不敢正眼看女生，一跟女生说话就脸红的男生此刻也大胆拉着某女生的手，倾诉暗恋之苦。

他们在大草坪上彻夜歌唱，从罗大佑到齐秦，从崔健到唐朝，一直唱到嗓音嘶哑，天空发白。

他们在主干道肆无忌惮地走着大横排，齐唱《北京的金山上》。

他们在女生楼前大喊大叫，有人失声痛哭，还有男女生热烈拥抱在一起，尽管他们不是恋人。而我，似乎是一个游离的人。毕业前，我在学校附近租了一间小屋。每天约一些朋友弹琴唱歌。我们依然满不在乎地在走廊里吹着口哨，依然留着半长不短的头发，依然穿着油彩斑斓的牛仔裤、高筒靴，依然反穿T恤……

那年夏天，我和几个要好的朋友常去圆明园画画。带着啤酒、吉他和颜料，我们上路了。一路飞骑到园里。那时，圆明园可以七拐八拐地免费拐进。我们会在河边找个地儿，有水有树，摆好家什开画。我常常三下五除二把颜料涂到画板上，然后懒洋洋地往地上一躺，闭上眼睛。阳光透过眼睑，面前是一片橙黄的世界。我的未来是什么颜色？我的青春是什么颜色？

等到大家都画完了，就围成一圈，喝着啤酒，弹起吉他，狂热地嘶吼。现在想起来，那时竟不知道约女孩同去，颇有些遗憾。

最搞笑的是，我们把崔健的《一块红布》与一首儿歌串起来唱。当很沉重地唱完“你问我看见了什么，我说我看见了幸福”，突然一顿，然后欢快地唱起“幸福在哪里呀，幸福在哪里呀……”

酒喝得差不多的时候，我们跑到树林里集体“放水”。

毕业的那个夏天，我们爱做的事还有一件——去北大看女生。

北大的校园好像就是为谈恋爱而建造的。绿草坪上、未名湖边经常会看见三三两两的女生悠闲漫步。遇见了看起来很舒服的女生，大家就互相推搡：

“你上。”

“你上。”

“同学，我们好像在哪里见过？”（太俗）

“同学，能聊一聊天吗？”

“我们不认识。”

“现在不就认识了吗？”

“你是哪个系的？”

“我是隔壁学校的。”

被拒绝的时候是有的，大多数的时候，我们聊得还不错。北大女生还是比较大方的。聊得投机，不免往下发展。我们有说有笑，又唱又跳。直到深夜宿舍锁了大门，回不去了，就溜去我的小屋。大家实在很困，和衣而眠。天亮的时候，一同去吃早点。北大女生一边吃一边嘟囔，清华的豆浆好喝，清华的豆浆好喝。

终于到了 7 月初，我们正式毕业。

每天依然饭局不断，只是“每天都是送别饭，就是不见有人散”。7月7日是学校下令离校的最后期限，于是一整天都能看到一群群毕业生从清华的南北主干道走出去。那是一条笔直而漫长的大道。那一天，我也混在其中的一群人里，送一个同学去南方。实际上，我们班只有两个人去外地工作，其余人都留在北京了。

我们穿着那年清华毕业生的纪念T恤，T恤背后写着“We are sailing”（“我们去远航”）。那是我最爱的一首英文老歌。走在路上的心情已经记不分明：有迎接新生活的喜悦，也有离别前的悲伤，更多的还是迷惘吧，一种对未知前方的憧憬和恐惧。

那会儿我有点难过。我知道，青春的美妙在于它可以挥霍，但这样的日子，对我来说，已经不会很多了。值得一提的是，我写这篇文章的时候，突然灵光一闪，写出一首歌，很符合那年夏天的心情，就把它作为结尾吧！

今天我们要走了

走向不同的天涯

就像飘落的叶子

我们会到达

我们的理想在那里吗

它们会实现吗

我们的爱情在那里吗

它们在等待吗……

建筑系

清华建筑系馆

就像《大话西游》里面的至尊宝经常会梦见同一个地方一样，我也不时会在梦里闪过同样的场景——一个光线很暗的地方，中间一条50多米的长道，两边排满了教室，梦醒后却又想不起来这是什么地方，过了许久才缓过神——这里是我读过五年书的建筑系，在离校多年以后，我还常常想起这个给我骄傲、快乐和忧伤的地方。

我上学的时候，建筑系还在清华的主楼，八、九、十层都是它的地盘，是主楼的顶部。我还记得 9 字班的大教室在 914，入学后的第一节课就是在这里上的，时至今日，我只记得那位老师说的开场白了——“建筑是凝固的音乐”。下课后，大家一起来讨论如何成为一名建筑大师，从一位老师那里取经回来的同学说，应有“三能”素质——“能画，能说，能喝”，即“图纸画得好，口才要好，还能陪甲方喝酒”(几年后，这位“三能”老师因喝酒过量致心脏病突发离世)。

建筑系一直是五年制，到后来清华其他的系都改成四年制了，建筑系依然没变。在我们那时，建筑系是清华难考的系之一，进入建筑系的学生入学成绩相对较高，加上当时作为清华唯一与艺术相关的院系，大家不免有些骄傲。

让建筑系的学生最骄傲的，莫过于建筑系的女生了。建筑系里，女生比男生少一点点，比例大体相当。在清华这个女生“贫瘠”的土地上，已属不易，再加上与艺术相关，女孩们对于装扮开窍较早，不免让外系男生羡慕不已，虎视眈眈。记得一次学生合唱节上，很多系的女声部人数明显偏少，而建筑系一亮相，台下已是掌声雷动，一片男生的骚动尖叫之声……

由此延伸的特点，建筑系是清华非常活跃的一个系。每次活动宣传海报的美工自不必说，系里多才多艺的学生也不在少数，小品、歌舞，各种节目应有尽有。当然，上台表演的女生们也成为台下男生的评论目标，从头到脚，不一而足，掌声很多，起哄声也不少。但有一次，晚会上介绍院史时，大屏幕打出林徽因教授少女时代的照片，台下惊呼声一片，绝不亚于任何一位明星的出场……

在清华，建筑系也是相对散漫的院系之一。由于建筑学科的特点，课程平时较松，到主科设计课作业交图之前又很紧张。这时，许多其他的学科，比如什么体育课、选修我们大多不去上了，至于老师点名，则请好友代替答到，于是课堂上不时出现一人分饰两角甚至多角的声音。一次“马哲”课，明明去了不到一半人，点名时居然无人缺席，气得老师大叫“找你们系主任”。后来系里严加整顿，查处代答点名和代写作业的现象，大家总算收敛不少……

建筑系还有一个独特的场景，就是熬夜画图。由于设计课程平时不算太重，大家能省力则省力，到了交图时工作量可就大了，除了大量墨线图，还有费时费力的水彩渲染图。交图前，大家聚在“专教”里，平时散漫的学生这时也不敢怠慢，教室里人声鼎沸，喧哗声，唱歌声，口哨声，此起彼伏，更有人撕心裂肺唱一句“谢谢你给我的爱”，有人阴阳怪气地接一句“今生今世我不忘怀”，然后是众人哄笑，一时间好不热闹。

渐渐到了半夜，困意袭来，体力也渐渐不支，声音渐渐减弱，有人卧案而睡，有人开始喃喃自语，有人已开始胡说八道起来。

眼见情景不妙，有人放起老崔的音乐，“一二三四五六七”，随着激烈的节奏，男生们立刻精神抖擞，又不知是谁的意见，齐齐脱去上衣，一片“排骨林”，赤膊上阵……

战斗至天明，基本大功告成。于是大家一起去“大学生之家”吃早点，看着渐渐升起的太阳，互相低语“今天又吃上早饭了”……

关于建筑系的特色，一直是建筑系学生们津津乐道的话题，这里面不免有些自得的成分。很多年以后，我还记得一位师兄说过的话：对于每个建筑系的毕业生，读建筑系可能会后悔，不读建筑系肯定会后悔。

23号楼236

我从不用担心阳光会在某个早晨打在我的脸上，让我不得不睁开双眼赶赴课堂。大学五年，我住的 23 号楼 236 宿舍，面朝北方。很多时候我总是赖在被窝一直到 11 点，然后快速爬起，收拾收拾冲向楼下的食堂。

记得刚入学时，来到 23 号楼报到，学长学姐讲这是清华这么多年来的第一座新楼，就让咱们建筑系占了，一种优越感顿时生起。等分了宿舍，才发现令人欣喜的是我们宿舍居然只有四个人，而其他宿舍都是六个人，更值得庆幸的是：宿舍在 WC 的隔壁，而不像我班的另一寝室 231 那样面对 WC 。

宿舍里 6 张床，三上三下，只有 4 人，于是拆空 2 个下铺，安上书桌，一人一个小空间，很是惬意。大家很快排定了值日表，可是整洁的环境没有维持多久，拖鞋袜子很快乱飞起来。要是哪天房间突然干净了，不用问，肯定是某人请了女生来而不得不打扫的。既然是男生宿舍，美女像必不可少。斜下铺的兄弟贴上了周慧敏的头像，后被大家笑话，换上了翁美玲，而到了高年级后，这些头像统统不见了，取而代之的是崔健、Beatles 和 Bon Jovi……

在 236 房间以东，住着全体建筑系 89 级的男生，而以西住着 85 级的一个班。这一层的中间有一个大的活动室，是公共活动用的房间。在这间屋子里，大家经常举办各种活动，像什么班级舞会、年级画展等，当然在更多的时候，它被我们占为排练室。几个志同道合的“水房歌手”凑在一起，扯开嗓子，拨着吉他，这个时候，通常就会听到远处传来的大声：“别唱了，还让不让人活了？!”

这个活动室经常也是我们熬夜画图的地方。每次交图前，大伙儿都会从水房把电源线拉进中厅，挑灯夜战。一次正赶上有球赛，有人把一个小电视搬了进来，一时间屋子里挤满了球迷，图也顾不上画了！“臭球！”“快传！”呐喊声不绝于耳。那场球中国队当然又输了，气愤之余，大家拿起汽水瓶、啤酒瓶向楼下砸去……

23 号楼的西面有一条小河，东面则是学校的第 14 食堂。每到吃饭的时间，总是一片热气腾腾、人头攒动的景象。有人拿着饭盆儿打了饭，边走边吃；有人拿着外文书，边看边吃，有的人大声吆喝；有的人一声不吭，闷着头猛嚼……而这个食堂最大的特色就是几乎没有女生——这里远离女生区，加之本来女生就少，偶尔如有女生来吃饭，必然会成为焦点，吸引一群目光，之后又免不了一阵小声嘀咕：“脸太长”“腿有点短”……

那时，除了吃饭，清华食堂的另一种功能是用来做舞厅。每到周末夜幕落下的时候，食堂里闪烁着五颜六色的灯光，这会儿忙碌了一个星期的学子们就会从学校的四面八方涌来。除了每周的舞曲，食堂偶尔也会举办一些特殊节目来招揽生意，比如举办抽奖活动，或请校园歌手来助兴。当然，最管用的还是在宣传海报上写上“特邀北大、人大、北师大女生前来联欢”，自然，当晚食堂里人满为患。

236 宿舍的其他人都是北京的孩子，每到周末的时候，他们大多都回家去了，房间里只剩下我一个人。在这段时间里，我通常拿出喜爱的书慢慢地读起来，苏童、余华、阿城相继把我带入他们编织的虚幻的人生世界里，而海子、顾城又会启开我的思绪，带领我进入另一个漫无边际的自由空间。

有一次，灯熄了，我点亮了蜡烛，没想到读着读着就睡着了，睡梦中被烟气熏醒，原来蜡烛烧到最后，点燃了旁边的纸张，好在火不算大，让我虚惊一场。睡不着觉，向窗外望去，满天的星斗，一时间，我竟忘了我在哪里……

建筑系宿舍

大草坪

站在大礼堂前一片葱葱的绿草坪旁，我的双眼被一个小标牌吸引，上面写着“青青的草，怕你的脚”。夕阳的光是那么的美好，而这片草坪再也没人上去了，再也没有那些引吭高歌的歌手，那些手捧诗稿的诗人，那些相拥相依的情侣，那些落寞一人前来散心的学生…… 而那些草坪上的歌唱，那些只在这片草坪发生的故事，再也不会有了。

这里曾有一片歌声。每到傍晚，就会有校园歌手弹起吉他，展开歌喉，歌声顺着草坪向四周散开，渗入每个人的心里。那歌声也进入我的耳朵。那时刚刚入学的我，被这种声音深深地打动。我多想能和他们一样，大声唱出来。可那时羞涩的我，只是默默地听着，一圈又一圈地绕着草坪静静走着……

很快，我挤出了一些生活费，买了把二手吉他，开始学唱。没有几个月，居然很像一回事。终于有一天，我也拿起了吉他坐在了草坪上。偶尔会听到有人叫我“校园歌手”，表面不动声色，心里却欣喜异常。很快，去草坪唱歌成了我生活很重要的组成部分。

有时，我一个人去，静静地弹着唱着，大多时候，我会和朋友们一起来到草坪。我们扛着吉他，迎着夕阳，让风徐徐吹过领口，从宿舍一路走过来。到了草坪，我们围坐一圈，一人一首轮流弹唱，四周不时会有三三两两的人加入，很快地，欢声笑语热闹起来。当夜幕降下的时候，我们点上蜡烛，打开啤酒，在晚风的催化下，音乐和啤酒有效地刺激了我们的神经，让我们体验青春的激荡，忘却莫名的忧伤……

那个时候，在这片草坪上，让我们认识了不少的朋友，只要说一句“能一块唱歌吗”，陌生人会变成朋友，许多校园歌手就是这样相互认识的。每隔一段时间，大家就汇聚在草坪，交流一下自己写的新歌。

这片草坪真的是校园歌手们的舞台，校园民谣的主将们（沈庆、郁冬等）都在这里唱过他们的得意之作。在《同桌的你》和《青春》没有正式发表前，草坪上已留下他们的歌声，这些歌很快被学会，并在校园里传唱开去。那时，我静静地听着他们的歌唱，幻想有一天，我也写出这样的歌……

直到今天，我也没有弄懂，为什么这座以“严谨、求实”而闻名的理工科大学会产生这么多的校园歌手。入学时，一个初秋的阴雨天，我怀着当一个科学家的理想走进这所学校，而 1994 年当我在一个仲夏的炎热天离开它时，我的愿望是做一个自由自在的歌手。谁也无法说清楚五年的熏陶会给一个成长中的少年多大的转变。不可否认，是清华独特的校园气质，对我产生了剧烈而深刻的影响，而我真的想知道，这里面草坪文化又占有多少分量。

清华大礼堂前的草坪

去北大

1992年的一段时间里，北大32号宿舍楼附近的小吃店靠窗的位子上，经常会坐着几个侃侃而谈的年轻人，他们是我北大的那些朋友——朱、阮、杨和巴特尔。那时候，我经常从清华游荡到北大和他们混在一起。我们会从美国经济谈到台湾问题，从二环的交通建设谈到学生的食宿。当然，最后的话题一定会归到女生们身上。这时他们会说："清华的男生，在对女生方面，不入门……"于是，我就洗耳恭听。

对于"钓"女生，杨的"理论"是分为三种类型。一曰"直钩型"，即此人魅力极大，女生会主动投怀。二曰"弯钩型"，采用一定技巧使之"上钩"。三曰"渔叉型"，死缠烂打穷追不舍。问他属于哪一种，答曰，混合型。

巴特尔的"经典战例"是，在校园漫步遇见相貌不错的女生时，他会不失礼貌地上前自我介绍："我是校园歌手巴特尔，我可以为你唱支歌吗？"于是，一周之内他有六次不同的约会。而朱则是另外一种情形，他会站在女生楼前向某窗口大喊："某某，我帮你洗衣服来了。"声音大得足让全楼的女生都听见，姑娘的虚荣心得到了极大的满足，于是，相貌平平的阿朱战无不胜……

当然一番理论之后，我们就会进入实战阶段。草坪是大家常去的地方，北大草坪的空气似乎更慵懒，总有三三两两的女生围坐一起，一听到吉他声或接到我们邀请，她们就会围坐过来，或者干脆坐在你身边，静静地听，间或用明亮又闪烁的眼睛看着你。

不过例外的时候也是有的。那天北大图书馆东边的草坪（现在已经没有了），一群女生围坐一起轻轻地唱歌，"让我们自由自在地恋爱"，歌声顺着空气飘来。于是有人提议请她们过来，众人推推搡搡，最后责任落在阮身上，他先是大喊一声："姑娘们，过来一起唱吧！"那边马上静下来，阮正要前往邀请时，女生们突然站起来，正当我们以为她们要不请自来时，"哗"的一下，她们作四散奔逃状。一时间，大家面面相觑……好不丧气。

除了草坪，心血来潮的时候，我们偶尔也会去女生宿舍楼下唱歌。在一个月亮很圆的夜晚，大家来到32楼下的花架下面，大喊一声："女生们，我们来唱歌啦！"说罢，拿着吉他，扯开嗓子开唱。

这时候的歌唱，一般都以齐秦作开场，中间则是大佑延伸，而达到高潮时候则以老崔作嘶喊情绪。一曲结束，上面开始响起掌声，楼上的窗户有打开的声响，再过一会儿，楼上的窗陆陆续续都打开了，再过一段时间，上面开始有人点歌了。远听不过瘾，上面也有不少女生下楼，静静站在我们对面，听到动情处，有的女生则默默地流下眼泪。等到半夜时分，校保安到来，驱散人群，没收吉他，于是演唱会告终……

很久没有回学校了，也好久没去北大了，据说现在清华北大的学生正在网上展开论战，一边说把北大变成清华的“燕园分校”，一边说把清华变成“北大的工学院”。其实，作为一个清华学生很是羡慕北大活跃的人文气氛，两个学校各有所长，感觉不同。于我而言，打个比方，清华是“老婆”，北大像“情人”。

我在
清华园

我爱摇滚乐 / 我喜爱的西方十大经典曲目

写下这个题目的时候，我仿佛看见多年前的一个下午，自己骑着一辆破单车来到五道口那个“打口”磁带店，钻进低矮的小屋，经过一番讨价还价，买下一口袋旧旧的带子。回来的路上，我撒开车把，吹着口哨，就好像通过了一场大考。

很多年过去了，大部分专辑已不知去向。而留下的则是让我时时在夜里聆听的不灭旋律，即使现在，每当听起它们，仍会激起我一种如青春一般的悸动。

1. Beatles ——“Norwegian Wood”（关于迷惘）

或许你听过伍佰那首《挪威的森林》。
或许你看过村上春树那部《挪威的森林》。
19 岁的时候，我听到这首 Beatles 的“Norwegian Wood”。

在 George Harrison 西塔尔琴伴奏下，John Lennon 缓缓唱出一段似有似无的爱情故事。歌中唱道：“我曾经拥有一位姑娘，或者说她也拥有我……她带我来到她的房间……第二天一早，姑娘不见了……”爱和欲都在这优美的旋律中散去了，留给我们更多的是迷惑——没有人知道爱的真相，没有人知道生命的意义。

多年以后，想着青春已逝，感情轰轰来过去过却对爱浑然不知，我知道，我已经迷失在这片森林里。

2. Sting ——“Fragile”（关于脆弱）

“一次一次雨落下来，就像星星的眼泪，就像星星的眼泪。一次一次，雨会说，我们多么脆弱，我们多么脆弱……”

音乐诗人 Sting 用他的弗拉门戈吉他为我们营造这样一个氛围，无论一个人外表是多么坚强，他的内心依然有无法逃避的脆弱。

学生时代的阳光和雨水，似乎在记忆里，是那么的多，心情时而是万里无云的狂喜，时而是愁云密布的悲伤。而对于我，经过这么多年的风雨阴霾，心底却依然脆弱如昨。

3. Rod Stewart ——“Sailing”（关于自由）

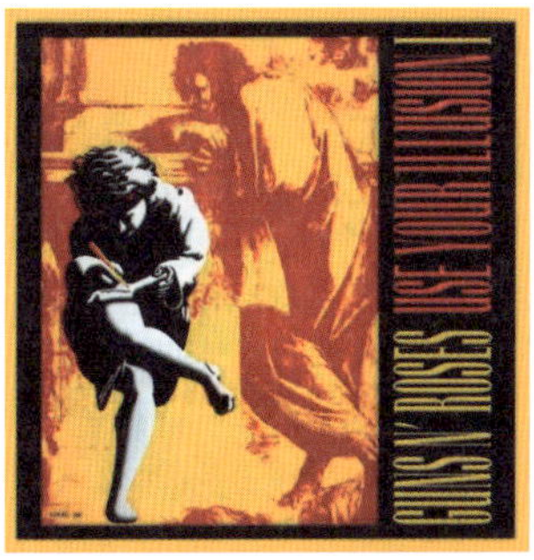

有一种鸟，它可以飞到任何地方，但是它没有脚，所以，它不可以停留，一旦停下来，它就会死……

这是王家卫眼中的自由。而歌手 Rod Stewart 这样唱道：“我在飞翔，就像一只鸟，穿过天空，掠过云层，去靠近你，靠近自由。”

自由是永不停息地飞翔。自由是永不停止的漂泊。它不能停下来，我们只能无限地接近它，却永远也得不到它。

每当我唱起这首歌的时候，我总是希望自己的嗓音沙哑一些，再哑一些……

4. U2 ——“I Still Haven’t Found What I’m Looking For”（关于寻找）

在排山倒海的失真吉他声中，Bono 呐喊般唱出“我依然没有找到我想要找的东西”，一遍又一遍。而我的心房一遍又一遍地被敲打着。

小时候，我经常要找的是一本小人书。大了后，要找的换成了可爱的女孩。再大一些，我知道我要找的东西被人们称为“理想”。一直以来，我都在寻找。因为找到一个目标以后，发现自己想要的又转移了。

每个人都在寻找，似乎没有人能真正拥有。

5. Guns N' Roses ——"November Rain"（关于绝望）

许多时代可以忽略，但金属时代我永远不能忘记。那是一个点燃我少年血的时代。皮靴，牛仔裤，长发，每个少年都想在梦里回到唐朝。

1993 年秋天，我记住了 Guns N' Roses，也记住了这首《十一月之雨》。Axl 唱道："多么的困难，在十一月的冷雨中去燃烧一支蜡烛。"

这样的爱，无限伤悲；这样的金属柔情，无法抵挡。

6. The Rolling Stones ——"As Tears Go By"（关于忧伤）

"一天傍晚，我坐在这里看孩子们玩耍。看见他们的笑脸，想着我却再也找不回那样的笑，忽然间泪水滑落……"

狂暴的滚石在这里展示了他们的另一面，无尽的哀怨和无限的温柔。

青春期的男孩，泪水藏在心里。听到触及心灵的歌时，泪水会默默流在心田。对于 20 世纪 70 年代出生的那批人来说，忧伤是一种享受，也是一种奢侈。

7. Simon & Garfunkel ——"The Boxer"（关于挣扎）

一个穷孩子背井离乡来到都市，为了生计成为一个拳击手。被人打倒还得一次次爬起来，心中喊着"我要离开，我要离开"，可最终还是留了下来。Paul 讲述了一个真实的美国梦。

是那么爱听 Paul 讲故事，在他们天衣无缝的和声里，我一次又一次地沉迷其中。

年轻，永远是做梦的时节，而实现梦想的过程，是内心的挣扎和冲突。

忽然想起那些在美国的老朋友，你们还好吗?

8. Dire Straits ——"Why Worry"（关于希望）

在缓缓地双吉他加上浪漫的电子合成器音色下，Mark Knopfler 告诉我们"世事大抵如此，痛苦过后会有欢笑，阴雨过后会有阳光，所以请不要忧伤"。

是啊，为什么忧伤呢? 有时候自己也不知道为什么。年少时的忧伤有时是无缘无故的。对未来的莫名恐惧还是对爱的患得患失，不用管它，忧伤的时候，还是听音乐吧。

9. Scorpions ——"Still Loving You"（关于激情）

声音高亢有力的蝎子，犹如一枚银针划破夜空，刺向无尽的苍茫。他们不需要太多华丽的语句，他们只需简单有力地唱着"我依然爱你"，就足以让每个少年怦然心动，血从脚底涌到脸上。

想起那个时候，在校园里信步的路上，我会突然大声唱起来，每每引来路人惊诧的目光。青春期还是不需太多掩饰，有激情就喊出那个字吧！

10. Don McLean —— “Vincent”（关于孤独）

你看过凡·高那幅《灿烂星夜》吗？

这首歌就是献给——荷兰印象派画家——凡·高的。Don McLean 只用一把原声吉他就把我们带入凡·高色彩浓烈的画中——夏日炽热的光芒，冬日皑皑的白雪，歌声让我们去触摸到凡·高爱与孤独，美与痛苦的内心世界。

不管什么时候，无论任何地方，每当听到这首歌，我的心就会安静下来，去感受另一颗孤独的心的跳动。

刘征 摄

有书入梦

上学时，我养成了一个习惯，就是在入睡前一定要看本书，迷迷糊糊中让书盖住我的脸，这样我会睡得很香。于是，那些有趣的无聊的文字断断续续涌进我的大脑。很长的时间过去了，有些文字沉淀下来，留在了我的记忆深处。

1. 余华《河边的错误》（小说集）

这是一个余华在他摇滚时期的作品。这些小说充满了诡异的暴力和唯美的血腥，小说里的人物可以简化到一个符号，甚至可以用数字来代替，而事件鲜活如匕首。它们（《鲜血梅花》《古典爱情》……）适时勾画了我当时的心情——内心叛逆，追求刺激。又过了一些时间，读到了那本让我流泪的《活着》，而余华也凭着这本书从另类走向主流，再后来又听说他结婚生子而且又喜欢上了古典音乐——正如某些有品位的成功男人。

2. 王朔《动物凶猛》

刚刚上大学就看了电影《一半是火焰，一半是海水》，对其情节半信半疑，开始注意到王朔这个“痞子作家”。斜下铺的哥们天天吃饭时看他的书，还不时大笑把饭喷出来，可我读完《动物凶猛》却一点也笑不出来。少年青春期的冲动是一样的，不管你在哪个时代，在长大成人的过程中，我们都需要爱，一种来自异性的神秘的冲动。

后来看了《阳光灿烂的日子》，竟发现自己和夏雨有点像，尤其是骑单车的姿势。

3. 海明威《老人与海》

很小的时候读过连环画版《老人与海》，画中的老人有点瘦但很有肌肉。后来再读到这本书的时候，总会想起画中那个高举钢叉的老男人，他逆着光，但是目光坚定，当老人凭着个人的勇敢，艰难闯过一个又一个关口，到最后却只能徒劳而返时，我差一点哭了。或许，这个世界是无情的，到头来，陪伴每个人的只有孤独。

4. 苏童《井中男孩》

据说苏童的这篇小说是海外某大师作品的仿写，当然这不妨碍我对它的喜爱。小说里的故事就发生在大学里，仿佛身边，男孩对爱、对性、对未来的冲动和渴望如同自己当年一样。

很多年以后，我再回忆这篇小说，总会在脑海浮现一个画面：在一个深夜里，我一个人照着镜子，不知道孤独是什么。

5. 村上春树《挪威的森林》

1992 年的夏天，我在一个书摊上看见这本今天被奉为小资经典的书。书的封皮是一个半裸的女人，上面印着一些有诱惑力的文字。我拿起一翻，没有找到想象的文字，却找到了让心灵久违的感动。

一个男孩，两个爱情故事，三个亲密的女人，最后还孤独和迷惘，正如 Beatles 的同名歌。

6. 钱锺书《围城》

大二的下学期，文学社的兄弟姐妹们在 3 教的一间教室里，用了整整两天的时间，把这书接力读了一遍，我一直在下面坐着，静静聆听，听他们的朗读声及周围不时发出的笑声。很多年过去了，我们的钱老学长已离我们远去了，但他给我们留下了他的睿智和幽默。

7. 海子《海子的诗》

1989 年的 3 月，海子用生命写出他的最后一个诗篇——他在山海关卧轨自杀。每当读到他的《面朝大海，春暖花开》，都忍不住地激动。在这个世界上，他告诉我们，生命是用来发光的，死并不可怕，它只是生的一种延续。

8. 凯鲁亚克《在路上》

“我还年轻，我渴望上路。”

“我在 10 月回家，人人都在 10 月回家。”

这是“垮掉的一代”的语言，它激励每个人去向往自由，敢于冒险，勇往直前。我们可以穷困潦倒，但精神不能垮掉。我们永远向命运挑战，永远“在路上”。

9. 卡夫卡《变形记》

写小人物故事的小说有很多，但用如此鲜活、荒诞的手法来写却只此一篇。一个小职员早上醒来，突然发现自己变成了一只甲虫，于是他发现了一个真实的世界。故事给当年的我留下极为深刻的印象，以至于一段时间里，早上醒来时，我习惯性地看看自己的腿变细了没有……

北京一夜

山水音响里的CD还在放着歌声，在这个灯火阑珊的夜里，在亚运村一栋高楼的一间小屋里，陈升那个不算太老的男人的声音刮着我。“one night in beijing，我留下许多情”，歌中那个女声不知道是谁，两个喃喃着，而此刻我只感觉到一种孤独，一种难以名状的孤独……

还记得那天晚上，三里屯酒吧的那个女子吗？我突然想起很多王家卫的电影。

不知道是她一次又一次地提起村上春树的哪部小说，她用纤细的手指夹着香烟，偶尔弹一下烟灰，她的动作是那么的娴熟，非常符合她某外企白领的身份，她说她喜欢《挪威的森林》里的绿子，敢爱敢做，她说她不会像《情书》里的博子那么倔愚，一定要找到和他一模一样的藤井树。

她时而略作沉思，时而轻轻地微笑，当聊到小说的性描写时，她神情自若，不知道为什么，我满脑子都是《重庆森林》里的镜头，我装作认真地听，实际上想起林青霞戴着墨镜在午夜游荡，及那时的话外音：“每一次穿雨衣，我都会戴太阳眼镜，你永远都不会知道什么时候会下雨，什么时候出太阳。”

我想起在那个酒吧里，金城武偶遇林青霞，他上前跟她套瓷。

“我可以坐在这边吗？”

“这么那么多位子，你干吗一定要坐我旁边呢？”

“因为我看见你……很寂寞啊！”

哦，我知道了，我跟她聊天，她跟我聊天，因为我们寂寞，我们体内有某种东西需要释放。

那天什么时候回的家，我忘记了，但肯定是12点钟以前，因为我赶上了我们这座楼的末班电梯。那个晚上，我睡得很香，梦里好像回到了中学时代，我趾高气扬地看着学校排名的大榜单……

我再一次向夜望去，感到好像有人在笑我，我知道我在期待一种相识。我看了一眼钟，12点，我知道我犯懒了。

去厨房泡了一碗面，加上点香菜叶，放在桌上，一边唱一边打开电脑，各大网站首页都在评论“为远华案某歌星避讳是不是中国特色”，有人回“不点某歌星的名是社会成熟的表现”，有人则愤愤不平，破口大骂。打开一个聊天室，打上“罗大佑”的名字，可是没人理我，换了一个“张信哲”重新进入，还是没有人理会，索性改为“我爱狗狗”，刚一进去。就有几个人上来搭话“你很喜欢狗吗？”“你家养几只狗？”“你和狗有什么关系？”聊了一阵，感到无趣，于是断开电脑，专注把那一碗泡面吃完。

现在，凌晨 3 点，窗外那么沉寂，夜是那么宁静，那么美好。Beatles 又在屋里不停息地飘扬起。

看看钟摆，我猛然发现自己再也不像以前那么平静了，纯真的日子再也不会出现在我身上了，童年的风筝飞到哪里了，曾经那么痴情爱过的姑娘她去了哪里，我在长大吗？我正在渐渐变成那个以前拒绝成为的大人……不知不觉，我渐渐睡去。

晚安！和我一样正在熟睡的北京人。

刘征 摄

关于创作

我试图去描述写歌，那是一种美好的孤独。

写歌开始是一股冲动，心里大体有个想法，想把它写成什么，但到底能写成什么，只有完成才知道。

创作的过程，好似一个人在一条长长的隧道里往前走，四周漆黑一片。只有遥远前方的出口透过一丝光亮。过程是痛苦的，走出出口的刹那是快意的，回想起来是美妙的。

创作的过程让我打开我的内心，有时候，写成的东西可能违背了初衷。这是对的，我发现了自己真正的内心。创作使我更加接近自己，接近自己的心灵，接近自由。

写歌的人多少都有一些受虐的倾向，受的是自己精神上的虐。自己被困在自己的精神枷锁里，努力想挣脱。挣脱的过程，完成了创作。

用了五年的时间来学习建筑，对我的音乐影响很大，建筑又称“凝固的音乐”，讲究感性和理性的有机统一。做一个好的设计，需要仔细地推敲，这使我写歌的态度很严谨。一个作品我会用很长的时间，去琢磨、去修改、去完善。创作的最初是感性的驱使，后期就必须靠理性来完善，从这点来说，艺术的创作是相通的。建筑对我的影响体现在另一方面是合作的态度，作为一名建筑师需要和各个工种合作，这让我学会与其他音乐人沟通 ，包括与监制、编曲、制作人等合作，认真听取他们的意见，认同该认同的，坚持该坚持的，这样才能做出更好的音乐。

2001

一生有你

2001-9-26发行

一生有你 01

轻舞飞扬 流行版 02

美丽人生 03

墓志铭 04

中学时代 05

老屋 06

今天我们要走了 07

水 08

快乐园 09

四月物语 10

轻舞飞扬 古典版 11

蝴蝶花 12

I LIFE TIME WITH YOU

一生有你·音乐札记

"我已经老了……"
翻开杜拉斯的《情人》，开篇我便震惊了。
里面所有的语句勾画让我感到一个女人对衰老的抗争，和她散发的不亚于年轻女人的魅力。
容颜会老，但对真爱的渴望永不会老。在我看来，真爱是一种执着的忧伤，要不它什么也不是。
现实里虽有爱，但还是让我们去歌里找吧。

许多年以后，再回想起来，那更像是一幅图画。夕阳西下，在水木清华园的草坪上，两个清瘦的少年拿着吉他，唱着自己的忧伤和快乐……这就是我和李健。无数个年轻的日子里，我们就是这样挥洒着自己的青春。可当我们还没有看清青春的模样，它就渐渐开始褪色。彩色的现实似乎远没有黑白的记忆那样美好。

还好，我们都没有放弃那个曾在心里喊了多少次的叫做理想的东西。多年以后的今天，我和李健又走到了一起。为了纪念那个给我们成长刺痛和激情的水木清华，我们决定把这个组合叫"水木年华"。我们知道，我们一直在反复吟唱，而挥之不去的是青春的一种原始冲动——迷惘。

水木年华——两位毕业于清华大学、酷爱音乐的才子。他们的组合不是偶然的，对音乐的执着、对生活的热爱，在清华默然的熏陶中，卢庚戌、李健如约走在一起，他们从大学中的惺惺相惜到签约后的相得益彰，无不向我们展示着过人的才华与人文的风范。在李健沉静忧郁的嗓音中，冷艳华美的气质瞬间显现，在卢庚戌热忱沙哑的演唱里，往事的追忆扑面而来，令我们的心怦然而动。在他们和谐的编排下，水木年华拥有了属于自己的光辉。在他们身上，我们同样看到了深厚、和谐、高贵和阳光，这些优秀属于水木清华，这些优秀同样也属于这支正积极进取的新组合——水木年华。

聆听，一生有你

《一生有你》—— 本专辑中最令人心动的首选。富有弹性的钢琴前奏响起，给人以冲动又令人沉浸其中，从最初的感伤到感怀，忘记的，是动人的歌词与自然的旋律；留下的，是晶莹的泪水与青涩的笑容。

《美丽人生》—— 贯穿在拉丁风格下，“水木年华”彻底放纵了一回。“我是飞象，我是海鱼，我是我想变成的东西……”一连串充满新疆风情的叹声词，让欢乐更增添了一丝西域色彩。

《墓志铭》—— 整首歌歌词只有短短四十三个字，却字字珠玉，句句生辉。“我有两次生命，一次是出生，我有两次生命，一次是遇见你。我爱这世界，因为我爱你。我爱这世界，因为你爱我。”在一片清脆的木吉他铺陈中，在一场喧嚣的失真吉他烘托中，“水木年华”冷静但绝不冷漠的声音，像地下灼热的岩浆，随时都在准备喷薄而出。它毫无顾忌地肆虐着我们，鞭笞着我们，令我们久被封闭的心像熔岩一般冲出。

《中学时代》—— 青涩如苹果。清新的歌声中充满了疑问，我们听到了跳动的音符与迷恋。朦胧交织着躁动不安的心情故事，真情倾吐中学男女生的恋爱方程式。

《老屋》—— 没有情绪的起伏，只有沉淀的温暖。在那间歌中的老屋里，时间停止。在极为和谐准确的和声中，所有的那人、那事、那日子，只存在于我们的记忆中。

《今天我们要走了》—— 现代版的毕业歌。走向何方，需要多久，这不是我们面对的问题，因为我们无法回答。但是，我们选择走出，因为我们渴求梦想，渴求希望。

《水》—— 本专辑中极具代表性的浪漫唯美之作。旋律如行云流水般流畅，通透自如，跳脱于卢庚戌以往的作品，音乐极具质感，有水滴滑过肌肤的清凉柔软之感。

《快乐园》—— 一首放肆于城市边缘的青春之歌。轻松快捷的节奏，无法抑制的年轻的灵魂，在都市的上空飞扬。在简单中感受快乐。

《四月物语》—— 本专辑中的一首“另类”曲风歌曲，也是一首有着淡淡的日本小调风格的歌曲。细腻丰富的嗓音中别有一丝忧郁的气质。不觉中会有种“晕眩的我沉醉在你的笑容里”的感觉。

《轻舞飞扬》—— 这首将收录在电视连续剧《第一次的亲密接触》中的歌曲，也是本专辑中唯一拥有两个版本编曲风格的作品。李健编曲的流行版充满了个体的忧伤，大量风琴的运用突出了自我的灵动与歌曲本身的哀怨，而小柯编曲的古典版却突出了歌曲的典雅与悠扬。不论哪一种编配，听着一遍遍的“轻轻飞舞吧，轻轻飞舞吧”，总不自觉地心酸，“我是爱你的孩子静静成长，直到脸上写满了沧桑……”不禁让人想起那句话，等待使人苍老，思念使人迷茫。

一生有你 / I LIFE TIME WITH YOU

卢庚戌 词/曲

原曲 A调 | 选调 G调 | Capo 2

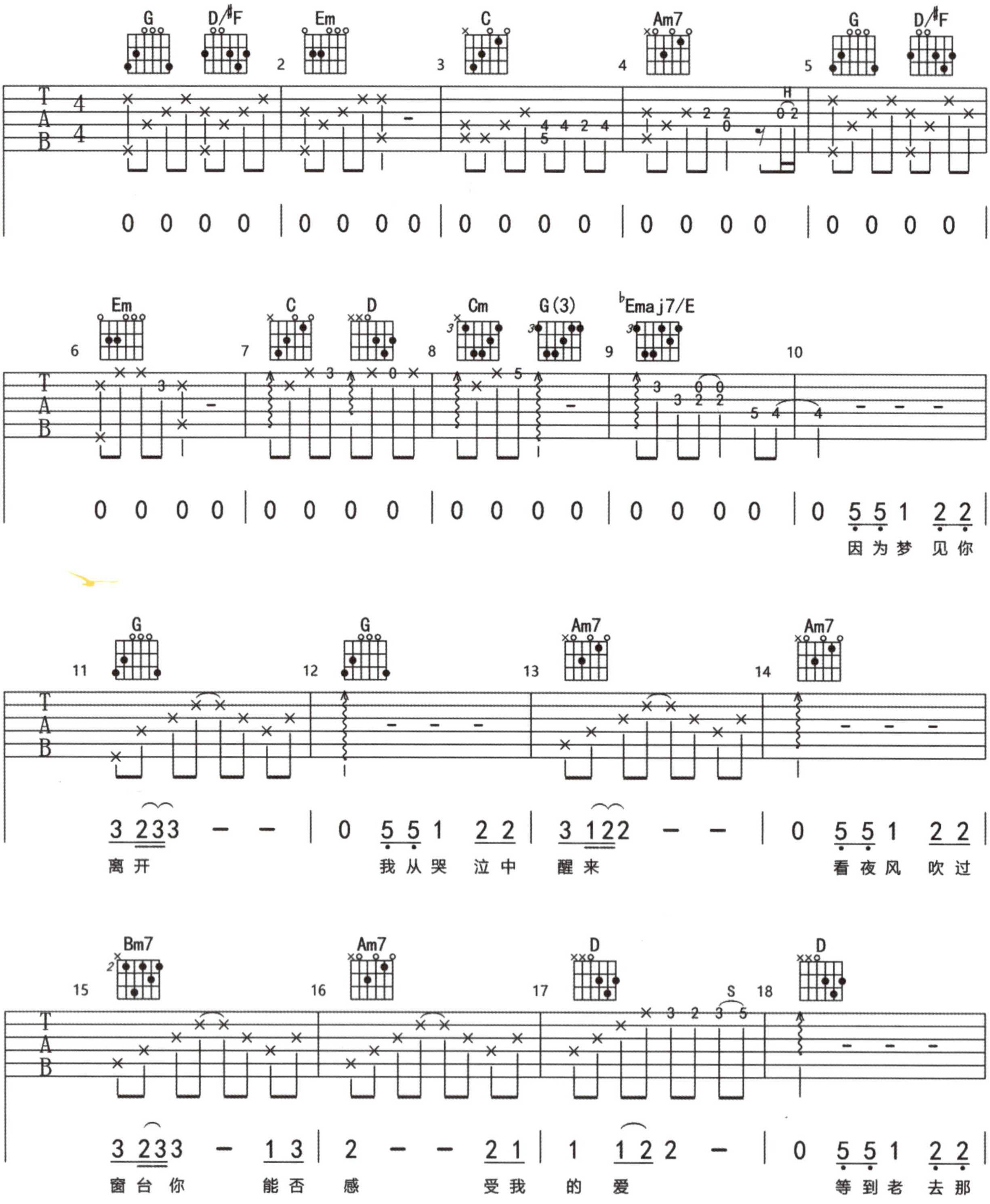

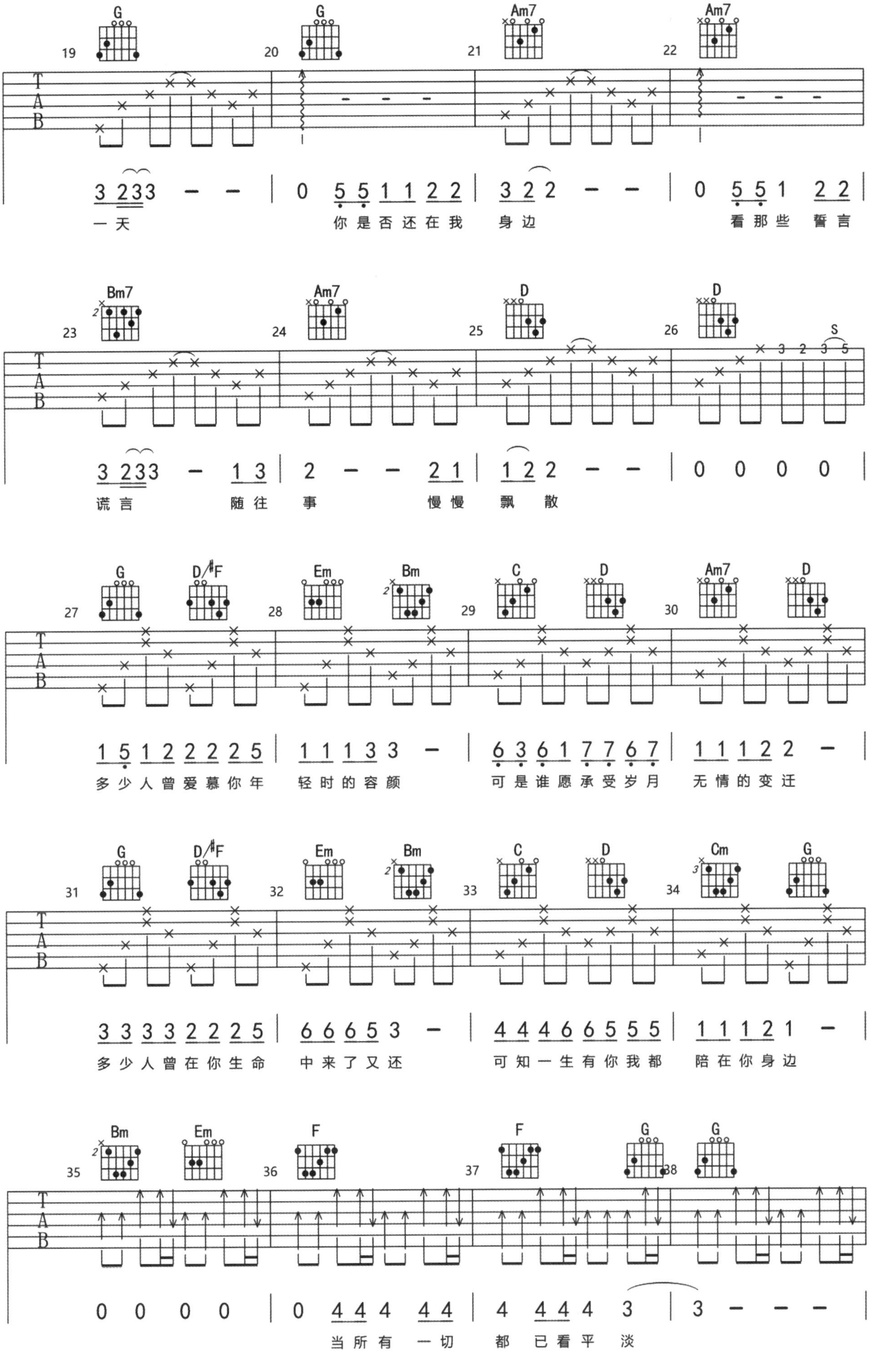
G G Am7 Am7
一天 你是否还在我 身边 看那些 誓言
Bm7 Am7 D D
谎言 随往 事 慢慢 飘 散
G D/#F Em Bm C D Am7 D
多少人曾爱慕你年 轻时的容颜 可是谁愿承受岁月 无情的变迁
G D/#F Em Bm C D Cm G
多少人曾在你生命 中来了又还 可知一生有你我都 陪在你身边
Bm Em F F G G
当所有 一切 都 已看平 淡

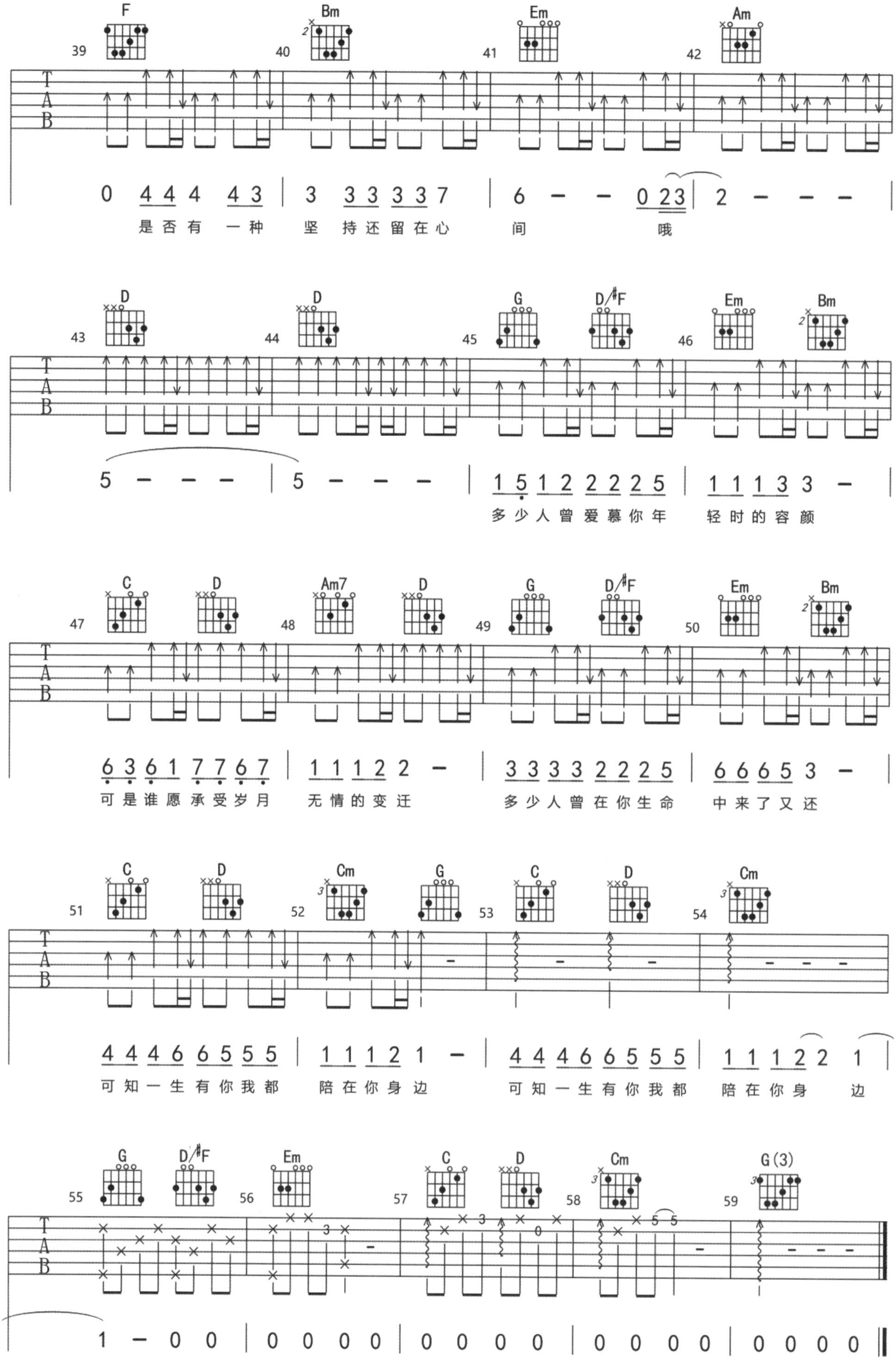
F Bm Em Am
39 40 41 42
0 4 4 4 4 3 | 3 3 3 3 3 7 | 6 – – 0 2 3 | 2 – – –
是否有一种 坚持还留在心 间 哦
D D G D/#F Em Bm
43 44 45 46
5 – – – | 5 – – – | 1 5 1 2 2 2 2 5 | 1 1 1 3 3 –
多少人曾爱慕你年 轻时的容颜
C D Am7 D G D/#F Em Bm
47 48 49 50
6 3 6 1 7 7 6 7 | 1 1 1 2 2 – | 3 3 3 3 2 2 2 5 | 6 6 6 5 3 –
可是谁愿承受岁月 无情的变迁 多少人曾在你生命 中来了又还
C D Cm G C D Cm
51 52 53 54
4 4 4 6 6 5 5 5 | 1 1 1 2 1 – | 4 4 4 6 6 5 5 5 | 1 1 1 2 2 1
可知一生有你我都 陪在你身边 可知一生有你我都 陪在你身 边
G D/#F Em C D Cm G(3)
55 56 57 58 59
1 – 0 0 | 0 0 0 0 | 0 0 0 0 | 0 0 0 0 | 0 0 0 0

轻舞飞扬 / FLY IN DANCE

卢庚戌 词/曲

原曲 G调 | 选调 G调 | Capo 0

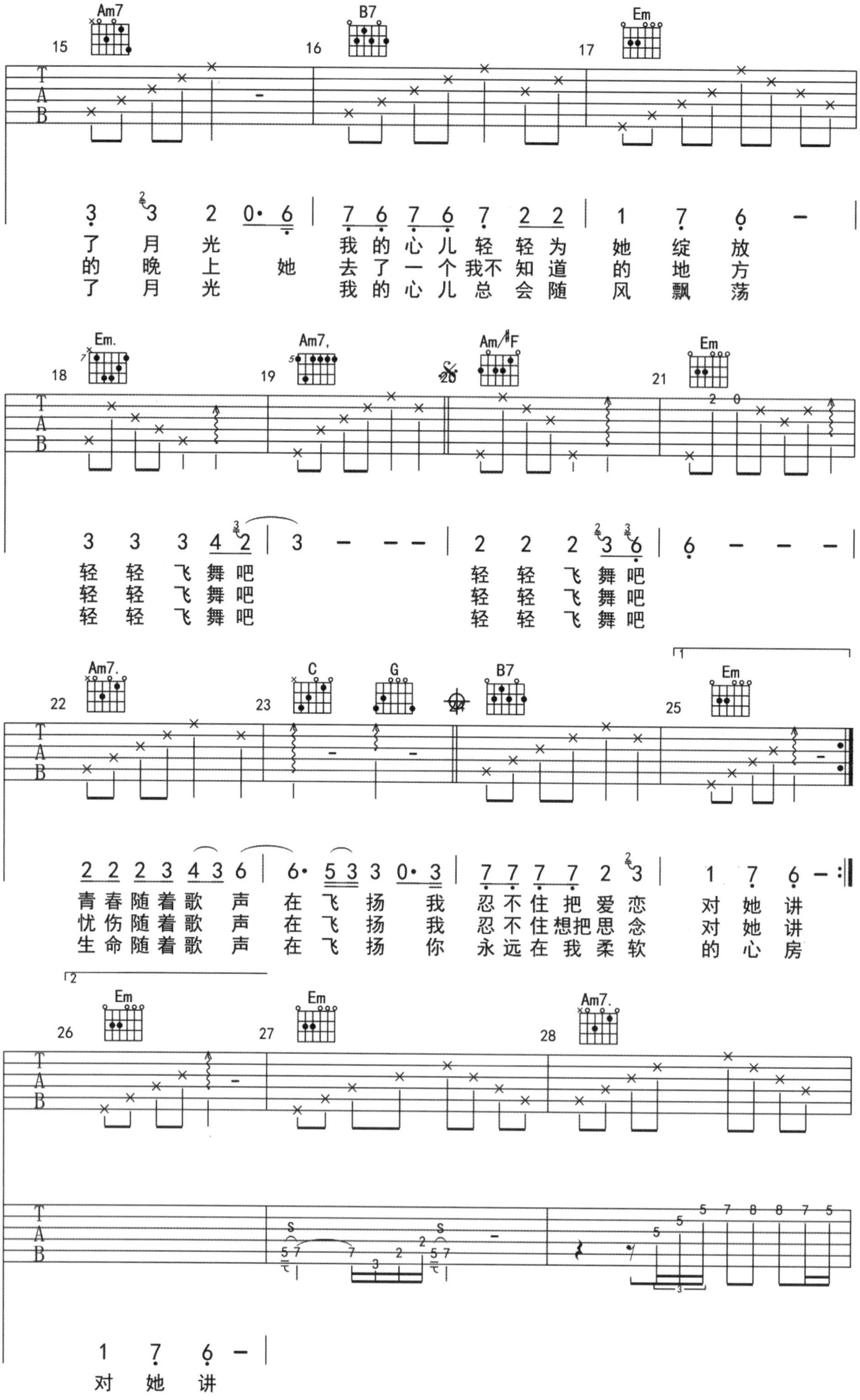
Am7 B7 Em
了 月 光 我的心儿轻轻为 她 绽 放
的 晚 上 她 去了一个我不知道 的 地 方
了 月 光 我的心儿总会随 风 飘 荡
Em. Am7. Am/#F Em
轻轻飞舞吧 轻轻飞舞吧
轻轻飞舞吧 轻轻飞舞吧
轻轻飞舞吧 轻轻飞舞吧
Am7. C G B7 Em
青春随着歌声在飞扬 我忍不住把爱恋 对她讲
忧伤随着歌声在飞扬 我忍不住想把思念 对她讲
生命随着歌声在飞扬 你永远在我柔软 的心房
Em Em Am7.
对她讲

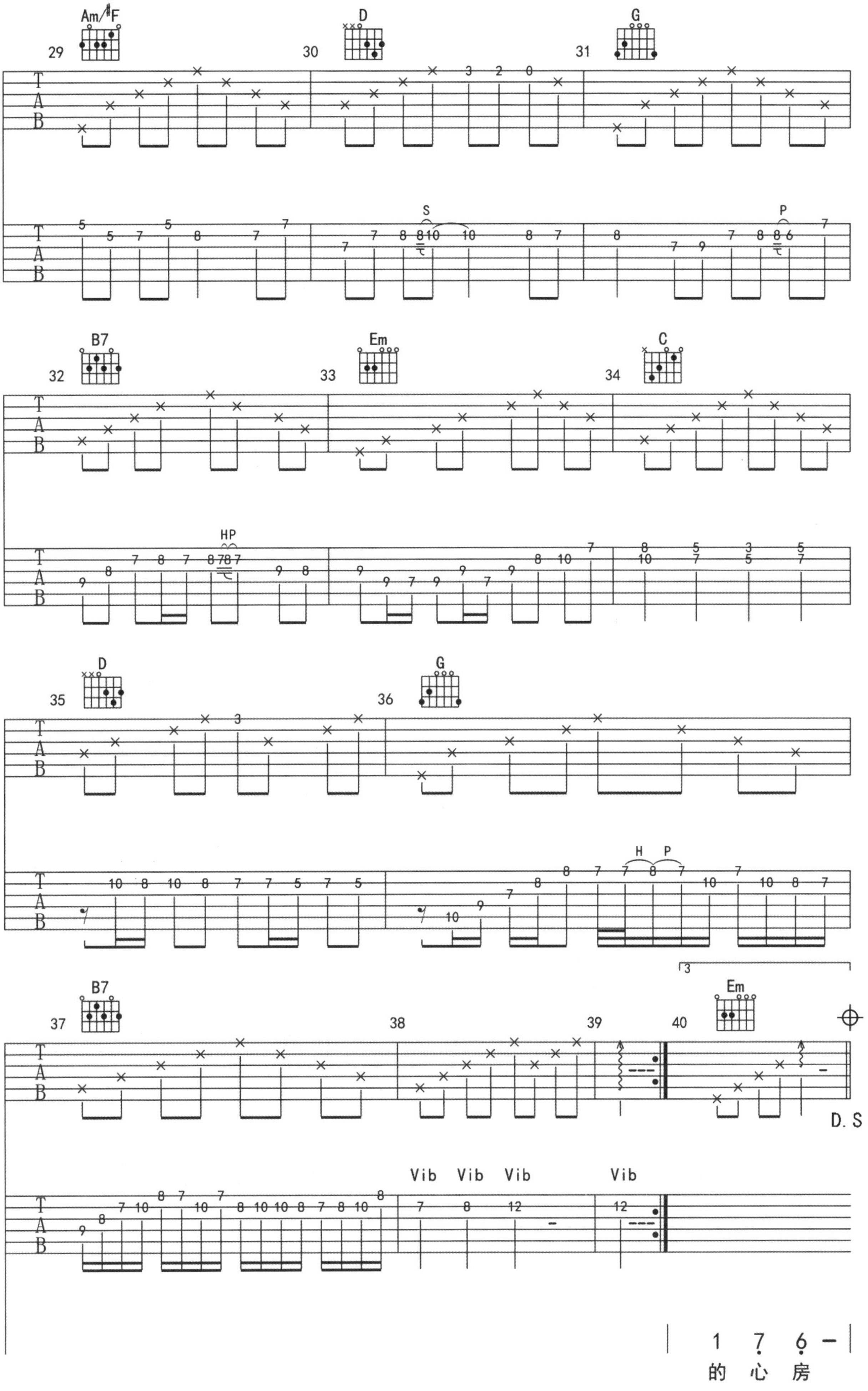
Am/#F
D
G
B7
Em
C
D
G
B7
Em
D.S
1 7 6 —
的 心 房

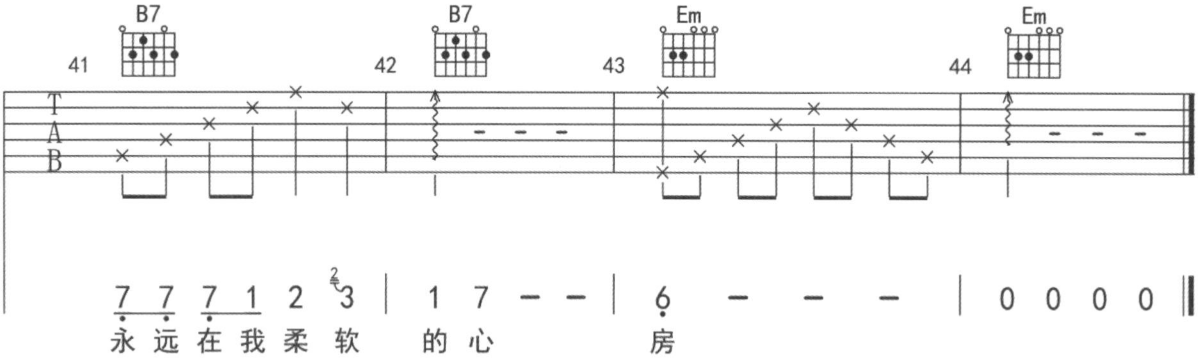
B7
B7
Em
Em
41
42
43
44
T
A
B
7 7 7 1 2 3 | 1 7 – – | 6 – – – | 0 0 0 0
永远在我柔软的心房

墓志铭 / EPITAPH

卢庚戌 词/曲

原曲 F调 | 选调 F调 | Capo 0

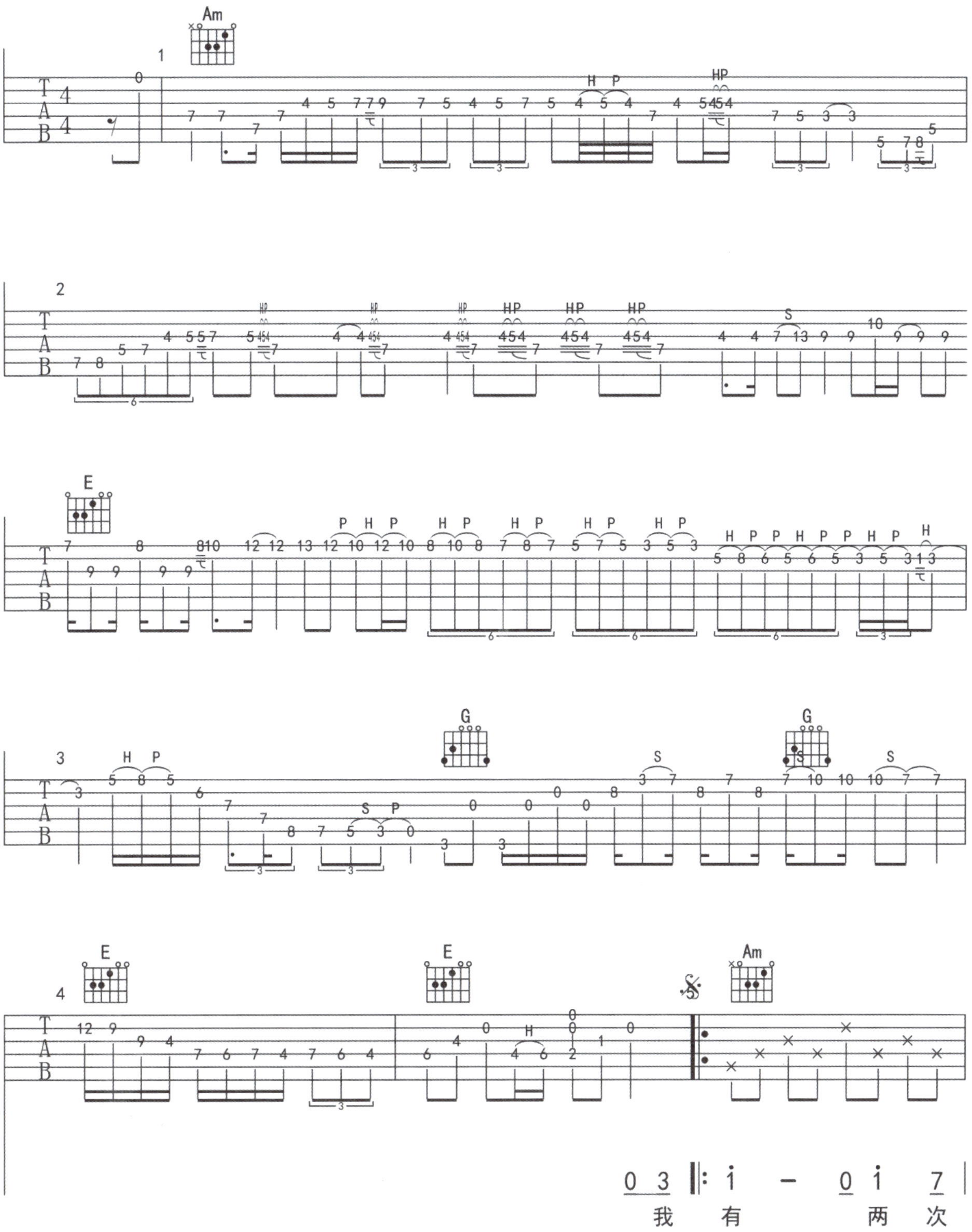

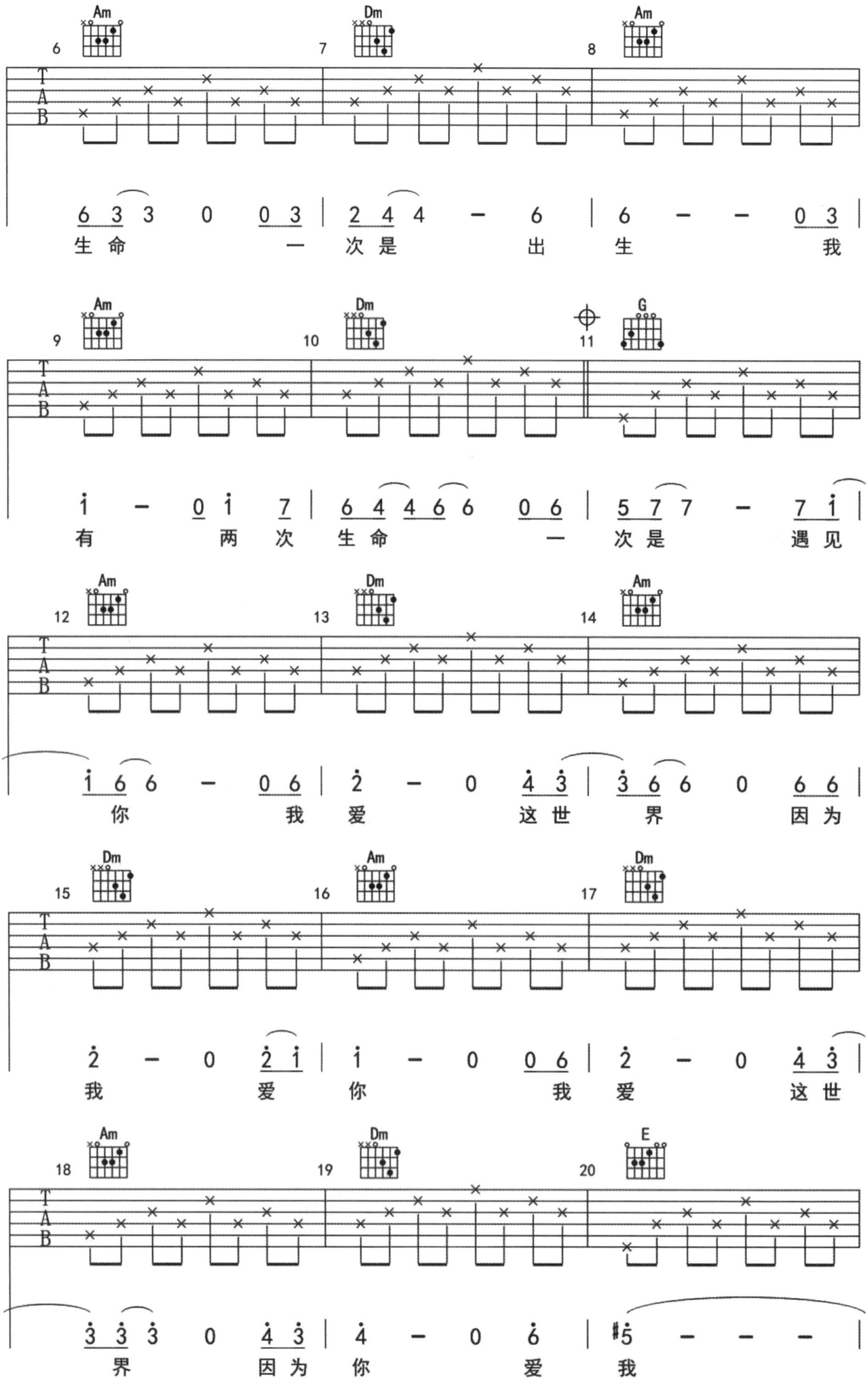

Am Dm Am
生命 一次是 出 生 我
Am Dm G
有 两次 生命 一 次是 遇见
Am Dm Am
你 我 爱 这世 界 因为
Dm Am Dm
我 爱 你 我 爱 这世
Am Dm E
界 因为 你 爱 我

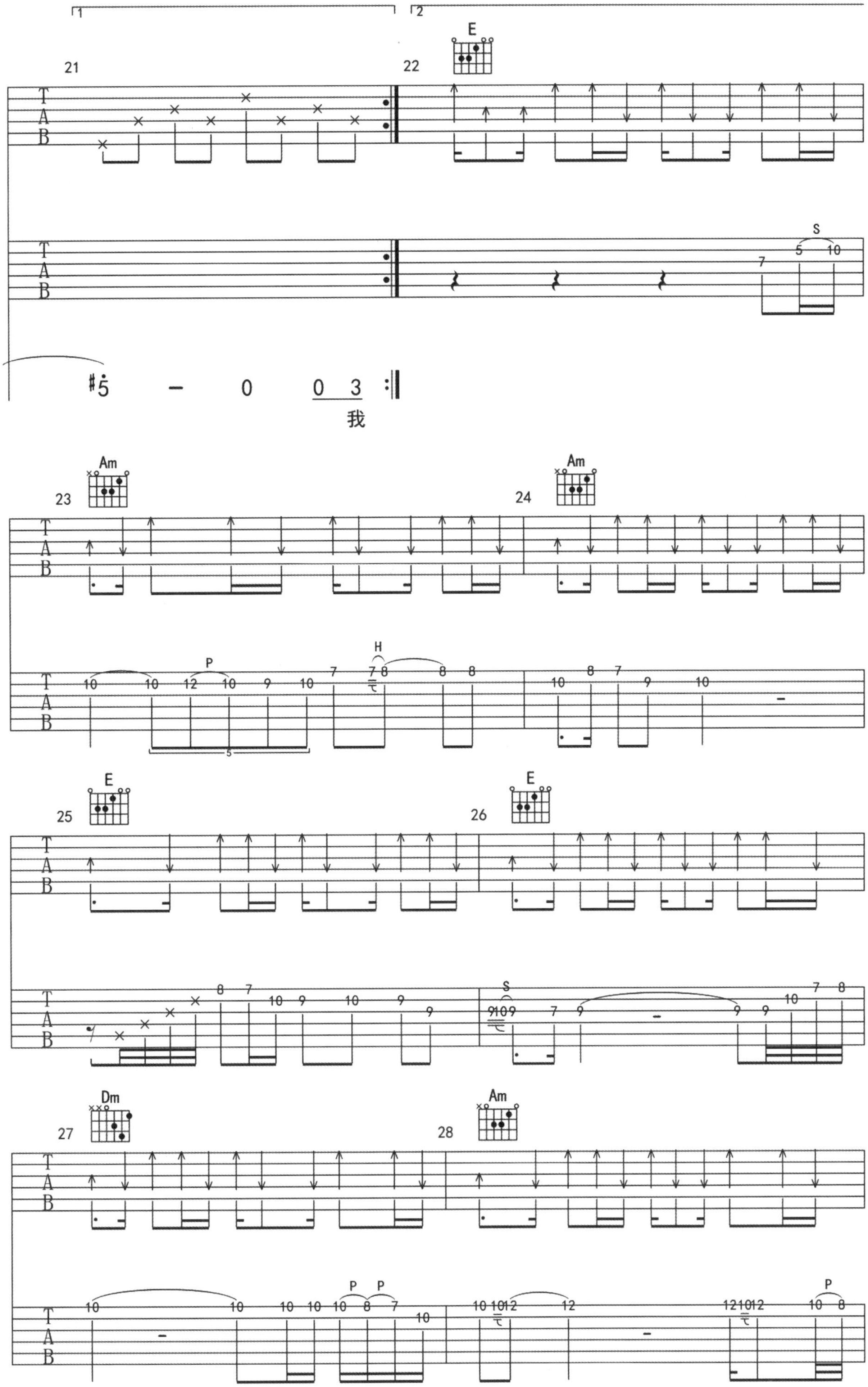
1
2
21
22
E
#5 – 0 0 3
我
23
Am
24
Am
25
E
26
E
27
Dm
28
Am

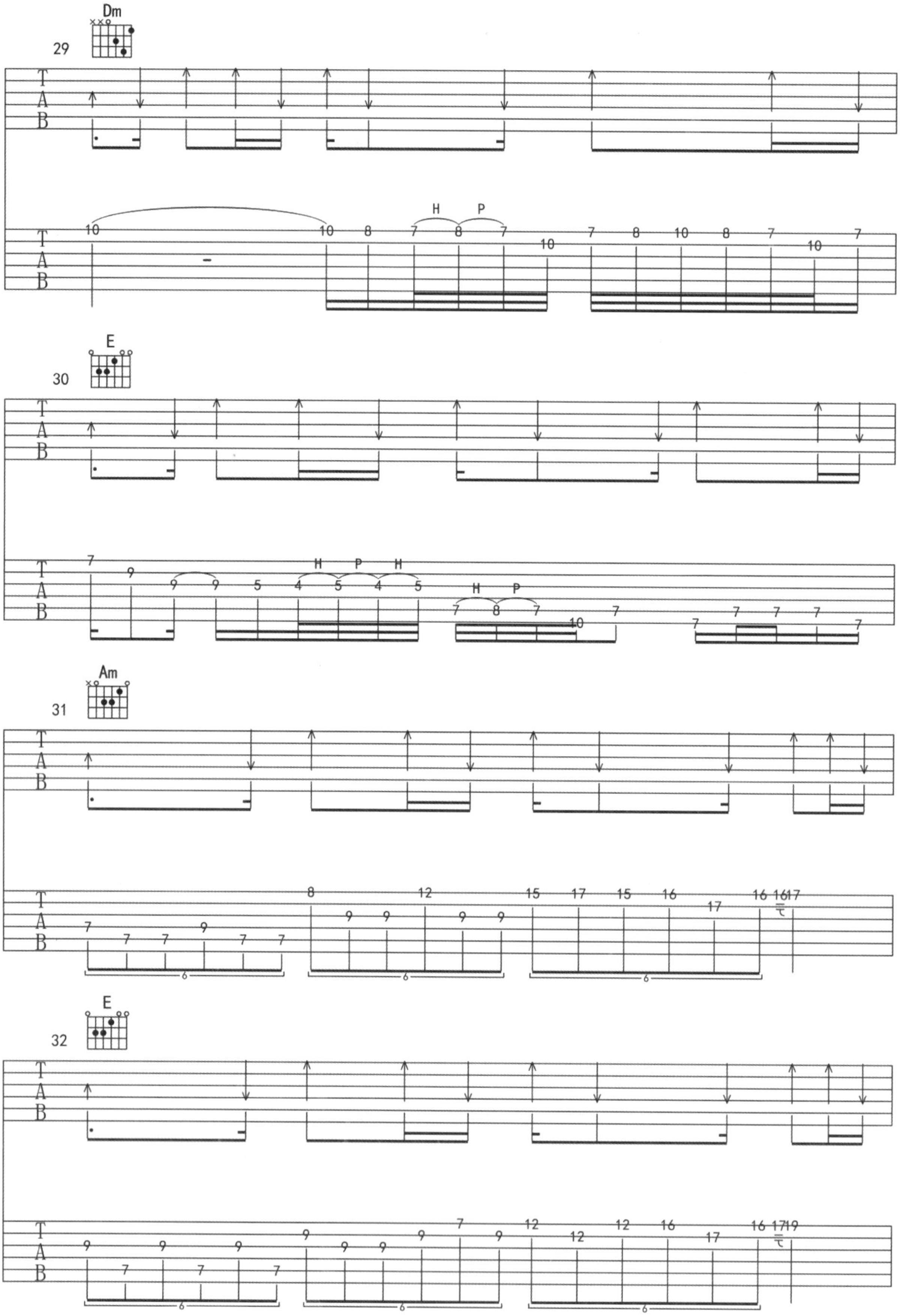
29
Dm
30
E
31
Am
32
E

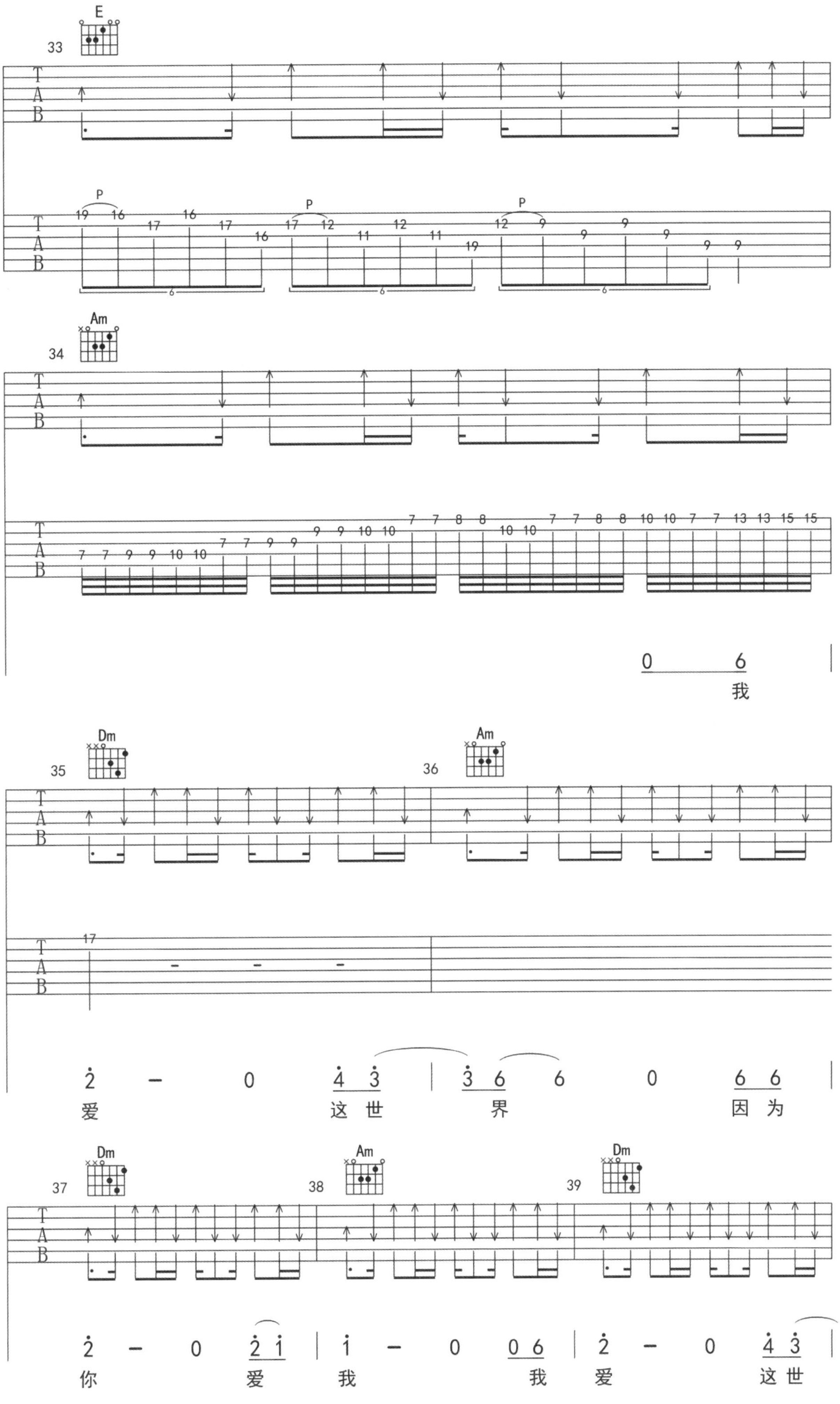
33 E
P P P
34 Am
0 6
我
35 Dm
36 Am
2 – 0 4 3 | 3 6 6 0 6 6
爱 这世 界 因为
37 Dm
38 Am
39 Dm
2 – 0 2 1 | 1 – 0 0 6 | 2 – 0 4 3
你 爱 我 我 爱 这世

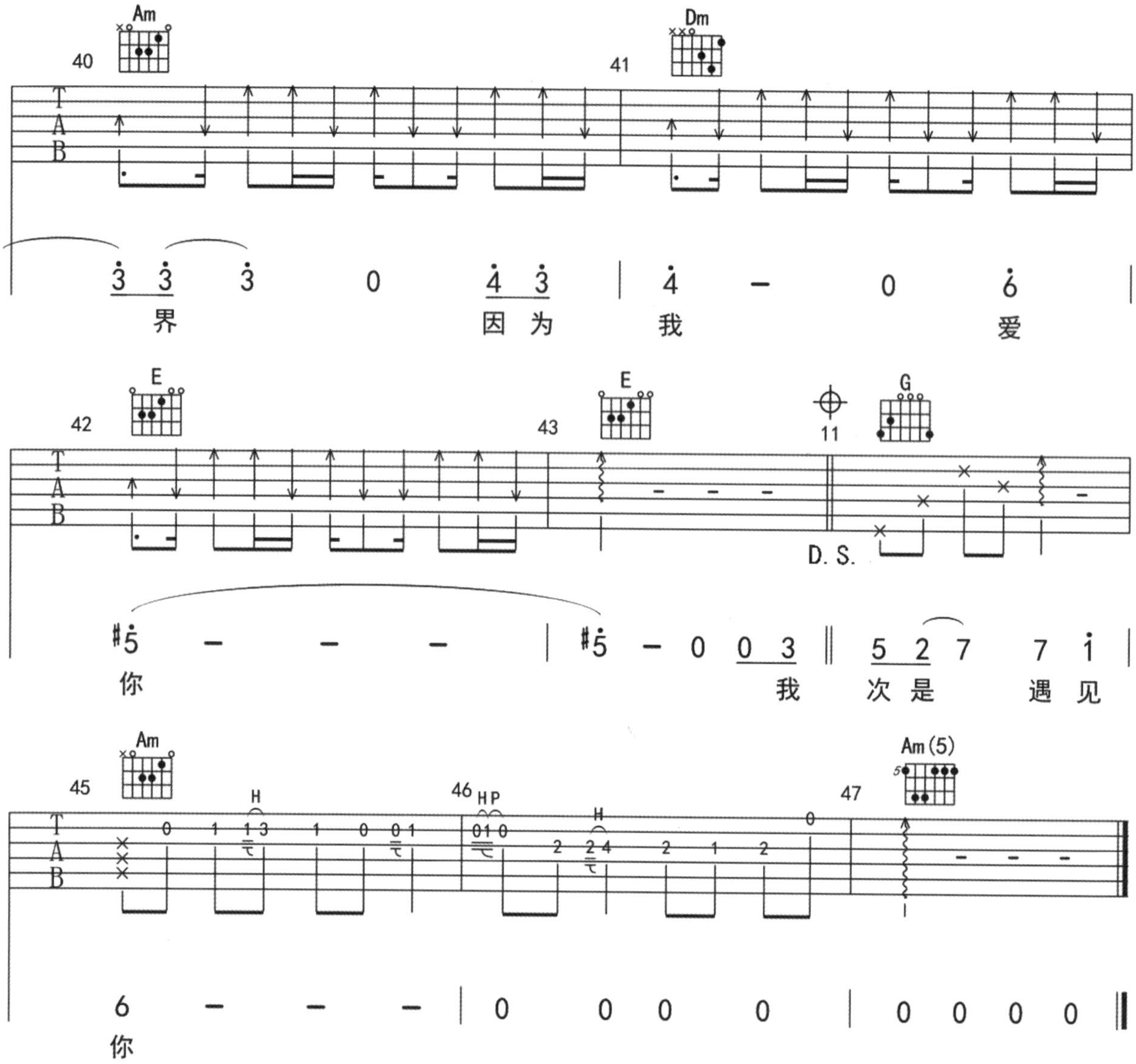
40
Am
41
Dm
界
因为
我
爱
42
E
43
E
11
G
D. S.
你
我
次是
遇见
45
Am
H
46
HP
H
47
Am(5)
你

中学时代 / TIMES OF MIDDLE SCHOOL

卢庚戌 词 / 李健 曲

原曲 A调 | 选调 A调 | Capo 0

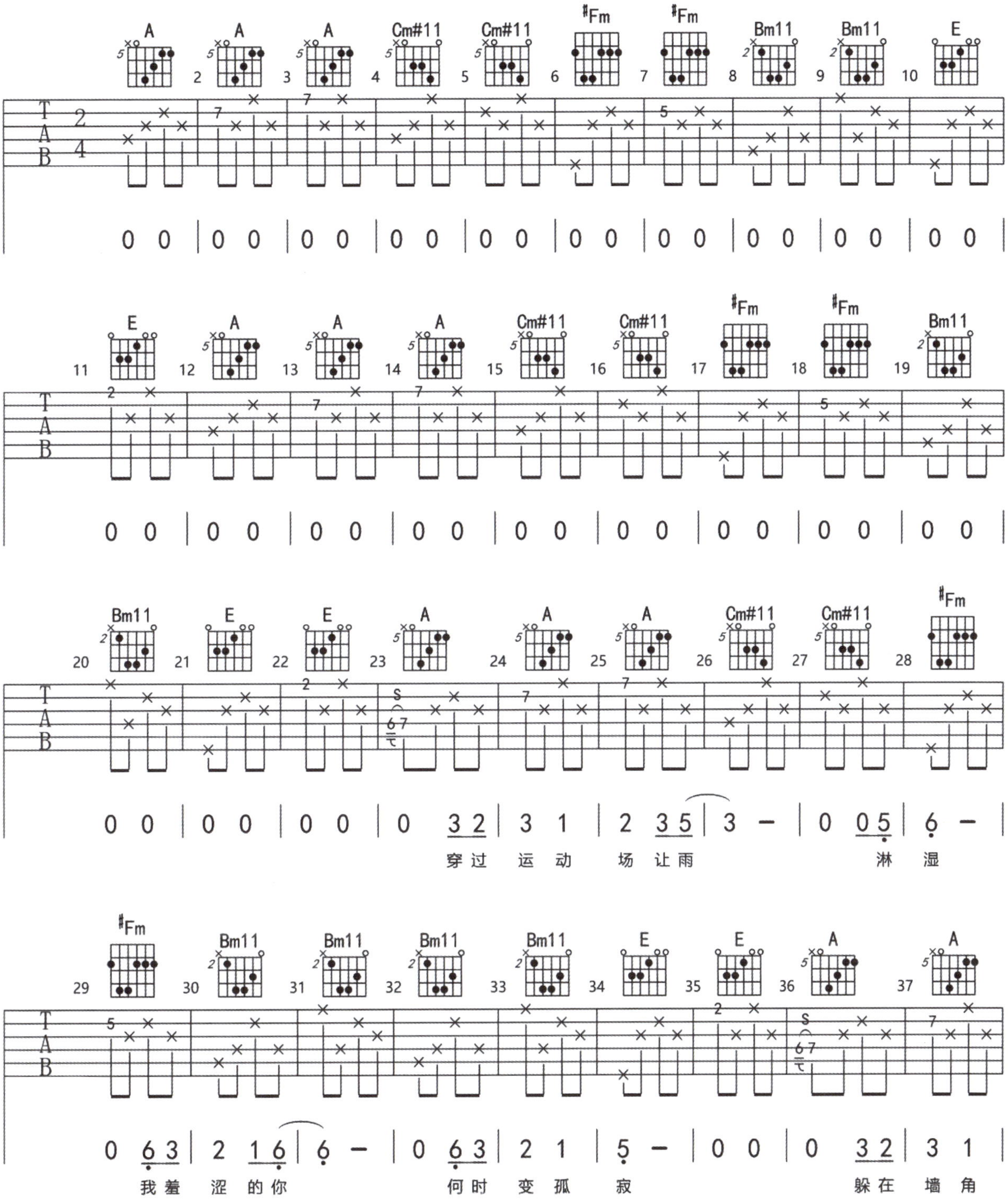

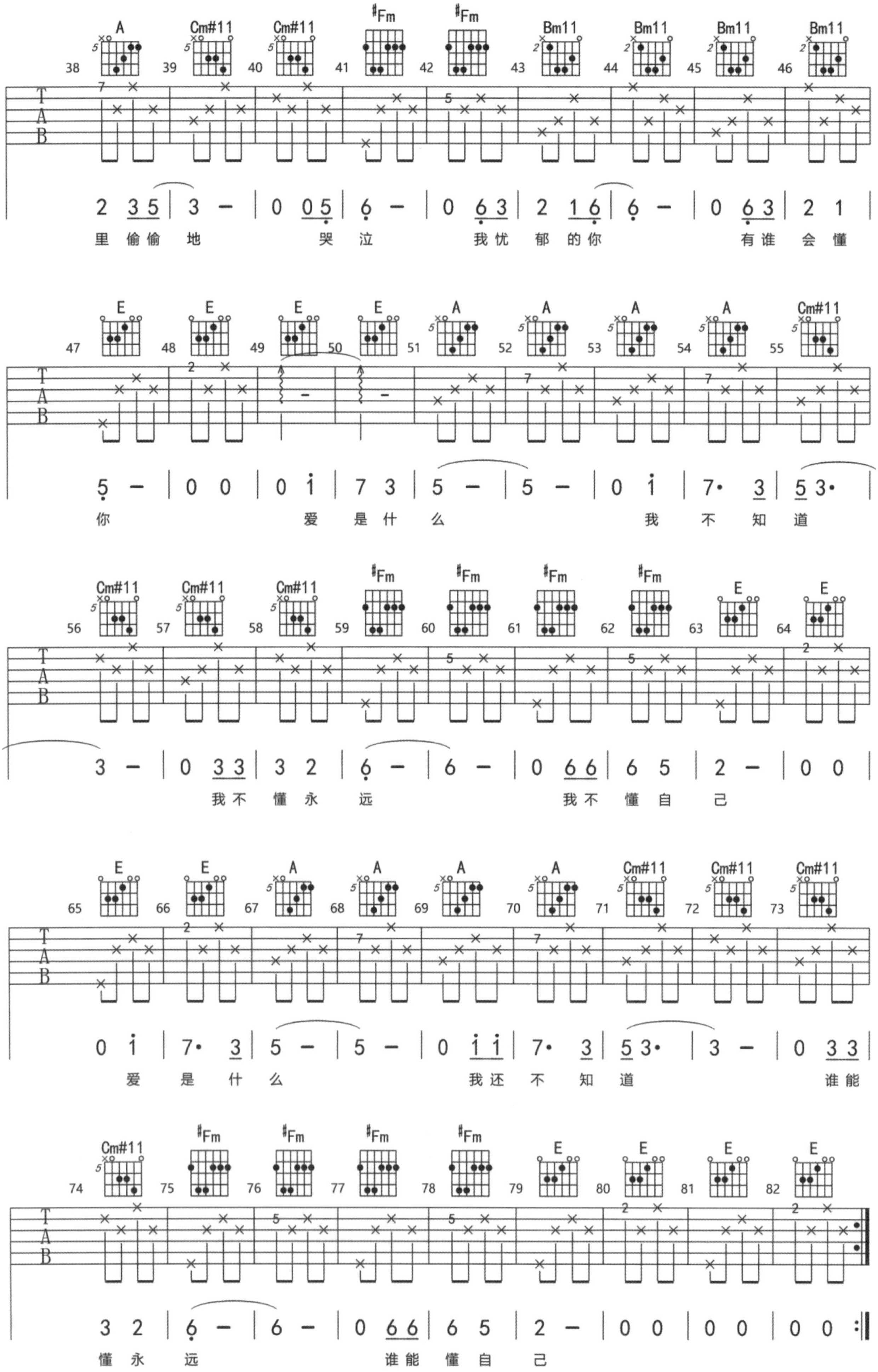
里偷偷地 哭泣 我忧郁的你 有谁会懂
你 爱是什么 我不知道
我不懂永远 我不懂自己
爱是什么 我还不知道 谁能
懂永远 谁能懂自己

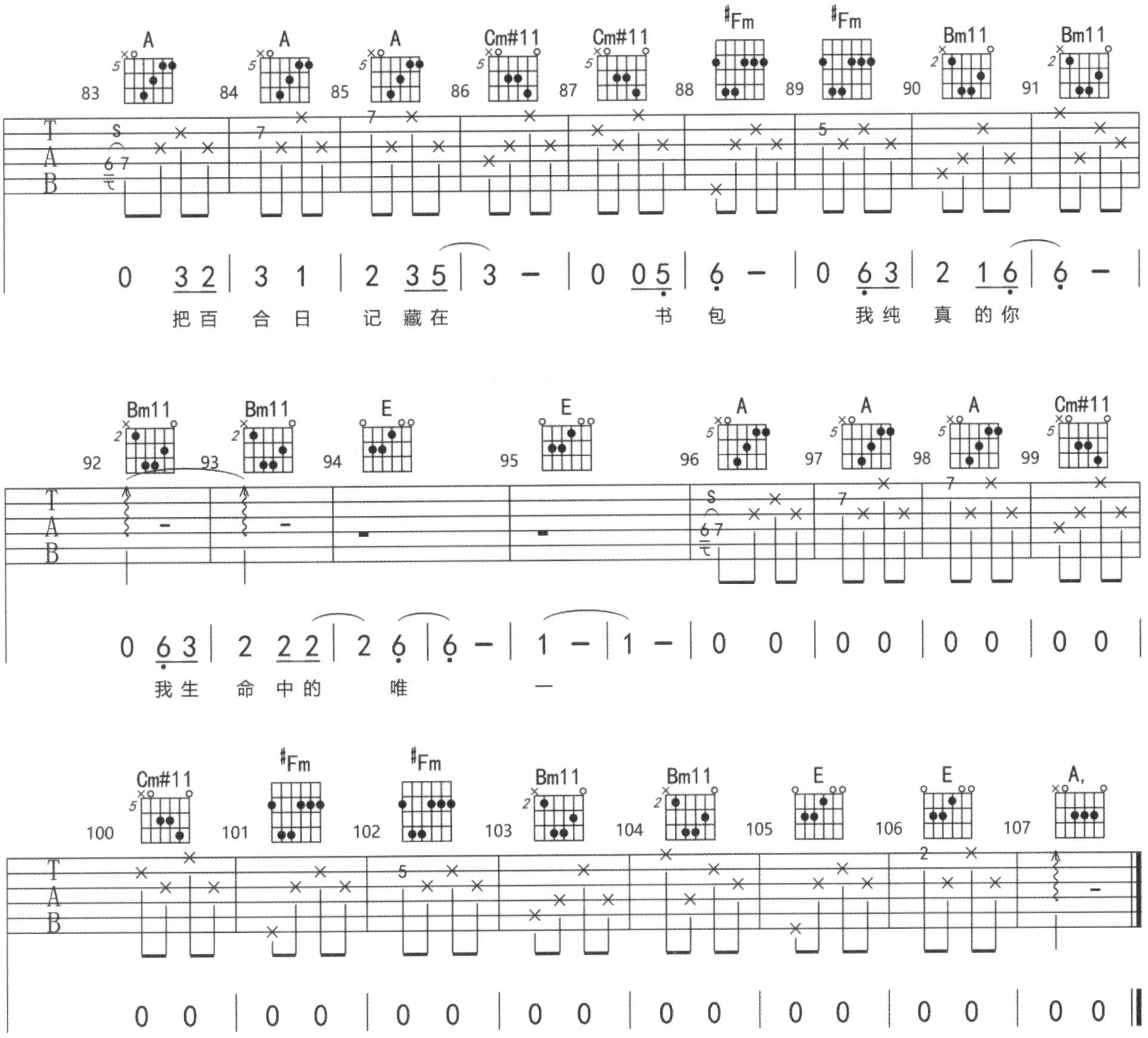
A A A Cm#11 Cm#11 #Fm #Fm Bm11 Bm11
把百合日记藏在书包 我纯真的你
Bm11 Bm11 E E A A A Cm#11
我生命中的唯一
Cm#11 #Fm #Fm Bm11 Bm11 E E A,

创作背景

20 岁的一天，我跑了大半个北京城，只为买一张老唱片，她喜欢的，作为分手的纪念。

回到学校的时候，天已晚了，忽然听到从远处传来那个歌手苍凉的歌声。那一刻，我很想哭，那一刻，我想写歌，记下这份感动，这感动自己也将感动别人的感动。

那天晚上，我弹吉他弹到手指出血。

1994 年秋天，刚离开学校不久，由于无法割舍对无忧无虑生活的眷恋和对社会的拒绝与不安，我在清华北门附近租了一个小屋。

整理房间的时候，从一件大衣兜里，散落一张旧得不能再旧的信纸，是那个女孩给我写的诗，依稀记得开始的两句“童年的小女孩，头上戴着大大的蝴蝶结”。

一时间，我不能控制自己的情绪，以前的点滴涌上心头，那个蝴蝶结好像变成一朵美丽的蝴蝶花，就在我眼前飘来飘去，美丽得让人无法触及。拿起吉他，眼泪一样的旋律顺着手指、琴弦流淌出来……

学生时代那样过去了，而《蝴蝶花》是我那时爱的见证。

有一天我会有孩子，我要把这首歌唱给他们，告诉他们我怎样地爱过，青春又是怎样的美丽。

蝴蝶花 / IRIS JAPONICA

卢庚戌 词/曲

原曲 F调 | 选调 F调 | Capo 0

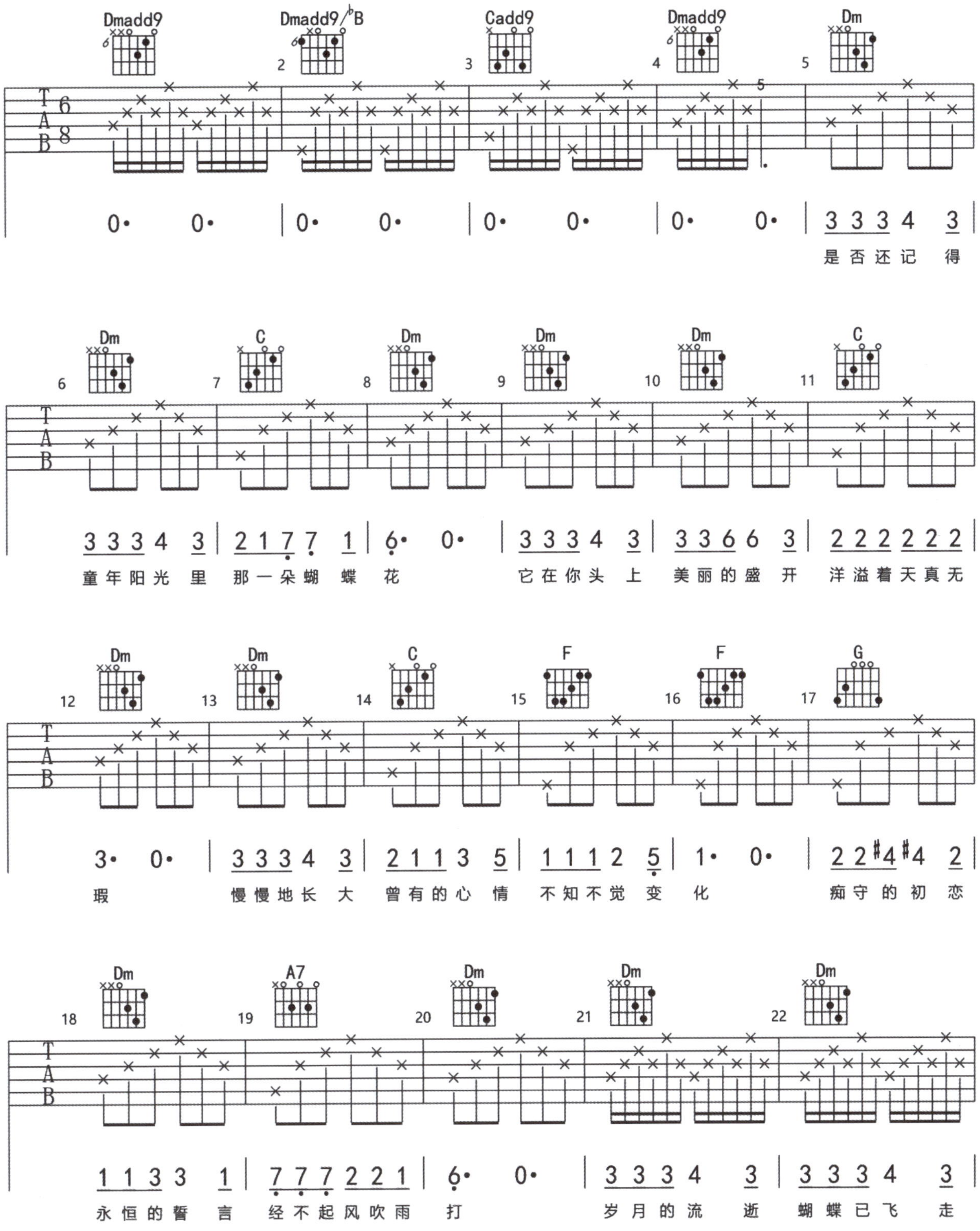

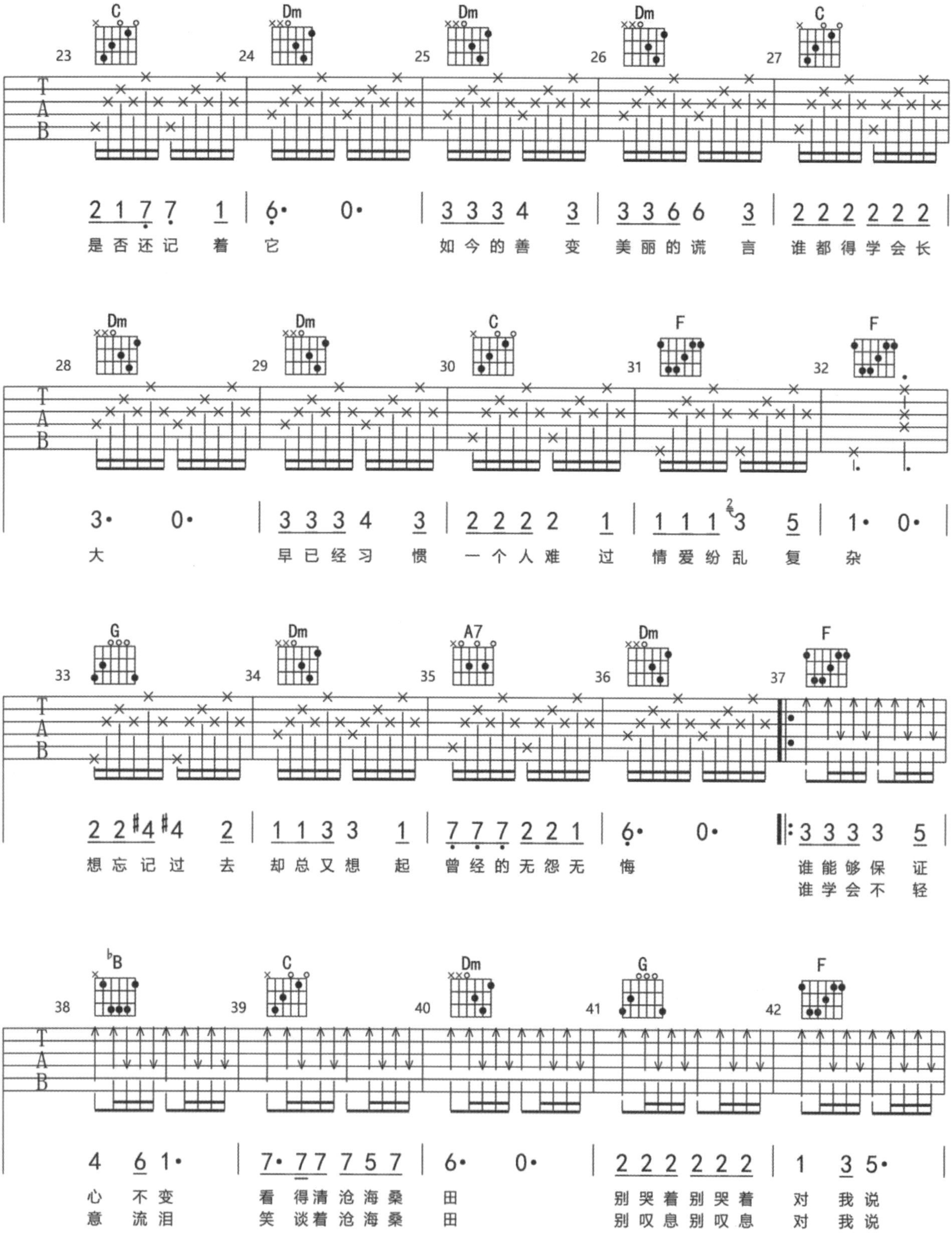
C Dm Dm Dm C
是否还记着它
如今的善变
美丽的谎言
谁都得学会长
Dm Dm C F F
大
早已经习惯
一个人难过
情爱纷乱复杂
G Dm A7 Dm F
想忘记过去
却总又想起
曾经的无怨无悔
谁能够保证
谁学会不轻
♭B C Dm G F
心不变
意流泪
看得清沧海桑田
笑谈着沧海桑田
别哭着别哭着
别叹息别叹息
对我说
对我说

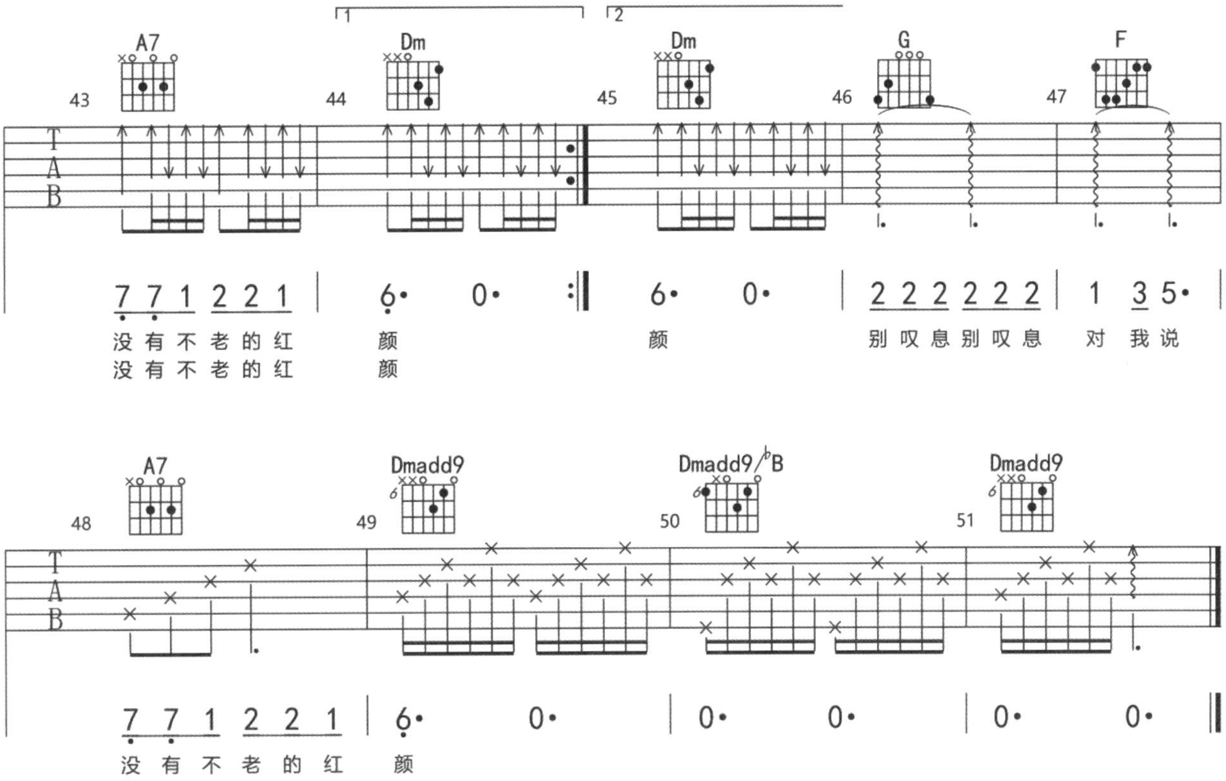
A7
Dm
Dm
G
F
没有不老的红 颜
没有不老的红 颜
颜
别叹息别叹息 对我说
A7
Dmadd9
Dmadd9/♭B
Dmadd9
没有不老的红 颜

水

就在这个寂静如水的夜里
你又悄然忽隐忽现我梦里
如水飘来散去让我无法呼吸
我知我的心底在无声哭泣
我以为把你忘了
忘了那些伤痛记忆
我以为已把你忘了
为何总在欺骗自己

那些为你生为你死的日子
连同谎言一起都被水带走
我是真的真的如此爱过你
甘心这样 这样的傻这样的痴
我以为把你忘了
忘了那些伤痛记忆
你从来没有爱过我
我却总在欺骗自己

只有时间不会说谎
只有时间能带走一切

创作背景

那是什么样的爱，她究竟是什么样的女孩，我不知道，也从来没想去知道，或许她是谁并不重要，重要的是我真的爱过。

一生中会有几次这样的爱，会那样的撕裂我心，而今它又怎样流水般地逝去。

一切都好像不留痕迹，一切又都好像没有发生。只是在猝不及防的夜里，重重给我一击。

故事到此没有结束。

为她写的这首歌，却又感动了另外一个女人，爱又一次如水一样袭来，等我睁开双眼时，一切却又悄无声息。时间如水，记忆如水，女人如水，眷恋如水，伤痛如水，世事如水。

以此歌纪念我生命中的两段缘。

2002

青春正传

2002-6-1发行

单车岁月 01
你们 02
小爱人 03
冒险小子 04
天使街 05
迷乡 06
青春正传 07
风花树 08
我们去远方 09
当我老了 10

THE YOUTH

青春正传·音乐札记

时间对人是残酷的，这让回忆变得如此美好，却也如此伤感。

那段被课本称为青春期的日子，叛逆的荷尔蒙在血管里跳动，忧郁沉默却常常挂在脸上。记忆中的天气好像总是阳光和雨水，快乐和忧伤是如此鲜明地交替。那样的年华里，我们一直沉浸在音乐的世界里，它们一半是红色，热情躁动，让我可以在寒冷的冬天，穿过一条又一条的街道，感觉不到寒风，而另一半则是蓝色，忧郁沉静，让我可以在无尽的夏夜里，坐在闷热的屋里静静地体会心灵的隐痛……青春的色彩是那么丰富，红与蓝正是两种心境的端口，映射出少年血的悸动和不安。

在我们的这张专辑里，每首曲目展示了不同的青春情绪主题，呈现不同的曲风和质感。它们忠实记录了青春带给我们的憧憬和迷惑、阵痛和感动。你们会在这些歌里，看到我们脆弱而执着，敏感而真诚的心在跳动。朋友们，这张专辑献给你们，就像把自己剖开一样。当写下这段文案的最后一个字，坐在空荡的房间里，我不知道还能有什么留下来——给自己。

聆听，青春正传

《单车岁月》—— 激流般的失真吉他中带出坚实有力的 House 节奏，继而小卢用略带慵懒的嗓音开始讲述他曾经的单车岁月。青春的激情在副歌“Rock and Roll”和“Forever Young”的呐喊声中被彻底释放。万万没有想到，他们此次会以如此狂放不羁的一面出场，充满活力与时尚的曲风，只能再次证明内心的冲动与激昂。

《你们》—— 是献给那些他们曾经朝夕相处的朋友们的。虽然彼此已经分离很久或者已没有音信，但相聚的时光总是令人难忘，友情在他们生命中永远都是最宝贵的。轻快悠闲的音乐虽然不那么凝重，但却唱出了他们最真挚的祝福。

《小爱人》—— 舒缓的钢琴将心绪带入当初那片美好的回忆中。年少的风花雪月总是使人流连，所以虽然当时不知“该怎么去说永远有多累”，但其实“我已离不开你”。

《冒险小子》—— 短暂的平静后，《冒险小子》便带着些顽皮和诡异出场了。这首由小卢包办词曲的作品，用他特有的粗犷与豪迈代替了以往的忧郁和伤感，年轻的朝气与冲动再次涌上心头。

《天使街》—— 讲述的是一则纯真而凄美的童话。精致的吉他穿行在流畅的旋律里，与悠扬的和声一起勾勒着他们那份独有的唯美，带领我们一同漫游那条不食人间烟火的街道。

《迷乡》—— 略带乡土气息的旋律中，饱含着对故乡和恋人的深深眷恋，间奏的吉他 Solo 激情四溢，每一个音符都紧扣着那颗思乡的心。

《青春正传》—— 个中的弦乐重奏又一次给我们带来了聆听这张专辑的兴奋：越来越丰富的音乐元素的运用，不断印证着他们创作上的飞跃。不过他们在这首歌中描绘的青春，依然是那么迷茫和痛楚。急促的弦乐像是要在青春的迷宫中寻找出口，劲道十足的副歌部分，更是要冲出这道青春的迷宫。

《风花树》—— 无疑是专辑中一个很醒目的亮点。平静的人声在舒缓的吉他伴奏下将心灵彻底放飞，随后大提琴带出一丝淡淡的忧伤，虽然一切都是那么脆弱，但却越来越美得让人透不过气来。这首由李健作曲并演唱的作品，将他身上的唯美 气质发挥得淋漓尽致，与第一张专辑中同样是他作曲并演唱的那首《中学时代》有着异曲同工之妙。

《我们去远方》—— 这更多地展现了他们身上“布尔乔亚”的一面，几乎所有从高校中走出的艺人都会时不时“小资”一把，更何况这二位出身于中国顶级高等学府的仁兄呢?

《当我老了》—— 个中小卢的忧虑便更能令人感到他的可爱，听这首歌没有人会觉得他“老了”，而只是童心未泯罢了。两把吉他天衣无缝的编配让我们又一次见识了亮子非凡的功力。

青春正传 / THE YOUTH

卢庚戌 词 / 李健 曲

原曲 E调 转 #C调 | 选调 C调 转 A调 | Capo 4

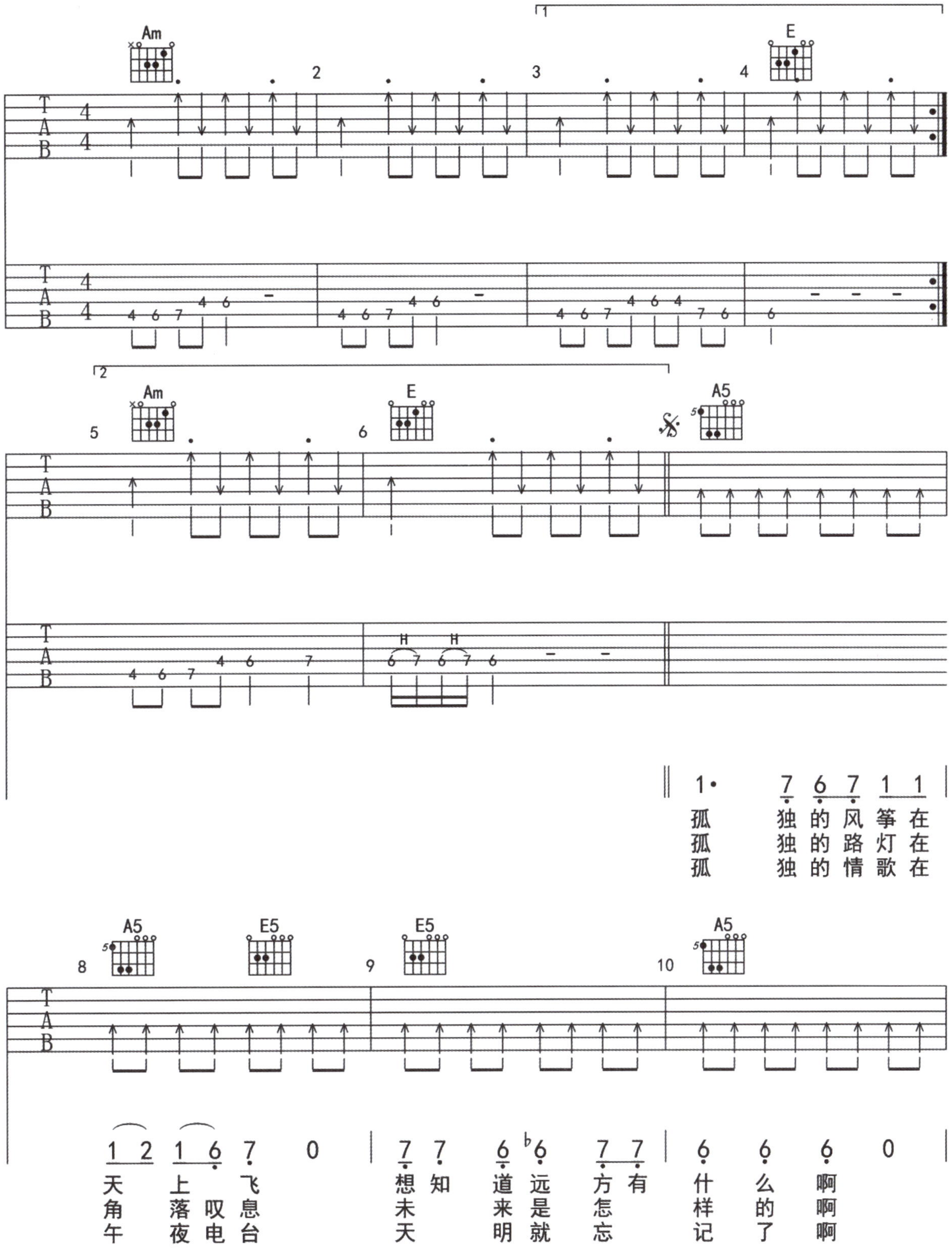

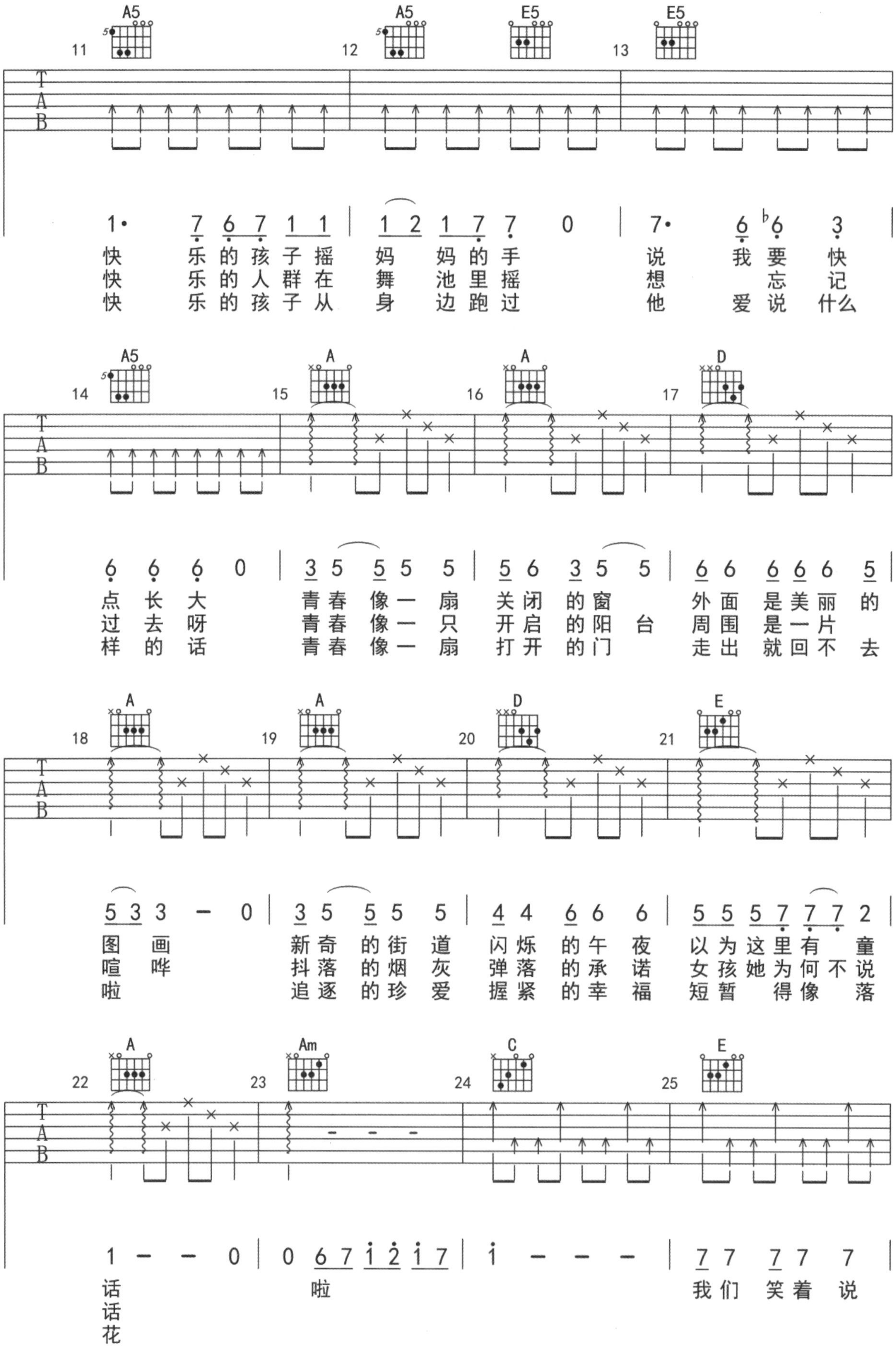
11 A5 12 A5 E5 13 E5
快乐的孩子摇 妈妈的手 说我要快
快乐的人群在 舞池里摇 想忘记
快乐的孩子从 身边跑过 他爱说什么
14 A5 15 A 16 A 17 D
点长大 青春像一扇 关闭的窗 外面是美丽的
过去呀 青春像一只 开启的阳台 周围是一片
样的话 青春像一扇 打开的门 走出就回不去
18 A 19 A 20 D 21 E
图画 新奇的街道 闪烁的午夜 以为这里有童
喧哗 抖落的烟灰 弹落的承诺 女孩她为何不说
啦 追逐的珍爱 握紧的幸福 短暂得像落
22 A 23 Am 24 C 25 E
话 啦 我们笑着说
话
花

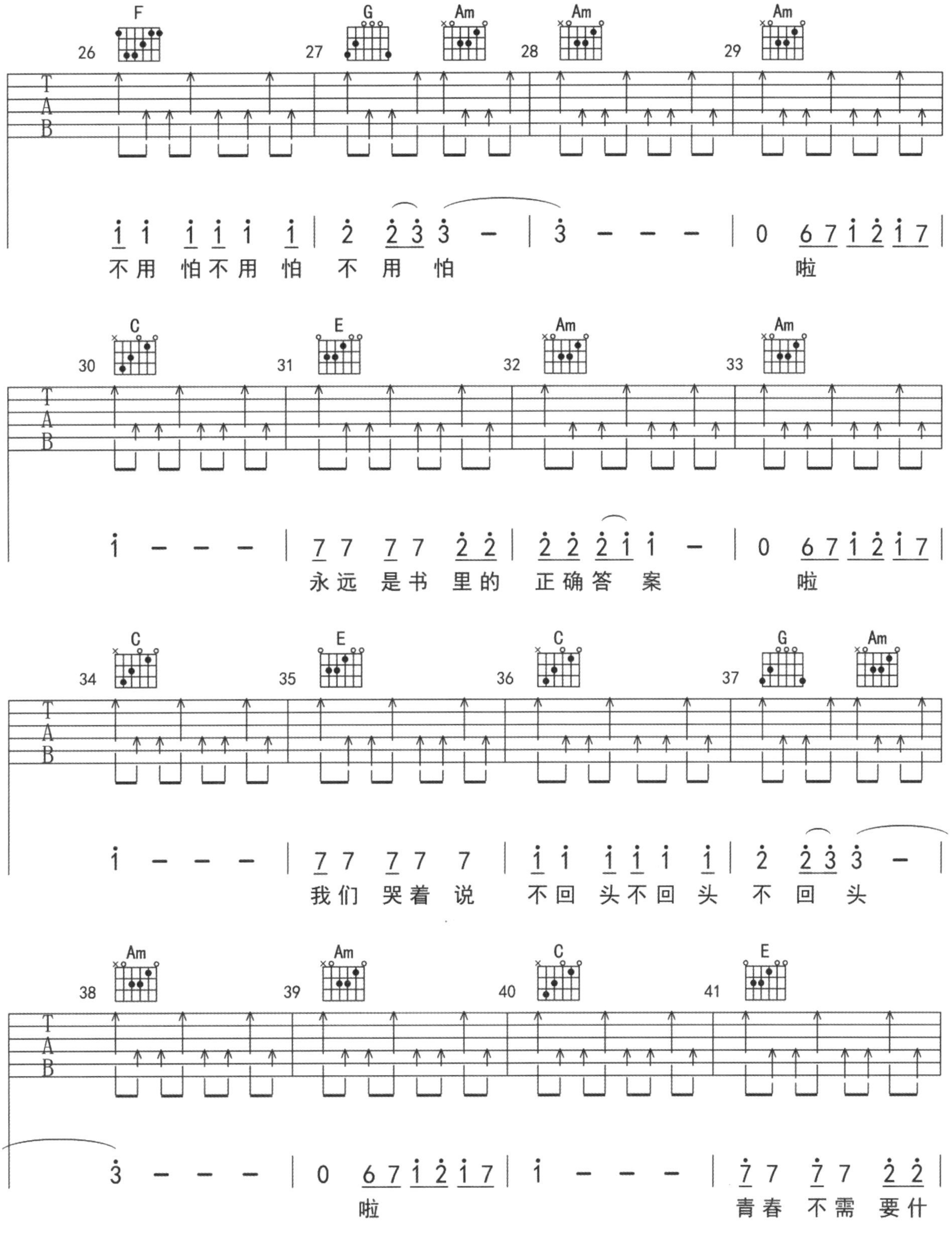
F G Am Am Am
不用 怕不用 怕 不 用 怕
啦
C E Am Am
永远 是书 里的 正确答 案
啦
C E C G Am
我们 哭着 说 不回 头不回 头 不 回 头
Am Am C E
啦
青春 不需 要什

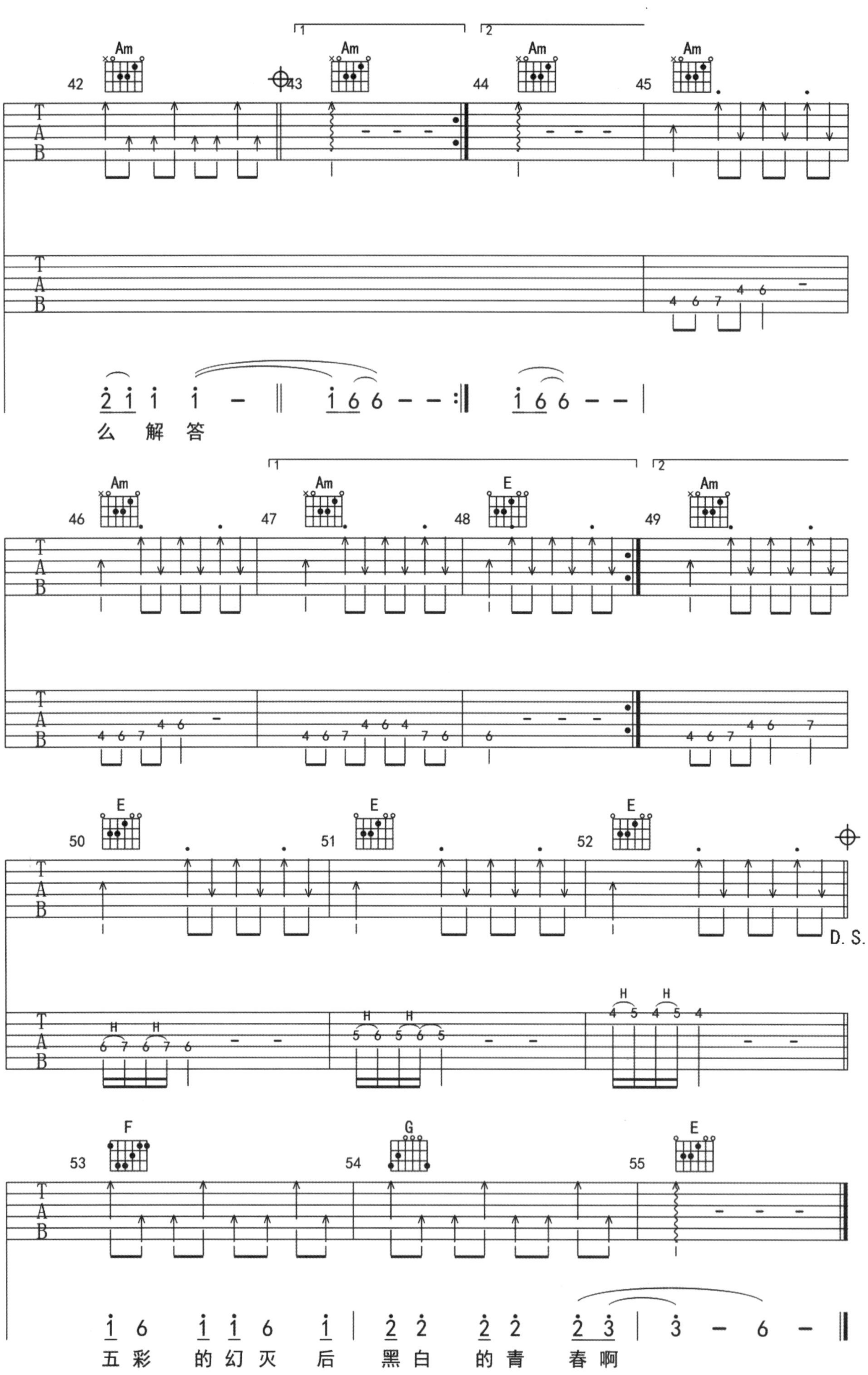
Am
Am
Am
Am
么 解 答
Am
Am
E
Am
E
E
E
D. S.
F
G
E
五彩 的幻灭 后 黑白 的青 春啊

当我老了 / WHEN I GROW OLD

卢庚戌 词/曲

原曲 F调 | 选调 F调 | Capo 0

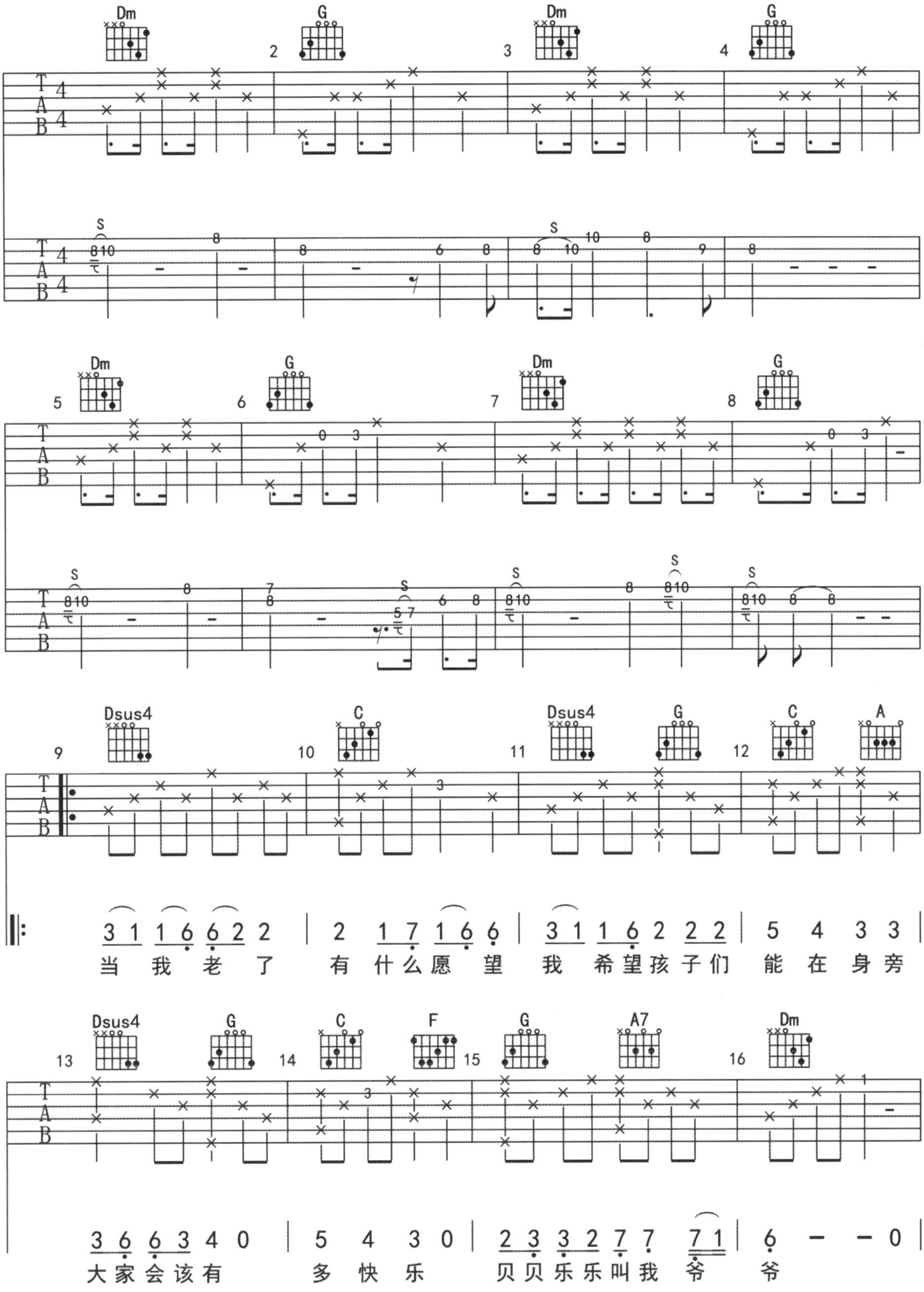

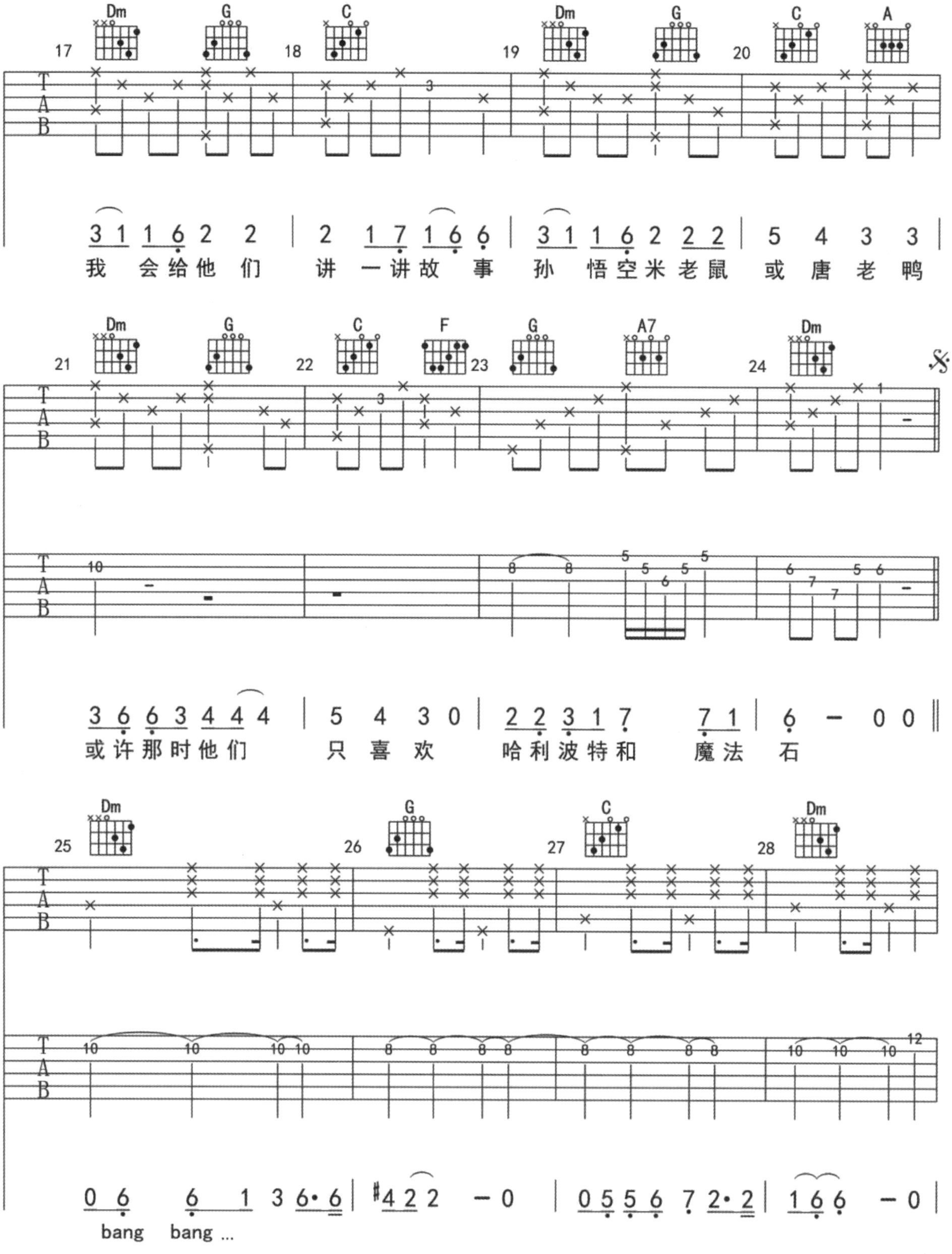
Dm G C Dm G C A
我 会给他 们 讲 一讲故 事 孙 悟空米老鼠 或唐老鸭
Dm G C F G A7 Dm
或许那时他们 只喜欢 哈利波特和 魔法 石
Dm G C Dm
bang bang ...

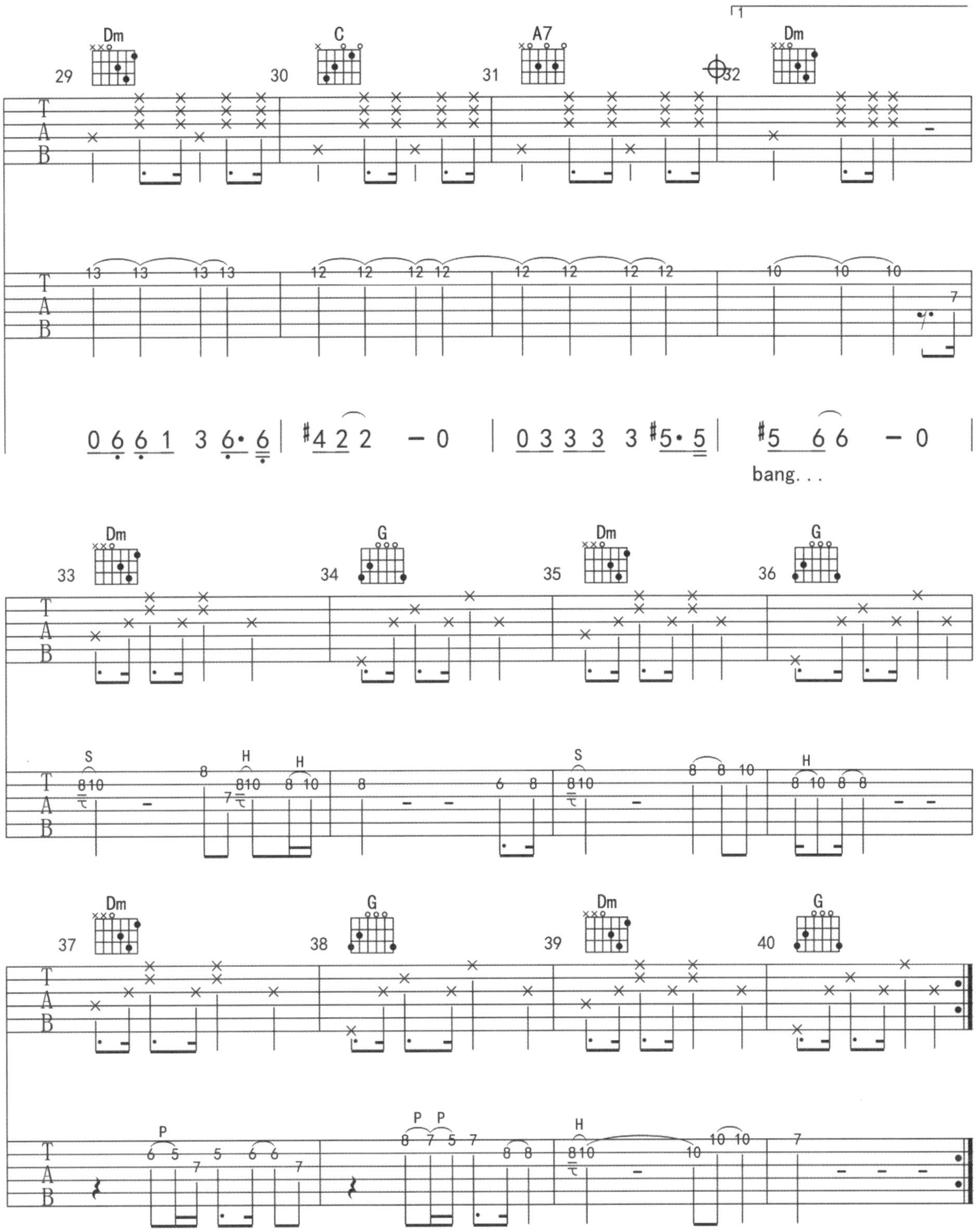
Dm
C
A7
Dm
bang. . .
Dm
G
Dm
G
Dm
G
Dm
G

2
Am Am Dm G Cadd9 Dm
41 43 44
D. S.
#5 6 6 6 — 0
bang
#5 6 6 6 — 0
bang
3 1 1 6 2 2 2 7 1 7 7 1 6
我只是有一点 一点担心
Dm G Cadd9 A7 Dm G Cadd9 F
45 46 47 48
3 1 1 6 2 2 5 4 3 3 3 6 6 3 #4 2 2 5 4 3 0
孩子们不能 在我身旁 他们已去了遥远 的国度
G A7 Dm
49 50 51
2 2 3 1 7 7 7 1 — 6 — 6 — — 0
留下我一个人 孤 独

献给生命中最爱的人、献给青春

小爱人 / LITTLE LOVER

卢庚戌 词/曲

原曲 E调 | 选调 C调 | Capo 4

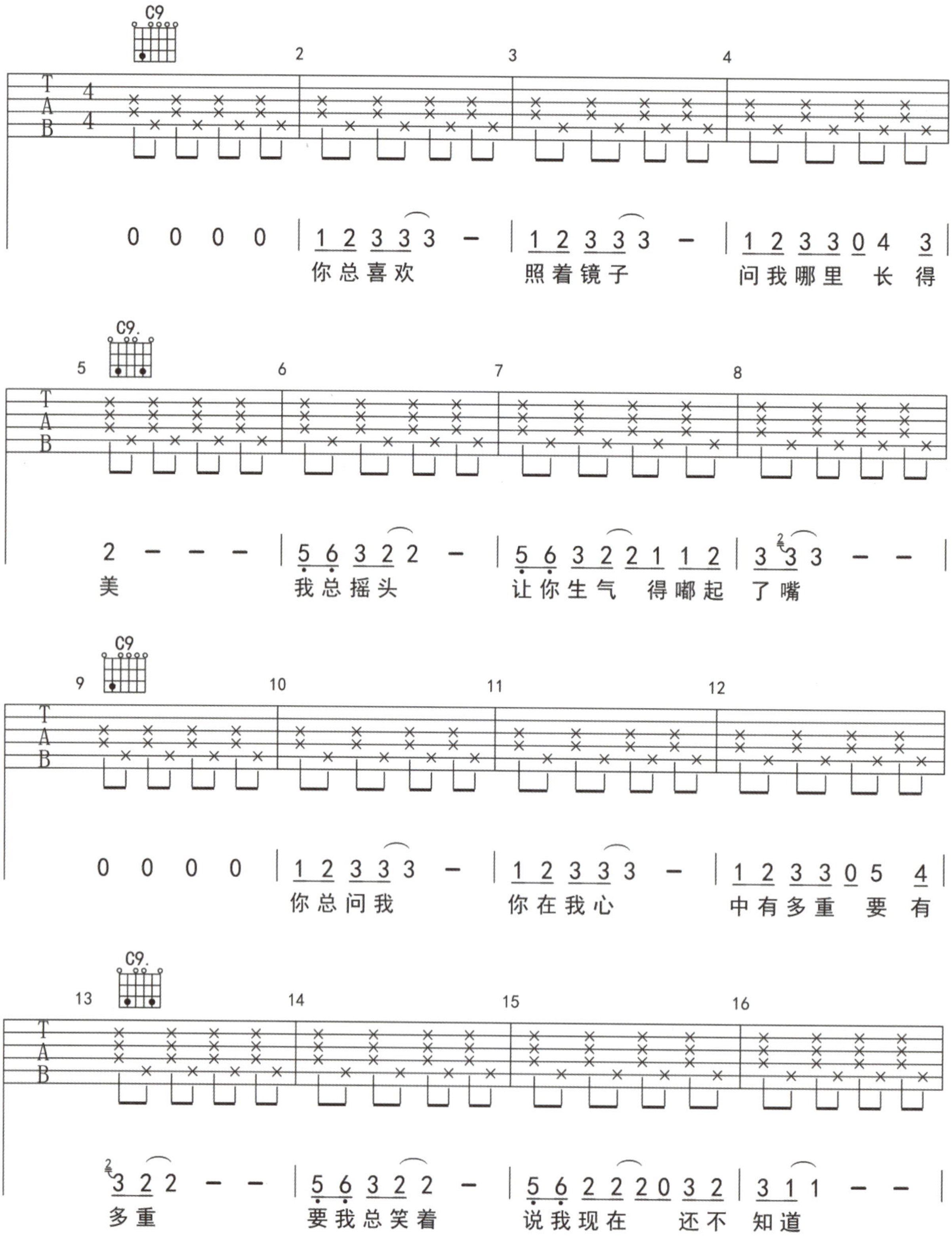

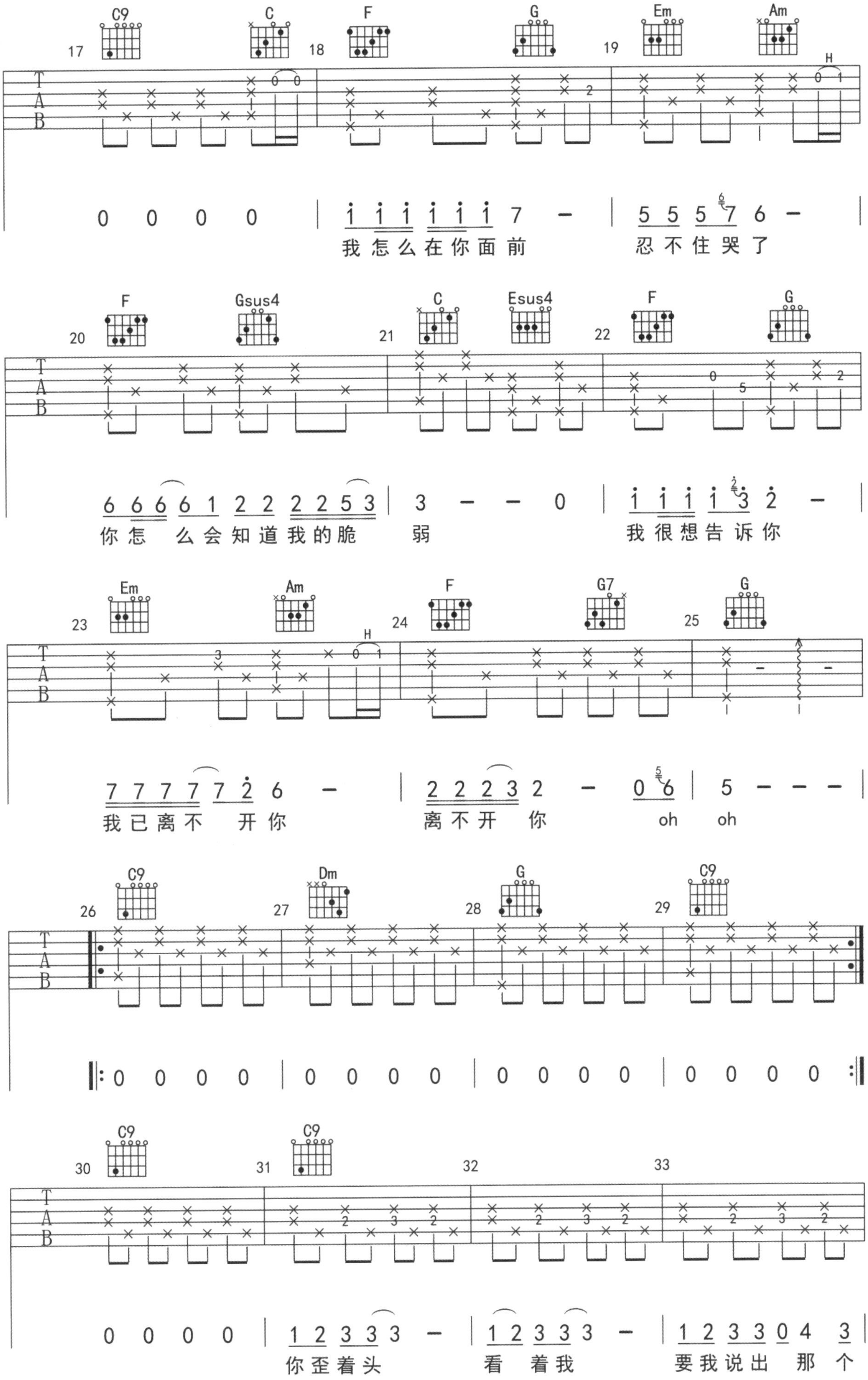
C9 C F G Em Am
我怎么在你面前
忍不住哭了
F Gsus4 C Esus4 F G
你怎么会知道我的脆弱
我很想告诉你
Em Am F G7 G
我已离不开你
离不开你
oh oh
C9 Dm G C9
C9 C9
你歪着头
看着我
要我说出那个

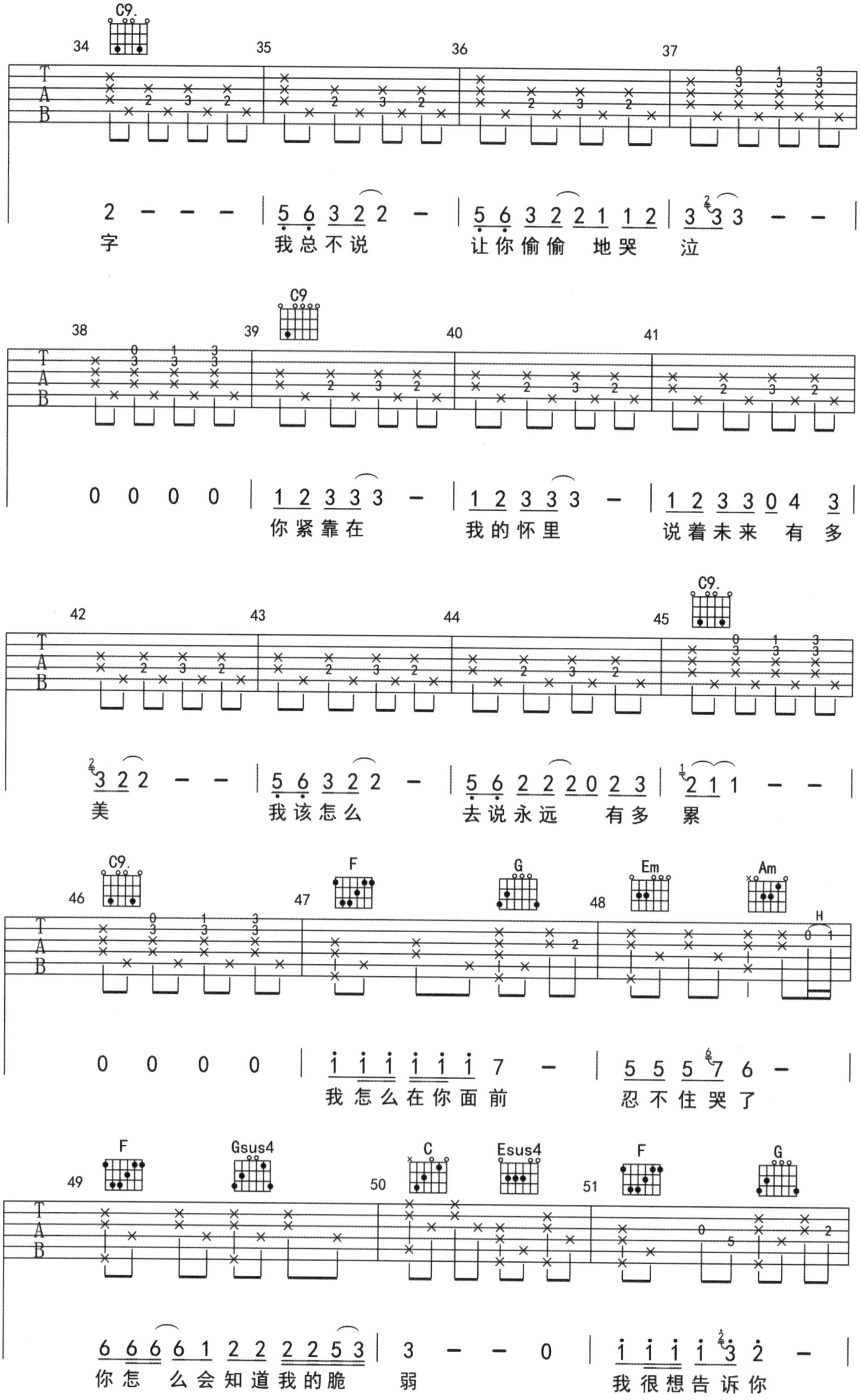
C9.
字
我总不说
让你偷偷 地哭 泣
C9
你紧靠在
我的怀里
说着未来 有 多
C9.
美
我该怎么
去说永远 有多 累
C9.
F
G
Em
Am
我怎么在你面前
忍不住哭了
F
Gsus4
C
Esus4
F
G
你怎 么会知道我的脆 弱
我很想告诉你

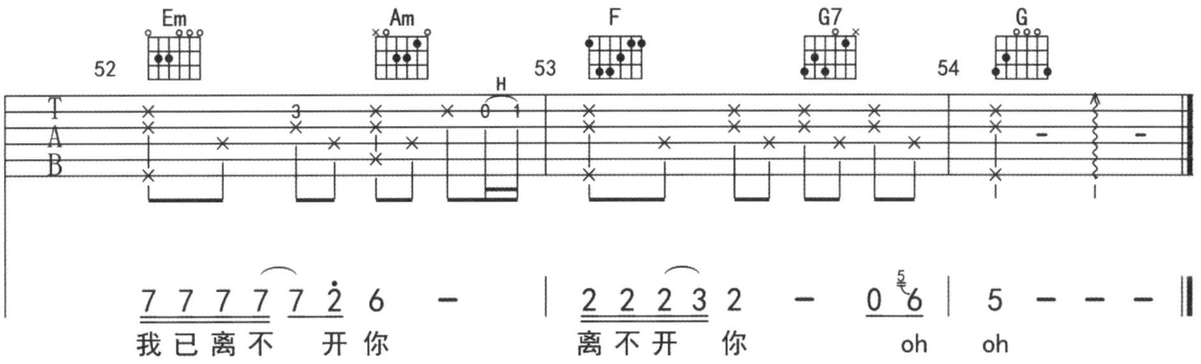
Em
Am
F
G7
G
52
53
54
H
7 7 7 7 7 2 6 –
2 2 2 3 2 – 0 6
5 – – –
我已离不 开你
离不开 你
oh
oh

我们去远方 / GO FAR AWAY

卢庚戌 词/曲

原曲 E调 | 选调 C调 | Capo 4

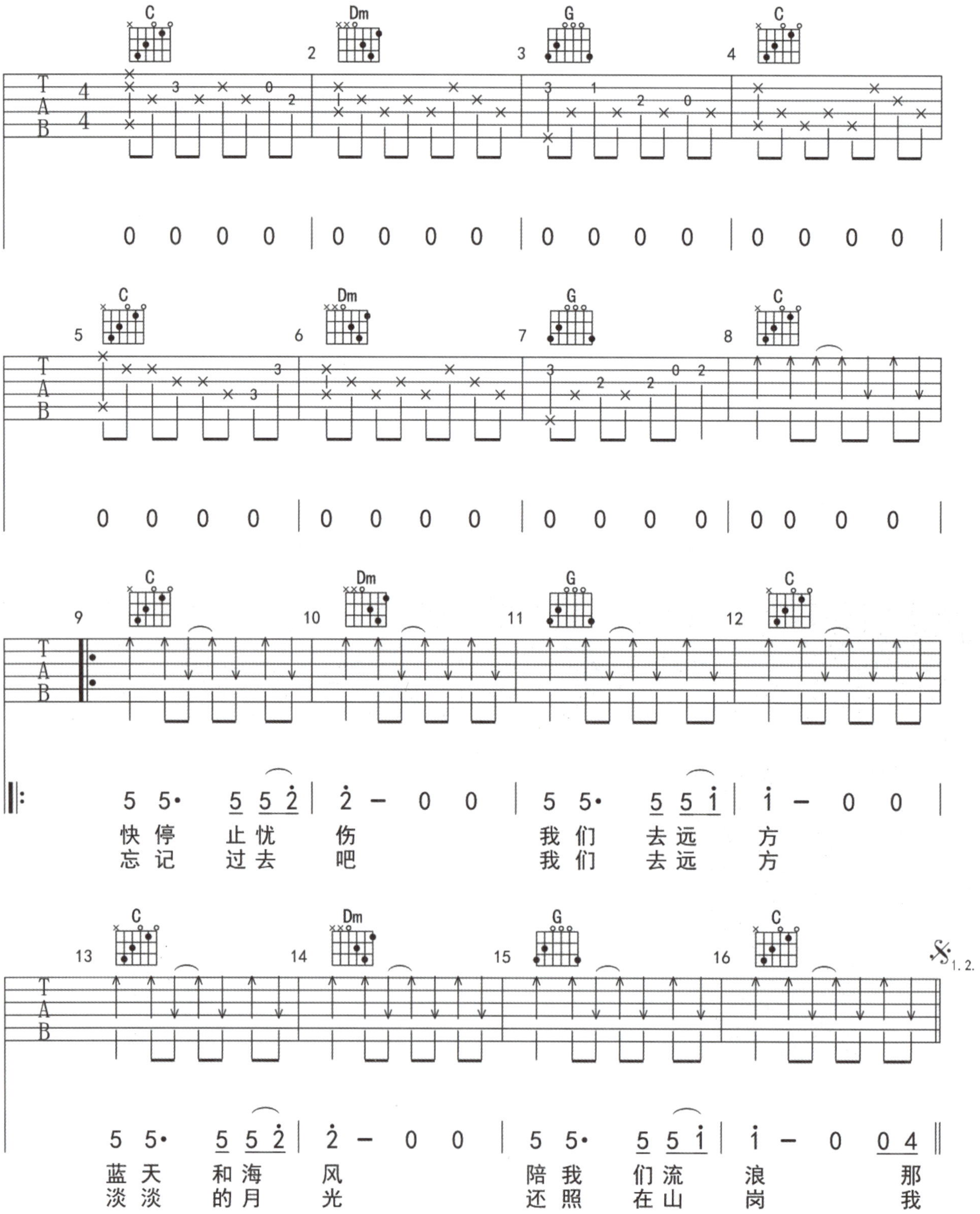

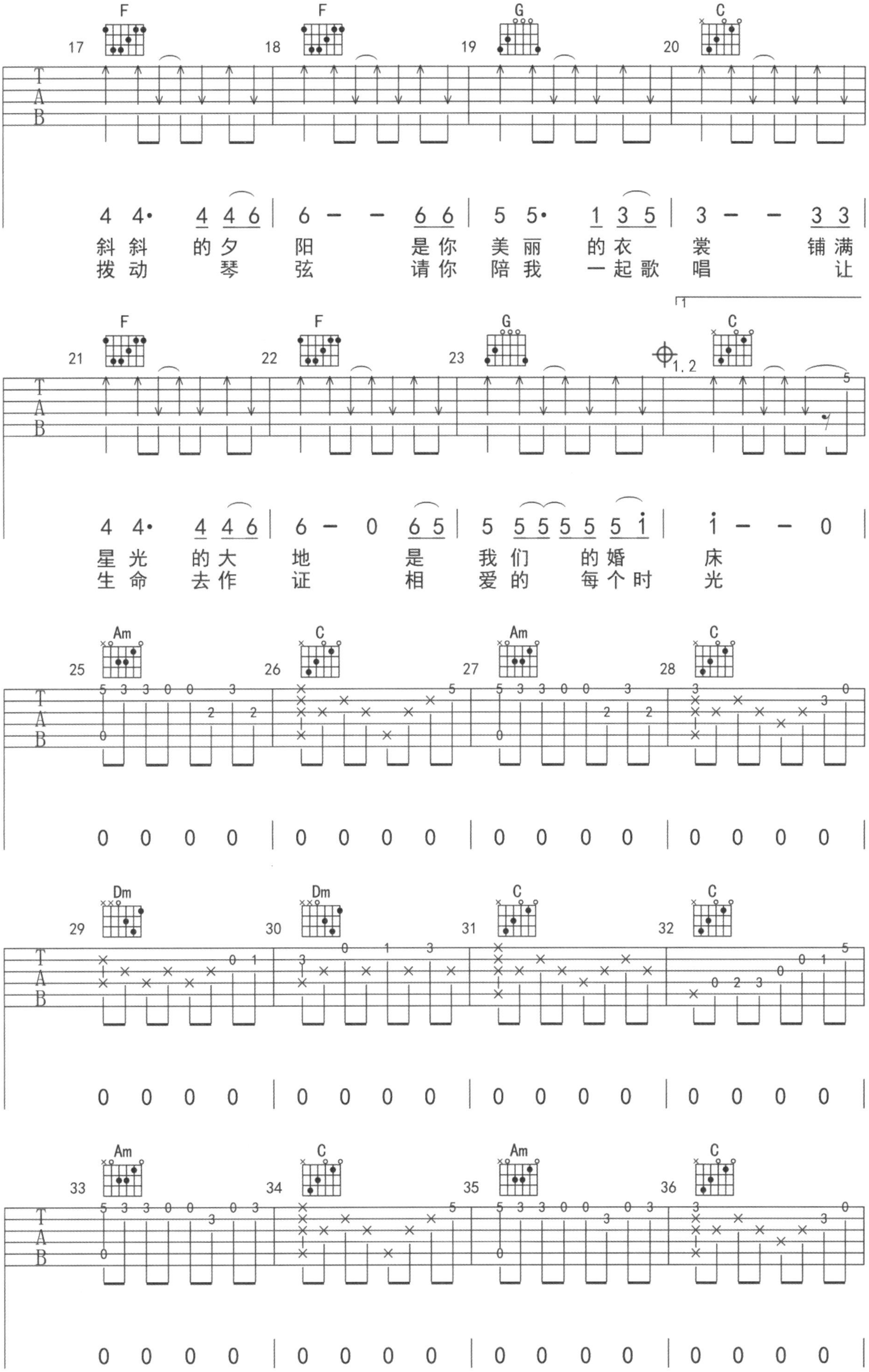
F F G C
斜斜的夕阳 是你美丽的衣裳 铺满
拨动琴弦 请你陪我一起歌唱 让
1.
1.2
F F G C
星光的大地 是我们的婚床
生命去作证 相爱的每个时光
Am C Am C
Dm Dm C C
Am C Am C

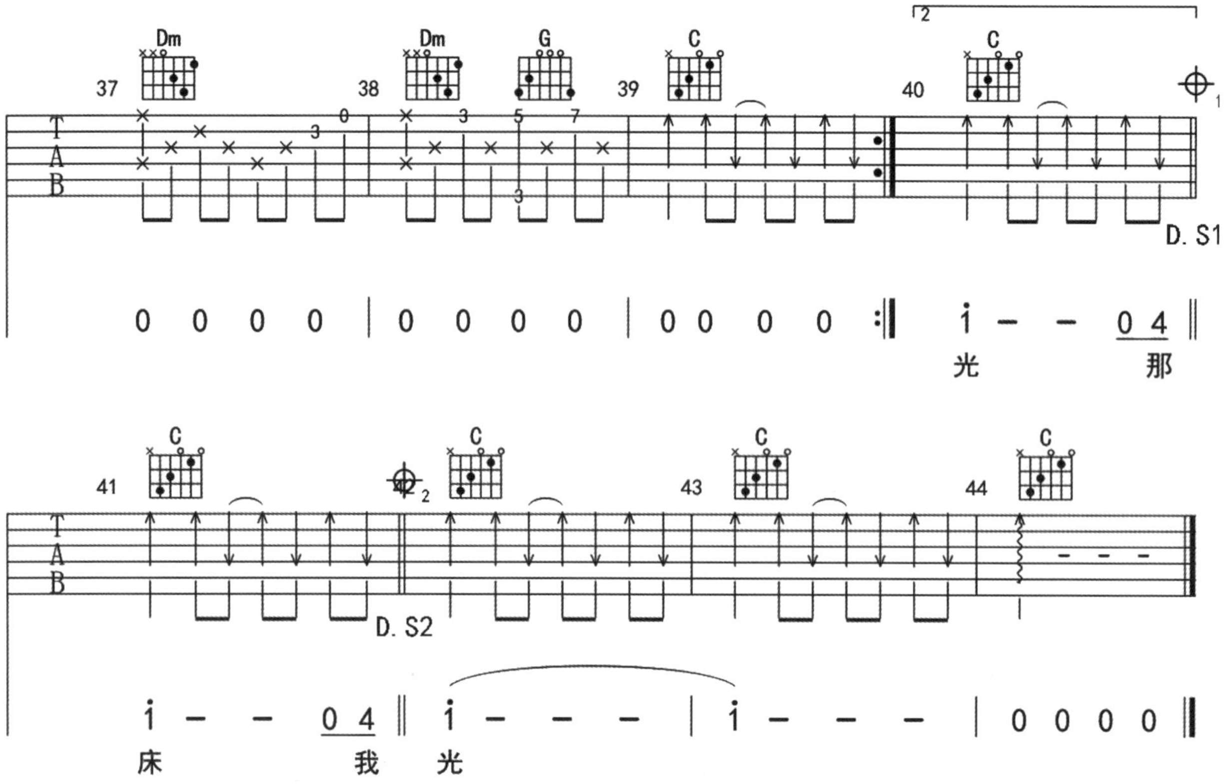
Dm
Dm
G
C
C
D. S1
光
那
C
C
C
C
D. S2
床
我
光

青

有人已找到他要的东西

有人还为理想在努力

有人已经徘徊到青春之外

有人还为青春在歌唱

春

2003

水木年华 3 – 新歌+精选

2003-2-1发行

失恋日记 01

在他乡 02

再见了，最爱的人 03

小爱人 04

蝴蝶花 校园版 05

中学时代 06

墓志铭 激情版 07

新年快乐 08

恋爱十日谈 09

青春正传 10

轻舞飞扬 流行版 11

一生有你 12

对你的爱我从未变过

采访人：颜菁 《北京青年报》记者

受访人：卢庚戌

和卢庚戌走出报社大门，我们在门口分别打车离去。

正是一天即将结束的时候，喧嚣在落定，他消瘦的身材、黑边眼镜、长发、大大的单肩背书包一并藏进了红色的出租车，然后隐没在纷乱嘈杂的马路上。我想起了大学里那场月光下的舞会，想起临毕业前宿舍楼下夜夜传来的老狼的叹息……校园里的歌手，陪我们走过了那个白衣飘飘的年代，我总不能忘记师哥在一首歌的文案里说的：写歌是一种瘾，就像回忆是一种病，而感伤则是终身治不愈的一种残疾。

回到家打开 CD 机，名叫《蝴蝶花》的单曲唱碟缓缓转起来了，是卢庚戌的声音在静静地诉说：

是否还记得童年阳光里 / 那一朵蝴蝶花 / 它在你头上美丽地盛开 / 洋溢着天真无瑕 / 慢慢地长大曾有的心情 / 不知不觉变化 / 痴守的初恋永恒的誓言 / 经不起风吹雨打……

1989 年 9 月我走进了清华校园，那年我是以辽宁省营口市第一名的成绩考入清华建筑系的。报到那天印象最深的就是觉得校园特别大，人懵懵懂懂地就被一辆车拉到了宿舍楼。接下来登记啊什么的，一阵忙乱，来不及想。好不容易提着行李去宿舍了，走在昏暗悠长的楼道里，突然隐约传来了歌声，非常美妙，是齐秦的，可什么歌记不得了。我感觉心上好像静静地流过一淙溪水，我就想是放的录音机呢还是有人在唱？唱得这么好……听着歌，我找到了我的宿舍，发现它原来在厕所旁边，斜对着一个空空的厅，我往里一探头，看见一个人抱着把吉他在唱，厅里满是他声音的回响。后来我才知道他是清华园里有名的学生歌手、谷建芬的学生。但当时我觉得很不可思议，清华居然有这样的学生。在我想象中，他们都应该像学究似的，我来清华不也是慕这个名吗？

就这么开课了，系里老师总给我们灌输一种思想，就是清华只有一个系，那就是建筑系。年少的我们很容易就变得轻狂起来，留长发啊，叼烟卷啊，整天背个画夹在校园里乱逛，其实也没画什么画，就想显示自己是建筑系的。

班里有 3 个男生宿舍，每个宿舍两把吉他，我们一入学就被这种风气感染了。向“老班”学弹吉他，曲子都是高年级传下来的，唱的也是高年级校园歌手写的歌，有的现在已经是音乐人了，他们的歌总有那么些不一样。入学那年的 1 月，学校举办了每年一度的校园歌手大赛，有正规评委亮分的，在学生中特别火爆。我记得一个住我隔壁的男孩唱了一首崔健的《假行僧》，我当时真不知道崔健，但歌曲让我很激动。那天全场的气氛特别热烈，有一个念头不住地轰击着我的大脑：什么时候我也能这样唱歌？月中，崔健就在中关村搞了一个演唱会，我去了。我开始疯狂地练弹吉他，别人画图去了，我不去，别人熬夜画图，我熬夜弹琴唱歌。那时候叫“水房歌手”，经常特晚，夜里 12 点多了，在水房唱歌，别的屋的人就喊：“别唱了！还让不让人活了！”一年后吉他练得差不多了，我参加了校园歌手大赛，拿了第二名。不过后来知道应该是第一，被别人给黑了。

是什么样的一种情结始终缠绕着我们？加入文学社，迷恋海子的诗，在清华园晴朗的雪天里诵读诗篇，然后烧掉……校园歌手协会组织起来了，沈庆、郁冬等过来唱歌，我们就听歌。当时《同桌的你》已经写出来了，就被我们传唱。有人问我“你能不能自己写歌？”我以前觉得写歌是搞音乐的人的事儿，听了这些校园歌手的歌，我也开始学着写了。1992 年，我和另外两个男孩成立了“梦中草原”演唱组，当年一起排练、演唱的哥儿们，后来都去了美国，一个在微软工作，一个在攻读博士，我相信，他们永远也忘不了我们唱过的歌……

清华三号楼

唱歌唱到了大四，我开始恋爱了，那是我的初恋。同系92级的一个女孩出现在我的面前，觉得她很清纯，然后就心动了。清华的女孩少，男生又晚熟，不知道怎么谈恋爱。女孩本来就是宝贝，稍稍出色点的，男生更是一哄而上，竞争激烈极了。那时女生楼就跟熊猫馆一样，而我们最见长的方法就是在楼下等。她也许不愿意下来，也许不在，又不知道去哪儿了，没有呼机，电话也不方便，只能等。可她最终没选择我，而我不管她怎么想，就自己陷进去了。我抱着吉他为她写歌，又在大冬天里背着吉他骑车到她家楼下，把她叫下来对她唱得泪流满面……可她仍没有接受我。是一个感觉的问题吧，她喜欢的人不是我。我大学后期的歌都是因为她而写的。

大学生活对我影响很深，一方面是学业上的严格紧张，一方面是对唱歌的痴迷。就要毕业了，“梦中草原”乐队在学校举办了一次告别演唱会，我想从此放手音乐，回到最初的理想上，做一名好设计师。毕业时的心情很复杂，五年的学习生活，太累了，巴不得早点儿离开；可真的离开了，又充满留恋，是爱恨交织的。1994年的夏天，我分配到了北京纺织工业设计院。

早九晚五的工作作息让懒散惯了的我怎么也无法适应。9月末我参加了单位的献血，得了一笔钱，就用这钱在清华租了一间小屋。和几个老同学见了面，都是继续读研的。大家喝酒聊天，心情不好人也昏昏沉沉的。十一放假的几天，我安顿自己的屋子，在翻几个破箱子的时候，偶然间看见了那个女孩给我写的一首诗，一阵冲动涌上心头，拿起吉他就想写歌。写歌的那几天过得很美好。

记不清自己是怎么吃饭睡觉的，只记得每天看太阳在窗前东升西落，记得自己整天弹吉他。过去校园里的日子全都想起来了。我钟爱的《蝴蝶花》就这样诞生了。清华几个低年级的校园歌手来我这儿玩，我给他们弹唱了《蝴蝶花》，他们问我能不能教教他们，我答应了。两三个月后，我去学校看一场各系的文艺表演，礼堂里的节目单上有一行写着：吉他弹唱：《蝴蝶花》，表演者：XX，已经不是我教的那几个人了，我才知道我的歌也在被传唱。

1994 年那年，当初的校园歌手全都红了，我也一心想做一名歌手。我给家里打电话说我要辞职去唱歌，妈妈听了很吃惊，然后又哭，说家里没有谁搞这个，我也不是这块料，又问我辞了职怎么生活，而我什么也听不进去，只说不管怎么样也要唱歌，就挂了。那时候太年轻，自己想做什么，不太在意家人的感受。过年回家又被爸爸骂了一通，还是拗不过我，返京后，我就把工作辞了。其实我们单位领导对我不错，说单位需要我这样的高才生，太可惜了，要不保留我的工作，不想唱了再回来。我当时真的很感动，可依然没有管这些。

我真正向往的生活开始了。带着工作后的一点点积蓄，我去了烟台，在那儿我的两个朋友组了个乐队，缺一个贝司手，叫我过去一起排练。我们每天在一块儿练基本功、排歌儿。住的地方周围一个人也没有，三个人每月的生活费一共只有 200 元。我们去菜市场买土豆、青菜，去海边捡海物回来煮，就是那时候我学会了做饭。我们丝毫不觉得苦，也没有去演出挣钱的想法，只想练琴，通过练琴写出自己的作品，乐此不疲。练了一阵子，大家决定出去走走看看，最后到北京会合。在大学里我就特别喜欢流浪歌手，向往做个流浪歌手去体验生活。上海、江苏一路走过来，看了世情百态。那段经历对我很重要，我学会了计算生活，思想也从过去单纯的风花雪月转向对人生的思考，注意起角角落落里过去不曾注意到的生活。

在返回北京前，我去了沈阳音乐学院。我一直觉得自己嗓子不好，想练练声乐。我找的老师据说是当年指导毛宁的，每天“mimimama”地练一阵，我有点儿性急，就问老师什么时候能唱到 A 调，老师说，起码三年吧，还要看你的运气。我一听就泄气了，而在音乐学院里接触的人也让我失望，和他们聊天，他们说的是在夜总会里弹琴挣了多少钱，毕业后怎么挣钱……和我想的完全两样。

我又开始和家里人商量了。这次，爸爸说只支持我一年，如果还不出成绩，唱不出个样儿，我必须干本行。我答应了。住回清华园的日子很拮据，每顿饭不超过两块钱。

一天晚上，我犯了急性胃病，疼得从床上滚到床下。以后一直好好坏坏，人变得瘦极了。当人脆弱的时候，更忘不了过去，我又想起了那个女孩，给她打了电话。她好像感情不顺利，我暗暗认为自己又有希望了。我还是爱她。我向朋友借了两千块钱，在假期陪她去南方玩了一圈儿。然而我终于感觉到她并不爱我，只是找个伴儿，找个寄托；我也终于明白了，感情不是一个人能营造的。分手后，我的胃病又加重了，整个人像一根棍子似的。那时又写了一些歌，情感上比从前升华了些，手法也更成熟了。

转眼到了 1995 年末，家里觉得我挺苦的，身体又不好，没有责怪我，又给我多寄了点钱。烟台的那两个朋友在北京的一间酒吧里做歌手，要我帮忙，我偶尔去唱唱。一次请了好多朋友来玩，其中一个带来了两个女孩，有一个很漂亮，非常清纯的那种，我们几个光棍都注意到了。我当时还是比较羞涩，看着那女孩和别人说话，不怎么理我，就上台唱了那首《蝴蝶花》，可她依然没和我说话。第二年，“梦中草原”的另两个男孩要出国了，我们在清华的多功能厅又办了场告别演唱会，老狼、郑钧做的嘉宾，演出非常成功。

半年以后，在会场里我再次遇见了那个女孩，我们聊得很投机，很快就好上了。后来我问她当时听《蝴蝶花》为什么没反应，她告诉我，她听完后的当天晚上就给美国的一个朋友写信，说从没听过这么好听的歌曲……可惜没过多久，她家里人就送她去巴黎读书了。也许是经历了第一次，我对感情不再有一丝强求，变得很随意，从一个极端走向了另一个极端。

我开始拿着自己的歌曲到唱片公司自荐，但他们大都只愿买我的歌，不愿让我来唱。记得一次在体育大学唱《蝴蝶花》，在场的一个音乐人觉得歌不错，我以为遇到了知音。开始去找他，他态度挺好，再找就爱答不理了，只问我：这歌你卖吗？我告诉他，我不卖，想自己唱，他就没再说什么了。我又给另一家公司的制作人打电话，制作人说，你过来吧。我特高兴，和一个小伙子背着吉他从清华一路骑车过去。他们听完我的录音小样后，指着其中一首《收藏》说，这歌不错，我们刘婕正缺首歌，就用这首吧。说着他们自己就商讨起来哪段歌词修改一下，哪段旋律调整一下……他们满以为我会卖，而买我的歌已经是给我面子。他们劝我说：你应该让我们了解你，先帮我们做些歌曲，打开你的知名度，然后再做歌手。也许是太想唱了，也许是逆反心理，我手一挥：不卖，就想自己来唱。可后来我还是卖了两首歌 ,《走投无路》和《琥珀》，在黄小茂那里经过几次碰壁后我对唱片公司有点儿失望了。他们承认我的某些作品，又觉得我的歌里缺些什么，到底是什么，谁也说不清。

我想他们拒绝我可能有两方面原因：一个是我的唱功有欠缺，另一个就是他们认为用我这样一个毫无知名度的歌手，风险太大。那时的唱片业正处在低谷。

家里给了那么长时间的支援，我希望能赶快自己养活自己。正好有一个机会做一项工程，我一下挣了好几万块。就这样到了 1997 年，我已经感到很绝望了，但还常常写歌。《我没有自己的名字》描述的是工作后那种小职员、小人物的心态；看了一次车展，香车美女云集，写了《游乐场》；听说好几个老同学都离婚了，感慨出一首《纸婚》……我不知道这样的日子还要过多久。

又到了年末，在清华园闲逛，一个老朋友打来电话说，给我留了张陈明在清华开演唱会的票。我去晚了，大礼堂门口站了很多没进去的人，窗户上还扒了不少，演唱会已过了一半。我刚想扔掉手中的票，忽然有人说，有票的可以进，我分开人群走了进去。

礼堂里的气氛已经相当热烈了，有人大叫“陈明，我爱你”。我知道制作陈明的陈梓秋是位非常优秀的制作人。我对他又抱有了希望，演出结束后就去找他。斯斯文文、戴副眼镜的他留给我的印象很好，他告诉我他住什么地方，说过两天才回广州，让我去找他。

我选了三首歌用Walkman录了小样，便拿着吉他就去了。他直到中午才起来，我给他唱了几首，他好像听得不耐烦；我又让他听我的磁带，他戴上耳塞，竭力去听。听罢，他指着一首说，这歌给陈明唱比较合适，好东西别耽误了。我一听怎么又是这样！我说我就想自己唱，这几首歌留给自己吧，反正我不卖。我又沮丧又不服，难道我真的不行吗?

这次受挫后，我又组织了一个乐队排练我的歌曲。

1998 年夏天，在清华再次搞了专场。陈梓秋给我的名片，几次想扔都没扔，我还是给他打了电话邀请他来。他真的来了。我把我爸也请来了，演完后，我爸问他：这孩子怎么样？他说：让你孩子死心吧，他不是这块料！晚上陈梓秋找我谈话，说自己当年也一心想唱歌，可嗓音的确有欠缺，现在做音乐人也挺好。他建议我把建筑作为主业，把音乐作为爱好，写的歌不错，可以让人用。我依旧不服气，希望和他保持联系，让他给我指出明确的不足，我来改进，他回答没问题，但他表现出对我的怀疑态度。

我真的为自己的嗓子发愁了。在乱翻名片夹的时候，发现了一个研究咽音发声的人，他曾经来清华作过报告，我想去试试。这种发声方法很残酷，而且模仿各种动物的叫声。每天早、中、晚，无论坐公共汽车还是地铁，我都在练。我住的小屋一面朝着清华北面的一片旷野，晚上我一练声，附近村子里的狗就跟着我此起彼伏地叫。那段时间来的朋友都以为我中魔了，我一练他们就乐，后来干脆跟着我学。

有时练得真想呕吐，但有用，嗓子越练越好。我一直和陈梓秋保持着联系。喜洋洋公司的人都知道有个特瘦、戴眼镜的人老来找老板，穿得土不拉几的。我跟他磨合作品，他觉得我勇气可嘉，也帮我。他分析我作品的气质，认为我应该成为一名人文歌手，而我从未想过自己的定位。我把所有的作品又重新整理送给他看，接受他的意见反复地修改。他被我感动了，对我从怀疑变成了半信半疑。

我终于能进棚里录音了，但没有钱。我向家里提出支援我 10 万元。我知道 10 万元对一个家庭来说也不是小数目，但我不试一试，一辈子也不会安心，如果不成功，我也就死了这条心了。家人最终支持了我。进录音棚录的第一首歌是《未来的未来》，我被录音师骂得一塌糊涂，直问“这个歌手会唱歌吗？”我自己也非常沮丧，一切都不对了，一直唱歌的我不会唱了。两个月过去了，钱扔进去两万多块，可一点儿找不到感觉。家人犹豫了，我也很矛盾，还要不要继续录下去?

一天早上，我从梦中哭醒，好像是梦到从前和女友分手。泪还挂在脸上，我决定不管怎样都要录完。一个编曲说先录《蝴蝶花》吧，录了两天，还跟从前一样，他叹气说：你这个人确实不会唱歌。他问我《蝴蝶花》怎么写出来的，我给他讲了那个故事，他听了挺感动，说这歌不错，可惜你不会，你听我来唱。我学，可还是不会。一天晚上我随口哼哼，他们连说“对了，对了”，把我拉进棚里录了一段，又用了两天就录完了。

《蝴蝶花》会唱了，所有的歌都会唱了。

我把录好的歌拿给陈梓秋听，他打来电话对我说：你整理一下，公司签你了。时间已是2000年的年初。

签约，对一名歌手意味着你不再单枪匹马，每首歌有公司帮你来推广、打榜、与媒体联络宣传。现在安定了，一切都有了计划和安排，不再像过去那样没有着落。但过去那种生活也许是真正适合写歌的……

我一直在对拒绝我的人说：我想自己唱歌。我热爱它，理想上的苦，感情上的苦，我觉得只有那才是我能表达自己的方式，所以这么多年都坚持过来了。

报纸上说师哥退了，老狼早没了消息，曾经那么多年轻而执着的声音都寻觅不到了。我坐在CD机旁，在那首《未来的未来》里，我听到卢庚戌说：

从没有对你说 / 我忍受这孤独漂泊 / 只因为不放弃 / 从前许下的承诺 / 怎么样的生活 / 无法停止我心中的火 / 你是否能感觉 / 对你的爱我从未变过……

大学时代成立的“梦草原”演唱组，另外个成员曲磊、魏晨阳来去了美国

创作灵感

这首歌曲的灵感来源于当代最伟大的爱尔兰诗人的著名爱情诗《当你老了》，当看完这首诗，内心受到触动，便写下了这首歌的歌词。后来于浩宸为它编曲，李健加入并参与编曲，于是这首《在他乡》就诞生了。

谁都年轻过，任何人的心里都保存着一份美好的青春回忆，正因为这首歌洋溢着每个学子心中那份对家乡的思念，所以它能够成为这份青春回忆的“导火线”，不仅能点燃青春的激情，还让人重温那段青春岁月。

聆听，水木年华3 / 新歌 + 精选

随着卢庚戌个人随笔集的问世，“水木年华”的第三张专辑进入了大家的视野。这是一张“新歌 + 精选”的专辑。“水木年华”在失去了优雅的李健后，增添了两名充满动感与活力的成员——缪杰与姚勇。相应地，音乐的风格也因此开始有了变化，新成员缪杰出色的高音与姚勇个性的吉他，充实着卢庚戌更新的音乐理念，而卢庚戌自己本身的嗓音也追求着技巧融合情感的变化。这一切，在专辑的几首新歌中（三首新歌，还有四首精选重新进行了编配）表露无遗。李延亮吉他的加入延续着“水木年华”的风格，而我们再次体会的，将是一个既熟悉又陌生的群体：依然的细腻，依然的感性，却更多了一份激情，一丝摇滚。吸收了以前作品的精华，尝试了今后发展的方向，这张专辑不会被遗弃在桌边、床角，因为它将会留在唱机中。

再去评价那些久经唱片市场、深入人心的歌曲已经没有什么意义，听众的认可是最美丽的语言。我们更希望这十二首作品像十二个月的星座一般，让你在任何时候都可以找到最适合的一首。

《失恋日记》—— 摩羯座。华丽唯美的气息来自英伦吉他清新透彻的音色，黯然神伤的双眼浮现于摇滚节奏颓废的氛围。“摩羯座”的少年纯洁、率性，从不懂怎么掩饰自己。第一次，他低头逃避了我们；第二次，他喝酒躲避了自己。从爱的迷茫到爱的清醒，“摩羯少年”嘴角依然带着微笑，有一丝颓然，更有一丝爽朗。

《在他乡》—— 双子座。善变的“双子座”拥有你想不到的勇敢和脆弱。其实，任何一个异乡的游子都有着这样一颗“双子座”的心房。他们需要家乡的温暖，更选择了他乡的挑战。而卢庚戌，还有“水木年华”的缪杰、姚勇，这些曾经在音乐上迷茫但最终选择执着的才子，无疑用自己全部的感情诠释了这一民谣音乐经典。

《再见了，最爱的人》—— 天秤座。理性的音乐让我第一个就想到了“天秤座”。卢庚戌的嗓音依旧沙哑，间奏的小提琴依旧哀怨，但是我听到了坚强与冷静。是的，听到缪杰高昂的和音吗？附着在温柔的周围，充溢着理性的感叹：“你是我所有快乐和悲伤的源泉啊。”但是当你“松开手后”，我会说：“再见了，最爱的人。”本来，“爱”就不等于“拥有”，何不坦然接受。

《小爱人》—— 白羊座。十二个星座中，名字最可爱的就是“白羊座”了。恰巧，在这张专辑中，最可爱的歌曲非《小爱人》莫属了。嘟着嘴、歪着头、爱照镜子、爱幻想的小精灵碰上了一个好强、不善言辞的骑士。我们只有寄希望她能听到这首歌，才会知道那个总是笑着说现在还不知道她有多重要的人，其实是多么的脆弱。

《蝴蝶花》—— 巨蟹座。把“蝴蝶”和“巨蟹”放在一起恐怕大多数人都接受不了。作为卢庚戌最早

的成名作品，《蝴蝶花》充满荡气回肠的真情。岁月流逝，沧海桑田，“巨蟹座”是最钟爱于回忆与收藏的星座了。你知道吗？“收藏任何古老、有价值的东西和回忆，会花掉大半的光阴，就算一辈子在金钱上不曾富足，但在精神上他绝不会穷酸。”怎么样？当你听到卢庚戌叹息地唱“没有不老的红颜”时，是不是觉得，只有“巨蟹座”才配得上这首歌？

《中学时代》—— 处女座。最青涩的季节，最青涩的情感，最纯洁的誓言，最纯粹的浪漫。当那个无瑕的声音在说“爱是什么？我不知道”时，相信感动的绝不只是歌中的那个唯一。“处女座”追求简单、完美和纯洁，这种气质难道真的，只能属于那段成长的岁月吗？

《墓志铭》—— 天蝎座。当清香与细腻留在了《中学时代》，“水木年华”以一种昏天黑地般浓烈的爱情开始了歌唱。强劲的吉他失真与沉静中泛着金属光泽的歌声将“天蝎座”突出、分明的个性，大写意在整张专辑中。在古典的弦乐与现代摇滚乐的交相呼应中，一派的大气磅礴，一派的激情四射。没有委婉的暗示，没有抒情的借喻，短短四十三个字，充满进攻的力量，自尊的“天蝎”向我们毫不示弱地扬起了螯脚。

《新年快乐》—— 狮子座。百兽之王永远充满热情和力量。在那民谣的随意与温和中，是毫不退缩的勇气与自尊。并且同样以这种精神鼓励着墙边的流浪艺人，关怀着独坐的长者，一声声“新年快乐”送给了那些需要温暖的心灵。而强者的孤单，只是在轻松的音乐中自己默默地承受。

《恋爱十日谈》—— 射手座。卢庚戌自己唱出了歌曲的参照物。自由的“射手座”或许正是卢庚戌最期望、最喜爱的，可能也是他最真实的写照。其实，选择音乐，就是因为他的浪漫。当我们反复地听他唱“我也不是罗密欧，你也不是朱丽叶”时，听出的正是他追求自由的决心。

《青春正传》—— 金牛座。听听这首歌的前奏，还用我多说吗？宛若西班牙斗牛进行曲一般的气势，大色块感情表达的堆积，以及执着的歌声。青春并不总是美好的，但是，“水木年华”坚持地告诉你：“青春不需要什么解答”。

《轻舞飞扬》—— 双鱼座。“当一条鱼沉浸在自己的梦想之中，必可见其鳞片上闪耀着美丽的金光，而且鱼的梦，都是相当精致的。”当你深爱的人已离去，你的青春，你的忧伤，你的生命或许只有在歌声中飞扬。不过，那种淡淡的遗憾，那种逝去的感觉，在“双鱼座”飞扬的梦中，充满了超脱。“轻轻飞舞吧”，在“双鱼座”的“第六感”中。

《一生有你》—— 水瓶座。高贵的“水瓶座”绝不是一场爱情所能表述的。那不是水晶，里外透亮，毫无内蕴；也不是琉璃，色泽艳丽，流于肤浅。水瓶中记载着年轻的容颜，水瓶中沉淀着岁月的变迁。用一生去守护吧，即使被岁月腐蚀风干，当那些誓言、谎言慢慢飘散，你就可以看到，那瓶子正在浴火重生。

在他乡 / AWAY FROM HOME

卢庚戌 词 / 李健 曲

原曲 #C调 | 选调 C调 | Capo 1

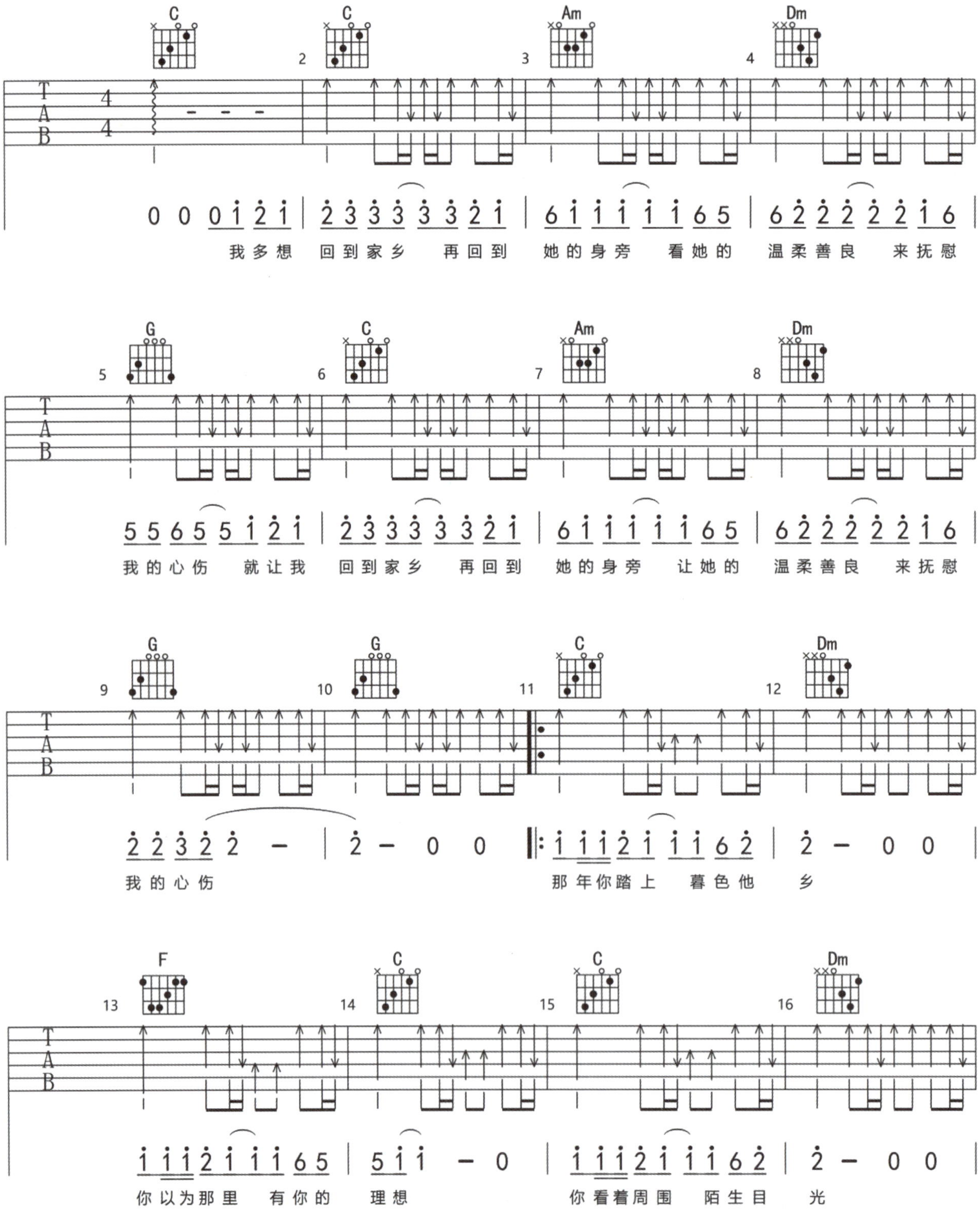

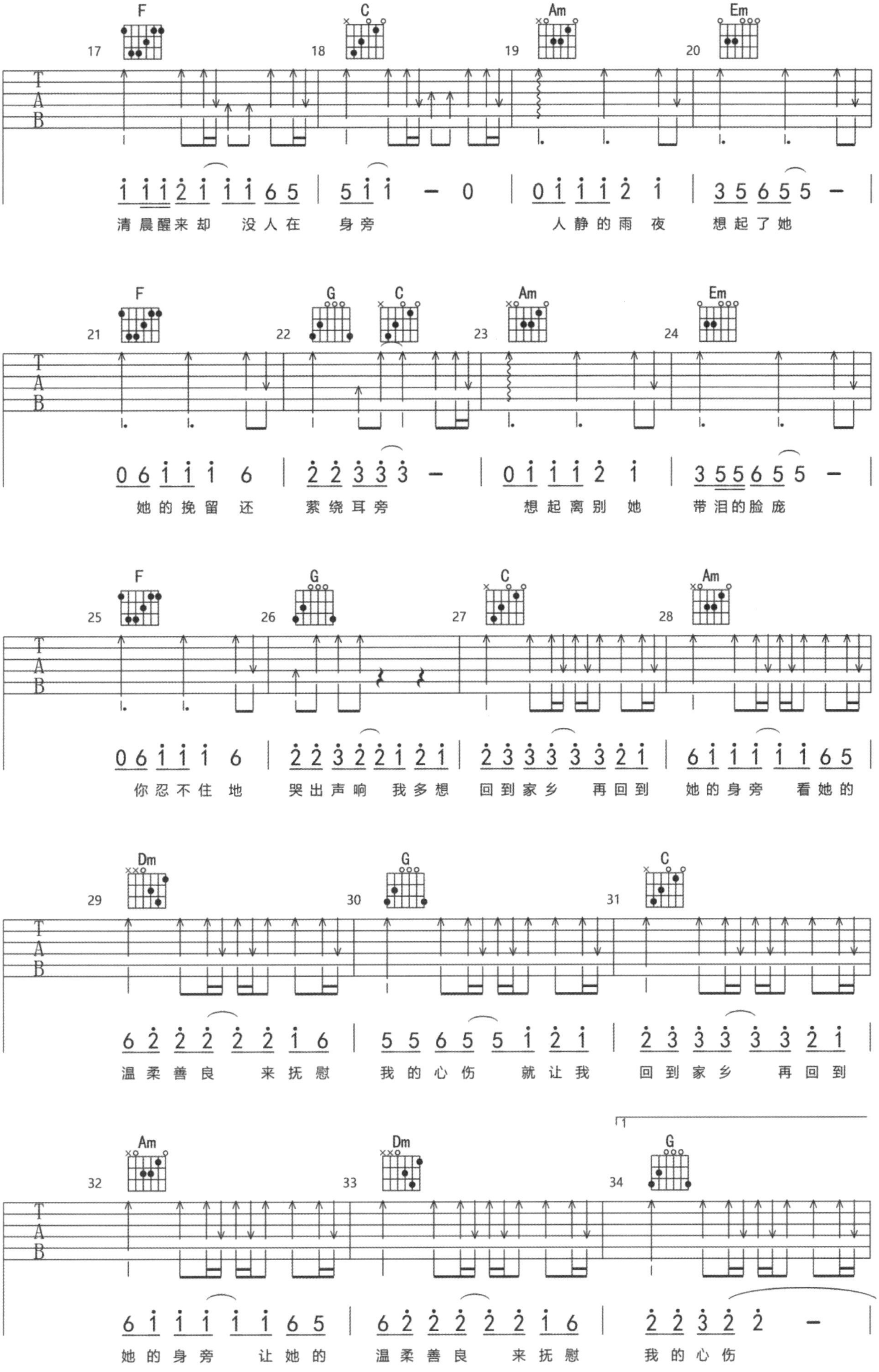
F C Am Em
清晨醒来却 没人在 身旁 人静的雨 夜 想起了她
F G C Am Em
她的挽留 还 萦绕耳旁 想起离别 她 带泪的脸庞
F G C Am
你忍不住 地 哭出声响 我多想 回到家乡 再回到 她的身旁 看她的
Dm G C
温柔善良 来抚慰 我的心伤 就让我 回到家乡 再回到
Am Dm G
她的身旁 让她的 温柔善良 来抚慰 我的心伤

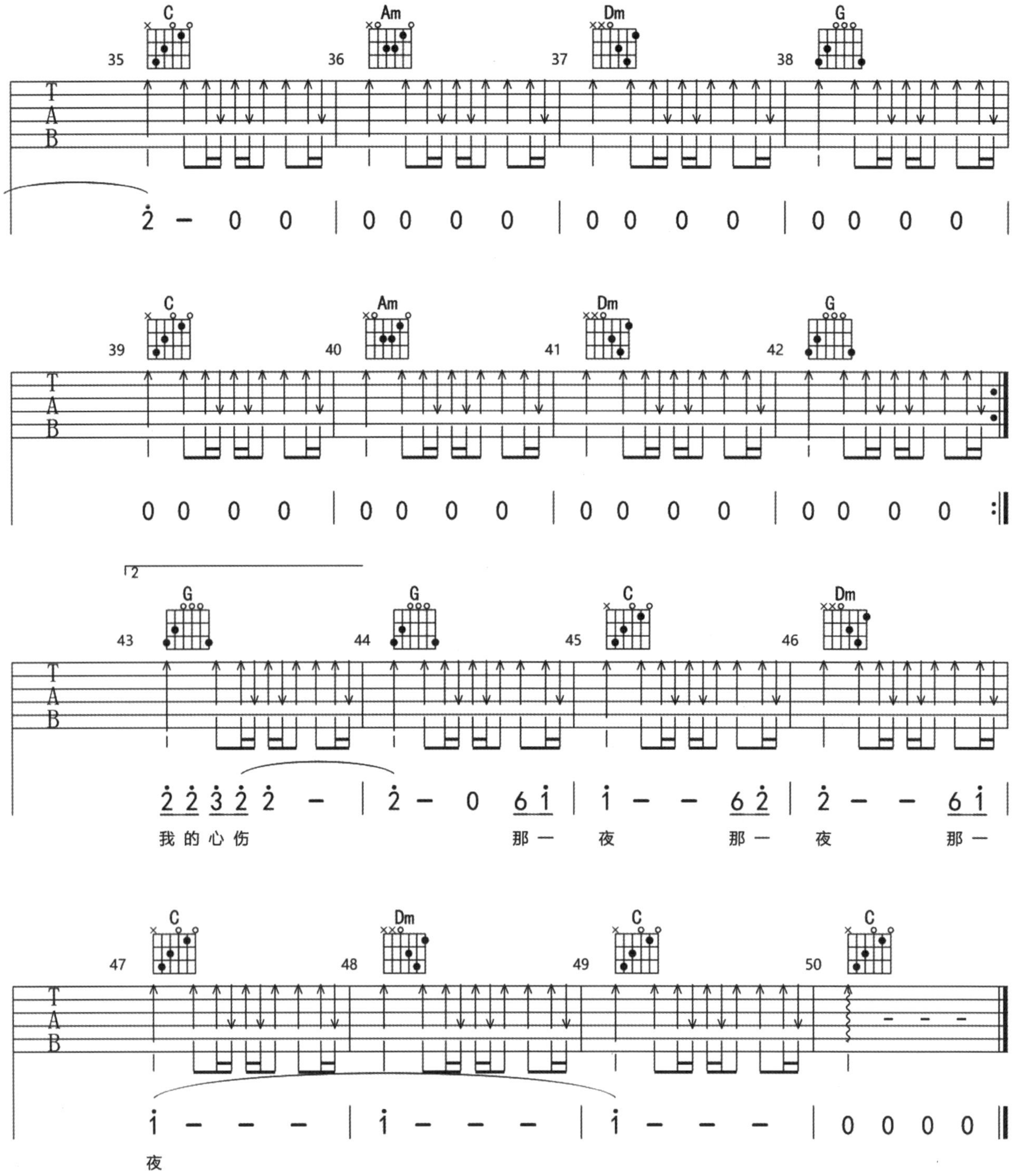
C Am Dm G
C Am Dm G
G G C Dm
我的心伤 那一 夜 那一 夜 那一
C Dm C C
夜

失恋日记 / DIARY OF LOST LOVE

卢庚戌 缪杰 词 / 卢庚戌 姚勇 曲

原曲 G调 | 选调 G调 | Capo 0

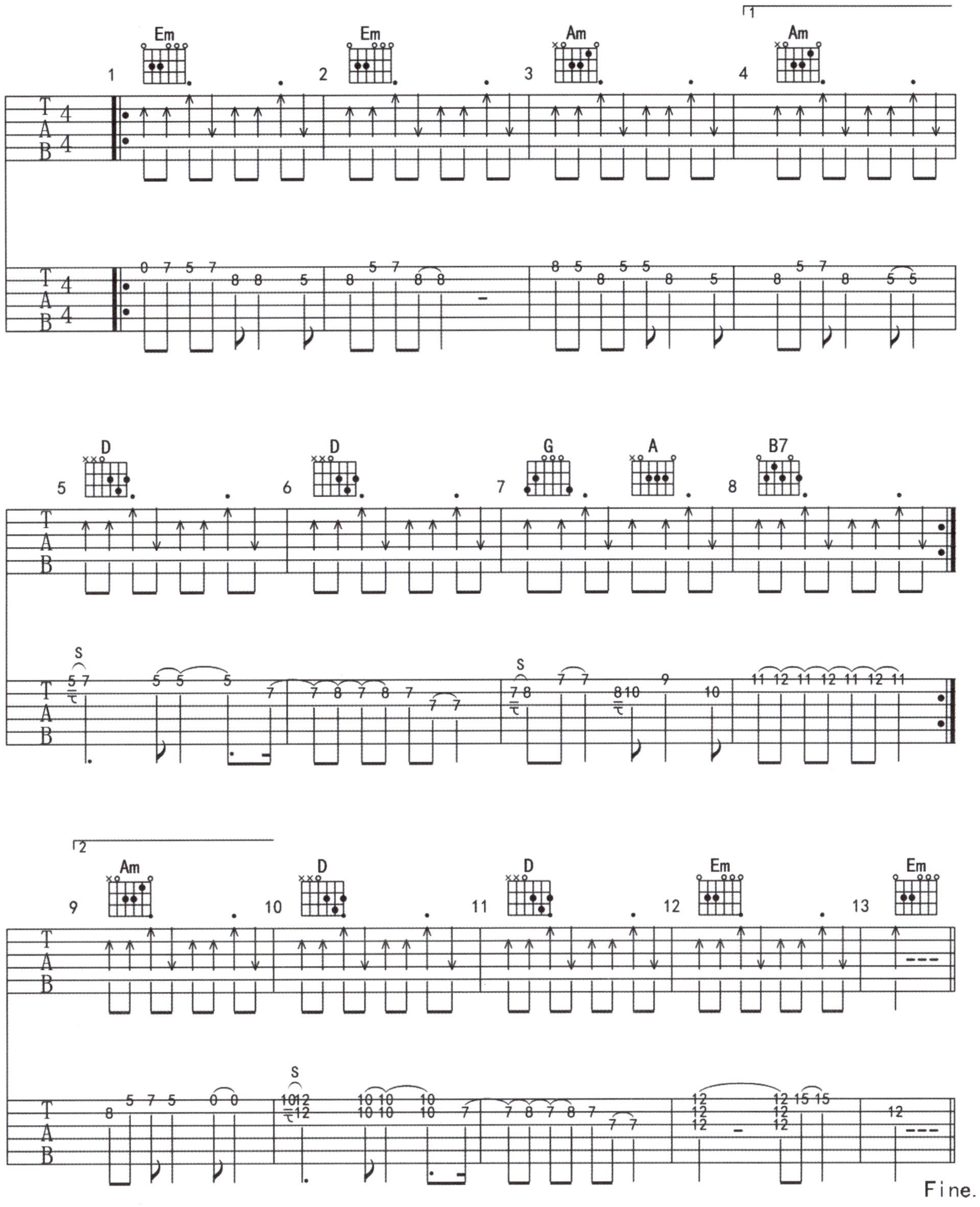

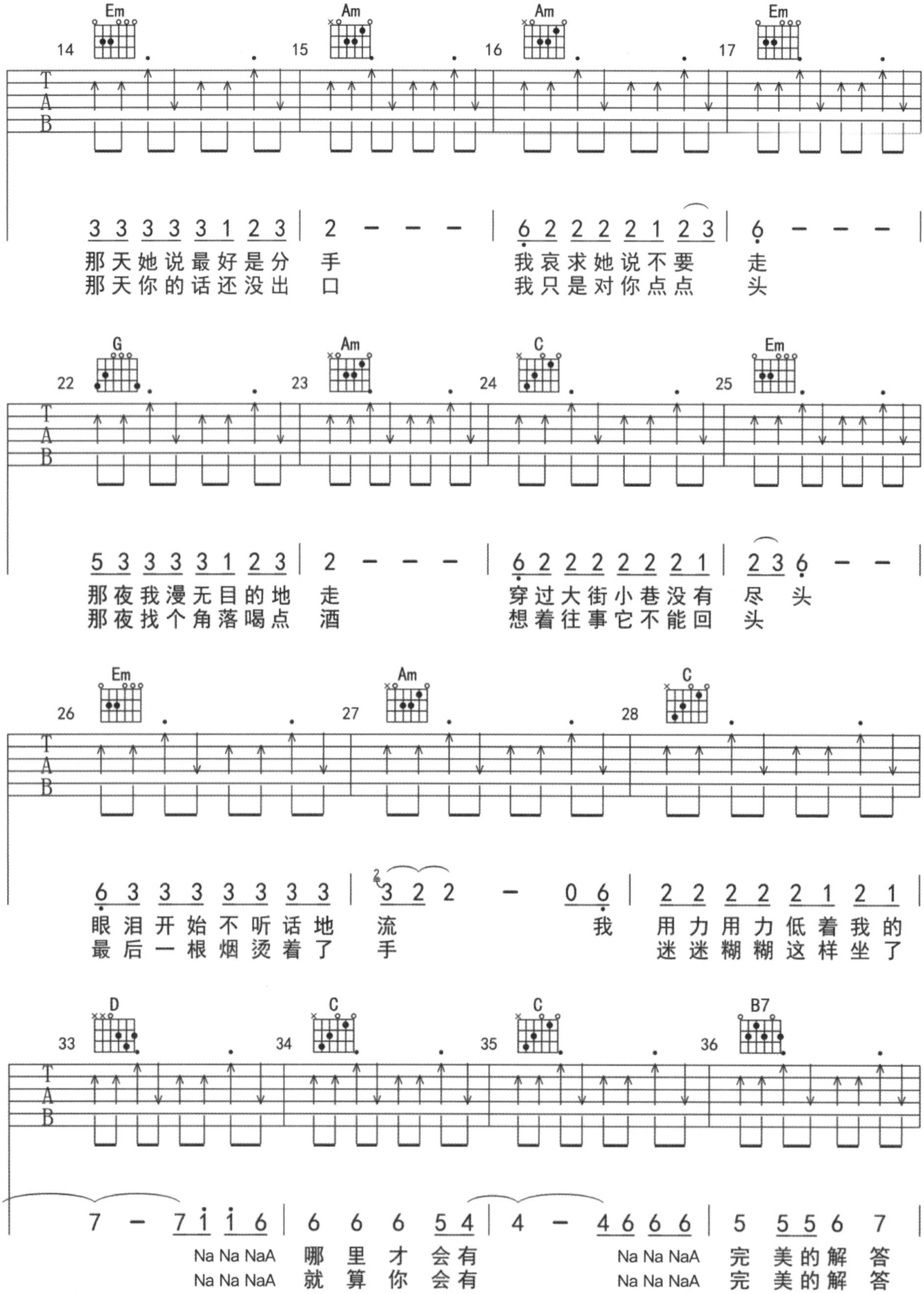
Em
Am
Am
Em
14
15
16
17
3 3 3 3 3 1 2 3 | 2 - - - | 6 2 2 2 2 1 2 3 | 6 - - -
那天她说最好是分 手 我哀求她说不要 走
那天你的话还没出 口 我只是对你点点 头
G
Am
C
Em
22
23
24
25
5 3 3 3 3 1 2 3 | 2 - - - | 6 2 2 2 2 2 2 1 | 2 3 6 - -
那夜我漫无目的地 走 穿过大街小巷没有 尽 头
那夜找个角落喝点 酒 想着往事它不能回 头
Em
Am
C
26
27
28
6 3 3 3 3 3 3 3 | 3 2 2 - 0 6 | 2 2 2 2 2 1 2 1
眼泪开始不听话地 流 我 用力用力低着我的
最后一根烟烫着了 手 迷迷糊糊这样坐了
D
C
C
B7
33
34
35
36
7 - 7 i i 6 | 6 6 6 5 4 | 4 - 4 6 6 6 | 5 5 5 6 7
Na Na NaA 哪里才会有 Na Na NaA 完美的解答
Na Na NaA 就算你会有 Na Na NaA 完美的解答

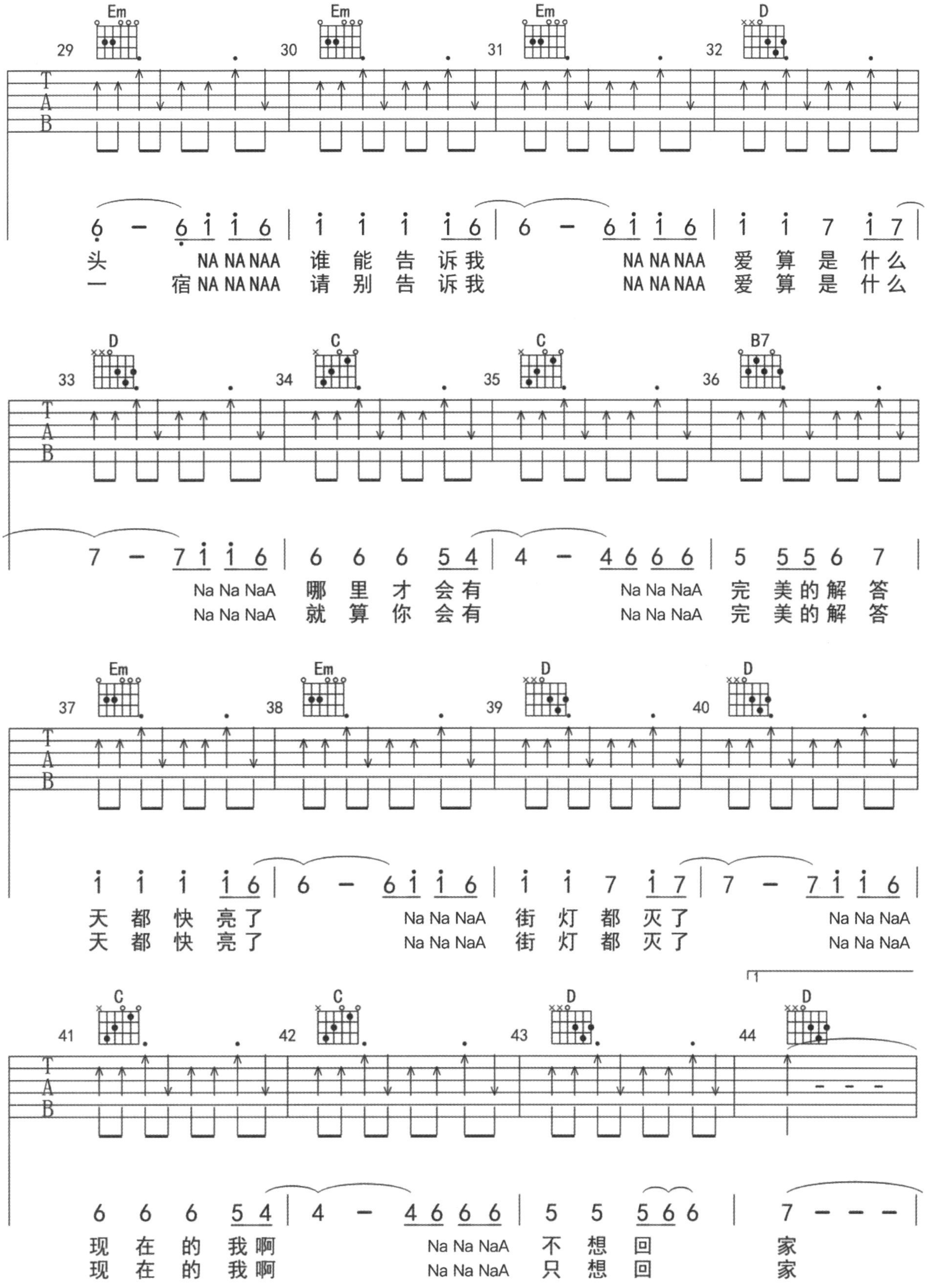
Em
Em
Em
D
头 NA NA NAA 谁 能 告 诉我 NA NA NAA 爱 算 是 什么
一 宿 NA NA NAA 请 别 告 诉我 NA NA NAA 爱 算 是 什么
D
C
C
B7
Na Na NaA 哪 里 才 会有 Na Na NaA 完 美的解 答
Na Na NaA 就 算 你 会有 Na Na NaA 完 美的解 答
Em
Em
D
D
天 都 快 亮了 Na Na NaA 街 灯 都 灭了 Na Na NaA
天 都 快 亮了 Na Na NaA 街 灯 都 灭了 Na Na NaA
C
C
D
D
现 在 的 我啊 Na Na NaA 不 想 回 家
现 在 的 我啊 Na Na NaA 只 想 回 家

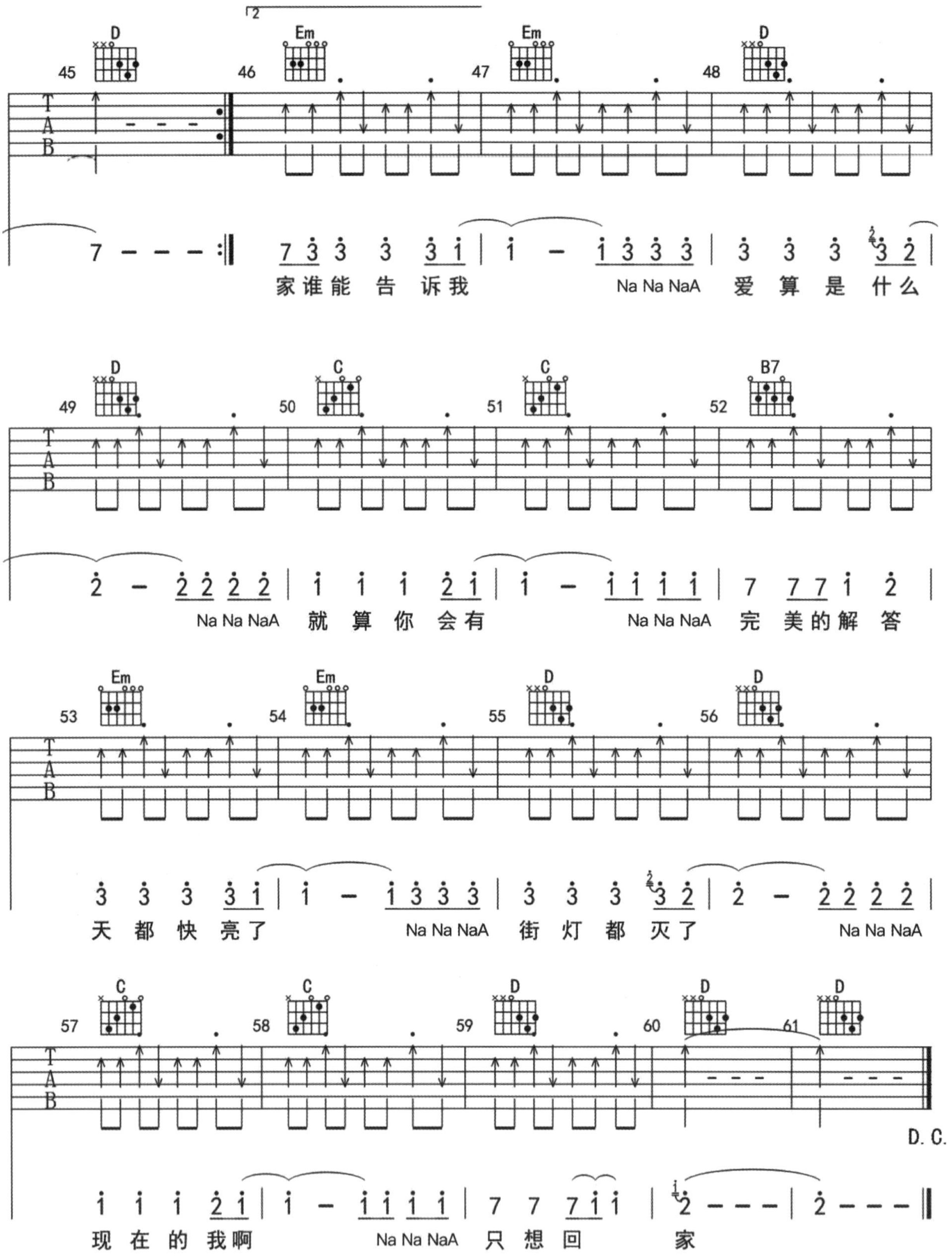
D
Em
Em
D
家谁能告诉我
Na Na NaA
爱算是什么
D
C
C
B7
Na Na NaA
就算你会有
Na Na NaA
完美的解答
Em
Em
D
D
天都快亮了
Na Na NaA
街灯都灭了
Na Na NaA
C
C
D
D
D
D. C.
现在的我啊
Na Na NaA
只想回
家

再见了，最爱的人 / GOODBYE, MY LOVE

钟立风 词/曲

原曲 G调 | 选调 G调 | Capo 0

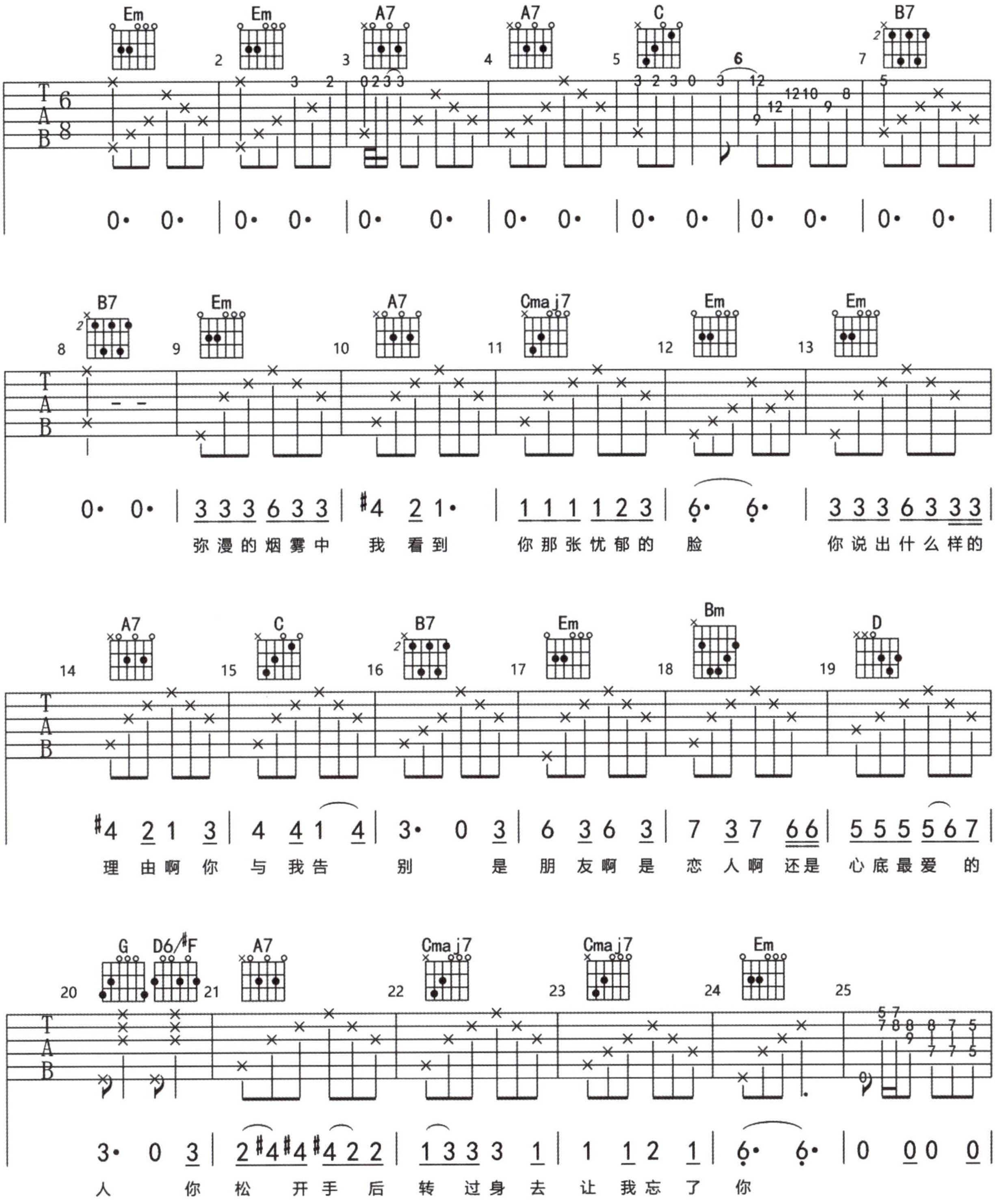

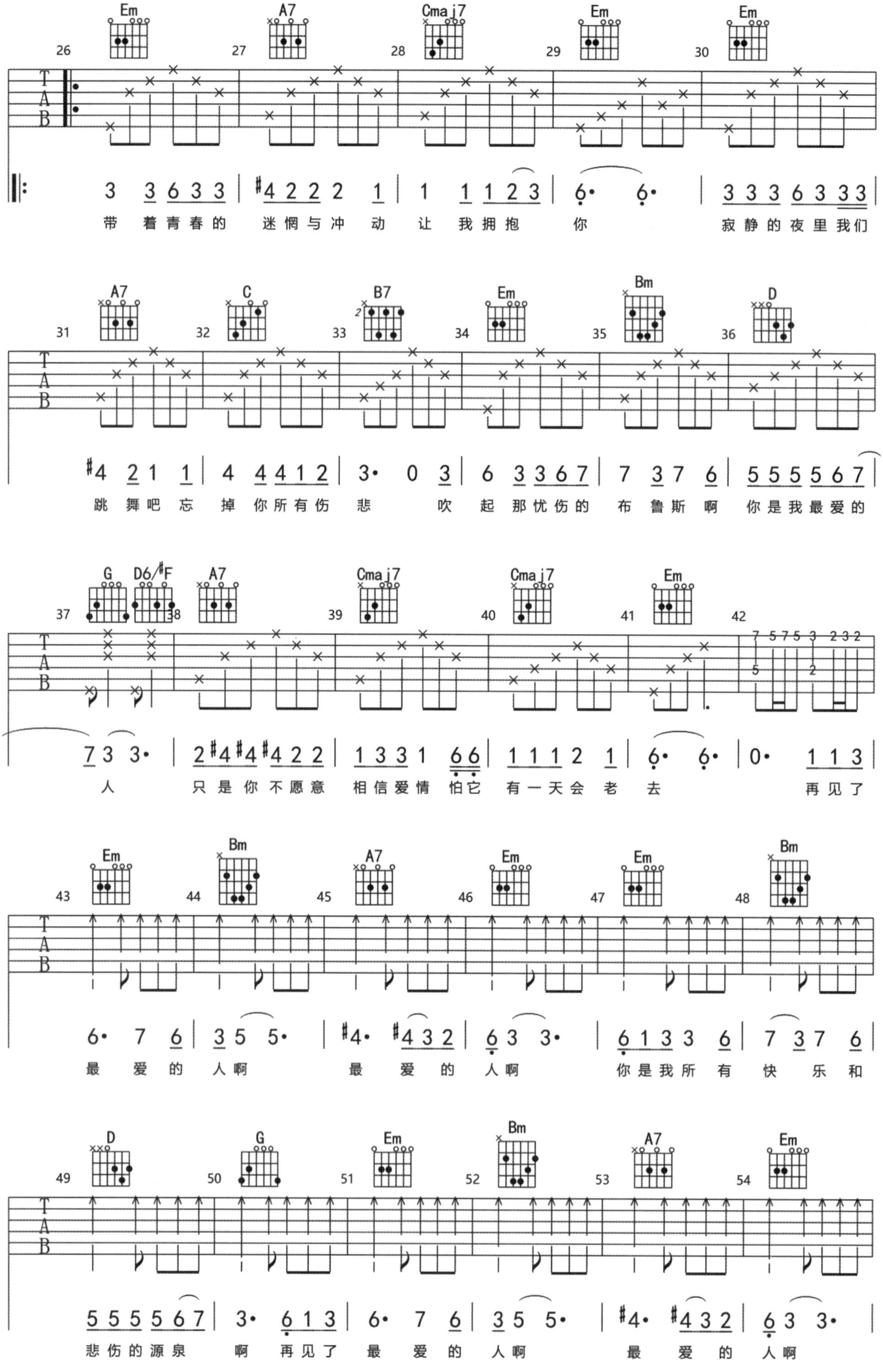
Em A7 Cmaj7 Em Em
带着青春的迷惘与冲动让我拥抱你 寂静的夜里我们
A7 C B7 Em Bm D
跳舞吧忘掉你所有伤悲 吹起那忧伤的布鲁斯啊 你是我最爱的
G D6/#F A7 Cmaj7 Cmaj7 Em
人 只是你不愿意相信爱情怕它有一天会老去 再见了
Em Bm A7 Em Em Bm
最爱的人啊 最爱的人啊 你是我所有快乐和
D G Em Bm A7 Em
悲伤的源泉啊 再见了最爱的人啊 最爱的人啊

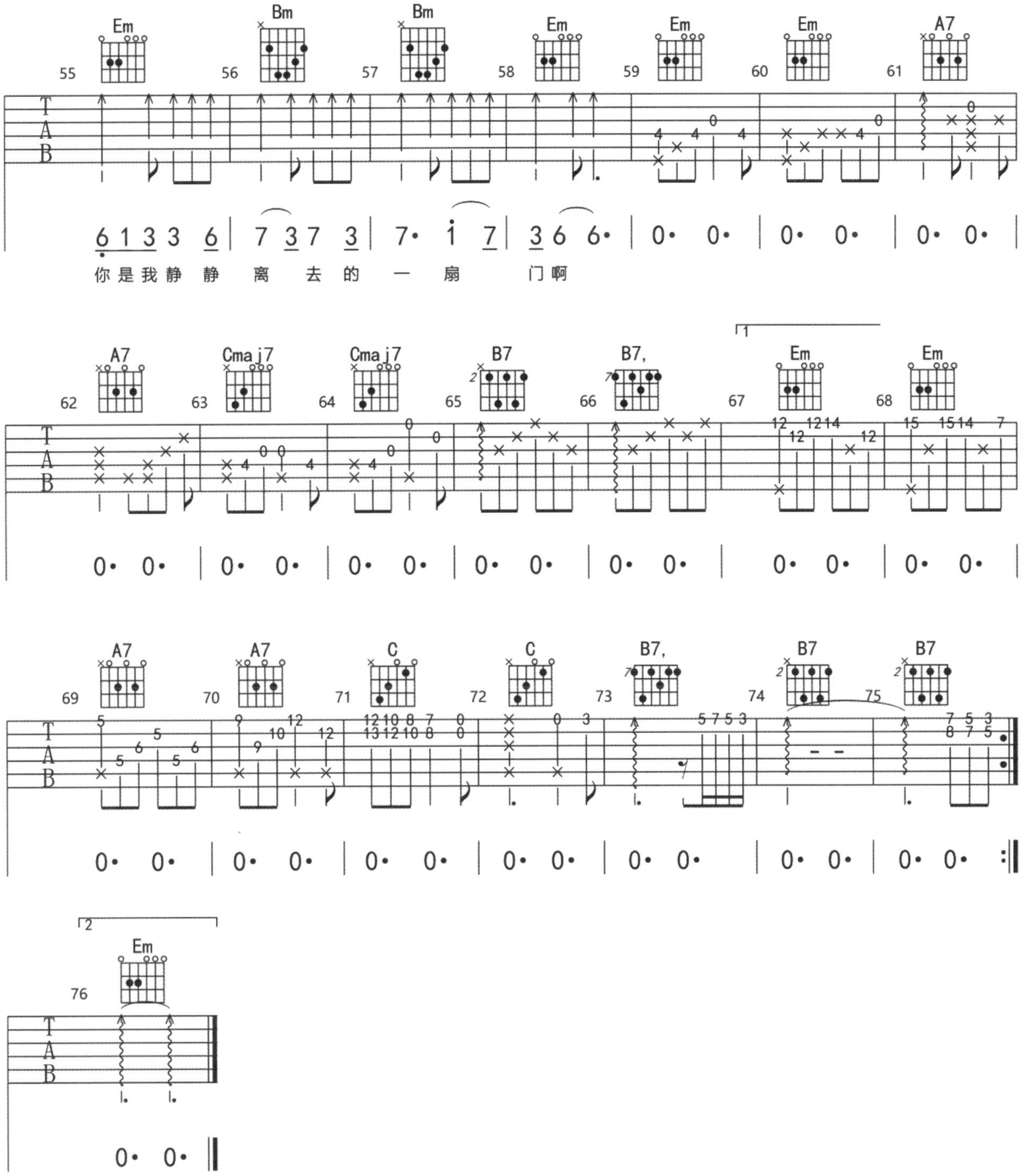
Em Bm Bm Em Em Em A7
你是我静静离去的一扇门啊
A7 Cmaj7 Cmaj7 B7 B7, Em Em
A7 A7 C C B7, B7 B7
Em

2004

70 · 80

2004-10-1发行

Dancing in the Rain 01

垮掉的一代 02

爱上你 我很快乐 03

爱 · 春 · 秋 04

太阳的眼泪 05

二十二条校规 06

别哭 别哭 07

逃亡列车 08

少年维特的烦恼 09

月舞 10

70·80

自水木年华组合稳定为卢庚戌和缪杰以后，在暑假的最佳时机推出了《毕业纪念册》精选专辑，而后两人潜心录制下一张专辑。在这张专辑里，风格与配器都有了突破，水木组合不但邀请李延亮、高旗等摇滚艺人，更在自我唱法上寻找到相互对应的融合。而专辑名称确定为《70 · 80》，也揭示了这些歌曲都是水木对 20 世纪七八十年代时代内蕴的总结。台湾的罗大佑写出《恋曲 1980》《恋曲 1990》《恋曲 2000》，而水木这张《70 · 80》专辑不但反映出大陆青年的思想历程，也是对罗大佑的一种致敬。

《70 · 80》顾名思义就是为 20 世纪七八十年代出生的人打造的一张专辑。整张专辑就是通过自身的经历，反映出那代人在青春期的一些思想和状态。专辑中很多作品都是讲述学生生活，描写青春期孩子的心理和成长经历：《逃亡列车》用孩子的视角看待父母的吵闹；《垮掉的一代》《少年维特的烦恼》《二十二条校规》的歌名都来自名著，讲述了挥霍青春之后的满足、迷惘和失落。

在电影中，让我们感悟

在听吗？水木年华的《70 · 80》。当然，你可以闭上双眼，以免眼前纷繁芜杂的世界影响你的倾听。但是或许，你可以尝试另外一种欣赏，让音乐真正交融在影像里。当 10 首歌曲在耳边徜徉，当 10 部最值得你留恋的影片在眼前出现，真实地触摸那躲藏在音符与节奏后的欢喜、悲伤就不再是奢求。

DANCING IN THE RAIN / 黑暗中的舞者

从名字上你就应该看到两者似乎冥冥中就有着千丝万缕的联系。

《黑暗中的舞者》正是用爱与善良来渲染着《Dancing in the Rain》的悲情与庄严。磅礴与凌厉隐藏在所有悲苦的生活中，因为在塞尔玛“没有爱的世界里”，活着确实“比死更需要勇气”。而在影片最后悲剧推向顶峰的瞬间，我们似乎能听到缪杰的高音像划过黑暗的闪电。是的，塞尔玛纯净的心灵成就了《黑暗中的舞者》存在的永恒价值，而水木年华晶莹的艺术摇滚梦想也在《Dancing in the Rain》中灿烂地盛开。

垮掉的一代 / 阳光灿烂的日子

即使没有时间的划分，《阳光灿烂的日子》仍旧能成为时代青年的永恒记忆。同理，《垮掉的一代》正是所有激情与放荡、朦胧与天真并存的纪念。马小军的旁白似乎正是为《垮掉的一代》进行说明。而扭曲的“欢乐颂”曲调也在米兰躲进电影院以后的镜头中被夸张得淋漓尽致。歌词与旋律的矛盾，体现了时代青年人矛盾的心理在矛盾的现实中反复抗争着。少年的最后一个镜头是马小军在游泳池里无助地哭泣，而水木年华也在执拗地唱着：“我每一天诞生，又每一天死去，我已经渐渐变得不认识自己。”

爱上你 我很快乐 / 剪刀手爱德华

《剪刀手爱德华》能成为《爱上你 我很快乐》的“代言”似乎有点出人意料。但是细想之下，确实还有谁能比得了那个被创造出来的模拟人呢? 英伦摇滚的音色与适当的电子配器，让民谣蒙上了一层远离现实的欢喜与悲伤。正如那个现实中不会存在的爱德华为了爱上的女孩可以“放下自己”来陪她，“抛弃自己”来爱她，善良得即使被冤枉也无怨言，但是得到的却是“心碎的疲惫”。他只能躲进古堡，独自承受寂寞。冰雪纷飞中，这位剪刀手用冰雕寄托了他的誓言——“全世界世界都听见，我寂寞寂寞的誓言”。还好，卢庚戌替他说了出来——“我爱你！”

爱·春·秋/花样年华

含蓄、优雅、唯美、深情……虽然《花样年华》讲述的不是一个长相厮守的故事。但是，影片那处处流露的依恋、不舍，却时时游动在《爱·春·秋》传统民谣的舒缓声中。女声合唱的空灵与卢庚戌嗓音的深沉反差强烈，却宛若那旗袍下的寂寞与微笑中的矜持在慢慢交融后的和谐。确实，生命在一天天地流逝，那些曾经的点点滴滴都尘封在梦里。秋风后的流浪与春雨中的等待却香韵犹存。那个封在洞里的秘密是什么？或许就是水木年华唱到的：“你是我永远不愿醒的梦啊！”

太阳的眼泪/全金属外壳

描写战争题材的影片很多，《野战排》《现代启示录》等都是传世经典。但是，《全金属外壳》充满的是士兵对战争的恐惧，而不是纪实性的暴力镜头。《太阳的眼泪》将“天鹅湖”的悲情古典与枪林弹雨的战争现实融合在一起，突出了艺术摇滚特有的内蕴张力。“傻瓜比尔”在饮弹自尽前是否绝望地喊过“妈妈，我再回不来”没有人知道，“小丑”在面对越南少女狙击手的时候是否有过“这不是我的土地，我为何到这里”的考虑，影片也没有交代。但是，看着影片海报里那只钢盔上的字母“BORN TO KiLL”，你如何能感受到温暖？“烟雾已被风吹开”，太阳早已被悲伤

二十二条校规 / 摇滚学校

保守的女校长与传统的家长在杜威·费恩和他学生的努力下，终于开始为最后的演出而欢呼了！是的，这些生机勃勃、重新审视自己的孩子们，用他们的行动证明了“我只想按自己的方式活着，并不想去破坏什么规则。我只想去选择我理解的生活，究竟我犯了什么错”的正确。而那个“头发不对，衣服错了，动作大了，无可救药”的老师也同样找到了答案。当那些传统意义上的“坏”学生在舞台上展示着真正的自我时，你能从歌曲摇曳的失真吉他声中听到“二十二条校规”的苍白。“水木年华”在重ROCK的喧嚣中突破一贯的形象，尽情挥洒在摇滚的自由中。

别哭 别哭 / 这个杀手不太冷

一曲温柔的旋律，蕴含着的却有冷酷的现实。正如一部冷酷的影片，洋溢着的却是浪漫的柔情。对于古典吉他曲《泪》的巧妙应用、纯和声的编排使得《别哭 别哭》中的孤独与最终的温暖形成了强烈的对比。因为和女孩的朝夕相处，因为“杀手”的职业特点，莱昂的“生命就像是蝴蝶，享受它的美丽，也要承受它的脆弱”。而在看完辉煌的结尾，你会在水木年华的歌声中找到独来独往的莱昂对失去双亲的女孩最后的嘱托：“就算全世界，都没人爱你。你也要学会，怎样爱自己。再痛的夜晚，一样会过去，请你去坦然，明天和自己……”

逃亡列车 / 天生杀人狂

绚丽的画面，感官的暴力刺激，让《天生杀人狂》成为一部偏娱乐的动作大片。很少有人考虑米基与麦勒丽的狂野正是各自家庭多年熏陶下的结果。在这对疯狂情侣大开杀戒的过程中，影片不断重复着两人家庭的矛盾。上一代的家庭不幸对下一代的直接影响，在这些镜头中，也在水木年华“……心在流着血……”的 直白述说中显露无遗。或许，当小米基与小麦勒丽一次次地躲在角落里，偷偷地问：“你们带我到这个世界，为何不能带给我快乐”时，就注定了他们未来的犯罪之路。所有的父母都应该听到水木年华的这首歌，因为这列“逃亡列车”如果启程，将驶向黑暗的深渊。

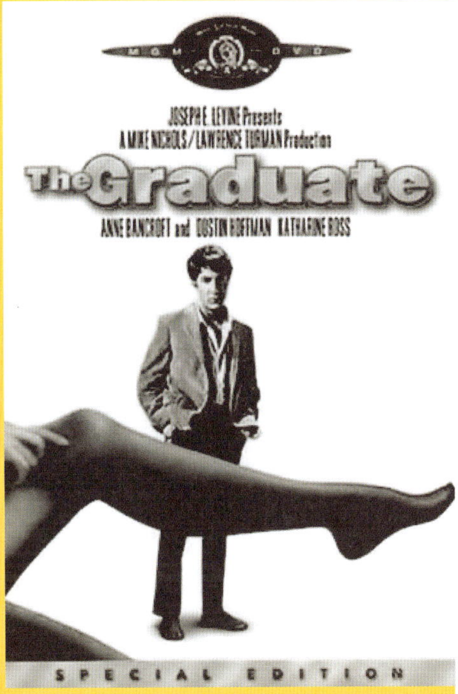

少年维特的烦恼 / 毕业生

同《二十二条校规》不同，《少年维特的烦恼》因为没有外在的叛逆而使得内心的茫然无处宣泄。水木年华擅长的民谣摇滚，恰如其分地反映出一代青年人的精神迷失。正如《毕业生》中的本杰明，面对众人口中所谓的美好前程，却始终找不到描述中的“快乐”，而最终迷失在成人世界的糜烂中。虽然，影片通过真挚的爱情解决了萦绕的困惑，但水木年华却没有在歌声中给出固定的答案。因为青涩的本杰明远远望着的只是鲁滨逊太太的大腿，而我们面对的，是所有无法预知的未来。

月舞 / 2046

都说《2046》延续了部分的《花样年华》。其实那属于王家卫的浪漫与诗意，一直贯穿在他所有的作品中。在《月舞》的字里行间，我们同样闻到了那份“性感”的气息。“烟火”“繁花”“埋葬”“花瓣”……颇有代表性的词语让周慕云、苏丽珍以及 LuLu、白玲等在水木年华的歌声中若隐若现。人们印象中的水木年华正是这样充满浪漫情调地唱着温柔的民谣，在和声中找寻完美。“爱情原来是场幻觉……幸福原来是场错觉”，王家卫是完美主义者，他完美地让“2046”成为一个符号。面对这个符号，所有人可望不可即地跟着水木年华唱着：“它永远不属于我……”

太阳的眼泪 / TEARS OF THE SUN

卢庚戌 词/曲

原曲 E调 | 选调 C调 | Capo 4

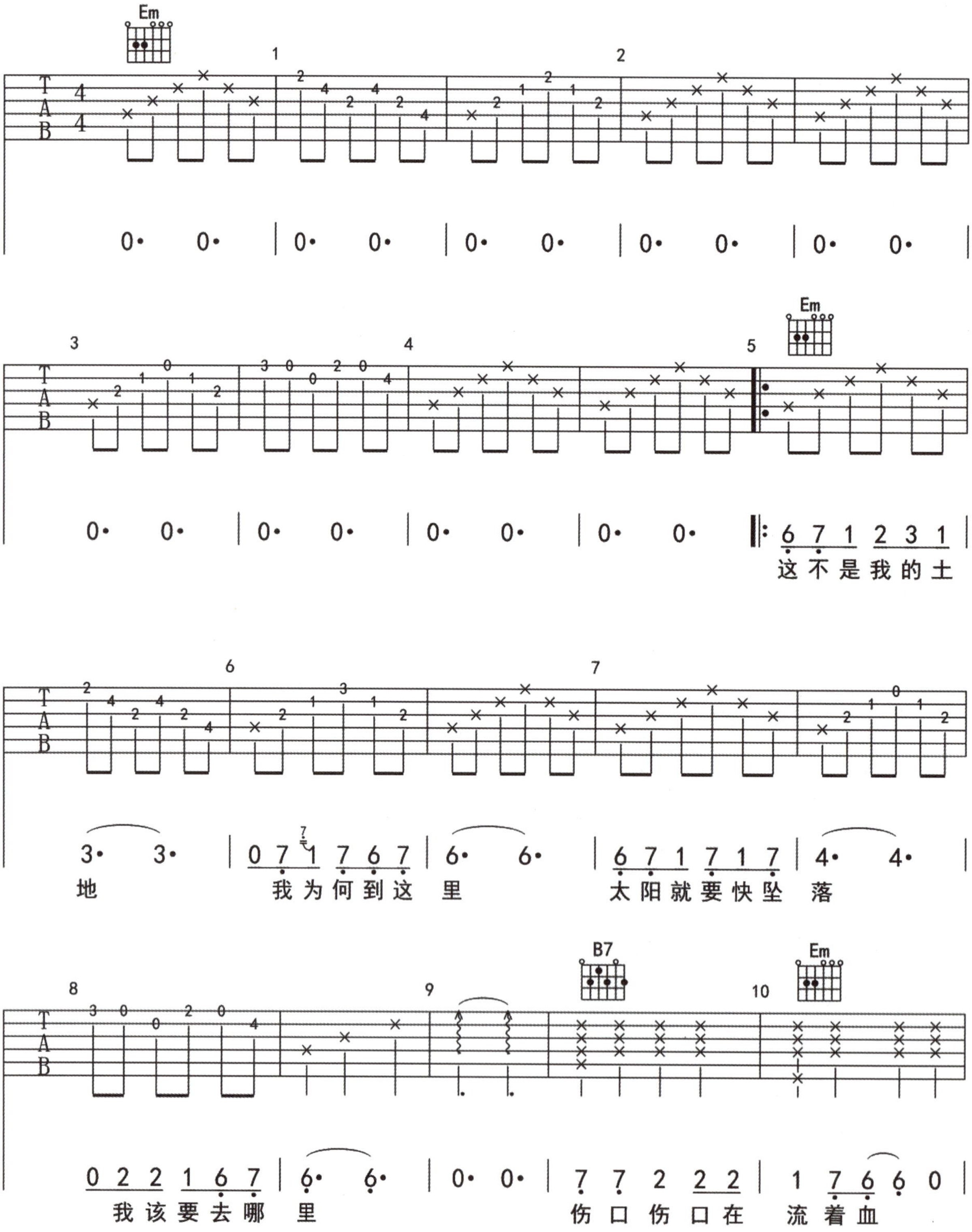

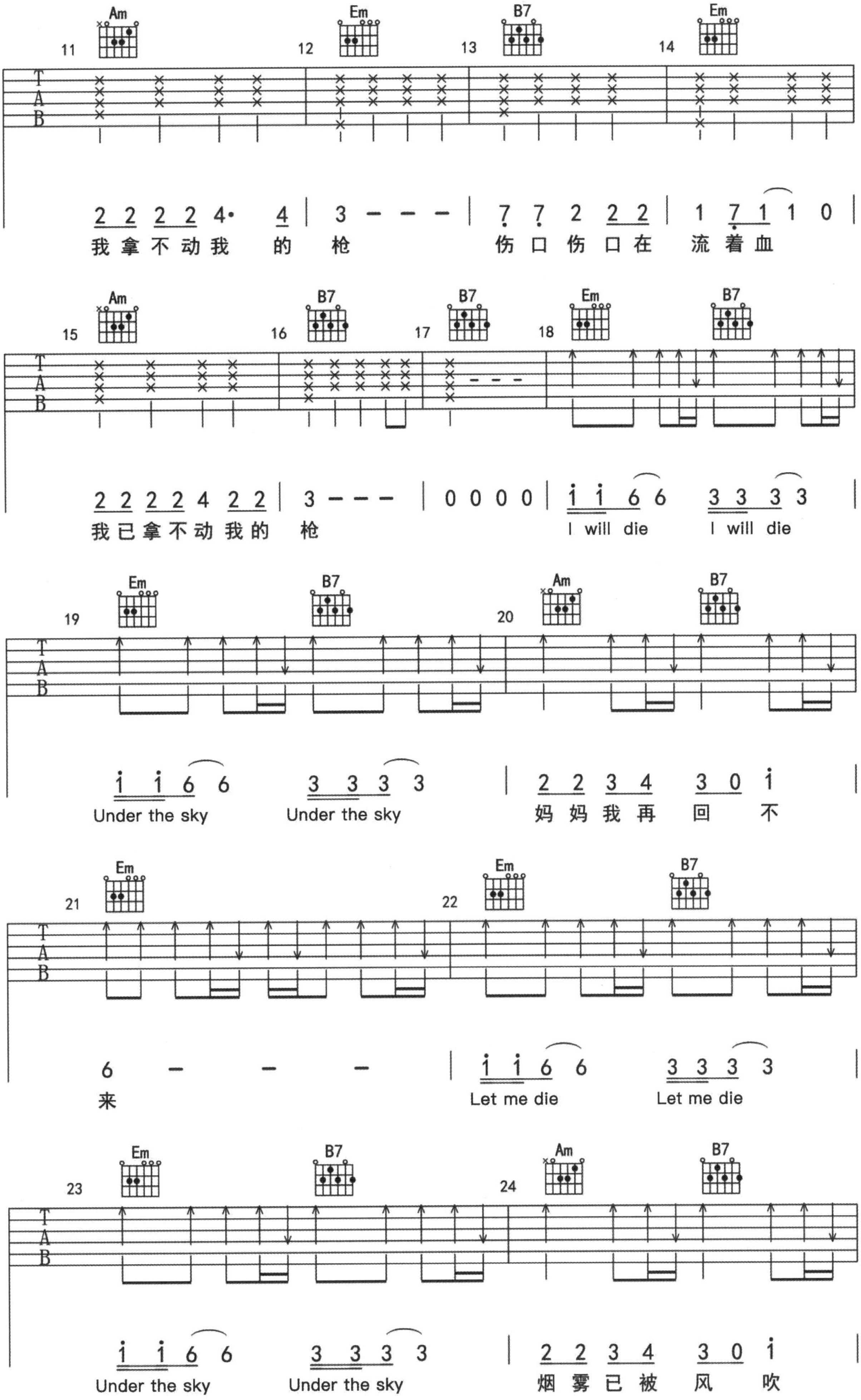

Am
Em
B7
Em
我拿不动我的枪
伤口伤口在流着血
Am
B7
B7
Em
B7
我已拿不动我的枪
I will die I will die
Em
B7
Am
B7
Under the sky Under the sky
妈妈我再回不
Em
Em
B7
来
Let me die Let me die
Em
B7
Am
B7
Under the sky Under the sky
烟雾已被风吹

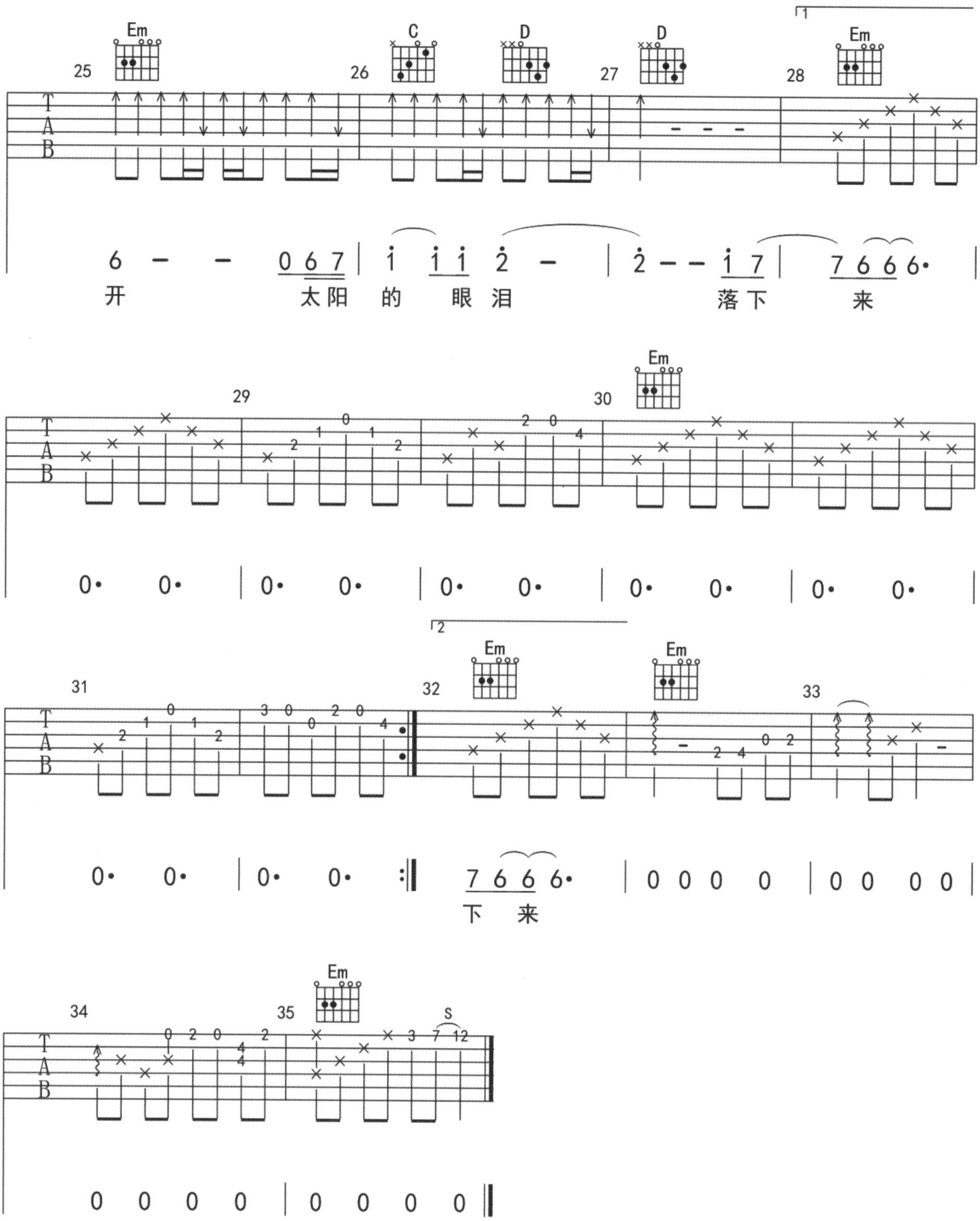
Em
C
D
D
Em
开
太阳的眼泪
落下
来
Em
Em
Em
下
来
Em

别哭 别哭 / DON'T CRY, DON'T CRY

卢庚戌 词 / 曲

原曲 E调 | 选调 E调 | Capo 0

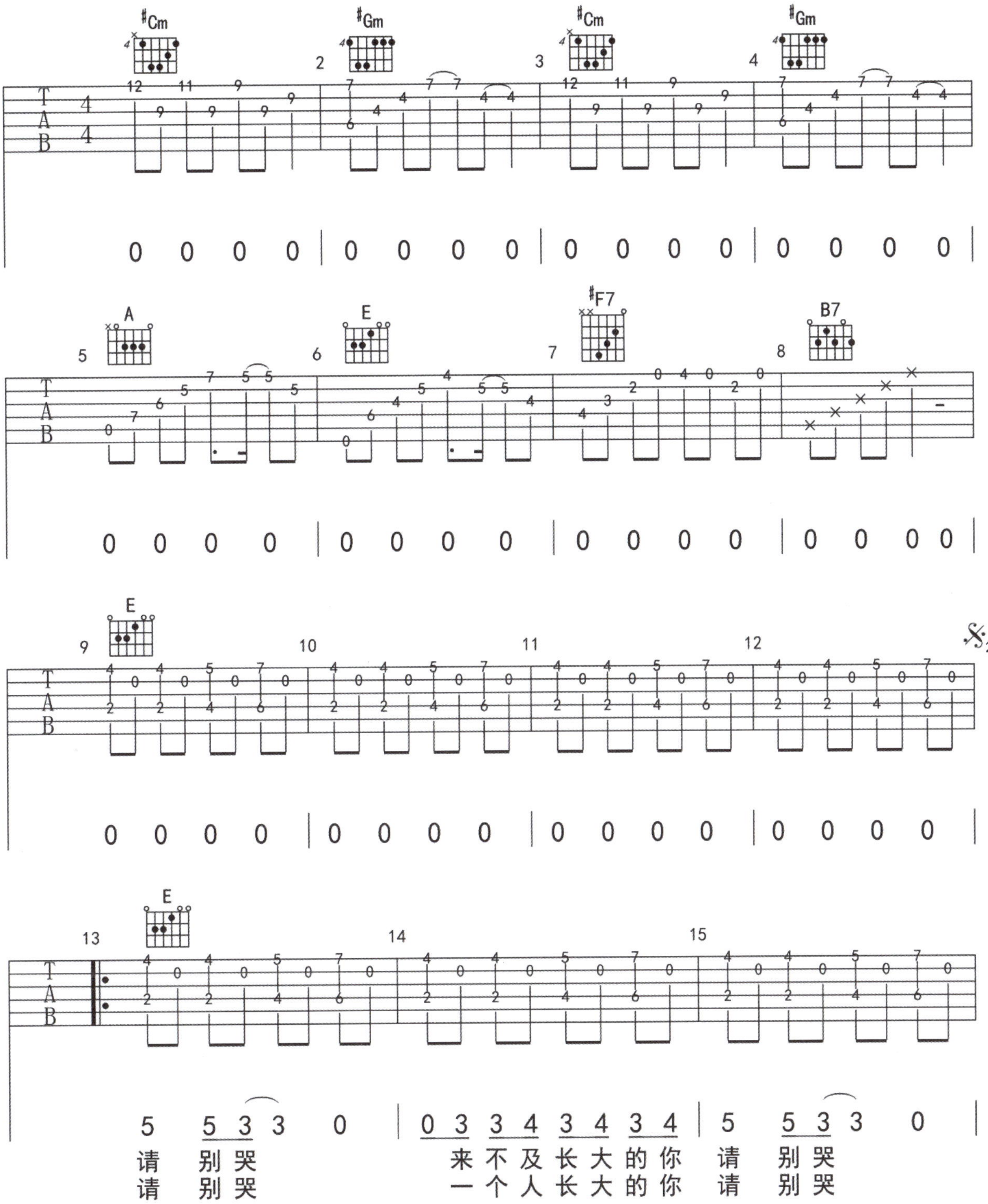

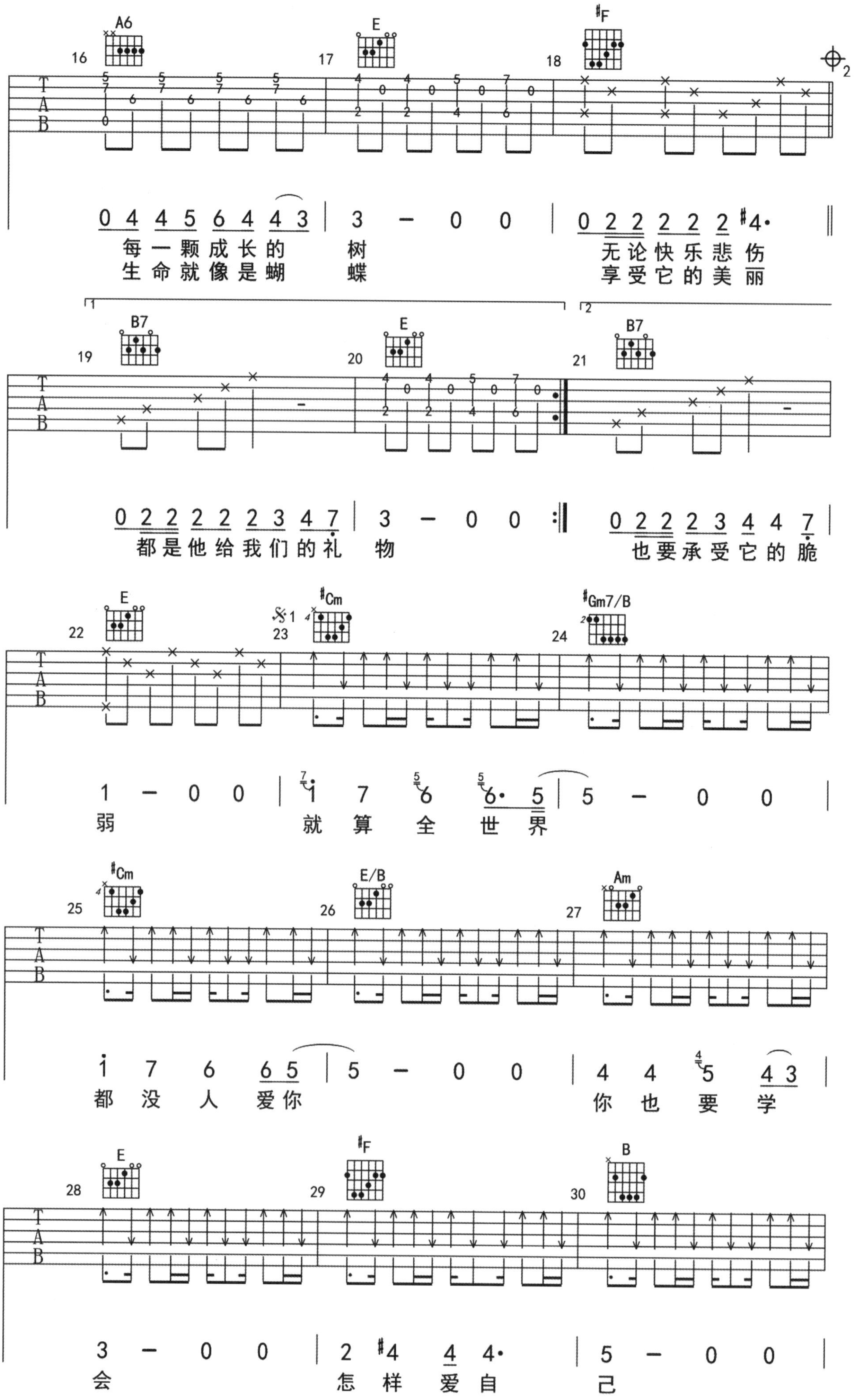

A6
E
#F
0 4 4 5 6 4 4 3 | 3 – 0 0 | 0 2 2 2 2 2 #4·
每一颗成长的 树
生命就像是蝴 蝶
无论快乐悲伤
享受它的美丽
B7
E
B7
0 2 2 2 2 2 3 4 7 | 3 – 0 0 :| 0 2 2 2 3 4 4 7
都是他给我们的礼 物
也要承受它的脆
E
#Cm
#Gm7/B
1 – 0 0 | i 7 6 6· 5 | 5 – 0 0
弱
就算全世界
#Cm
E/B
Am
i 7 6 6 5 | 5 – 0 0 | 4 4 5 4 3
都没人爱你
你也要学
E
#F
B
3 – 0 0 | 2 #4 4 4· | 5 – 0 0
会
怎样爱自
己

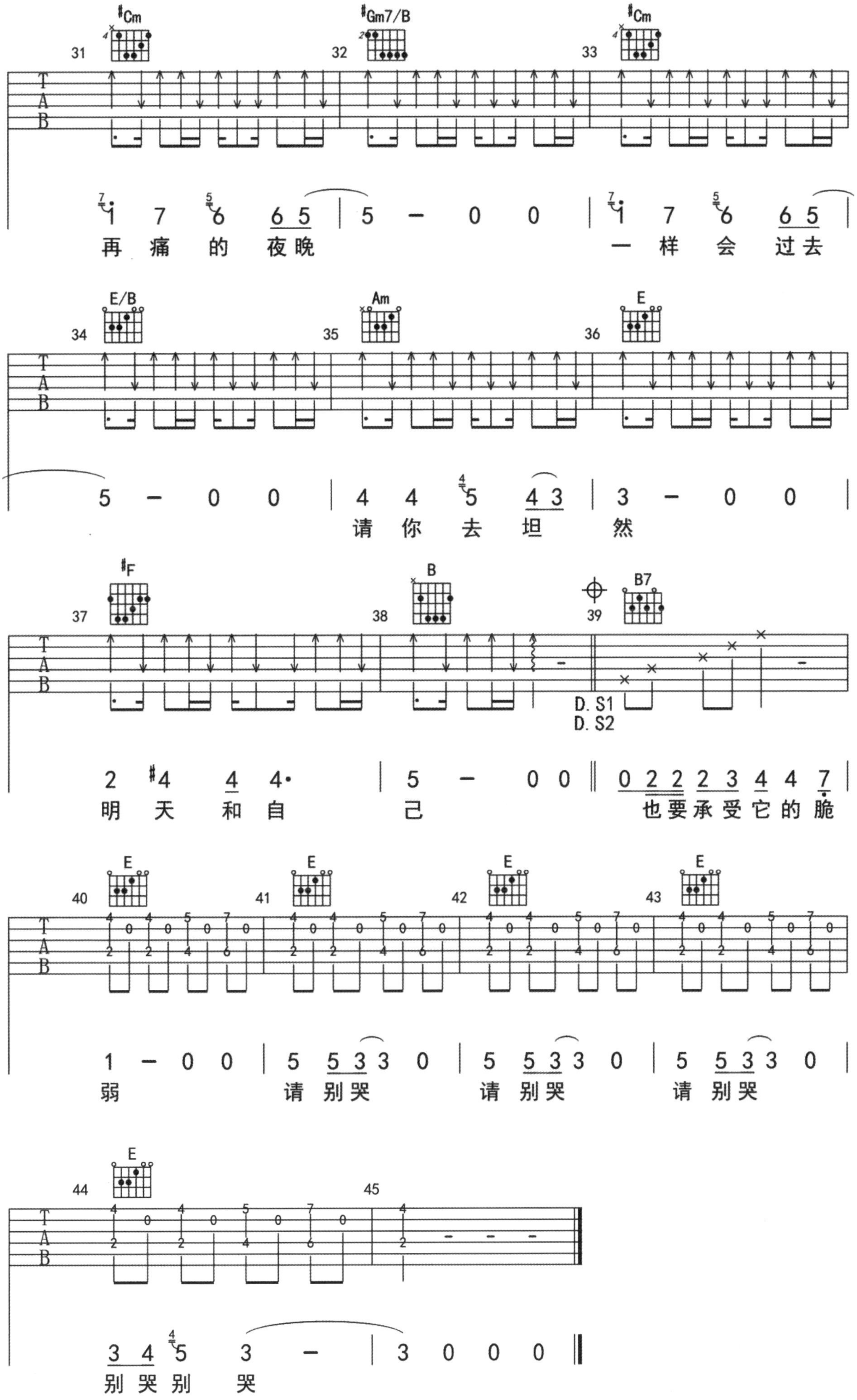
#Cm
#Gm7/B
#Cm
再痛的夜晚
一样会过去
E/B
Am
E
请你去坦然
#F
B
B7
D. S1
D. S2
明天和自己
也要承受它的脆
E
弱
请别哭
请别哭
请别哭
别哭别哭

爱上你 我很快乐 / LOVING YOU IS EUPHORIC

卢庚戌 词/曲

原曲 G调 | 选调 G调 | Capo 0

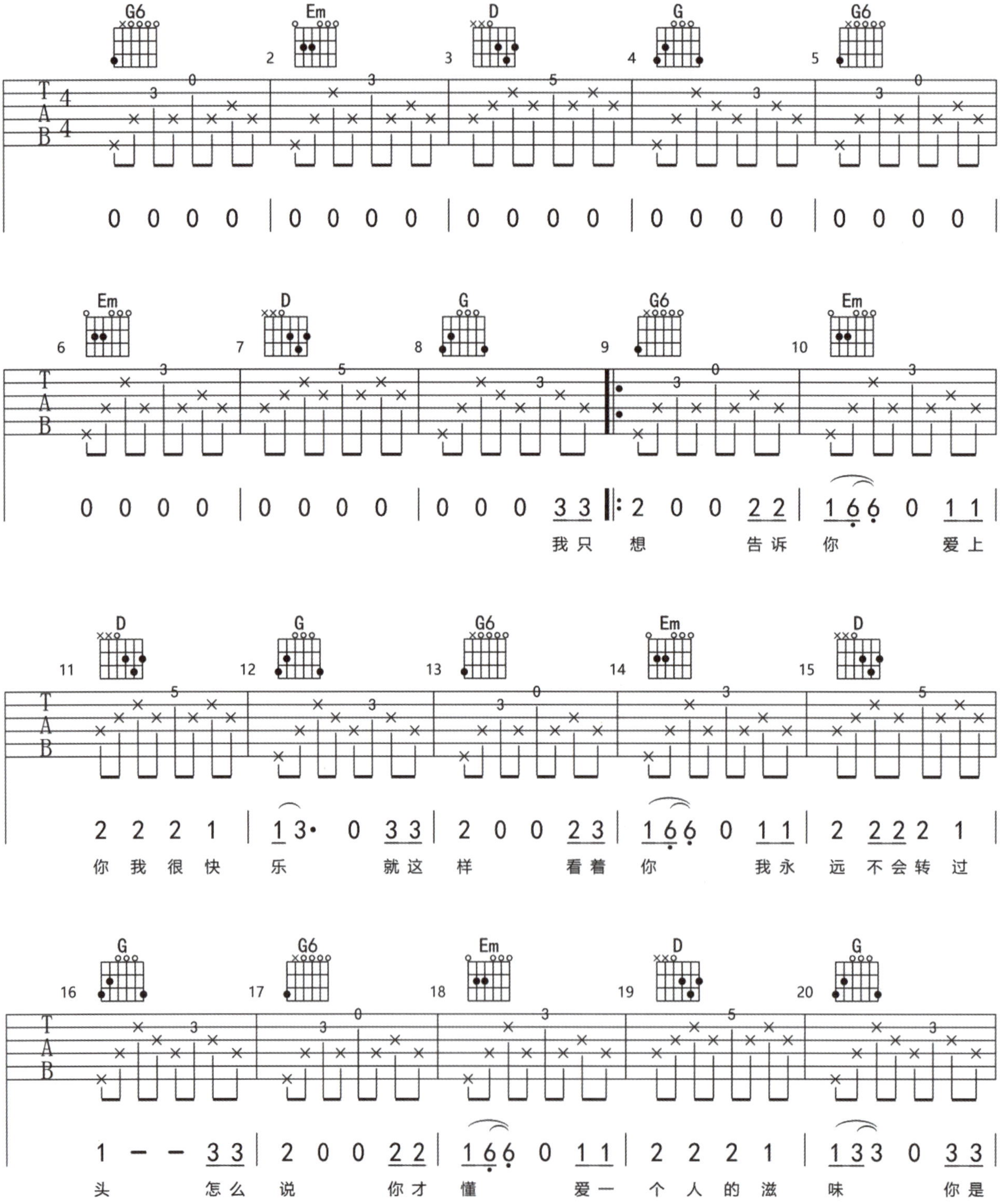

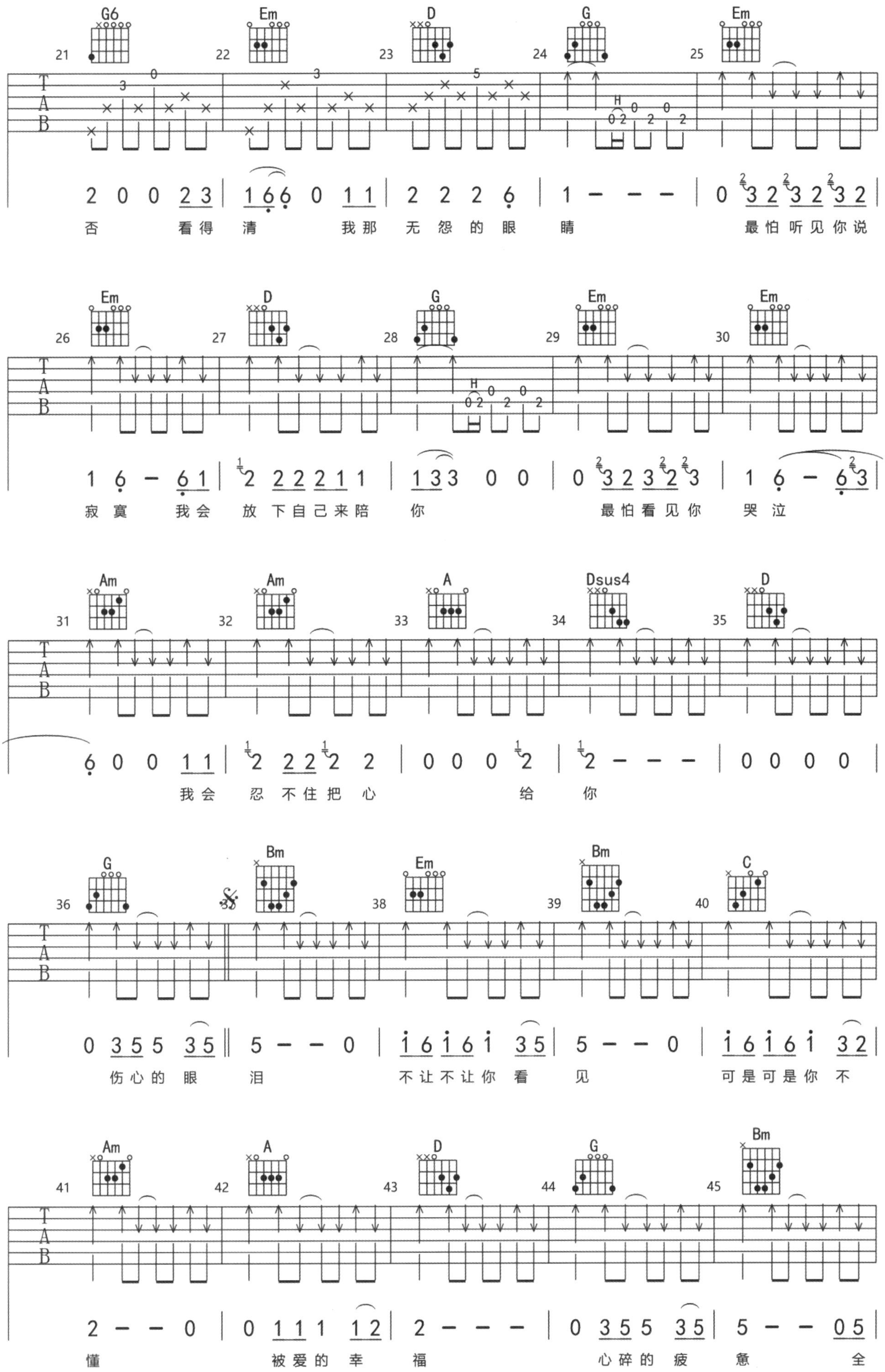
否 看得 清 我那 无 怨 的 眼 睛 最怕 听见 你说
寂 寞 我会 放 下自己来陪 你 最怕看见你 哭泣
我会 忍 不住把 心 给 你
伤心的 眼 泪 不让不让你 看 见 可是可是你 不
懂 被爱的 幸 福 心碎的 疲 惫 全

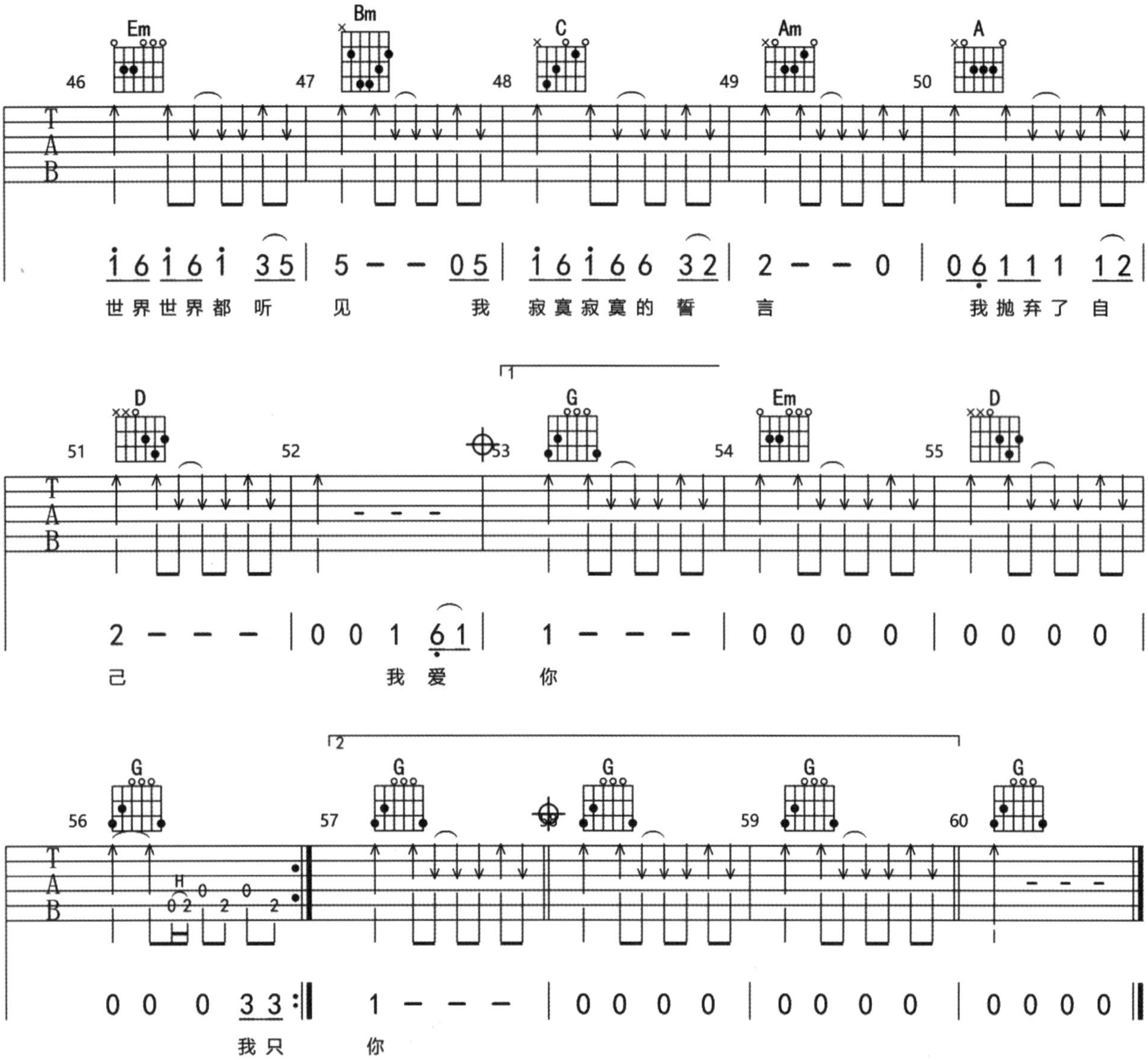
Em Bm C Am A
46 47 48 49 50
i 6 i 6 i 3 5 | 5 – – 0 5 | i 6 i 6 6 3 2 | 2 – – 0 | 0 6 1 1 1 1 2
世界世界都听见 我寂寞寂寞的誓言 我抛弃了自
D G Em D
51 52 53 54 55
2 – – – | 0 0 1 6 1 | 1 – – – | 0 0 0 0 | 0 0 0 0
己 我爱你
G G G G G
56 57 58 59 60
0 0 0 3 3 | 1 – – – | 0 0 0 0 | 0 0 0 0 | 0 0 0 0
我只你

逃亡列车 / RUNAWAY TRAIN

卢庚戌 词/曲

原曲 ♭B调 转 G调 | 选调 ♭B调 转 G调 | Capo 0

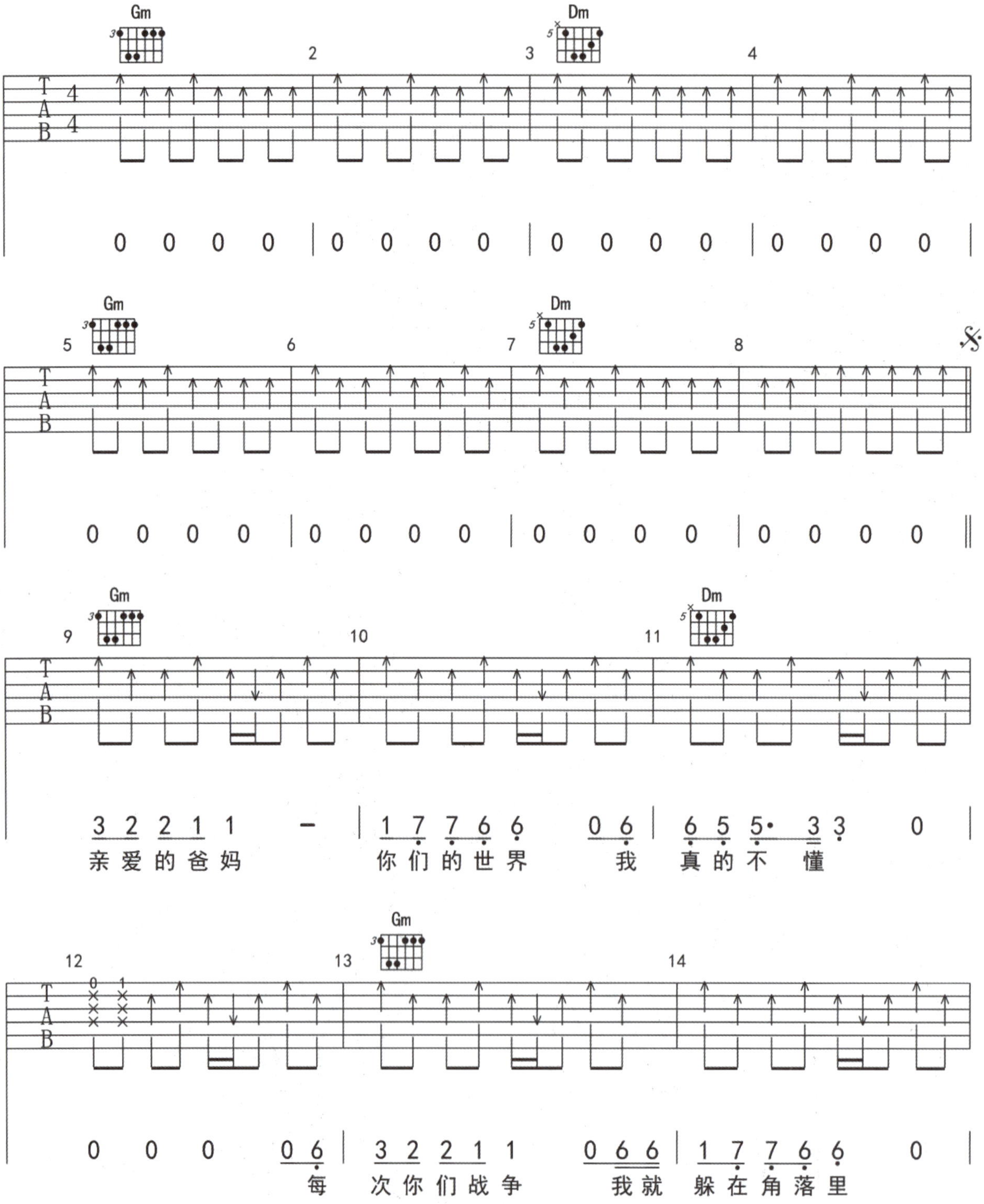

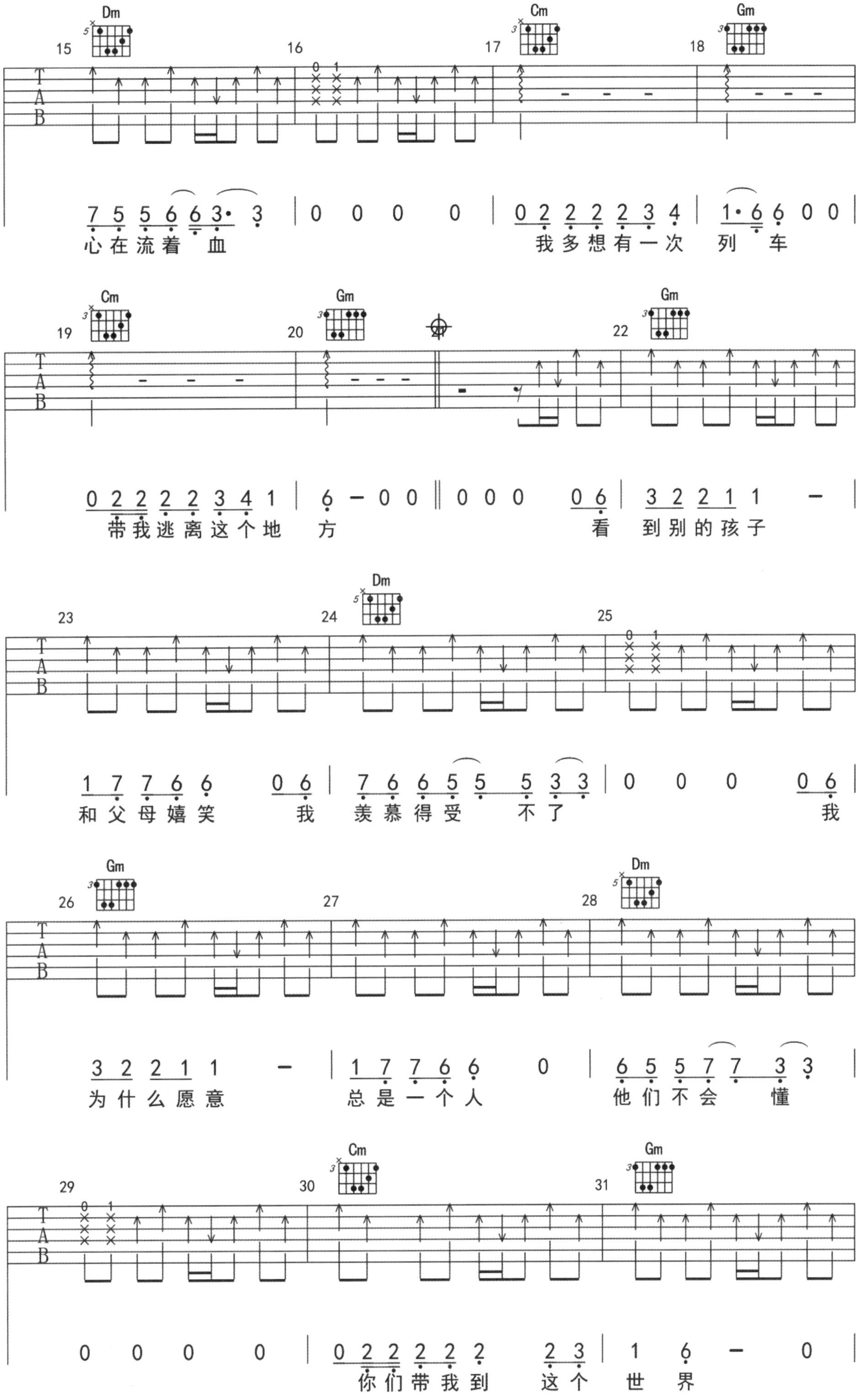
Dm Cm Gm
心在流着血
我多想有一次列车
Cm Gm Gm
带我逃离这个地方
看到别的孩子
Dm
和父母嬉笑
我羡慕得受不了
我
Gm Dm
为什么愿意
总是一个人
他们不会懂
Cm Gm
你们带我到这个世界

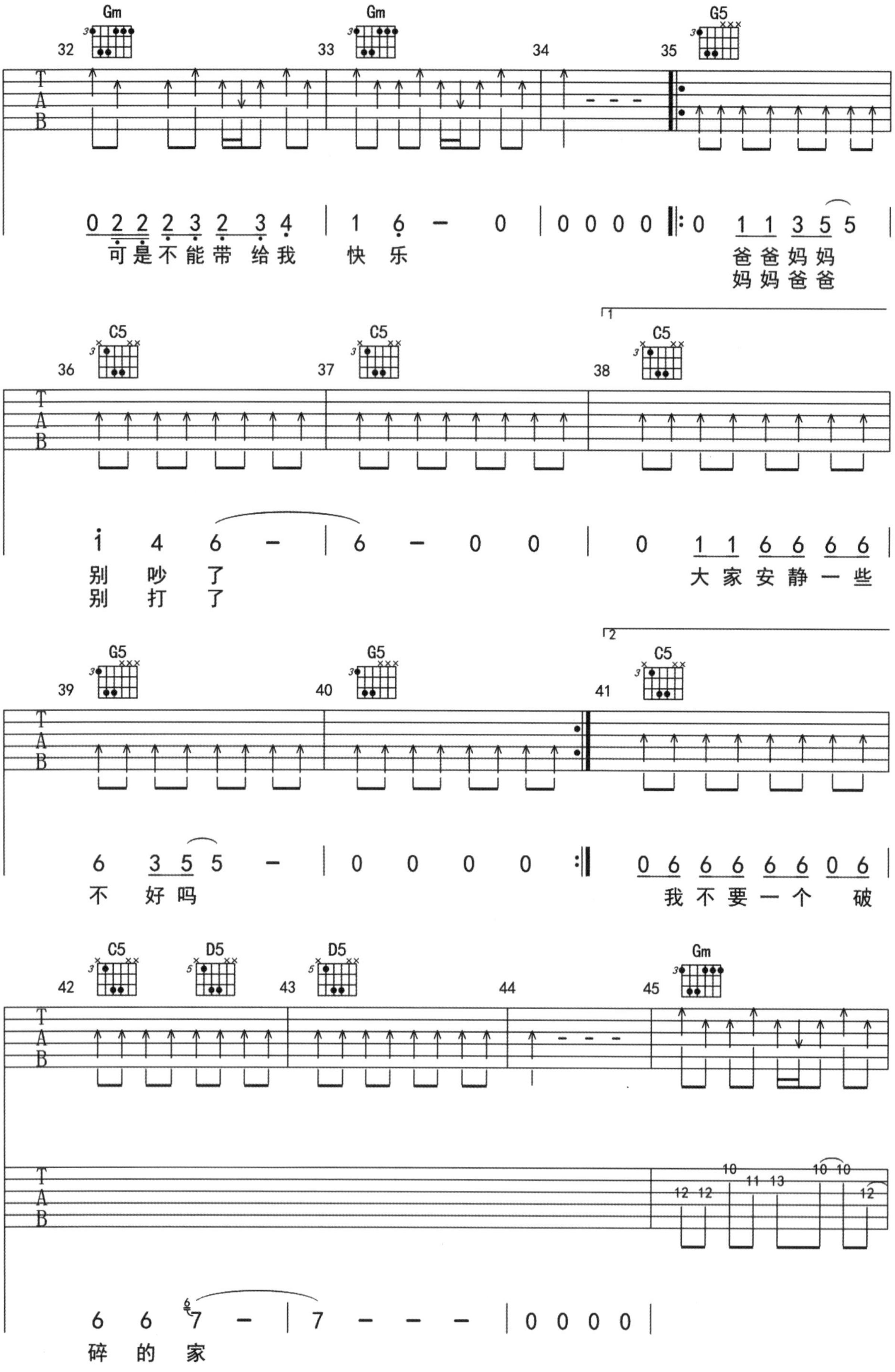
Gm
Gm
G5
可是不能带给我 快乐
爸爸妈妈
妈妈爸爸
C5
C5
C5
别 吵 了
别 打 了
大家安静一些
G5
G5
C5
不 好吗
我不要一个 破
C5
D5
D5
Gm
碎 的 家

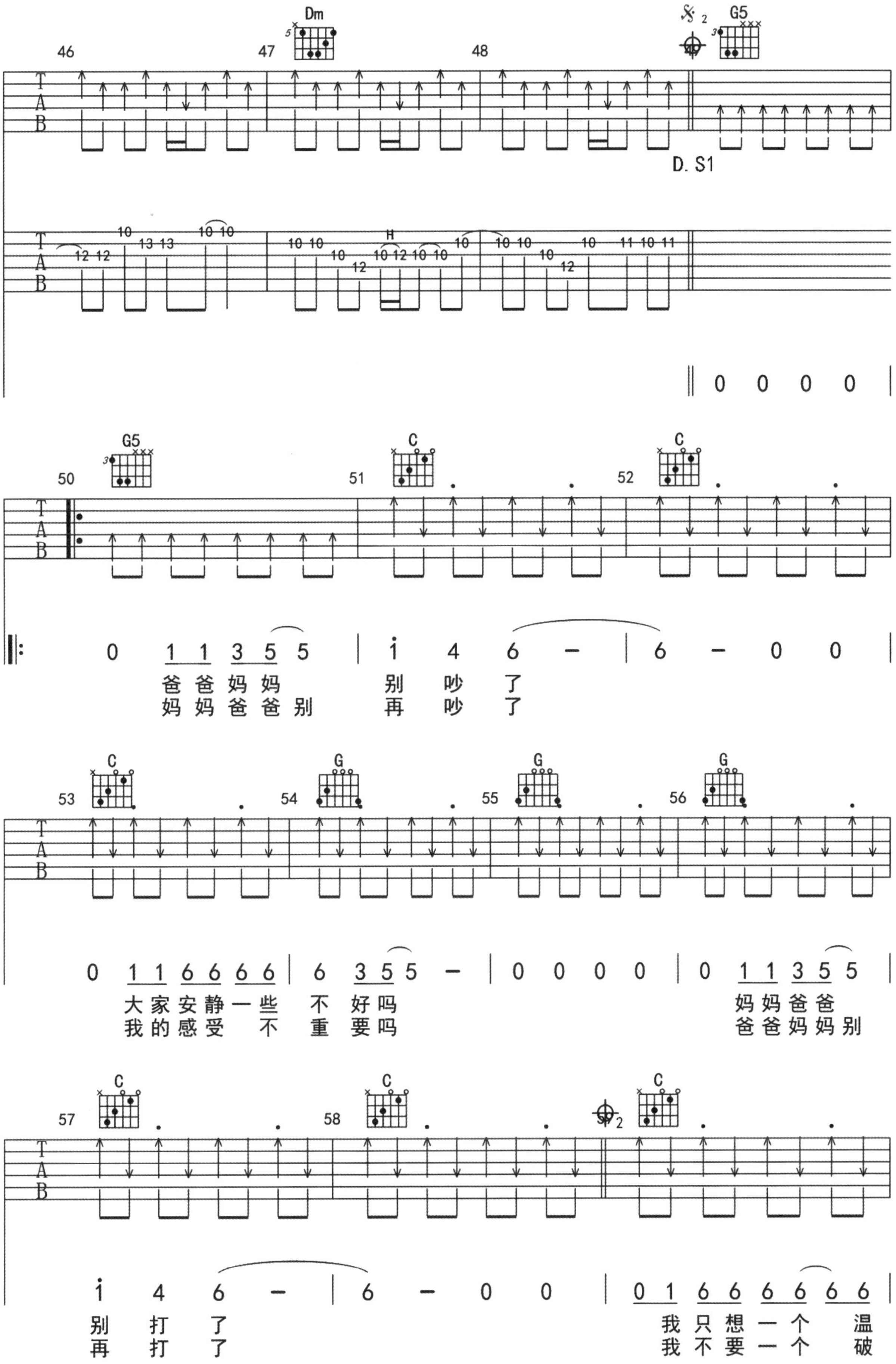
Dm
G5
D. S1
C
G
爸爸妈妈　别　吵　了
妈妈爸爸别　再　吵　了
大家安静一些　不　好吗
我的感受　不　重　要吗
妈妈爸爸
爸爸妈妈别
别　打　了
再　打　了
我只想一个　温
我不要一个　破

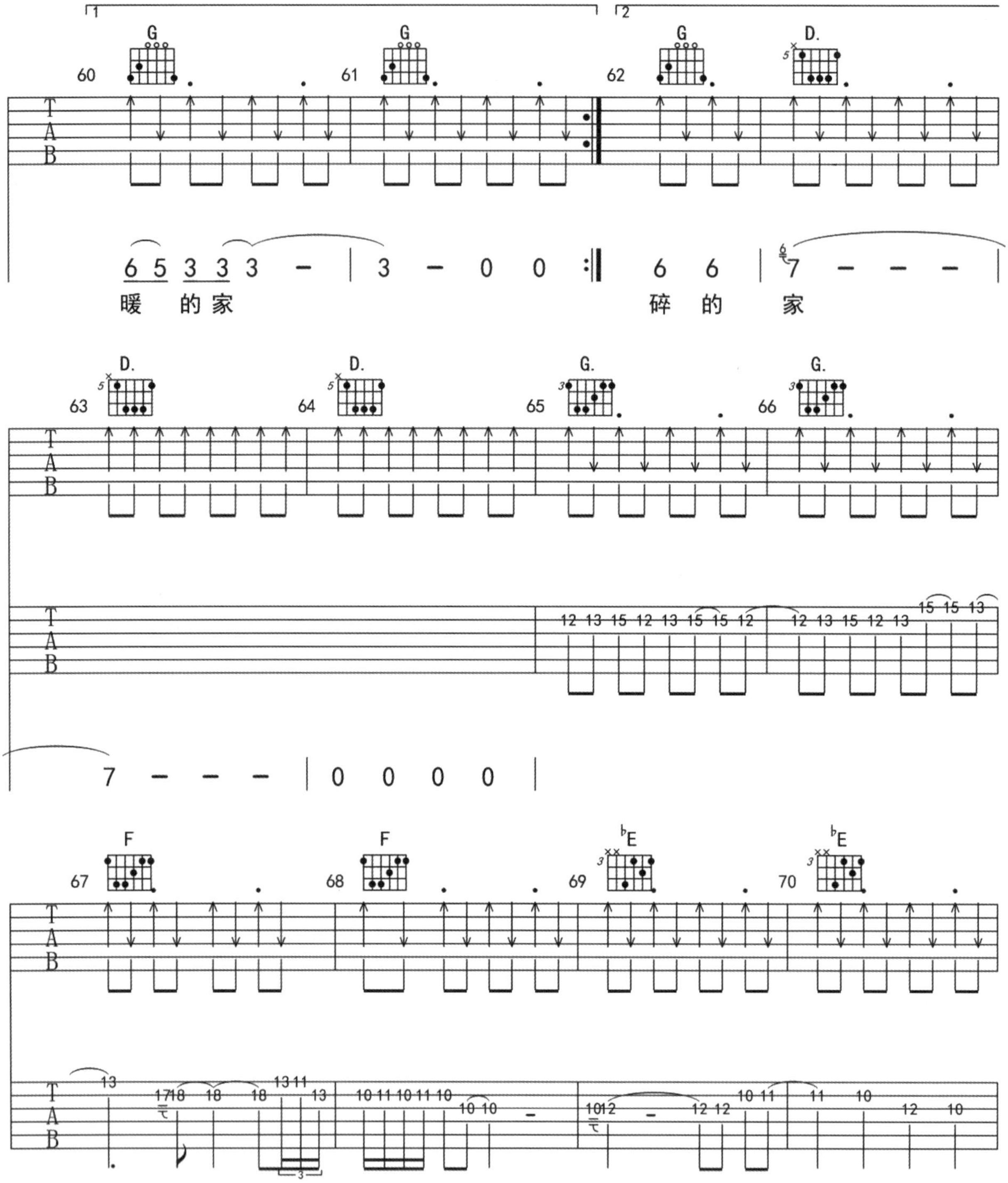
G
D.
G.
F
♭E
暖 的家
碎 的 家

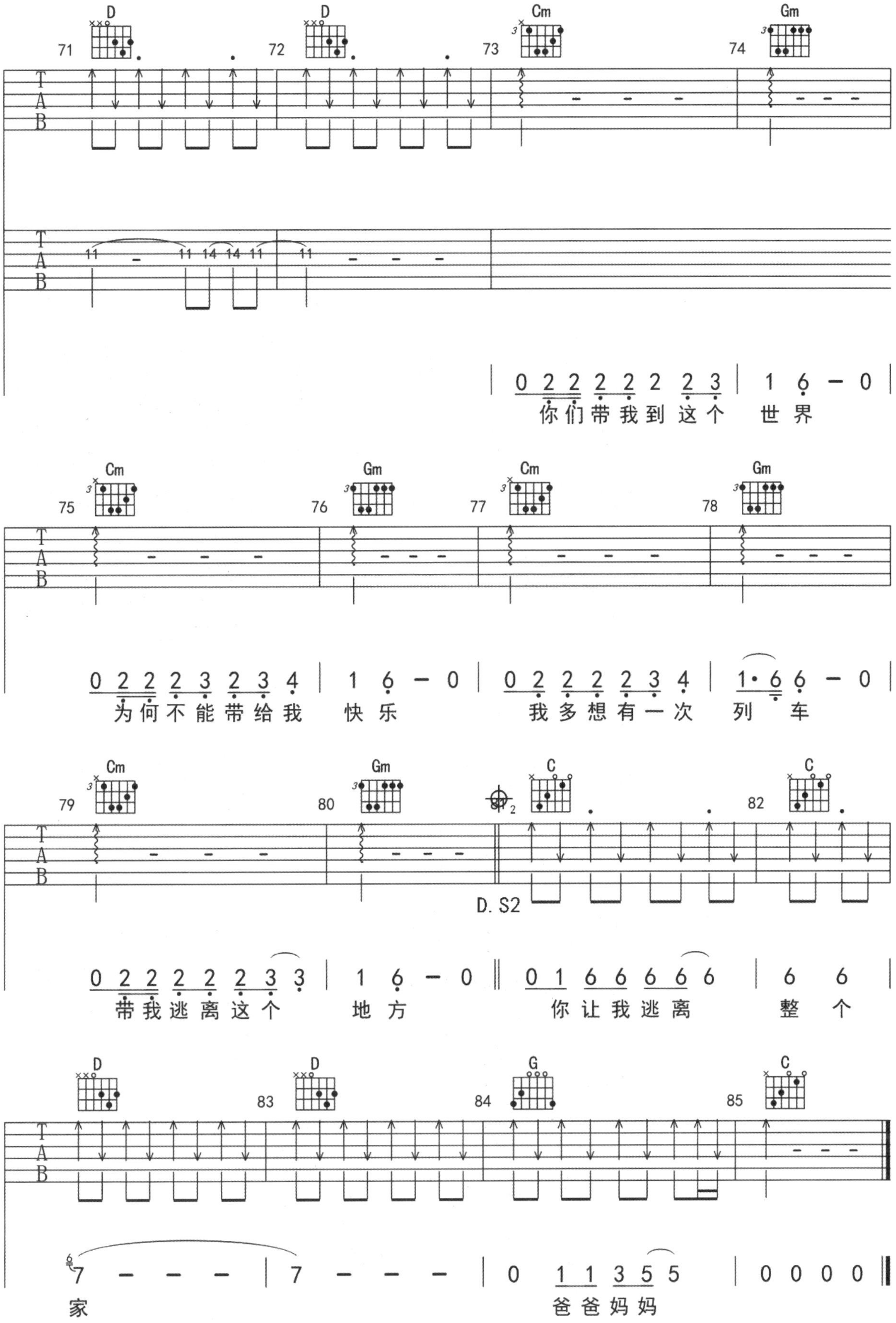
D D Cm Gm
你们带我到这个 世界
Cm Gm Cm Gm
为何不能带给我 快乐
我多想有一次 列 车
Cm Gm C C
D. S2
带我逃离这个 地方
你让我逃离 整 个
D D G C
家
爸爸妈妈

70 · 80 总有深藏于我们内心的回忆

就算全世界，都没人爱你，你也要学会，怎样爱自己。再痛的夜晚，一样会过去，请你去坦然，明天和自己。

70 · 80 总有专属于一个时代的回忆

我只想按自己的方式活着，并不想去破坏什么规则。我只想去选择我理解的生活，究竟我犯了什么错？而那个“头发不对，衣服错了，动作大了，无可救药”的老师也同样找到了答案。

2006

生命狂想曲

2006-4-3发行

Intro 生命之源 弦乐 01

Forever Young 02

完美世界 弦乐版 03

生命之诗 04

秋日恋歌 05

恋人岛 06

命运之变奏 弦乐 07

Burning till I Die 08

琥珀 09

耶路撒冷的星空 10

完美世界 主题版 11

嘿 不要叫醒我 12

我们的一生 13

这是一张用音乐向生命致敬的专辑，是一张用听觉幻化视觉进而震慑心灵的专辑。恢弘的管弦乐 、时尚的电子乐、张扬的硬摇滚、朴素的民谣，将古典的华丽、流行的温暖、摇滚的自由融为一体，形成水木年华大气而不失唯美的全新曲风。

公元 2006 年的春天，水木年华《生命狂想曲》的概念专辑从多方面的完全突破，让我们再一次地体验到生命地脆弱与曲折、美丽与坚强。

聆听，生命狂想曲

《Intro 生命之源》—— 开场序曲，海浪声与钢琴声的美妙交融，将你拖入水木年华开启的旅行中。
在恍若蛮荒远古的风暴与海浪的音效中，紧密清晰的钢琴声，描述的正是迸发爱与自由前的跃跃欲试，生命从此开始精彩。

"Forever Young" —— 欧式古典气息与时尚节奏扑面而来，狂热青春背后的永远年轻。
对青春的真诚向往，让歌曲成了激情的誓言。水木年华让澎湃的交响乐，以及于细微处点睛的吉他，融化在宗教和声的氛围里，传承出凯鲁亚克永远年轻的精神图腾。年轻的鼓手给歌曲注入了更多的激情。摇滚真鼓与电鼓的叠加，将韵律与音色都处理得摩登动感，而录音时对副歌部分严格的要求，使缪杰的嗓子几乎唱到沙哑。正是这种以前从未尝试过的发声方法，一举确立水木年华的新时尚音乐风格。

《完美世界（弦乐版）》—— 最具王者之风的华丽史诗——《特洛伊》与《魔戒》的音乐再现。
从颇有爱尔兰风情的小提琴的委婉，到瞬间出现的十二位提琴演奏家完成的恢弘弦乐，让《完美世界》成为内地流行乐坛史诗性的丰碑之作。这首最早为体育创作的歌曲本身旋律就大气而唯美，在华丽的古典融进之后，更显现出巅峰王者的威仪。水木年华承认，近年大刮的《魔戒》风也潜移默化着他们的创作。

《生命之诗》—— 凝练的歌词字字珠玑，引入的女声咏叹，是古典与摇滚融合的最佳典范。
赞美诗一般的花腔女高音，在没有任何配乐的背景中，呈现豪华歌剧院带来的虔诚礼赞，而现代的失真节奏，以及水木年华野性的摇滚唱腔，完美地融合其中。"有一种自由叫做孤独……""有一种梦想叫做迷惘……"连续的排比，没有副歌的变化，古典的磅礴与摇滚的尖锐也成就了歌词带来的直面心灵的撞击，如何在女高音美声唱法与通俗唱法之间找到一个完美结合点的处理上可谓煞费苦心。最终，在专辑里我们听到了如此宛如天籁一般的咏叹。

《秋日恋歌》—— 悲伤的木吉他满浸着对恋情已逝的惆怅，感情爆发的季节迎来天赐的创作灵感。
泛黄的记忆在木吉他的撩拨中，显得更加纯净与遥远。秋日作为水木年华最喜欢的季节，给创作带来了无与伦比的才思与感悟。卢庚戌曾说过，他的每一段恋情都开始在秋天，所以这首歌曲不经意间一气呵成，歌词中更充满着留恋与无奈。吉他是歌曲中最主要的伴奏乐器，在尼龙弦与钢弦之间做了精心的选择。

《恋人岛》—— 专辑中最轻松、惬意的歌曲，水木年华相互配合最为默契的佐证。
"飞鸟夕阳，蔷薇开放……爱在呼吸，随风荡漾……"在整张专辑被古典包围的氛围里，这样轻松而又尽情自由欢乐的歌曲，反而更加引人注目。这是录音棚里人声最为顺利的一首歌曲，因为水木年华组合中缪杰爱玩的心态，感染到了严谨的卢庚戌迅速找到歌曲最舒服的情绪表达。

《命运之变奏》—— 水木年华对贝多芬的致敬与礼赞。
黑白分明的琴键可以轻盈，也可以猛烈。当我们的思绪被凝固在贝多芬《命运》的强硬小节中时，生命也向我们展示着残酷。

《Burning till I Die》—— 整张专辑音乐最华丽、歌词浪漫至极的歌曲。
故意缩短了与上一首歌的间隔时间，听起来既独立又统一。整齐划一的切分与自由涌动的音符错落在一起，卢庚戌和缪杰充分玩味着各自截然不同的音色。而文字中透射出的决绝与凄美，更让歌曲蒙上了迷人的面纱。“shining all my life，burning till I die”华丽到死，浪漫入髓。在 19 岁的誓言中，爱已成为生命的唯一。卢庚戌满意弦乐的处理，恢弘的气势常使他在回味此歌时陶醉其中。

《琥珀》—— 爱尔兰式的民谣，深情的旋律，带给我们的是挚爱的巅峰。
这是整张专辑人声方面最难把握的一首歌，在录音时同样花费了最多的时间。第一天的工作成果被水木年华严谨的制作态度彻底否决。我们在专辑里听到的流畅、上口的旋律是经过反复录制、仔细推敲的结果。“琥珀的心、琥珀的情……”琥珀晶莹但绝不光鲜的外表留下的是永恒而忠贞的瞬间，诞生于很早的歌词，充满了卢庚戌早期最纯净的创作思维，爱尔兰调式的运用，使得歌曲突破了内地（大陆）民谣的单一类型，而增加了一丝 NEW AGE 的时尚之音。

《耶路撒冷的星空》—— 极具人文关怀的作品。从战争下个体的视角出发，用叙述完成最严厉的控诉。
在紧张的节奏和旋律中，水木年华敏锐地捕捉到个体的脆弱与挣扎，阿拉伯飘渺的异域风情在绝望的歌词中变得充满孤独。从孩子的视角控诉整个战争，无论是高亢的呼唤希望，还是苦涩的叙述迷茫，都让水木年华一贯的人文关怀，更加充满涤荡人心的力量。缪杰在副歌部分一个感情音的处理颇有气质，初听像走音的感觉，但是包括录音师在内都觉得恰到好处。

《完美世界（主题版）》—— 朗朗上口的旋律与歌词过耳不忘，专辑当仁不让的第一主打。
相比于“弦乐版”的气势如虹，主题版的《完美世界》以中国的传统乐器“箫”起始，以不留丝毫回旋余地的鼓击与肆无忌惮的失真，带来舍我其谁的锐利锋芒。缪杰高音区的纯净与卢庚戌越来越颗粒的嗓音相得益彰，中国民族调式与西方摇滚乐不同气质的融合，让我们感受着水木年华的音乐才华与造诣。

《嘿，不要叫醒我》—— 专辑最温暖而忧伤的民谣之作，给你最原始的触动。
水木年华与生俱来的细腻在这首歌中被完整地表达，卢庚戌首次假声的运用让歌曲拥有了浪漫而敏感的神经。为了配合歌曲的意境，录音棚工作用灯全部关闭，而在设备上星星点点的闪烁里，在“我怕看见爱已老去……”的低吟中，木吉他的忧郁，弥漫整个房间。虽然同《秋日恋歌》一样，只有吉他的伴奏，但运用了与之不同的尼龙弦。

《我们的一生》—— 于平缓的诉说中饱含最触及心灵的寓言。
进棚录音的过程中仍然在不停更换着配乐的版本，可能是有太多的心情想去表达，用任何一首歌给整张专辑做一个收尾，显然都是不完美的。
从温柔的吉他扫拨到渐渐运动起来的节奏，再到慢慢飘向远方的歌声，水木年华用最简洁的文字概括了生命百年轮回的真谛。相比以激昂为核心的整张专辑，《我们的一生》伤感而不颓废，即使多年后，仍旧会让我们的思绪聚拢在眼前，并且感念那充满哲思的寓意。

没有如果，只有爱（2015-12-25）

如果不是知道从第二天开始，又要开始不知身在何方的奔波日子，也许我不会在演出结束后，匆匆赶去看最后一场的《如果爱》；如果不是因为周围都是不认识的观众，我想我的泪水有几次会夺眶而出；如果是在家里看片子，我会在我感动时，任由泪水流淌，这种感觉是幸福的，它让我知道心里的那些纯真和冲动，是如此真实地存在着。

如果不是因为爱

记得念中学读到鲁迅的时候，曾人云亦云地对所谓“永久不变的人性”大加批判，直到慢慢觉察，什么样的主题从“关关雎鸠，在河之洲”开始，就让人一直歌唱到现在；什么样的情节，能让人面对银幕潸然泪下。

只有爱

关于爱是自私还是无私话题，至今仍在争论不休；关于爱给人的幸福多一点还是痛苦多一点，至今没有一个天平可以衡量。每一个好电影，都能给我们留下一句难以忘记的台词，张学友的一句话，至少给痛苦的来源一个答案“那时候，本来我只想要，你只想要……但是后来，我们都要多了。”是的，因为“我们都要多了”。

因为爱

人生如梦，人生如戏。不过最让我印象深刻的，是我在清华时，系里一位同学在文艺汇演表演小品时，给出的当时一个令人捧腹的定义：“人生就是游戏，可惜不能存盘。”也许这就是为什么那么多人宁可沉湎于游戏中虚拟的世界，因为那里的人生可以存盘，可以死后重生，可以为了一个想要的结局重新再来，那里的人生没有遗憾。

人生是一场醒不来的梦；人生是一场没有结局和续集的戏；人生，是一场不能存盘的游戏。如果，人生可以有如果，就可以没有遗憾了吗？如果是 10 年之后遇见你，我不会再犯当时年少无知的错误，真的吗？如果是 10 年之前遇见你，我想你会成为我生命中的那个唯一，真的吗？如果我是他，我会比他更爱你，真的吗？如果你是她，我会给你一辈子的幸福，真的吗？

幸好没有如果

想起上学时写的一句歌词：“如果能给我重来的机会，我想也是换一种方式后悔。”无论如何，还是要感谢如果，它给了我们一个原谅自己、原谅他人的机会，给了我们一个欺骗自己、欺骗他人的借口。因为这个世界没有如果，只有爱。

完美世界 / PERFECT WORLD

卢庚戌 词/曲

原曲 B调 | 选调 G调 | Capo 4

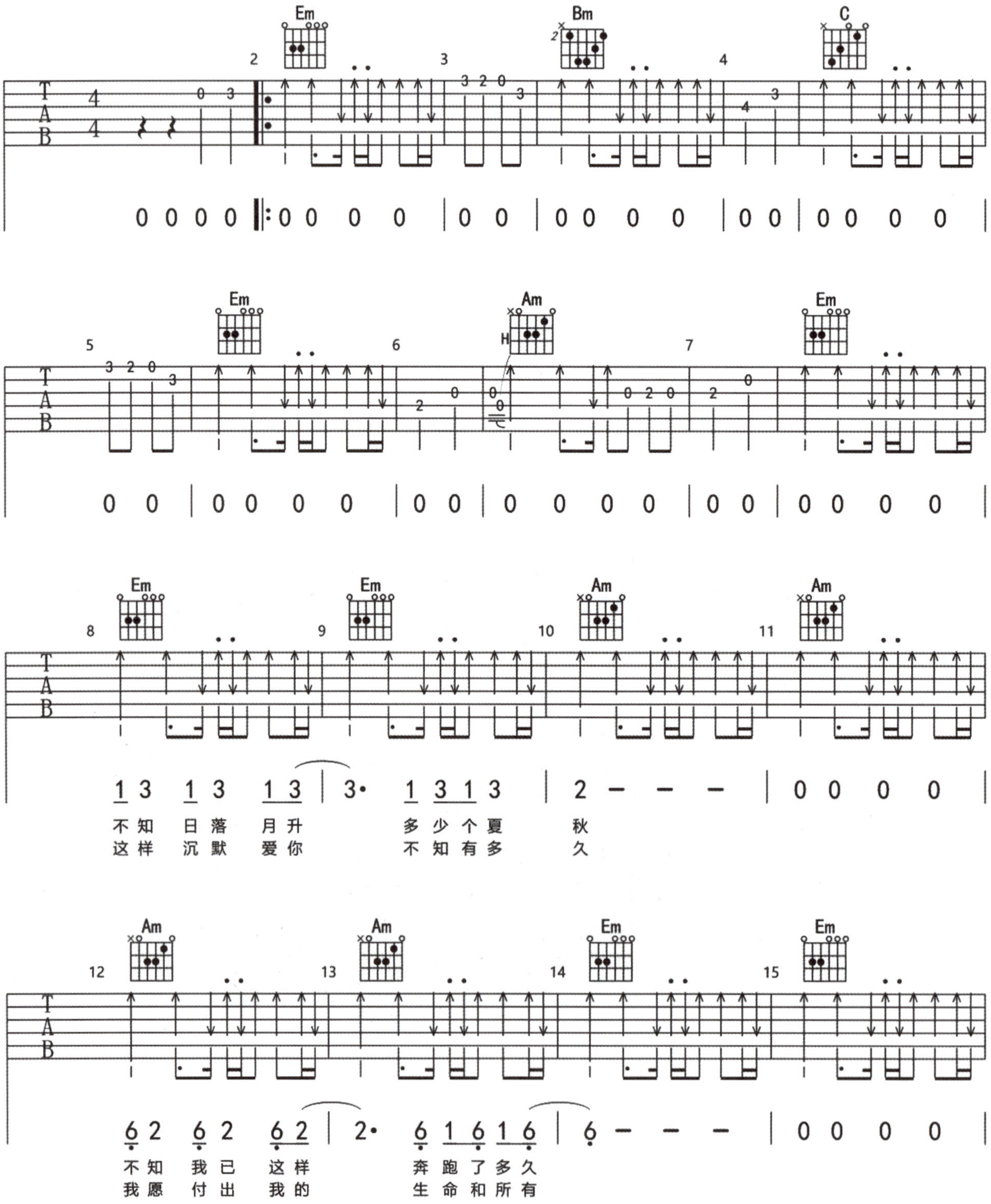

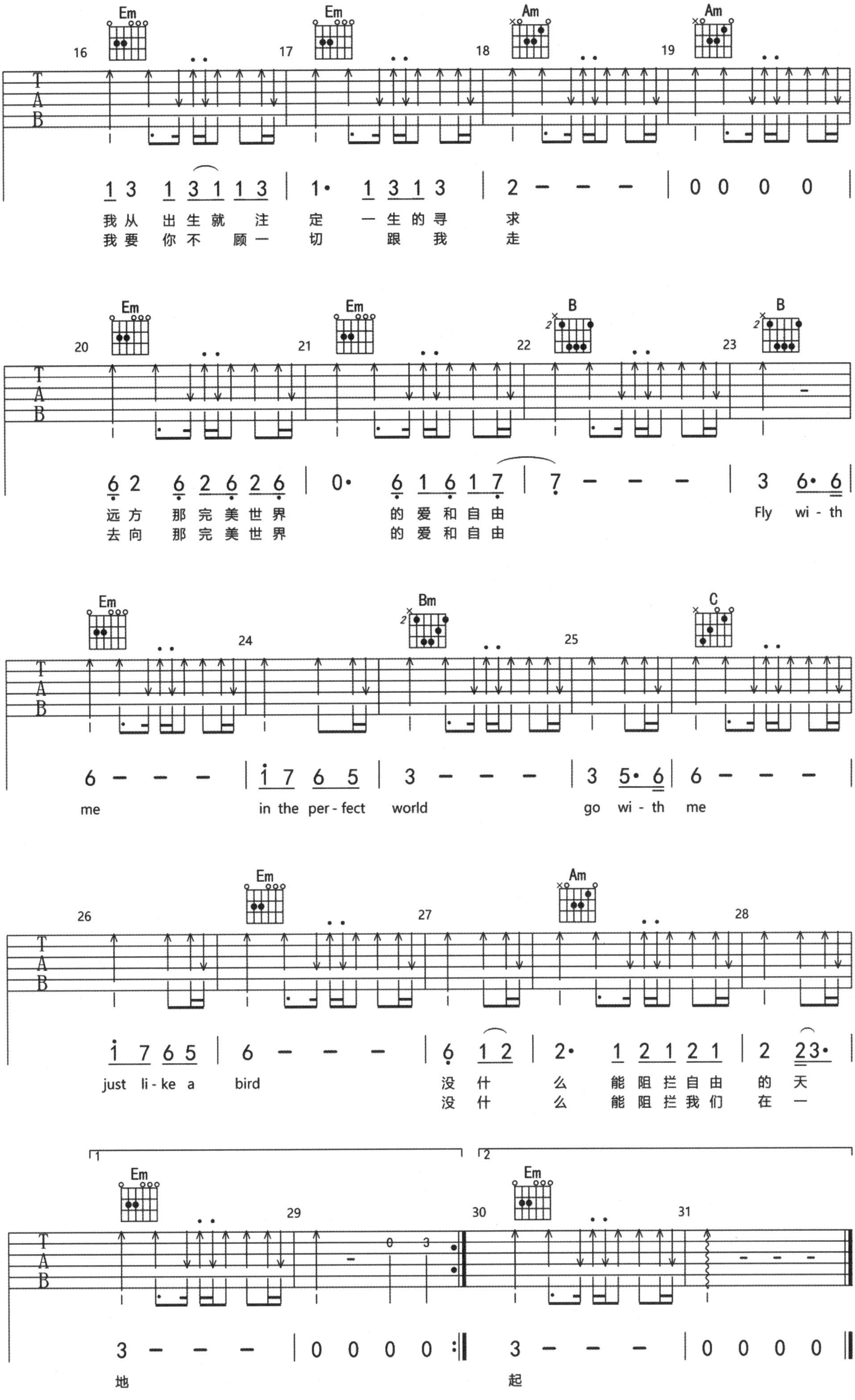
Em Em Am Am
我从出生就注定一生的寻求
我要你不顾一切跟我走
Em Em B B
远方那完美世界的爱和自由
去向那完美世界的爱和自由
Fly wi-th
Em Bm C
me in the per-fect world go wi-th me
Em Am
just li-ke a bird
没什么能阻拦自由的天
没什么能阻拦我们在一
Em Em
地
起

不要叫醒我，我怕看见爱已老去

为了一场别离，不顾一切相遇

秋日恋歌 / FALL LOVE

卢庚戌 词/曲

原曲 G调 | 选调 G调 | Capo 0

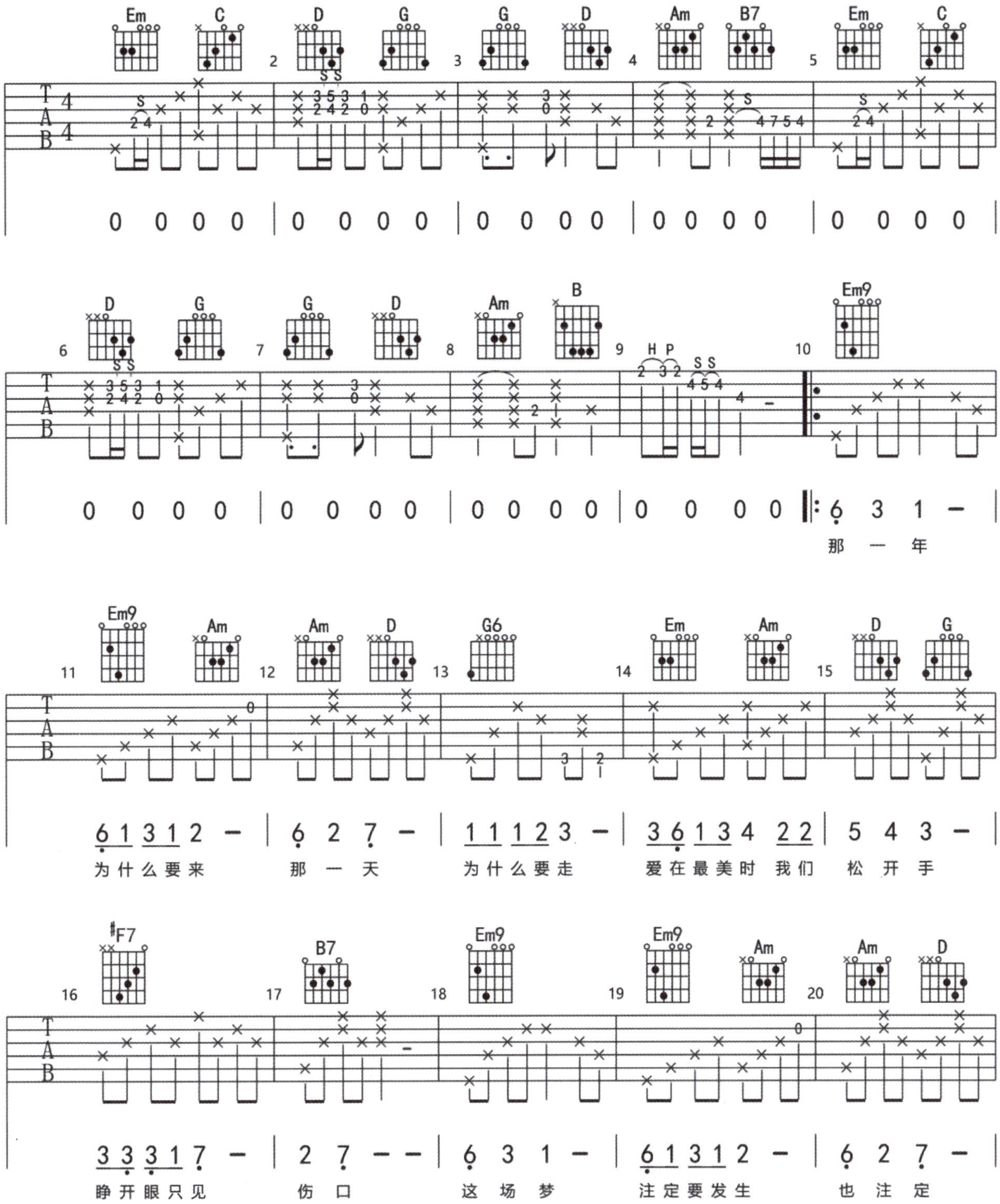

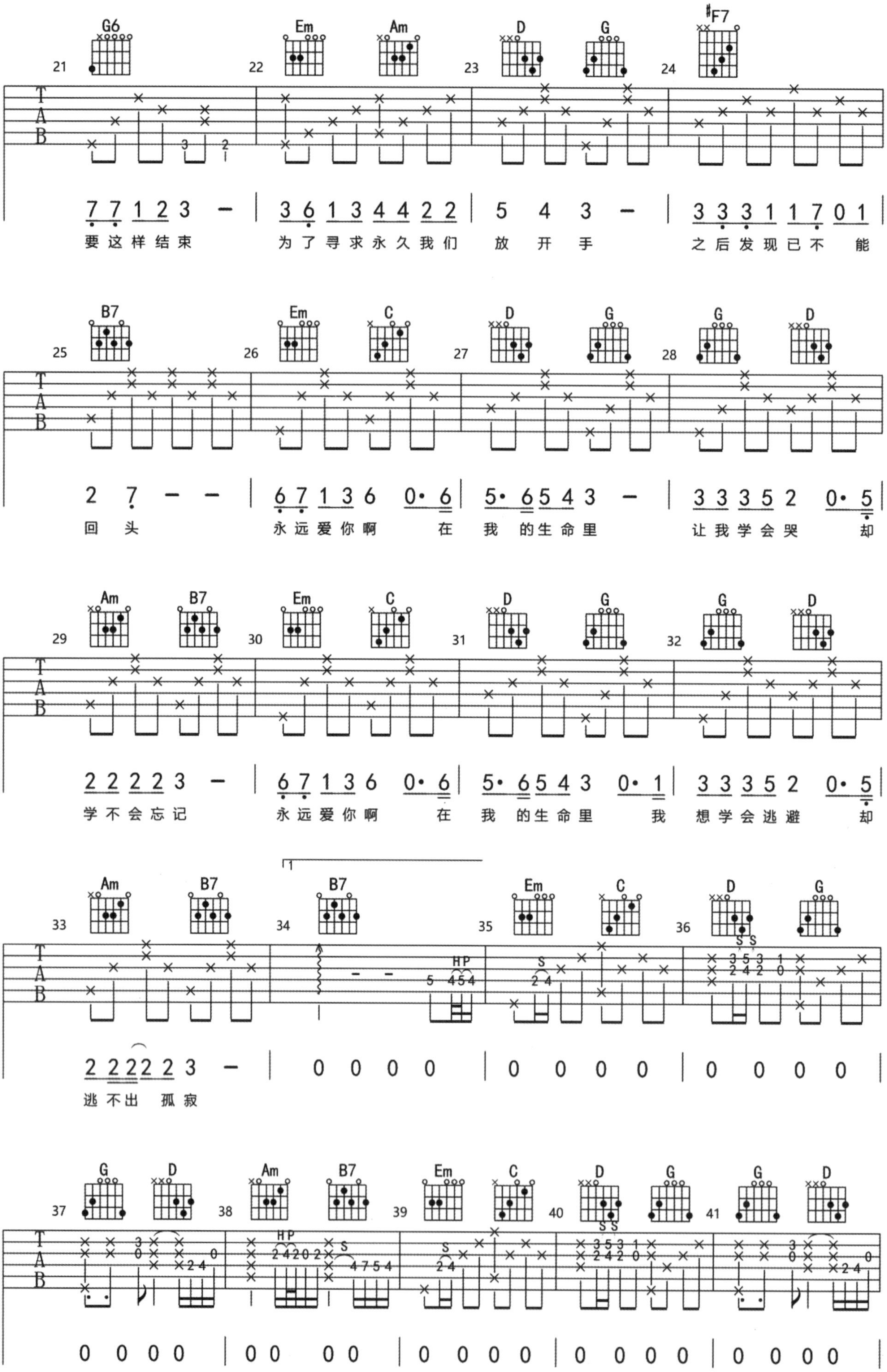
G6 Em Am D G #F7
要这样结束 为了寻求永久我们 放开手 之后发现已不能
B7 Em C D G G D
回头 永远爱你啊 在 我 的生命里 让我学会哭 却
Am B7 Em C D G G D
学不会忘记 永远爱你啊 在 我 的生命里 我 想学会逃避 却
Am B7 B7 Em C D G
逃不出 孤寂
G D Am B7 Em C D G G D

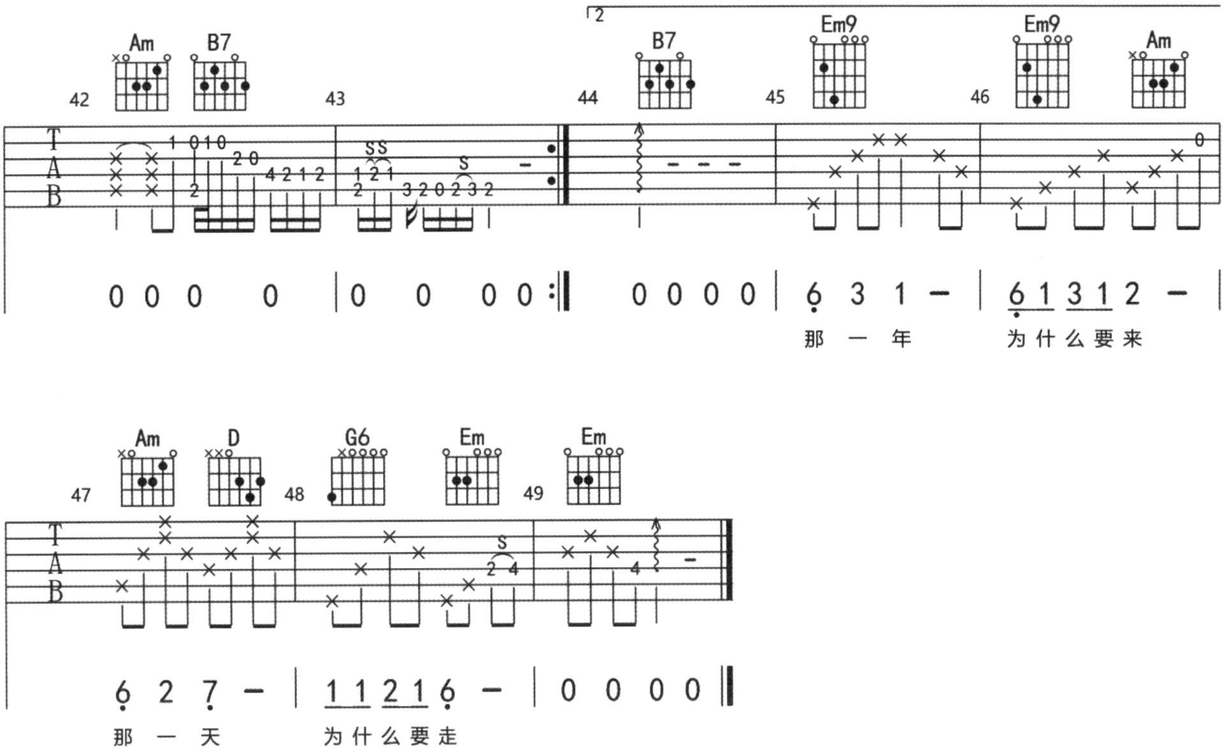
Am
B7
B7
Em9
Em9
Am
Am
D
G6
Em
Em
那一年
为什么要来
那一天
为什么要走

我们的一生 / OUR LIFE

卢庚戌 词 / 曲

原曲 #C调 | 选调 C调 | Capo 1

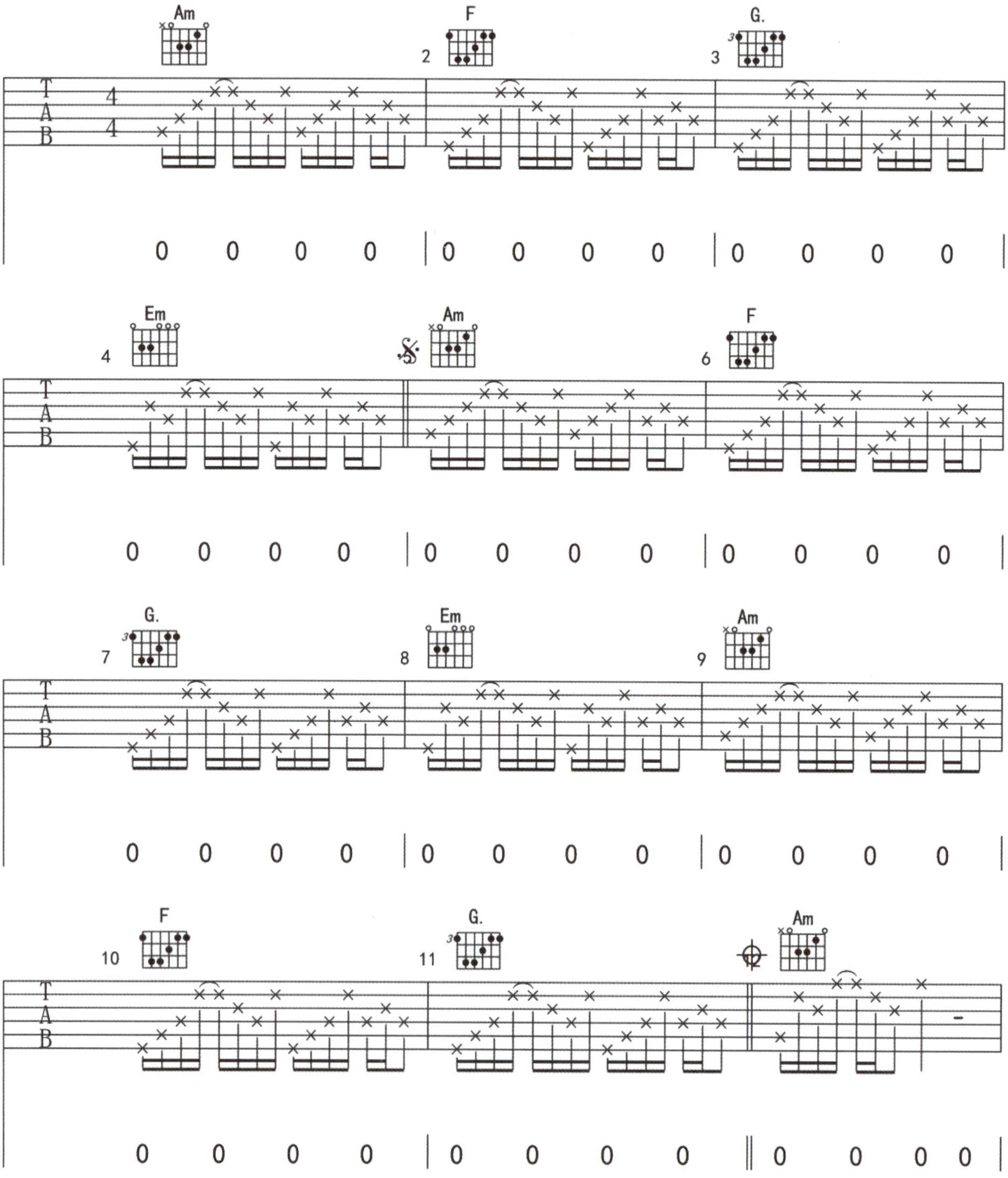

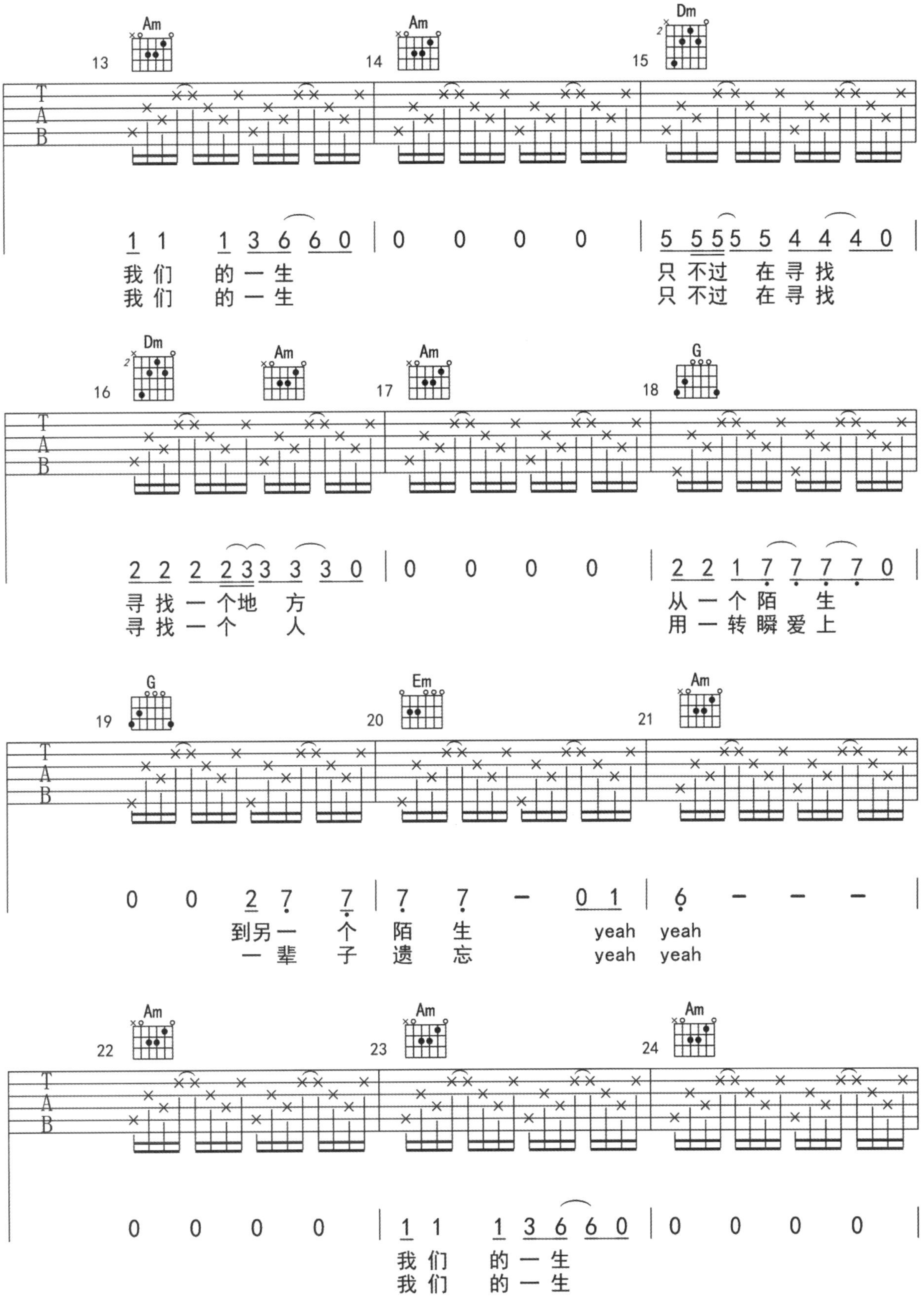
Am
Am
Dm
我们 的一生
我们 的一生
只不过 在寻找
只不过 在寻找
Dm
Am
Am
G
寻找一个地 方
寻找一个 人
从一个陌 生
用一转瞬爱上
G
Em
Am
到另一 个 陌 生 yeah yeah
一 辈 子 遗 忘 yeah yeah
Am
Am
Am
我们 的一生
我们 的一生

Dm
Dm
Am
Am
25
26
27
T
A
B
5 5 5 5 5 4 4 4 0 | 2 2 2 3 3 — | 0 0 0 0
只不过 在寻找 寻找一个梦
只不过 在寻找 寻找一个人
G
G
Em
28
29
30
2 2 1 7 7· 7 7 0 | 0 0 2 2 1 7 | 7 7 — 0 1
为了一场别离 不顾一切相遇 yeah
用一转瞬爱上 一辈子遗忘 yeah
1
Am
Am
Am
31
32
33
6 — — — | 0 0 0 0 | 0 0 0 0
yeah
yeah
Am
G.
Em
34
35
36
0 0 0 0 | 0 0 0 0 | 0 0 0 0

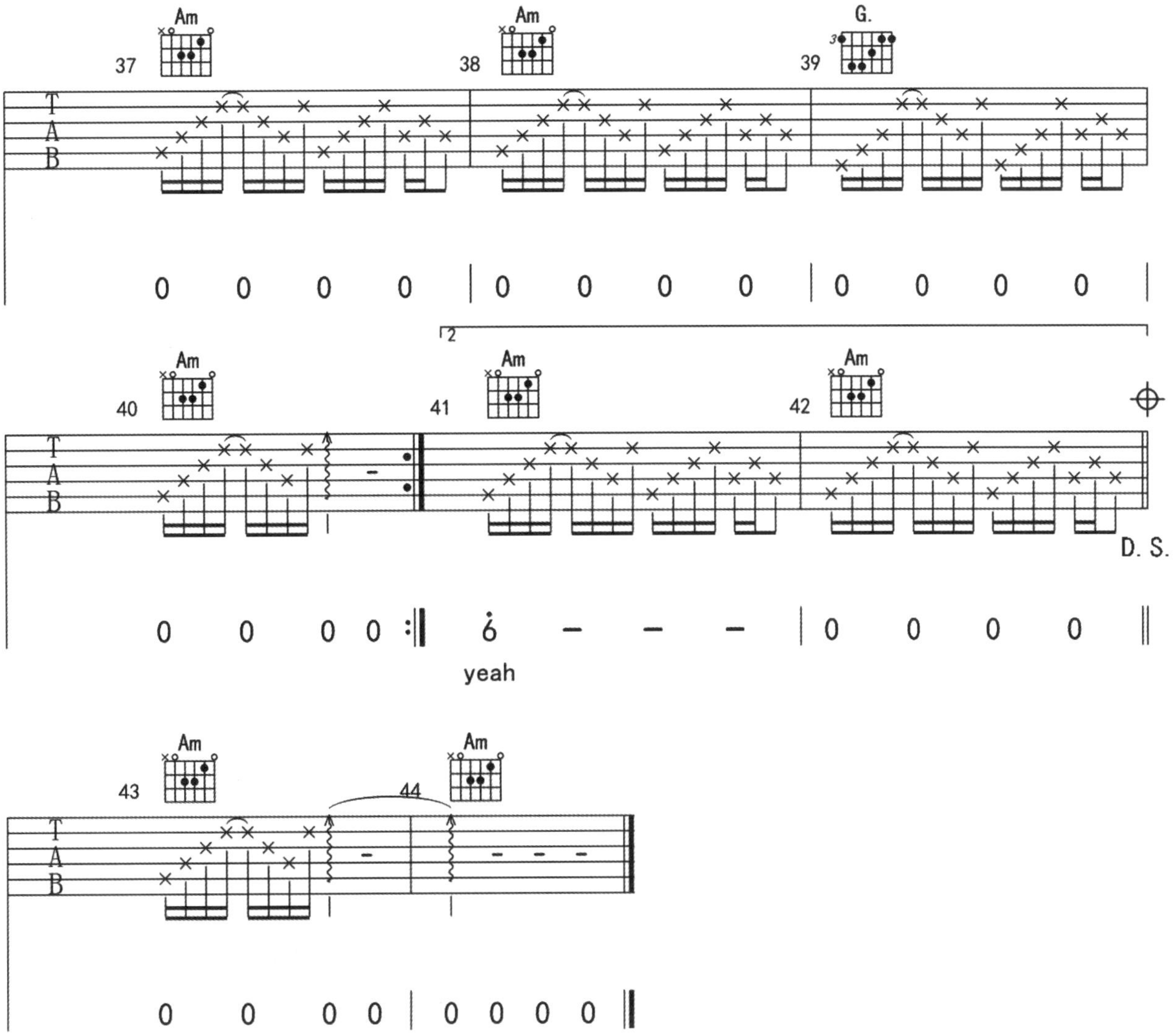
Am
37
Am
38
G.
39
Am
40
Am
41
Am
42
D. S.
yeah
Am
43
Am
44

关于家的感觉（2006-08-11 05:21:46）

每每有人向我问起：你是哪里人？我总无法作答。总是交出一个自己还能信服的答案：我是北京长大的。父亲是上海人，母亲是湖南人，可我到了4岁，才看见上海的模样，大学毕业，还没去过湖南，而自己，生在武汉。

去年初秋的某夜，去湖北荆门演出，当地没有飞机，于是连夜赶回武汉住宿，准备赶一早的飞机回北京。进入武汉市区已是深夜，同车的人都已酣然睡去，一股熟悉的江水气息从未关紧的车窗外飘进来，侧目一看，车正驶在汉水桥上。整个城市都已睡去，街上只有街灯静听风吟，汉水轻拍的岸边，靠岸休憩的小船随浪轻摆，隐隐约约的灯光在江水的倒映中波光粼粼。我才想起，我是生在江边的孩子。

出生的那年，父亲从油田调到了北京，母亲依旧在乡下教书。趴在蛇山脚下的窗边，望着驶向长江大桥的车辆，成了我童年唯一的爱好。抬头望天，偶尔有飞机从头顶上方经过，那时觉得飞机很大，仿佛伸手就能够到。没有上幼儿园，没有同学小朋友。因为父母两地分居，没再有兄弟姐妹。喜欢一个人坐在楼道里，放声歌唱。没有歌词，唱着自己脑子里胡乱编造的旋律。邻居上楼经过，会一边登着楼梯，一边摇头晃脑地对我唱“大头大头，下雨不愁……”武汉的发音似乎应该是：“达透达透，霞玉补凑。”武汉的雨很多，我偏是愁下雨的。每次从母亲周一赶往农村的学校上课那天起，我便一天天数着母亲周六回归的日期。每每周六下雨，舅舅阿姨们便会故作忧愁对我说：“妈妈悔补来廖。”于是我真的会忧愁地看着雨点，落在聚起的泥水中，化作硕大的圆环，淹没着母亲回家的道路。

外公70岁了，却依旧精神矍铄，喜欢去汉口，却不坐车，我会远远地跟在后面走，他还真的放心地不回头找我。我就这样远远地跟着，用手拍打这大桥的栏杆，望着江水，走过铁道，走过阅马场，走回蛇山。江水和雨后树叶的气息，构成了我童年的回忆。

每过很久，都会有一个北京来的年轻“叔叔”来我们家“做客”，他们说“这是你爸爸”，让我叫，我不敢，躲在大人的背后。4岁那年，这个年轻的“叔叔”把我接走，坐船顺江而下，去了上海。在那里，我见到了另外两位慈祥的老人，男的风趣而严厉，我叫他公公，女的温柔而贤淑，我叫她好婆。他们住的院子，叫做里弄。公公的院子里养了很多金鱼，每次我把它们捞出来，都会被揪耳朵；我会在里弄的走道上，挥舞着木头刀，高喊"冲啊"地向前猛骑。我几乎忘了武汉话，学会了叫叔叔"哑梭"（爷叔），叫父亲"涯"（爷），叫自己"阿拉"。周六"哑梭"会带我到静安公园去，那里有个旋转木马，我很害怕，从来不敢自己上去坐，终于被"哑梭"强拎着骑了上去，我头晕目眩地放声大哭。离开上海以后，我再也没有做坐过旋转木马。

5 岁的时候，火车把我带到了北京，那里幼儿园的小朋友都在摇头晃脑地说着一些我在广播里才能听见的口音，没有武汉的冲，没有上海的温婉，却慢条斯理，出口成章。当了两个礼拜"哑巴"之后，我张口学会了贫。每天早晨，父亲会把广播里的"新闻和报纸摘要节目"开得极为响亮，把我吵起床。现在熬夜到天亮，在车里听见那二十多年没变的声音，我都会不寒而栗。在我刷牙、洗脸的时候，父亲会从食堂里打来没有几粒米的粥，和隔了夜重新热的、毫无味道的馒头，多年以后，我听见馒头两个字就想吐。直到上大学，晚餐在食堂，因为没有米饭的无奈之下要了个馒头，才发现，原来刚蒸的馒头是这样的好吃。父亲住的单身宿舍里都是他带的研究生，平时以逗我为乐，他们也喜欢唱歌。周末，在筷子和饭盆的伴奏之下，会听见隔壁传来"叮叮当，叮叮当，铃儿响叮当"。现在想来，那不是简单的齐唱，是带着和声的。

我是个吃馒头长大的南方人。不知道自己属于哪里的人，没有归属感，这让我有点迷惘。每当我唱起"回到家乡"的歌曲，我的脑中总是一片空白，不知道应该浮现的，是哪一个城市的样子。父母会经常带我回老家，我听得懂他们说的话，但是张开嘴，发现自己已经说不出来了。我已经不能再习惯上海的拥挤，不能再适应武汉的闷热。每每回到北京，便如释重负，但是却不知道北京算不算我的故乡，自己是不是北京人。我不知道自己的故乡在哪里，但是眼前这熟悉的江水味道、江面上的波光粼粼，让我感觉如此亲切，仿佛回到了童年，在周六母亲回家的夜晚，枕着温暖的臂弯安然睡去。我想，这就是家的感觉吧！我是江边出生的孩子，这样的江水让我有了家的感觉。人一辈子，怀念的都是这种感觉吧！

父亲在我出生那年来到北京，至今普通话都有浓重的口音，所幸和叔叔、亲戚们电话聊天时，他的上海话依旧熟练。我曾问他，北京队和上海队踢球，您会支持哪边，他说，当然是北京队。原来我们的尴尬是一样的。我们都只能适应北京的生活，把自己当做北京人，但是，我们的家，却都不在这里。

不知什么时候开始，父亲迷上了上网打桥牌，和那些"大眼美女""长发帅哥"不同，父亲给自己网上起的名字让我不知所云，"万航渡路""中振坊"。这种名字有人能记住才怪。

一次去上海演出，得知三叔回到了上海，就住在我们家原来的老房子那里。晚上演出完毕，便让堂弟带我回去看看，打车来到静安寺，来到那个曾经骑着三轮车冲杀的里弄，感觉院子好小，甚至局促，不似那时，抬头，满眼都是蓝天，一个门到另一个门，感觉要走好远。在里弄门口停下时，看到街边的蓝色路牌，写着四个字："万航渡路"。走进里弄之前，抬头看见院门顶那用石头刻着的几十年依旧在那里，我年幼时不会念的三个字："中振坊"。原来家的感觉每个人都是一样的，原来家的感觉每个人都是一辈子的。

卢庚戌：用音乐来记录和诠释生命

采访人：“黄金眼”记者

受访人：卢庚戌

昨晚，有幸与新近崛起的建筑音乐人卢庚戌（清华大学建筑学专业毕业生）见面，做了一次简短的访谈。当时，只是听了他最新专辑中《未来的未来》《蝴蝶花》和《平安大街》三首歌。当时，触动我的是他优美的旋律和独特的音乐表达方式，震撼我的则是来自他歌声中的那份对于生命的感悟、悸动、执着和深挚的热情。

今天早晨，仔细地聆听了他整张专辑中全部十首歌的内容，再次为他对于生命含义本身的深刻思索深深打动。我清楚地感觉到，一个崭新的用音乐来记录和诠释生命的音乐诗人已经浮出水面。

他的艺术气质是感性的，他的音乐语言是唯美的，他的思想是深邃的，他的内心是炽热的，他的灵魂是悸动的，他的内容表达是鲜活却发人深省的，这就是卢庚戌。

《未来的未来》记录的是歌者对于生活和理想执着追求的乐观态度，《蝴蝶花》则是对于青春的悸动、短暂和流逝的一次祭奠；《平安大街》用叙事性的手法勾勒出人生、命运和历史的轮回变迁，《游乐场》则是对当代社会世态炎凉的深深忧虑；《纸婚》是对于爱情和婚姻悖离亘古不变、天长地久这一传统道德观念的冲击……至此，我们不得不被卢庚戌的犀利和深邃所深深折服。

建筑系宿舍

他曾经是一名成长于校园中的青春歌手，经过多年的沉积和蛰伏，他的思考层面和触及空间，又让他在实际意义上超越了一般校园歌曲创作者的本身。

“黄金眼”网站的娱乐记者在青年歌手卢庚戌的家中对他进行了录音采访，采访是在卢庚戌的新专辑《未来的未来》的背景音乐环境下进行的，气氛轻松。卢庚戌平和随性，却又时而充满激情，时而陷入沉思（尤其在谈到创作和生活的本质时），思维跳跃跨度之大，给记者留下很深的印象。

现在各个高校的生活层面中，仍有着大批的热爱音乐和执着追求理想的歌者在奋斗，正如笔者自己也非常热爱音乐一样。因此，通过了解卢庚戌的创作历程和成功的经验，一定会给我们每个正在音乐道路上执着奋斗的朋友以更多的启迪和信心。这也正是我们“黄金眼”网站详细地全文报道这次采访的意义和初衷！

现将访谈实录报道如下：

“黄金眼”记者（以下简称“黄”）：（简单的寒暄之后）直奔主题吧，学了这么多年，在高校里受了这几年的高等教育，学的专业又这么好（建筑），为什么想搞音乐了呢？

卢庚戌（以下简称“卢”）：想起来不算是一时兴起，在1989年进校时，清华那会儿写歌的风气特别浓，清华有这个传统。每届都有，像现在在美国的78级的胡杨，85级的金德哲等都出过专辑。就是有这个风气。一入学就看他们唱歌，当时我开始学。学完之后，我就开始在各个高校演出，当时我还组过乐队“梦中草原三重唱”，当时挺火的。那时候就一直唱，唱了很长时间，直到毕业，就一直没割舍下来。当时在学校里就有一个愿望，想将来做一名歌手，但当时不是太清晰、明确。

黄：是直觉吗？

卢：是。做一名歌手，你想表达一种，说好听一点，就是生活方式。然后，毕业了就一直没间断。工作了半年就辞职了，不愿意干了！

黄：辞职是为了创作吗？

卢：当时，觉得那种生活不适合我，因为我不愿意过那种朝九晚五的生活。后来辞职去各地转了一圈，流浪了一下。因为我一直想体验那种流浪的感觉。

黄：都到过些什么地方？

卢：就是一些南方、沿海的城市，像烟台、上海、苏州沿途转了一圈。后来回来之后又工作了，因为没钱花了。1996 年开始工作，然后继续写歌，后来开了一个演唱会，1997 年接了几个建筑工程，从 1996 年 8 月到 1997 年 7 月基本上一点歌都没碰。基本上那时候已经不做了。

黄：为什么呢？

卢：因为社会需要你去急功近利！后来过了一年之后，我发现整个人开始不对了。我觉得我不能再这样下去了，我一定要唱歌！（语气非常坚决）

黄：你担心灵气丧失？

卢：不是怕灵气丧失。只是我怕这种生活，因为这不是我所要的。你那种生活让你根本不能抒发灵魂的东西。我说我再也不能这样活下去了，得赶快进行创作。后来在 1997 年底就认识了陈梓秋，他觉得我的东西还不错，但是有很多欠缺的地方，于是就一直和他磨合。

黄：他帮你磨的是作品还是声线？

卢：声音上指出一些不足，但是需要自己去练，作品也提高了一个档次。

黄：后期磨合中的一些东西，是他帮你改，还是其他音乐人、你自己改？

卢：当然是自己改，他提意见，歌词和曲调还是得自己来改。后来就是制作，录音时找了一些好的乐手来合作。这个磨合的过程也是挺艰难的。做完之后发现是一张不错的唱片，大家都没话可说了，家里人一看，成品已经出来了！他们也就不说什么了。

黄：你觉得这些作品里面让他非常感动的，还有让你最感动的是哪首作品？

卢：每个人感动的东西都不太一样。

黄：你自己最感动的呢？

卢：我自己都挺感动的！（不假思索非常坚定的语气）

黄：有没有最感动的？

卢：我觉得比较有感情的是《蝴蝶花》这首歌。它的创作是发自内心的，因为上大学的时候曾经爱过一个女孩，这种刺激是很大的。同时通过这首歌呢，又让很多朋友认识我。清华又在传唱这首歌，所以就让我有了一个信心。

黄：得到肯定了？

卢：对，有了信心。在 BBS 上，有一个栏目是："你听到什么歌最想哭？"特别是 1997 年那会儿，有谭咏麟的《水中花》、罗大佑的……其中就有我这首《蝴蝶花》！是唯一一首未经发表却被传唱的，民间流传的。（非常自豪的）我也挺感动的。这儿还有一些网友的评价，都是从你们这个"黄金眼"网站摘下来的，都是那次演唱会之后得到的评价（记者翻看厚厚的一叠评价表）。

黄：算下来，你真正搞音乐有十年了吗？

卢：算是接触音乐吧。

清华礼堂前的海报

黄：这十年来你对音乐最大的感觉是什么？是艰辛、困难，还是一开始就有一种成功的直觉日后必然走上这条路？实际上签了公司并出了专辑，应该说是有成果了吧。成功的事业也就起步了。

卢：我觉得搞这个东西挺苦的，不过我一直挺有信心的！

黄：一直都有吗？

卢：一直都有！（语气坚决）当然，也有挺颓的时候，但是总的说还是挺有信心的！

黄：通常是在颓的时候创作灵感多，还是在心态很平和的时候创作灵感多？

卢：颓了之后的平和的时候。因为颓的时候情绪是很低的，这本来就是矛盾。你颓的时候让你产生一种感觉，一种创作激情，想写什么东西。但是，你要是去完成它的时候，必须是在颓过之后稍微平静一些的时候进行，可是又必须触及你的心灵，让自己最脆弱的一面暴露出来。你可能就是这样才能打动人。这时，你会发现自己越来越颓，越来越颓，写完之后就大病一场，可是你写完之后作品受到肯定后心情又很舒畅，又帮你找回了信心。（原来这么辩证，玄妙！）

黄：那么你的很多作品都是在很颓的状态下写的，会不会对你的听众，尤其是你那些在校的学弟、学妹们有一些不好的颓的影响呢？

卢：……（笑，不语）

黄：（笑）是不是管不了这么多了？

卢：我觉得创作是一个个人的东西，我也没有考虑这个东西会带来多么深远的意义。这不是创作者的初衷。我写歌就是为了表达自己的心情，仅此而已。那么，最后它可能会带来一些商业上的效果，或者是触动人心的东西，但这是下一步的事情。

黄：你的创作初衷是有别于目前市面大部分的商业音乐的，因为他们的创作动机是为了迎合别人，而你只为表达自己。

卢：因为我写这些歌的时候就是有感而发！

黄：是不是这种真实和朴素是你后来和唱片公司良好的合作基础？

卢：应该是，他们比较尊重我，注重我的创作。

黄：他们给你改的旋律，尤其是歌词的地方多吗?

卢：他们提的要求都是要求艺术上尽量完美，而不是刻意改变去迎合市场。但是，如果艺术上达到了一定的高度，它一定会有市场。我们写流行歌曲，就是为了写大家的心情，艺术价值高的作品就代表它写出了大家的心态。所以，从根本上来讲，这两者不矛盾。个性和共性未必是矛盾的，而且商业的东西也不一定是没有个性的。我认为越有个性的东西反而越商业，这一点我们必须要正确对待。

黄：最近读了关于你的一篇报道，谈到你的创作范围涉及很广，像反映社会现实的《游乐场》。这些作品也是在学期间完成的吗?

卢：我专辑中的大部分作品都是在离开学校后完成的。

黄：是不是在参加工作后的种种经历和坎坷，或者是失败的经历，更好地刺激了你的创作?

卢：肯定是。因为在学校的时候，毕竟还是风花雪月的居多，那种小情感方面的东西。在社会上碰到的事情就多了。

黄：你个人和公司是否对这张专辑的整体，包括内容、风格等等，做一个定位?

卢：是。详细的在我的个人资料中。但是有一点，我的作品有别于我们传统概念中的校园民谣，音乐风格也不一样。

黄：能不能一言以蔽之?

卢：它是一个人文的东西，突出一种精神，用音乐的工具来表达对于人生的思索。

黄：这张专辑最为肯定的是它的人文内涵和思想底蕴本身。

卢：对。在风格上我并没有固定于一种音乐，而是多元化一些。

黄：在音乐上有没有受一些特定音乐的影响，或者说有偏爱吗?

卢：过去在上学时喜欢听罗大佑、Sting、U2 什么的，现在听得挺杂的，没有说专门固定某一个人的东西。

黄：创作时是不是会受某种音乐的影响，甚至是受其他作品内容的刺激?

卢：肯定会。

黄：听时下的很多歌曲，听过就完了，没有任何印象，更没有感觉到作者曾经思索过。看到监制陈梓秋给你这张专辑的高度人文化的评语，应该是每首歌都有一段故事和一番思索吧。能否结合具体的作品来谈一谈?

卢：比如说《游乐场》这首歌，当时写的时候，是我去看一个汽车博览会，然后看见一个小孩对他母亲说“妈，你看这个挺好”，他指着那些汽车美女什么的，这点给我印象很深。可能现在的家长教育孩子跟我们那时不一样，我们那时是去历史博物馆，老师给我们讲的也是文天祥什么的；而现在整个社会都变了，人们对于成功意义的理解也不相同。所以我写出了社会是一个大的游乐场，“我们停不下来也离不开”，这是当代的一个“秘密”，或者说人所共知的秘密，我把它写了出来。开始写的时候，本想站在一个旁观者的角度来写，后来写着写着发现我也是其中的一分子，于是就写出了“我是天使，我是魔鬼，请你快来快来刺痛我”。其实人性是很复杂的，而我自己也是追求成功的，也陷入其中。当代，尤其是现在，不像上世纪 90 年代那时，可能是一个垃圾场，一个疯狂场，现在游戏规则越来越健全了，就像一个真的游乐场一样。最后，这首歌采用的是一种极为狂躁的电子版本的编曲以表现这一主题。

黄：(认真地听)

卢:《平安大街》是我的呕心之作。当时我就想写历史上的这么一个东西。这是一条老街，最终逃不脱被历史改造的命运。这首歌写的是一位被时代和生活遗忘的老人，一名迷惑于现在和未来的青年，就是在不可抗拒的向前发展的历史中，相聚又失散……当时创作时，把我对于历史及人生的思索都写在了这首歌里。

黄：当初刺激你写这首歌的是什么?

卢：因为我是学建筑的，这么大的一个改建项目我不可能不知道！所以当时知道了这个项目之后，我就想写这么一个特牛的东西。中国人就讲究“平安”这两个字，像“祝你平安”等等。所以从我的创作直觉上认为这是一个很好的题材，最初的动机真是想把它写成《鹿港小镇》那样有历史意义的东西，后来就写成了现在的这个样子。写的是大街，但主要表现的还是我们这一代人的东西。这代人两个字“迷惑”！不知道干什么！在“文革”尾巴生的，却又对“文革”一点感觉都没有，后来中国一直在变化，90 年代之后变化更加迅速，我们这代人就一直在变化中成长，所以这代人挺具有典型意义的。而且，价值观也一直随我们在变，没有一种定型。

黄：你是想用这首歌来表达历史命运的变化?

卢：我想，每个人听这首歌时，感受都不一样，但我想，感觉最深的还应该是我们这代人。这是我在这张专辑中创作的最后一首歌，1999 年写的。其实，每首歌都有一些故事，一些思索……

黄：（没有打断，静静地聆听）

卢：就拿这首《纸婚》来说吧，这首歌最初给我的灵感是在大二的时候，文学社有位朋友结婚，因为我会弹吉他，就跟他们去草地唱歌，一块儿弹了一下午。但是他们一年后就离婚了，这件事给我的印象很深。毕业以后回家，高中同学基本上都结婚了，后来基本上又都离婚了。

黄：是吗?！那从你本人来讲，你对婚姻也不是很有信心，对吗?

卢：反正不太有信心……但还是憧憬吧！

黄：这两年不会考虑，以事业为重对吗?

卢：不是以事业为重，只是没到时候吧。

黄：以前也曾有过感情的经历，但又没构成结婚的基础，是吗?

卢：（沉默，许久）对。

黄：谈谈这首主打歌吧，《未来的未来》。

卢：总的来说，它是对我整张专辑的一个总结。愿未来的未来每个人能够过得更好，但是人肯定会有眼泪的，所以快乐和眼泪总是相对而来的。我希望每个有梦想的人都能实现他们的梦想。这首歌也是我在探求，思索，再探求一番经历之后的一个总结。并且，公司把它定位为主打歌，也是希望我这番经历能给人们带来一些启迪。因为我想任何一张专辑的主题，如果只停留在歌的话，它还是只停留在表面。一张真正好的唱片，会给人的精神留下印象。这张专辑的定位也正在于此。

黄：那么你感觉这张专辑的最大听众群，就是共鸣最多的那些人，应该在哪个层面上？

卢：我倒没有仔细想过，应该是大学和大学毕业生吧。因为我就是从这里面出来的，但也不一定……因为很多歌的含义都已被拓广了，像《纸婚》。所以，我觉得……可能应该从 18 岁到 58 岁（笑）……

黄：《未来的未来》和《爱上你 我很快乐》（同曲不同词的清华校园版）有什么关系？

卢：《爱上你 我很快乐》是我开始写的一个曲子，是一个小男生对一个小女生的表白，完了我想把它的意义拓广一下，就改了几句话。现在，除了是一个男人对一个女人的爱情宣言之外，它还表达对于人生的信念和理想的执着！这种爱和理想从根本上来讲是一致的，可是有时又是相互矛盾的。就像一个男的爱一个女的，想陪着她，可他又放不下自己的事业。这里边挺微妙的。所以，这首歌的主题已经扩展了，指感情、事业、理想、人生，都可以。

黄：清华的人都比较熟悉《爱上你 我很快乐》，那么……会不会条件允许时，做一个清华版？

卢：可以，以后再说吧。

黄：上次在清华听的《蝴蝶花》是两个女生唱的和声版，感觉和你唱的有些不一样，你认为呢？

卢：男的唱得沧桑，女的唱得凄美。尤其当女孩唱“没有不老的红颜”什么的时候……

黄：女孩的声音里好像有种憧憬。

卢：女孩的声音，有另一种表现美。

黄：这张专辑是你 1994 年到 1999 年的积累，10 首歌是从多少歌里选的？

卢：大约 20 多首吧。

黄：全是自己创作的吗？

卢：对。

黄：有没有“梦中草原三重唱”时期的作品？

卢：没有，因为那时候还不成熟。

黄：以后会不会给别人写歌，或者唱别人的歌？

卢：有可能。但是，一定得唱到位！主要还是以自己创作为主。

黄：以后再出专辑是唱自己的歌吗？

卢：应该是。

黄：那么，又要唱，还要加紧创作，有压力吗？

卢：当然有。做任何事情都有压力。更重要的是，现在已经不是个人的事情，是整个公司的计划、运作和品牌的一部分，还有一批有共鸣的歌迷。你得对他们负责！

黄：那么，目前以什么样的状态来活着？

卢：主要是创作和唱歌。现在挺忙的，有很多的事情要做。

黄：近期是否在北京的各个高校开“个唱”？

卢：跑不过来，能跑几所是几所。

黄：目前宣传是不是主要以高校为主？

卢：配合电台、电视台，同时来。要拍 3 首歌的 MTV（音乐电视）——《未来的未来》《蝴蝶花》和《夜风》

黄：签约前后的创作状态变化大不大？

卢：不大。因为本来公司就是欣赏我的创作才和我签的。如果创作变化大了，就不对了（笑）。

黄：想多保持一点自己的本色和理念？

卢：只有保持自己的本色和理念！（表情严肃）这样才可能走向成熟，流于一般的歌手就不对了。我觉得个性和共性应该是统一的。

黄：第二张专辑的作品心里有底了吗？

卢：有了。

黄：是否会根据第一张专辑的市场反应和各种评价来综合考虑？

卢：商业利益倒不是第二张专辑要重点考虑的问题。问题的关键是一种变化。像思想内容、曲风和唱法上，都要进步。

黄：以前进过棚吗？

卢：没有。

黄：这次进棚是不是比较紧张？

卢：磨得够呛！磨棚和录音的过程有半年时间。当然，不是每天都唱，主要是磨一些感觉上的东西。找灵感，还有一些即兴的东西。

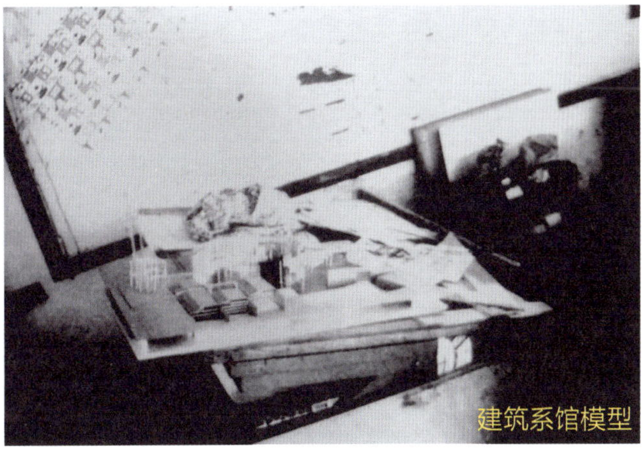
建筑系馆模型

黄：对整张专辑的制作和演绎感觉如何？

卢：（沉吟……大约 5 秒之后）比较满意。其实我仔细想想，还是挺满意的。

黄：现在很多的学生也都在创作，像清华等高校每年都有他们自己的原创歌曲比赛，但有时他们在创作时又会碰到这样那样的问题，甚至无从下手。你向他们谈一些创作的经验和体会，可能会带给他们一些启迪。你个人认为如何？

卢：我想创作的首先要求你要下苦功。因为主要是去想，虽然是靠灵感，但灵感也是积累出来的，你得经常投入才能做好，就是得总把自己陷入一种创作状态。这种状态不是每时每刻都有的，但是想写歌时却一定要有想写歌的冲动！这是必须的。当然，创作也有一定的技法可循。写歌也有一些套路，比如用一些和声来写等等。这些我觉得学学都会，但最终还是需要你感觉，即灵感上的一些东西。其实，灵感是随着你积累和素质的提高逐渐提高的。

黄：但是很多人创作了很长时间还是一无所成，你是才华和运气都比较好了。

卢：我总觉得创作这东西很玄，不好说。也许，它就是纯感觉的，而非理性的。我只能说创作的感觉非常美好……我个人性格偏内向一些，我更喜欢借助于音乐来表达我的内心世界。

现在我说的并不是我的擅长所在，但是有时不得不去说。我属于是想把内涵表现出来的那种歌手。所以我也不得不尝试着去说，然后说着说着还就真的说出了很多的东西来。但这确实不是我所擅长的东西。（笑……）我们小时候受的教育是多做少说，中国人讲究不要太张扬，默默去做。但是现在的教育却要你能做能说，不一样了！可是我还是想把我想说的一些事情能说出来。但是创作的确很玄，我不知道会不会对其他人的创作有影响。其实，很多搞艺术的人也没说出来过创作是什么东西。

黄：那么旋律是流淌出来的，还是借助于什么技法？

卢：首先是一种灵感，完善时会用技法，两者缺一不可。开始时灵感居多。

黄：歌词呢？

卢：是一种感觉，主要是我要表达什么东西。当然，需要一些功底像用词之类。要不断琢磨和修改，这时就成为感性和理性的结合。建筑也是这样。其实我写歌特别受建筑的影响。

黄：你的歌的内容比当今一些，其实是大部分的潮流歌曲都要高，我指的是它的思想深度和触及社会的层面。你的教育背景比很多的音乐创作者的受教育程度高是不是一个原因？

卢：可能会有一些关系。因为学得多，思考也就相对多一些。但是我想，很多人即使没有上大学，他思考过很多的东西，思考人生，他也会写出很多的好的东西。

黄：未来的计划如何？

卢：暂时的计划是好好做音乐，更长远的过几年再说。我不喜欢订很长远的计划，订了也没用，因为变故太多、太快了。

黄：你始终是用一种很松弛的态度去做事情吗？

卢：我比较认命。举个例子，你现在做网站，三年前你会想到吗？网站出现了，就去做吧，别想了。

黄：但是，你的歌确实是你对于社会、人生思考的积累，有些是对未来的展望，其实你不就是在希望吗？

卢：（笑……不语）

黄：《未来的未来》是希望的一种热情和张扬的青春，《纸婚》是对于当今社会道德沦丧的一种……（被打断）

卢：别，没这么严重，道德没沦丧。我并不认为婚姻像过去那么稳定就有什么不好！影响婚姻的有道德因素，但是大部分的婚姻却不是什么道德因素影响的。我想现在离婚率高了是由于各种各样的原因引起的，这并不是说我们的父母那时候一结婚就不离婚比这好。社会在进步，出现的问题自然要多一些。

黄：看来你对这方面的问题很关注?！虽然你还没结婚，但感觉很惧怕将来结婚以后的问题……

卢：（大声笑，十几秒）网上说情人节过后，离婚率暴增！

黄：反正我们网上，情人节点的都是悲伤的歌，像《没有情人的情人节》……

卢：音乐已经成为我生命的一部分，这样挺好，我有很多的事要做。我也非常感谢在音乐上给过我帮助的朋友……像制作、编曲、录音等，尤其是我的父母！实际上，开始时他们不理解，但是他们支持！

黄：上次看了一篇报道，说你来自一个知识分子家庭，他们更希望你在建筑上有所作为……

卢：本来想当个科学家的！我物理学得特好！（非常自豪）

黄：为什么又想搞艺术了?

卢：我语文也特好！当时文理科嘛，我文科也特好，理科因为都是数理化的东西……后来到了建筑系之后，发现建筑其实是偏艺术的。后来搞这种东西也是挺偶然的，不来清华也就没这事了。我特别相信这个……

黄：冥冥之中的……

卢：你看过莫泊桑的《项链》吧？实际上，我一直对教科书上的评价耿耿于怀。咱们当时说这个女人有资产阶级的虚荣心，所以怎么怎么样……实际上，莫泊桑写的是命运的问题！一些偶然的小事也会成全你的一生。这本小说给我的印象很深，我相信冥冥之中总会告诉你要走向何方。这种轮回和命运的东西我相信。

黄：是不是这种思想也会影响到你的创作?

卢：肯定会，或多或少有影响!

黄：你是否有兴趣地专门听某种音乐或某个音乐人的作品而受到他们的影响?

卢：是有一些很好的东西要听，因为现在在搞这个。不是像以前那么随性地去听，但是也是喜欢才听，不喜欢的让我听也不听。

黄：音乐和建筑哪个更喜欢?

卢：现在不是都有答案了吗!

黄：那么你喜欢思考的方式是触景生情还是遵循一条明晰的主线？我指创作时。

卢：一般都是一些小事触发的吧。也许是理工科出身，什么问题都要找几种解法和答案，所以，创作时也喜欢从一件小事上挖掘出很多的东西来，给它两种解法、三种解法……(原来如此)

黄：所以这样才有了《未来的未来》和《爱上你 我很快乐》这样一种曲子两种词和内容的结果。对吗?

卢：对。其实很多大的事真正挖掘起来却未必真的那么有意思。

黄：以后再出唱片，公司是不是会给你一定的思考主线或限制?

卢：我想不会。因为我的作品主要体现在对于社会及人生各个层面的思考基础上，如果公司限制了这些，作品本身是不是就失去了特色?！要是我全做现在商业的那种，那么我也就失去了我自己，这反而恰恰是公司所不愿意看到的……

黄：这些年来，为什么好听的旋律、深刻的内容比以前要少了?

卢：创作要一种平和的心态，全身心地投入情感的世界，尤其是写歌词，它直接反映思想内容，要有发人深思的东西。如果总想怎么去成功，那绝对写不好！

黄：也许在近期或未来，你的生活会改变很多，你怎么打算?

卢：当然，你的生活圈子变了，肯定会对自己和创作有一定的影响。像罗大佑和 Beatles，他们成功后的作品还越来越有思想深度，越来越成功，我想这主要是个人的问题。我相信自己。（一个歌手能有这种自信和远虑，实非易事）

2007

双重幻想

2007.5.16发行

直到看见大海 01
Listen To My Heart 02
借我一生 03
莫斯科的黄昏 04
破碎的心 05
冷酷仙境 06
少年往事 07
夜风里的玫瑰 08
别哭 我最爱的人 09
水仙 10

双重幻想

《双重幻想》是水木年华第6张创作专辑，共收录10首歌曲，由水木年华、颜仲坤担任制作人。水木年华想借《双重幻想》在流行乐方面寻求突破，并在专辑中融入了“世界风”的概念，内容上则意在刻画人内心的直观感受，以满足他们在音乐和人生领域上的私密情绪表达。

专辑名称源自约翰 · 列侬的专辑《双重幻想》，卢庚戌在听到该专辑时深受触动，他想“借这四个字表达用音乐对抗衰老，用伤感对抗世俗的双重幻想”。专辑录制工作于2007年4月12日在乐家轩内全部完成后，送往台湾做最后的处理工作。

《借我一生》是卢庚戌在1997年创作的歌曲，他考虑过“初恋”、“爱”等等几十个名字，但都觉得不满意。2004年，卢庚戌在书店里，心中哼唱歌曲时，看见了余秋雨的《借我一生》，心生感触，从而决定以此命名该曲。《破碎的心》创作灵感来源于卢庚戌的一段“一厢情愿”的感情经历。

《别哭，我最爱的人》是翻唱自郑智化的歌曲。《冷酷仙境》歌名引用自日本作家村上春树的作品《世界尽头之冷酷仙境》，歌词则以村上春树笔下的“亚洲乌托邦时代”为基础而创作。《莫斯科的黄昏》则采用了俄罗斯民谣的曲风，该曲意在表达水木年华的历史观。专辑原本准备收录歌曲《月光海》，但卢庚戌认为歌曲的主歌部分不够好，需要修改一下，所以没有收录。

聆听，双重幻想

如何走出原来的局限、突破自己是困扰创作型歌手的一大难题，而水木年华确实是内地少有的始终持久保持鲜活、真诚的创作的组合。在还算高产的状态下，水木年华就像一位追梦的少年，一直在做着各种尝试，而且每次都能获得不错的反响。

借我一生 —— 作为专辑的主打歌，很好地体现了水木目前的状态——大气加真诚。凭心而论，能把情歌做到如此大气的，真的是独此一家了。钢琴一直是小卢的挚爱，但与纯情、略显市井的《一生有你》相比，这首歌无疑更多了一种厚重。如果《一生有你》是青春情歌的话，《借我一生》则更像一段悲壮、凛然的爱情表白。前奏的磅礴气势为整首歌定下了基调，即使最坚强的心也会在这样史诗般的宏阔中放下自己的高傲姿态，折服在歌曲中不可自拔。高潮部分交响乐般的音乐效果最终使歌曲脱离了小情歌，而趋于高处。小卢良好的文字感觉也再次在歌词中得到展现，歌词透着唯美、甚至凄婉的感觉，“借我你的一生你说好不好，就算有一天我动也动不了”没有矫情，只有感动。

Listen to my heart —— 卢庚戌对于摇滚的钟爱也在专辑里继续得到体现，《listen to my heart》、《夜风里的玫瑰》等都渗透着卢庚戌的摇滚情结。《listen to my heart》绝对是一首特别适合在现场演出的歌曲，不管是缪杰高亢的高音，还是两人的完美和声，以及大段华丽的吉他 solo，都非常的精彩。只是在高潮部分的曲调上，很容易让人联想到水木上张专辑中不最优秀、但却获得极好反响的《完美世界》，对于水木来说，重复即是失败，这点可谓小小的一点瑕疵。相比之下，《夜风里的玫瑰》则让人看到了水木的新变化，水木总是给人惊喜，这首歌带有明显的异域味道。卢庚戌的嗓音确实不是很适合拉丁曲风，但他轻盈、淡淡嘶哑的声音，却使歌曲多了一分细腻。

少年往事 —— 水木毕竟是从校园走出来的组合，这种校园情结应该是根深蒂固的，以至于现在的他们依然对民谣有着很深的感情。《少年往事》，“凤凰树开花瓣雨散落，蕾丝裙摆夏日的香气”，似往事般轻描淡写又刻骨铭心的吉他独奏，以及缠绵的歌词，带着听者重温了一回青春旧梦，奢侈的铺陈重现了那段萌动的少年时光，我们似乎又回到了那个情窦初开的季节，和喜欢的女孩漫步在树下，彼此憧憬着美好的明天。《别哭，我最爱的人》翻唱自郑智化的歌，比之原唱，水木的版本少了一分理智的安慰，多了一分欲走还留的心酸和憔悴。

直到看见大海 —— 最喜欢的还是《直到看见大海》，也许这首歌注定不会成为所谓的点播热曲，但却同样让人感动。整首歌编曲非常用心，舒缓和激昂的交错，完美地融合在大海的潮声中，非常和谐统一。一起看大海，是很多恋人浪漫的愿望，但直到有一天真的看见了大海，月光初上，身边的爱人却已不再，何等的感伤。

DUSK IN MOSCOW

谁能看清这城市的孤独
谁能解开它历史的悲伤

莫斯科的黄昏 / DUSK IN MOSCOW

卢庚戌 词/曲

原曲 G调 | 选调 G调 | Capo 0

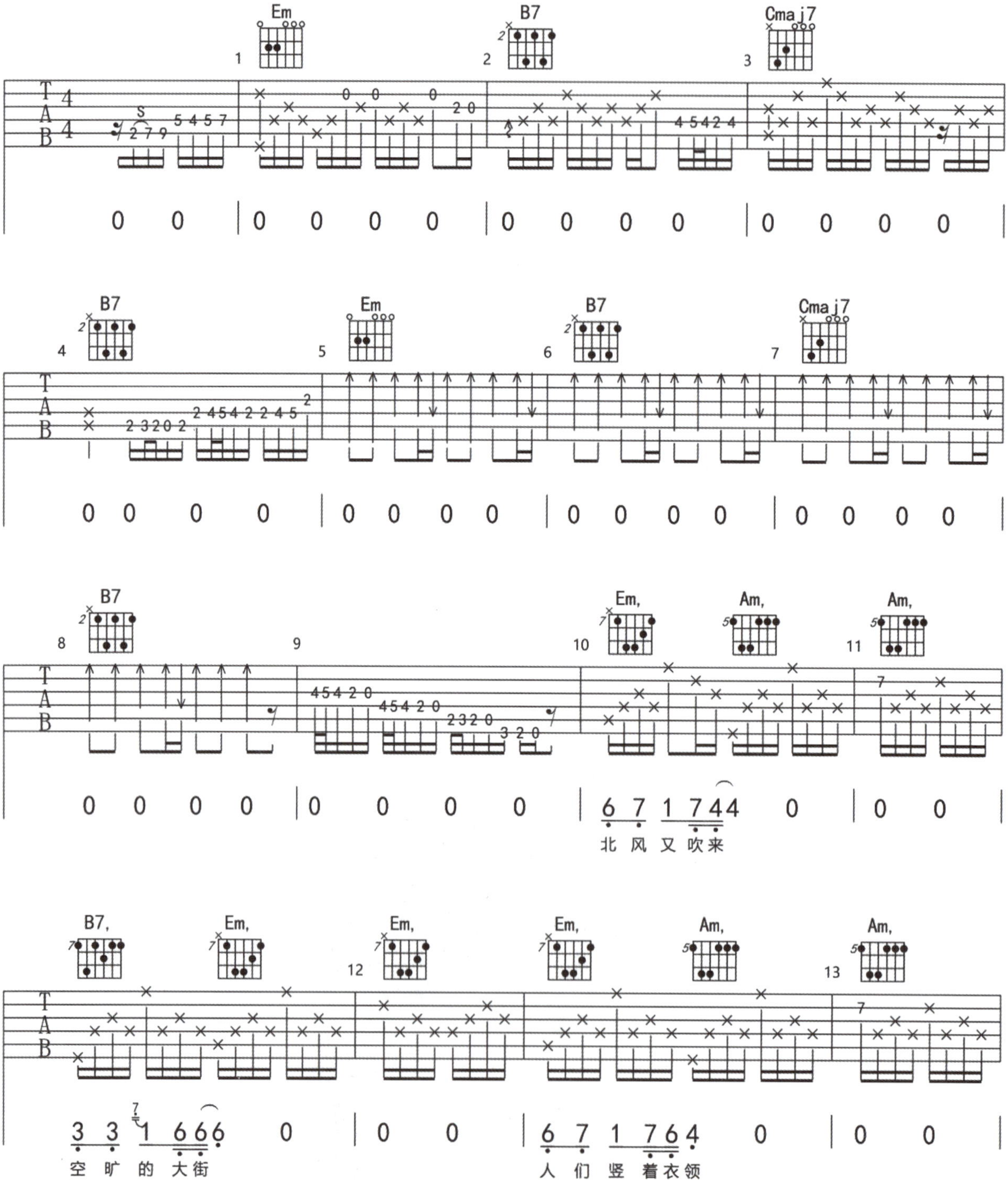

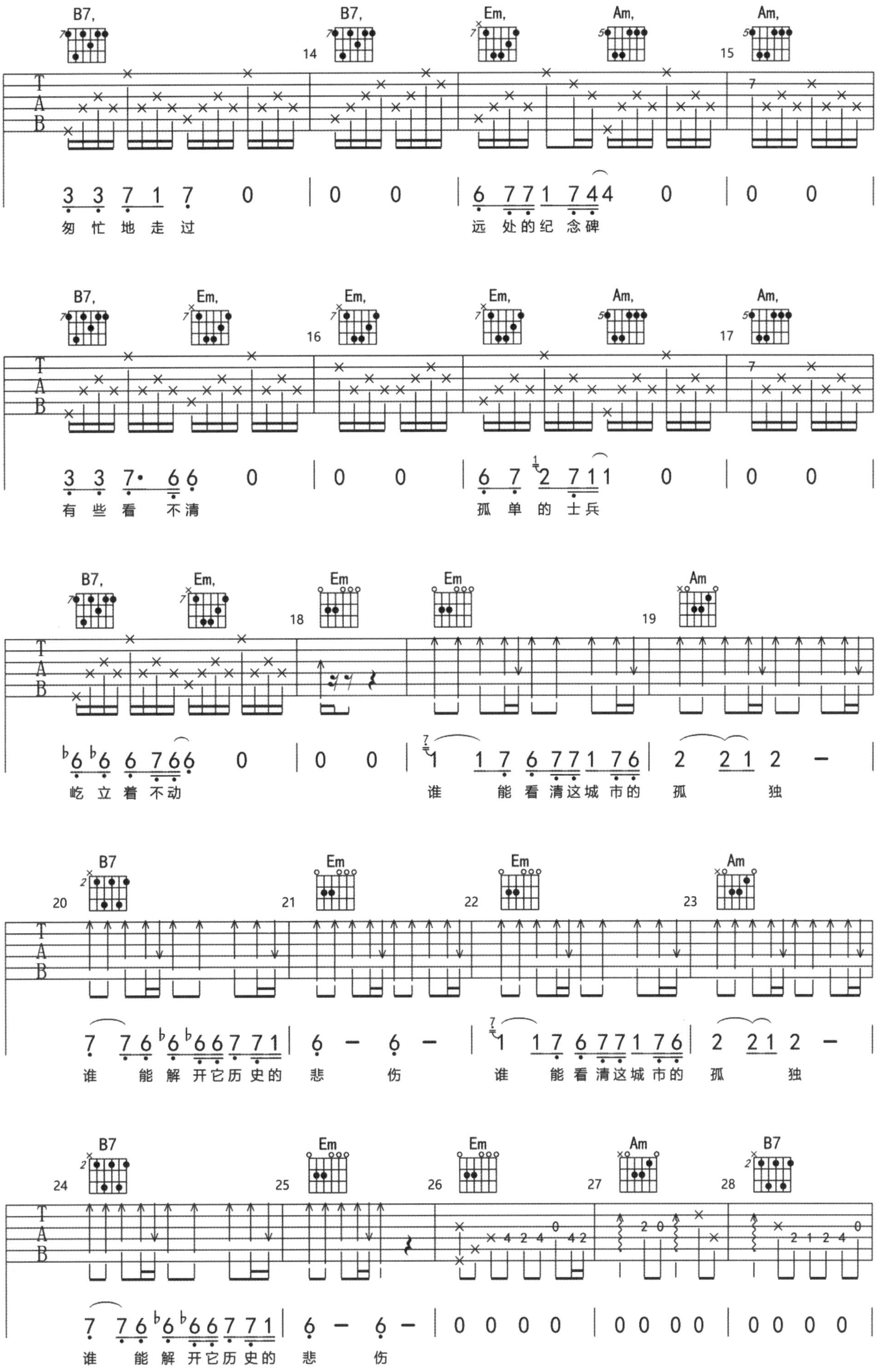
B7, B7, Em, Am, Am,
匆忙地走过
远处的纪念碑
B7, Em, Em, Em, Am, Am,
有些看不清
孤单的士兵
B7, Em, Em Em Am
屹立着不动
谁能看清这城市的孤独
B7 Em Em Am
谁能解开它历史的悲伤
谁能看清这城市的孤独
B7 Em Em Am B7
谁能解开它历史的悲伤

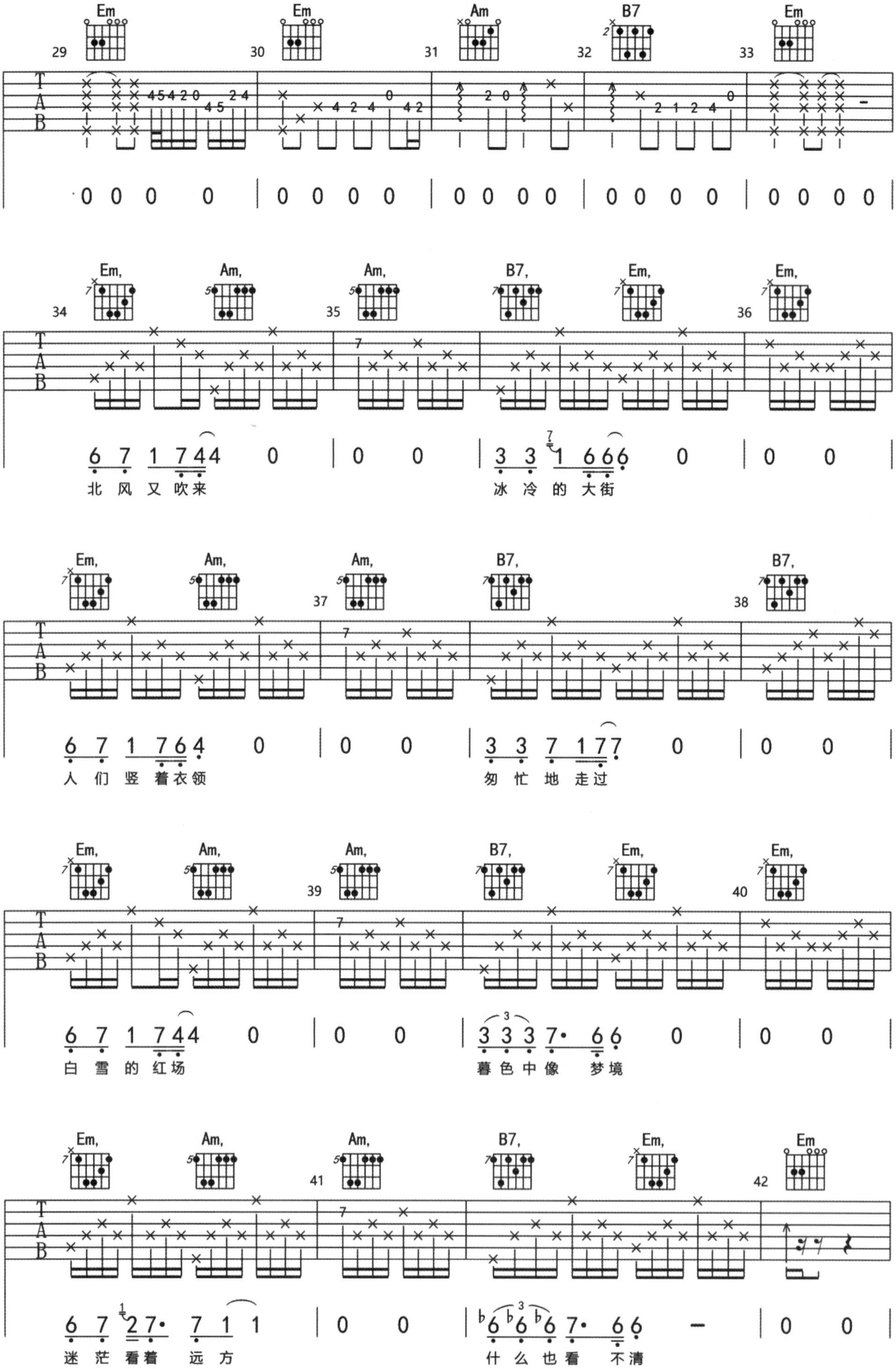
Em Em Am B7 Em
Em, Am, Am, B7, Em, Em,
北 风 又 吹来
冰 冷 的 大街
Em, Am, Am, B7, B7,
人 们 竖 着衣领
匆 忙 地 走过
Em, Am, Am, B7, Em, Em,
白 雪 的 红场
暮 色 中 像 梦境
Em, Am, Am, B7, Em, Em
迷 茫 看着 远 方
什 么 也 看 不清

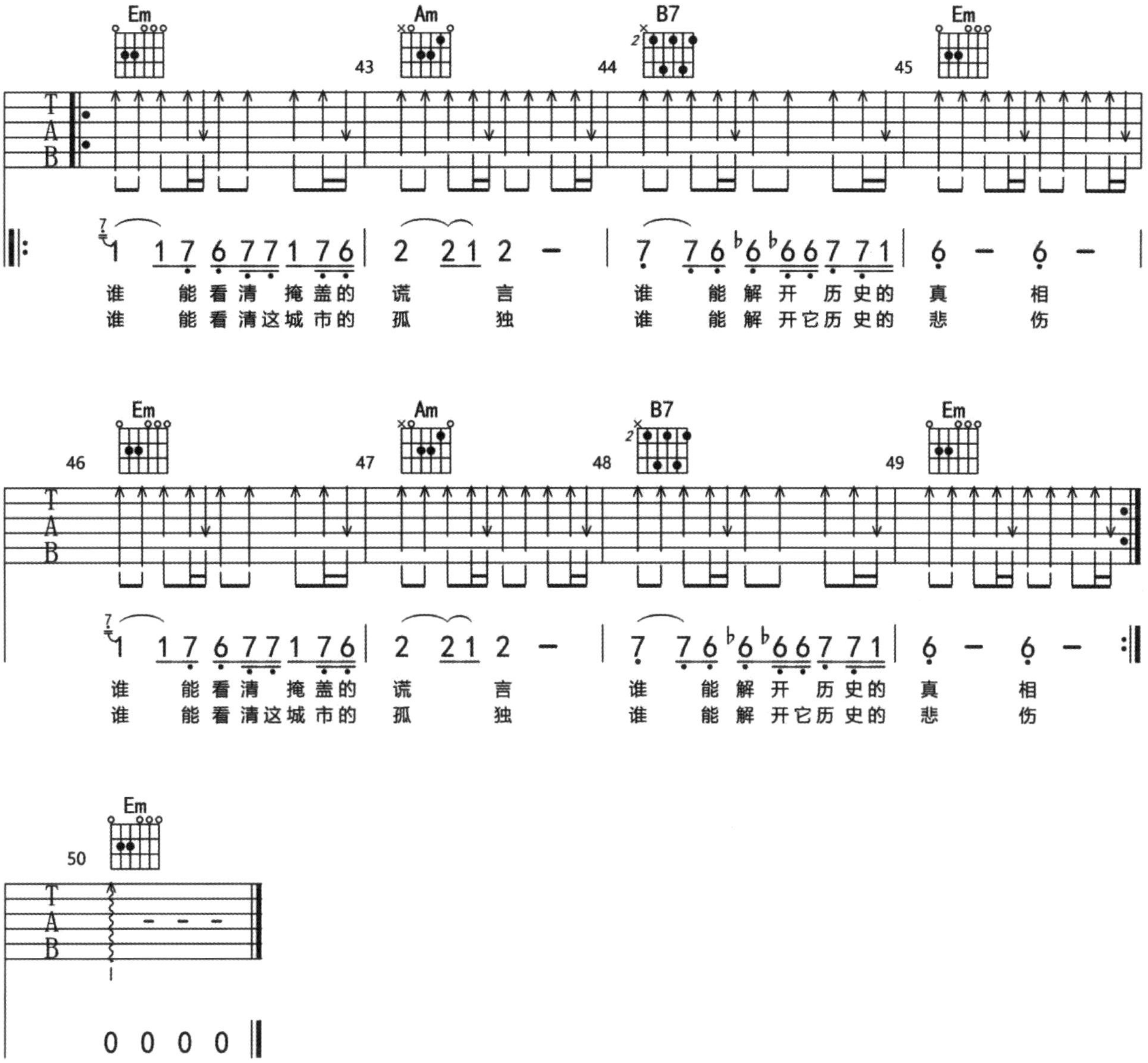
Em
Am
B7
Em
43
44
45
谁 能看清 掩盖的 谎 言 谁 能解开 历史的 真 相
谁 能看清这城市的 孤 独 谁 能解开它历史的 悲 伤
Em
Am
B7
Em
46
47
48
49
谁 能看清 掩盖的 谎 言 谁 能解开 历史的 真 相
谁 能看清这城市的 孤 独 谁 能解开它历史的 悲 伤
Em
50
0 0 0 0

借我一生 / BORROW ME YOUR LIFETIME

卢庚戌 词 / 曲

原曲 G调 | 选调 G调 | Capo 0

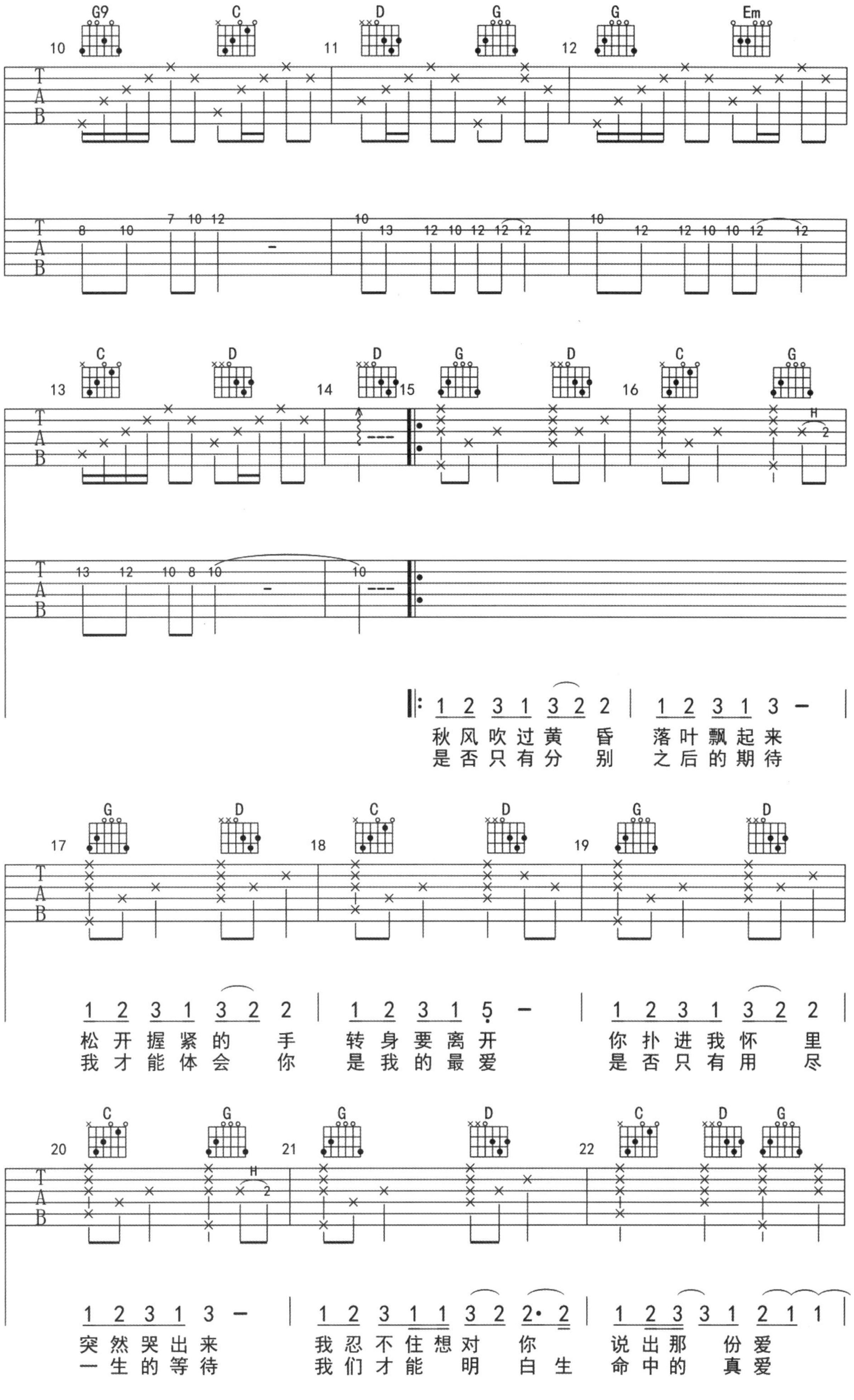
秋风吹过黄 昏 落叶飘起来
是否只有分 别 之后的期待
松开握紧的 手 转身要离开
我才能体会 你 是我的最爱
你扑进我怀 里
是否只有用 尽
突然哭出来
一生的等待
我忍不住想对 你
我们才能 明 白 生
说出那 份爱
命中的 真爱

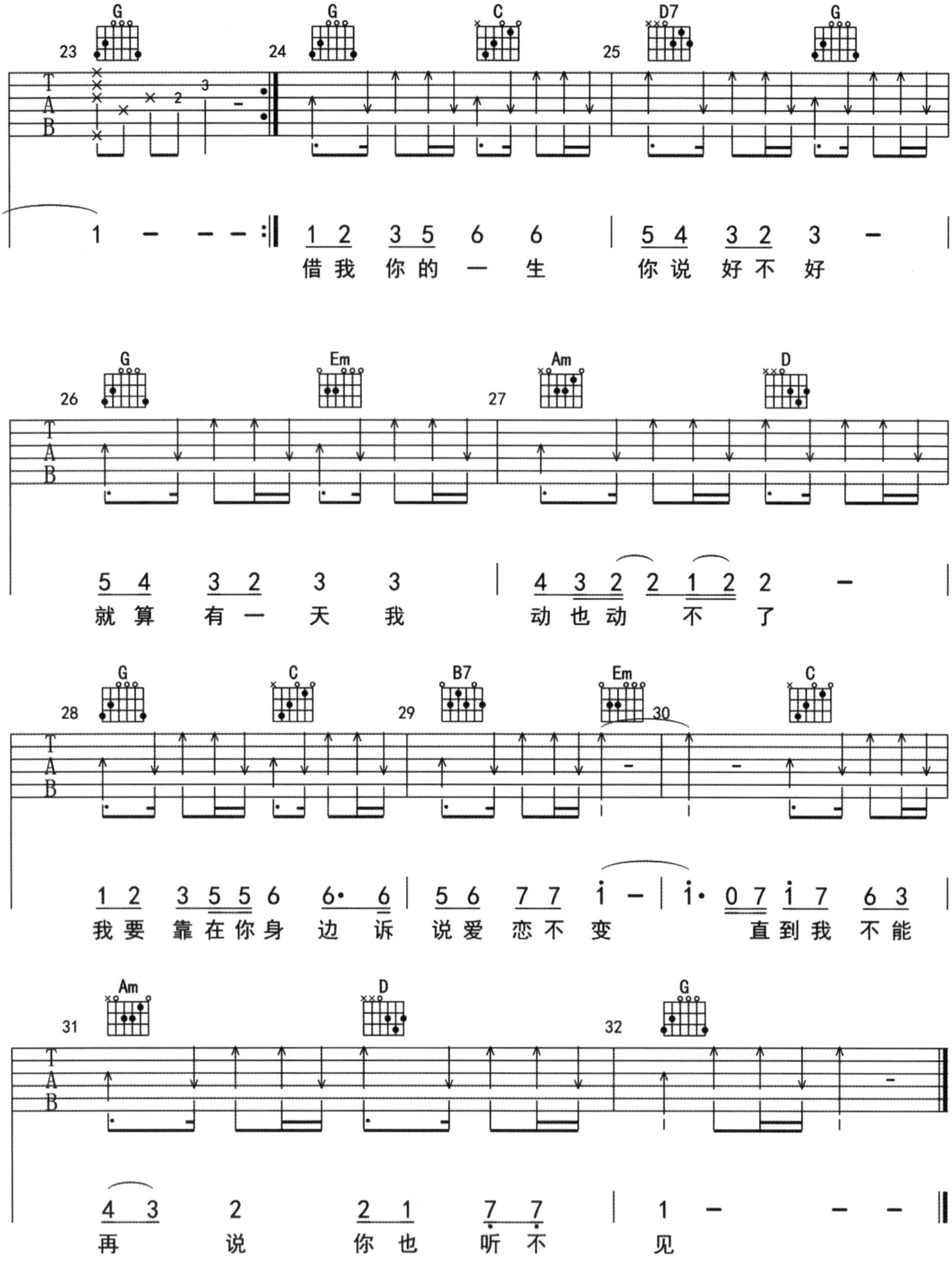
G G C D7 G
借我你的一生 你说好不好
G Em Am D
就算有一天我 动也动不了
G C B7 Em C
我要靠在你身边诉 说爱恋不变 直到我不能
Am D G
再说 你也听不见

别哭，我最爱的人 / DON'T CRY, MY LOVER

郑智化 词/曲

原曲 G调 | 选调 G调 | Capo 0

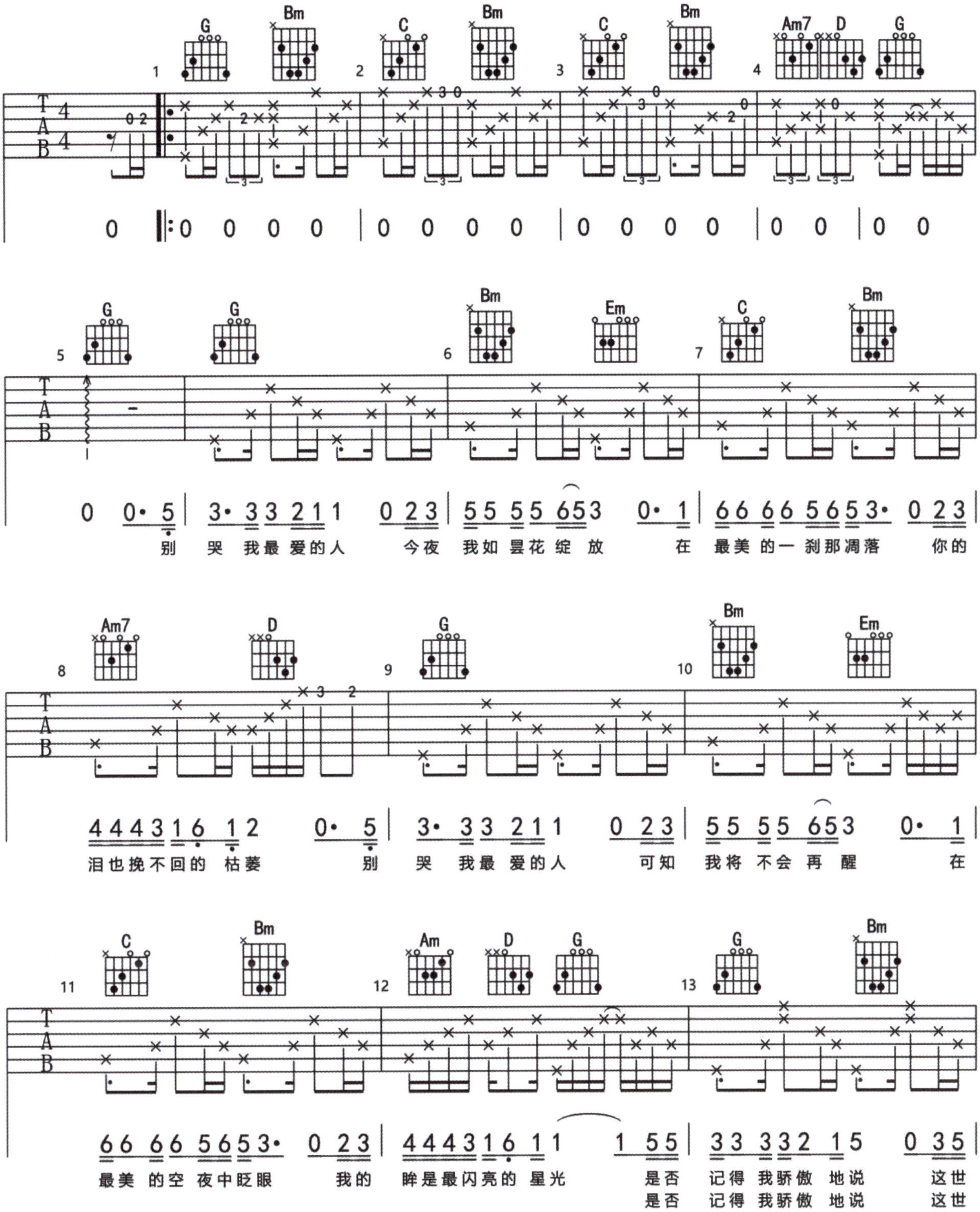

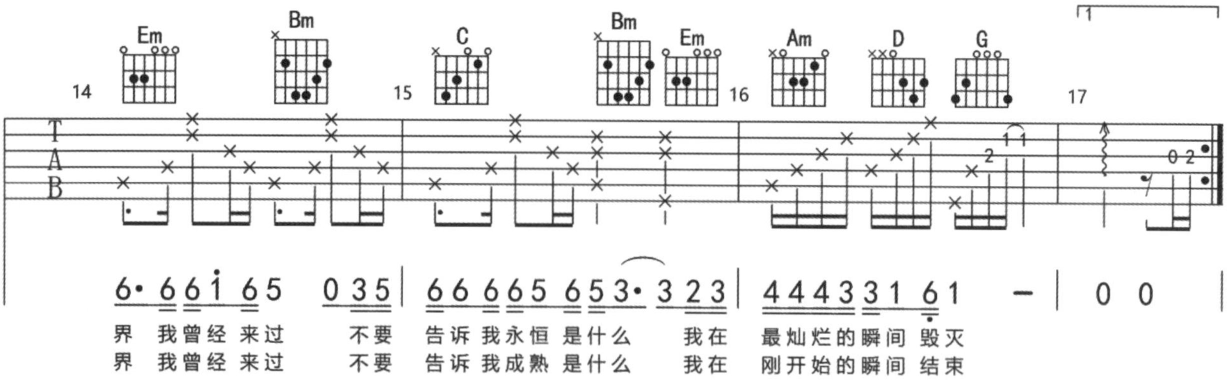
Em Bm C Bm Em Am D G
6· 66İ 65 035 | 66 665 653· 323 | 4443 31 61 — | 0 0
界 我曾经 来过 不要 告诉 我永恒 是什么 我在 最灿烂的瞬间 毁灭
界 我曾经 来过 不要 告诉 我成熟 是什么 我在 刚开始的瞬间 结束

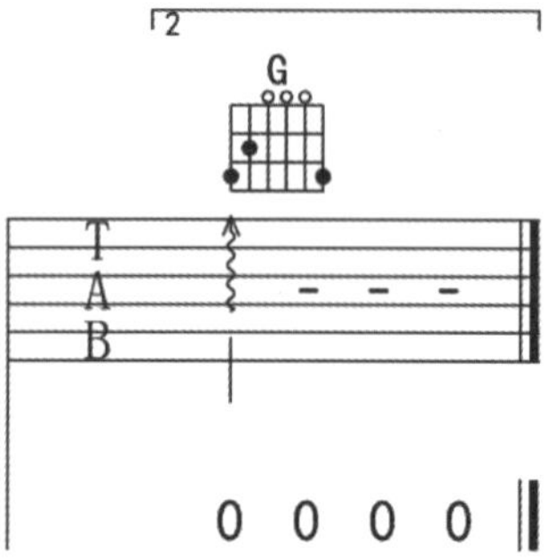
G
0 0 0 0

2007 全国巡演

感谢上天赐予的一切（2007.7.1 03:34:51）

一直以来，一直感谢上天赐予的一切，成功、失败、欢乐、痛苦、爱情、失去、希望、绝望……一切都是自己必经的洗礼。

包括天气。从来我们都相信自己能够带来好天气。过往的经历告诉自己，每到一个城市，若是已逢久旱，雨天带来的凉爽必然会随着我们的到来如约而至；反之，连天的细雨之后，第一缕阳光随着我们找在这个城市。哪怕下了一天的雨，哪怕露天的晚会正在下雨，我们的上台也会让绵绵细丝戛然而止，至于我们演完，下场之后的天气，则不在我们的保佑之列。

从上海赶回北京，回家放下行李，然后赶往，央台录一期节目，然后直接再赶往中关村 e 世界，准备傍晚的演唱。一个多月的宣传，一直处于疲惫缺觉的梦游状态，于是抓紧一切利用载具横向移动的时间打盹。但我依旧能够感觉窗外的雨点从来没有停止，但我依旧相信在我们即将上场的那一刻，雨会停。

也许上天在天气上对我们眷顾了太久，打算用一次例外告诉我们，没有什么是理所当然的，没有什么是一成不变的。在被通知准备上场的一刻，雨点敲窗的声音让我终于放弃了 5 年歌手生涯的迷信。对于上天，我要做的只能是，接受，还有，坚持。但是我们的歌迷让我继续着另一种迷信。是的，我们的歌迷永远是特殊的，他们不会像失去理智的追星族一样整天要死要活，他们不会随着自己的偶像的出现而发疯尖叫，他们不会只关注外表而无法体会内涵，他们不会只对绯闻津津乐道。但是，他们永远会用默默的行动，证明着自己的爱，他们永远会用默默的支持，抗争着周围的一切。这样的力量是可怕的，也是可敬的，因为他们不会在沉默中灭亡，只会在沉默中爆发。

感谢上天，用雨水考验着他们，考验着我们。感谢上天，用雨水证明，我们都是经得起考验的。

到达户外现场的人，并没有因为这场雨而减少多少。反而给了我从未有过的体验和风景。人，是最美的风景。在细雨中，我们并不孤独。台下，是一片五颜六色的伞的海洋，几百米外的过街天桥，也不例外。雨点的拍打之声，我们的歌声，和他们的歌声，汇为一体。绵绵不绝的伞海，傍晚的霓虹照耀下的雨线，舞台上飘起在雨中的气泡，构成了我无法名状的风景。我只好对他们说："感谢这场雨，感谢你们，感谢这样的傍晚，让我觉得像是做梦一样。"

虽然演出进行到一半就被迫中止，但是依旧感谢上天，等到我们唱完了《借我一生》的最后一句，才用狂风吹坏了音响线路。刚回到休息室时，我一直不甘心，一直憋着赶快修好音响，让我重新站出去，但是看着身边的人们来回忙碌了许久，才慢慢释然。

感谢上天，把这样的歌迷送给我们！

虽然我们远隔千里，但我们的心在一起

距5.12地震已经过去八天了，这八天，中国人的泪已经流干。

这些天里，远在千里之外的我们都感到无比压抑和痛苦，很难想象灾区人民所承受的是怎样彻骨的悲痛。

整个华夏土地上的警笛向天悲号……

做为中国人，我们尽自己最大力量去帮助那些灾区受苦的同胞。这些天，与很多同行一起在参加赈灾晚会间隙，录制了包括昨天在中国人口宣传教育中心录音棚录制的赈灾歌曲《我们心在一起》等八首赈灾歌曲，在举国悲恸的哀悼日里，我们所做的也只能是捐款，做好自己的工作，为灾区人民祈福祷告。

2010

启程

2010-5-11发行

启程 01
生命的意义 02
旅途 03
面朝大海 04
你是我找了很久的温柔 05
自由蓝 06
那些花开的日子 07
宝贝你听到了吗 08
生命的尊严2010 09
最好的年华 10

每个人的一生会有许多次启程，
要学会向过去的悲伤说再见，
珍惜现在……

十年，承载的是一个时代的风华，在回首的时候总会成为生命中清晰的记忆坐标。当2000年底的内地（大陆）歌坛，“水木年华”这个充满文艺气质的组合诞生的时候，当象牙塔、木吉他、青春、自由在卢庚戌《未来的未来》中喷薄而出的时候，他是否会想到，10年后的现在，水木年华再次《启程》的新专辑，给他当年“寂寞的誓言”做了最好的回答。

整张专辑吉他成分的突出，让音乐中的民谣氛围显得浓郁。该专辑编曲细腻，歌曲与音乐的结合紧密。

该专辑在无形中透露出水木年华十年来的历练温暖的包容感。简单的吉他基本贯穿了整张专辑，没有太过于华丽的编曲，反而更好地运用了卢庚戌与缪杰声线上的差别以及和音上的配合，将歌曲变得更加立体与丰富。

同名歌曲《启程》一改水木年华已经确立的华丽大气的摇滚曲风，回归到他们最初那种简洁温暖的励志民谣。在这首歌曲中，听众可以听出主唱卢庚戌沙磁的声线成熟、饱满而有质感，音乐从旋律到编曲也回归到最简洁自然的状态，让人重新回味到了昔日《迷乡》《一生有你》的那种芳华。

《启程》没有配乐的前奏，而是清唱出前奏的部分，运用和声进行曲调的渐强，然后带出整首的旋律，并让这旋律更加趋于明亮与节奏感。曲子并没有太复杂，而是在不断的重复中，刻画出歌曲的层次。同时，这是一首典型的水木年华式民谣作品，以中板的律动为主旋，配上有着浓重文艺腔的歌词，主歌部分是卢庚戌的浅吟低唱，副歌部分是缪杰的高音和声，是一首辨识度高并且旋律动听的歌。

《面朝大海》这首歌曲为诗人海子而作，作品延续了水木年华一贯独有的文艺气质，让整张专辑回归简单和自然。这首歌和《自由蓝》里加入的摇滚元素，让人感到元素丰富，以及相比其他民谣作品不同的淋漓畅快。

《最好的年华》是一首简单的歌，没有用太多的乐器。民谣吉他始终在徘徊，只用了简单和弦作为主调。而在歌的中段部分用了另外一把吉他进行了一段略有花哨的弹奏，让吉他与吉他之间有了很大的反差，但最终还是回归到那种平淡。而歌曲末段则配合上哼唱，走入结束。整首歌干净也平均。

启程 / INITIATION

卢庚戌 词/曲

原曲 #G调 | 选调 G调 | Capo 1

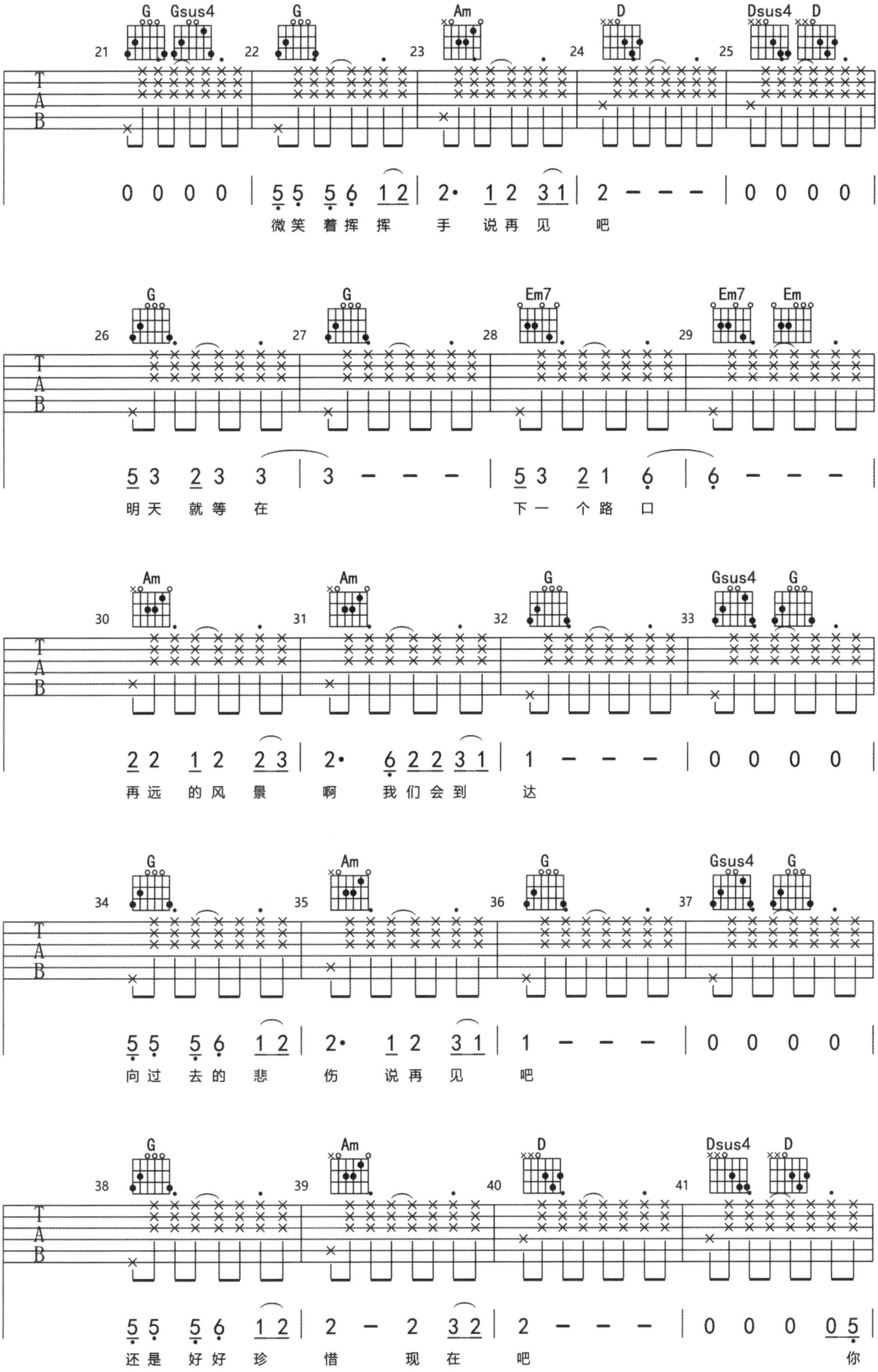
G Gsus4 G Am D Dsus4 D
微笑 着挥 挥 手 说再 见 吧
G G Em7 Em7 Em
明天 就等 在 下一 个路 口
Am Am G Gsus4 G
再远 的风 景 啊 我们会到 达
G Am G Gsus4 G
向过 去的 悲 伤 说再 见 吧
G Am D Dsus4 D
还是 好好 珍 惜 现 在 吧 你

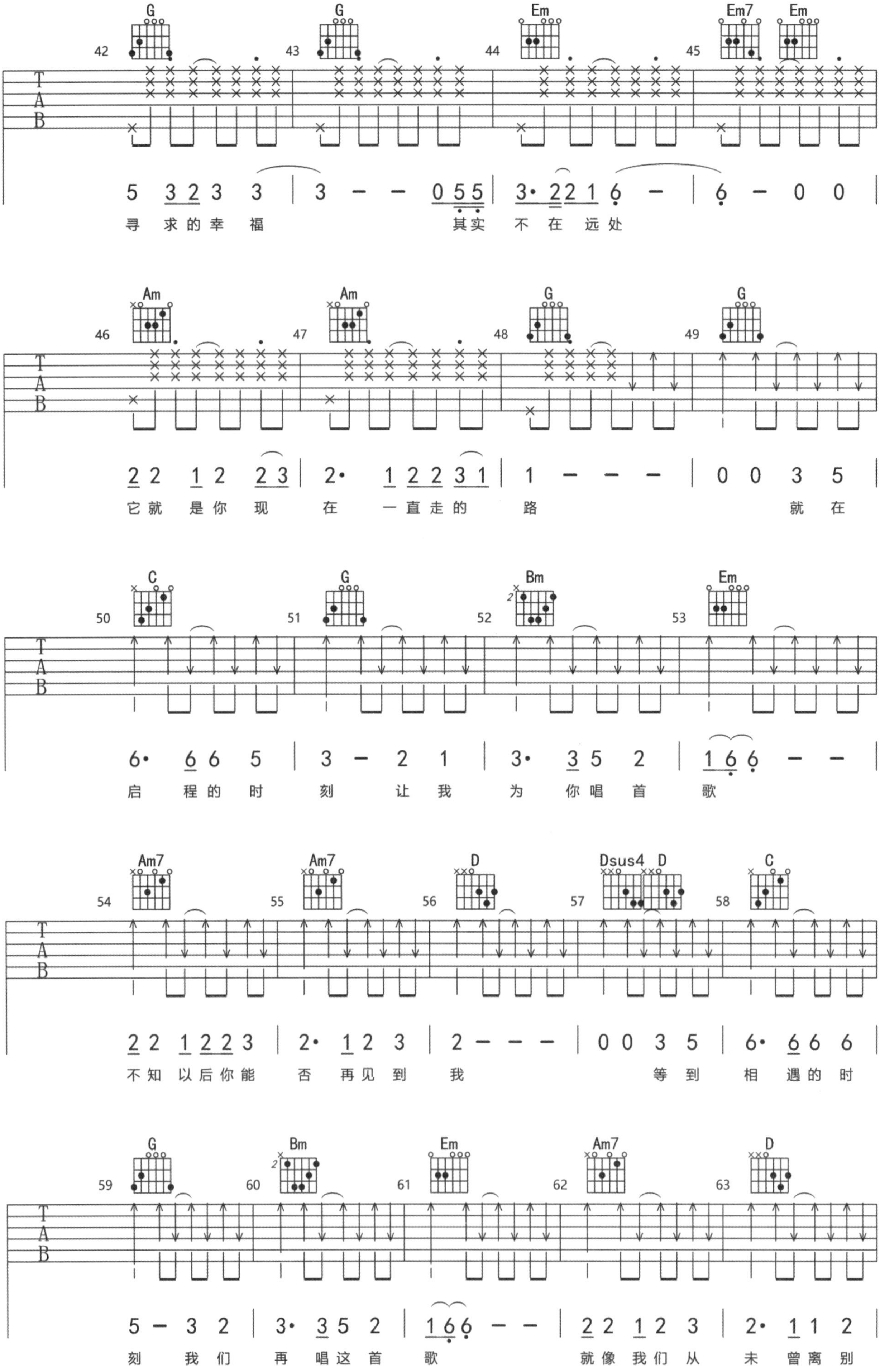
G G Em Em7 Em
寻求的幸福 其实不在远处
Am Am G G
它就是你现在一直走的路 就在
C G Bm Em
启程的时刻 让我为你唱首歌
Am7 Am7 D Dsus4 D C
不知以后你能否再见到我 等到相遇的时
G Bm Em Am7 D
刻我们再唱这首歌 就像我们从未曾离别

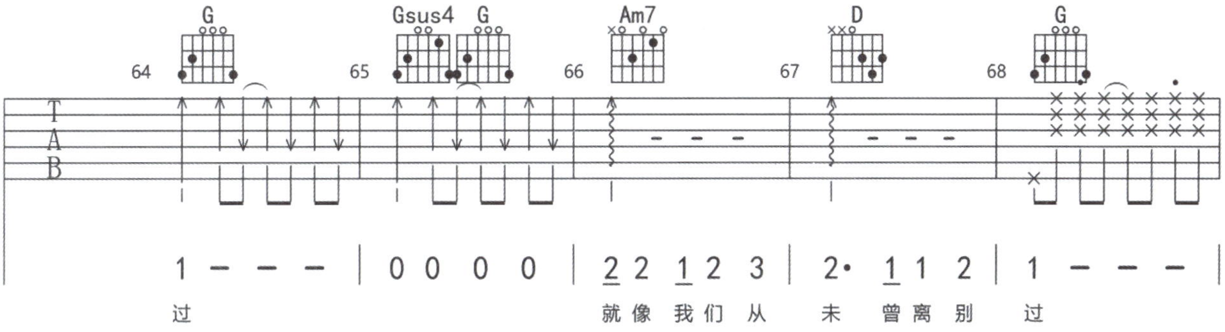
G
Gsus4 G
Am7
D
G
64
65
66
67
68
T
A
B
1 – – – | 0 0 0 0 | 2 2 1 2 3 | 2· 1 1 2 | 1 – – –
过
就 像 我 们 从
未 曾 离 别
过

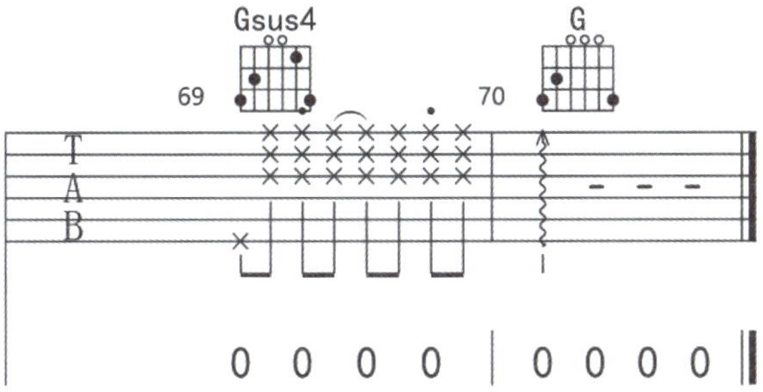
Gsus4
G
69
70
T
A
B
0 0 0 0 | 0 0 0 0

最好的年华 / BEAUTIFUL YEARS

卢庚戌 词/曲

原曲 F调 | 选调 F调 | Capo 0

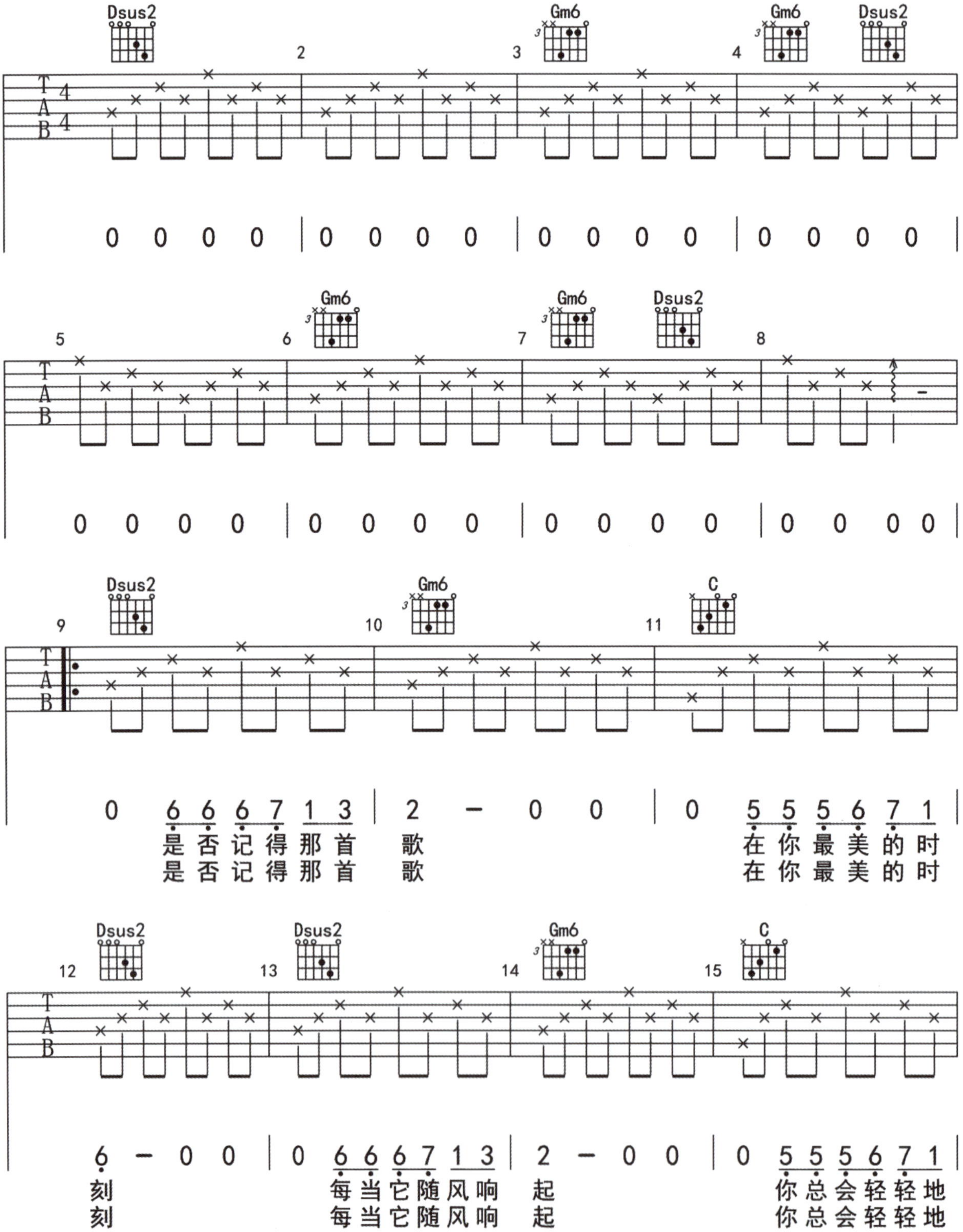

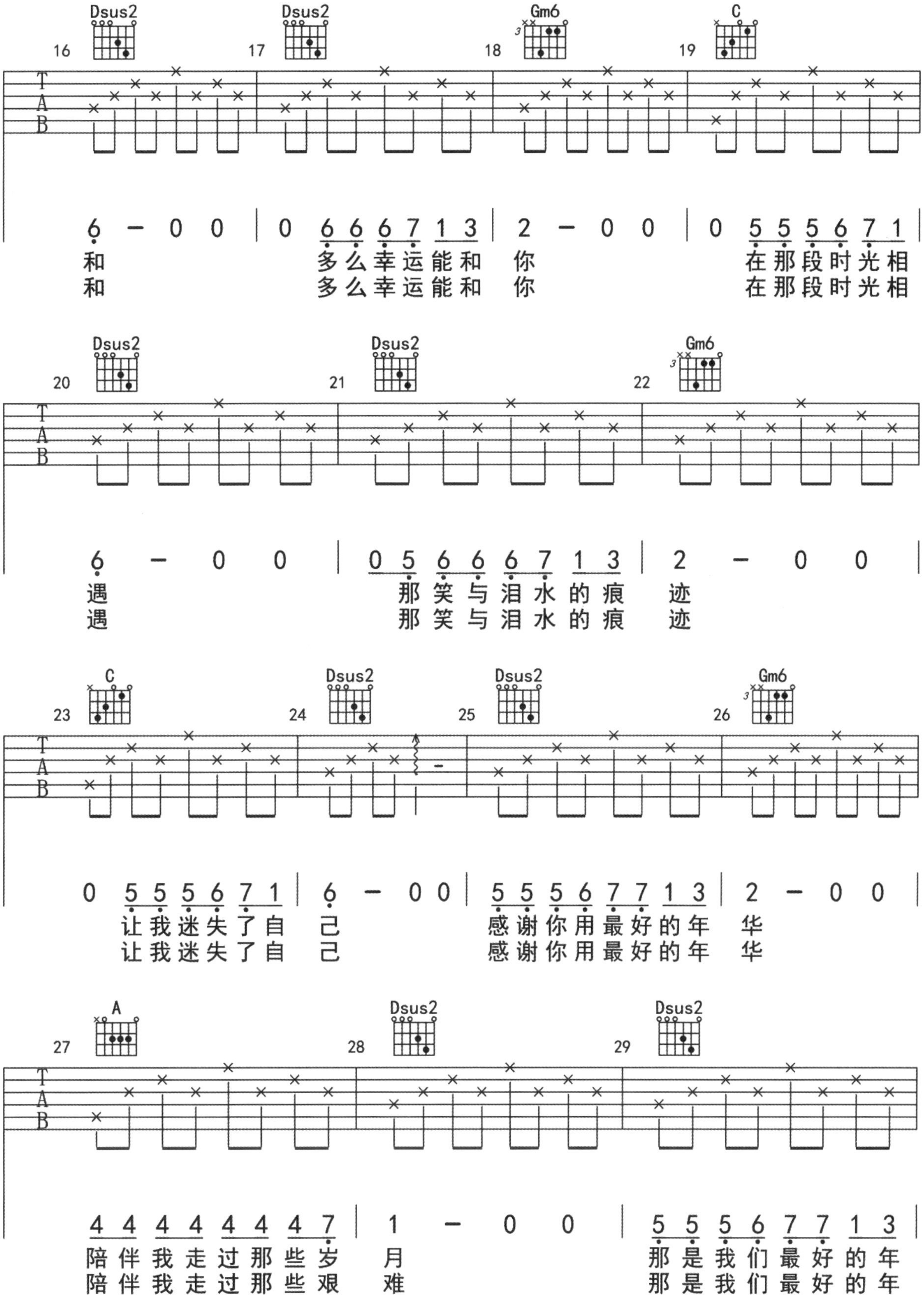
Dsus2
Dsus2
Gm6
C
16
17
18
19
6 — 0 0 | 0 6 6 6 7 1 3 | 2 — 0 0 | 0 5 5 5 6 7 1 |
和 多么幸运能和 你 在那段时光相
和 多么幸运能和 你 在那段时光相
Dsus2
Dsus2
Gm6
20
21
22
6 — 0 0 | 0 5 6 6 6 7 1 3 | 2 — 0 0 |
遇 那笑与泪水的痕 迹
遇 那笑与泪水的痕 迹
C
Dsus2
Dsus2
Gm6
23
24
25
26
0 5 5 5 6 7 1 | 6 — 0 0 | 5 5 5 6 7 7 1 3 | 2 — 0 0 |
让我迷失了自 己 感谢你用最好的年 华
让我迷失了自 己 感谢你用最好的年 华
A
Dsus2
Dsus2
27
28
29
4 4 4 4 4 4 4 7 | 1 — 0 0 | 5 5 5 6 7 7 1 3 |
陪伴我走过那些岁 月 那是我们最好的年
陪伴我走过那些艰 难 那是我们最好的年

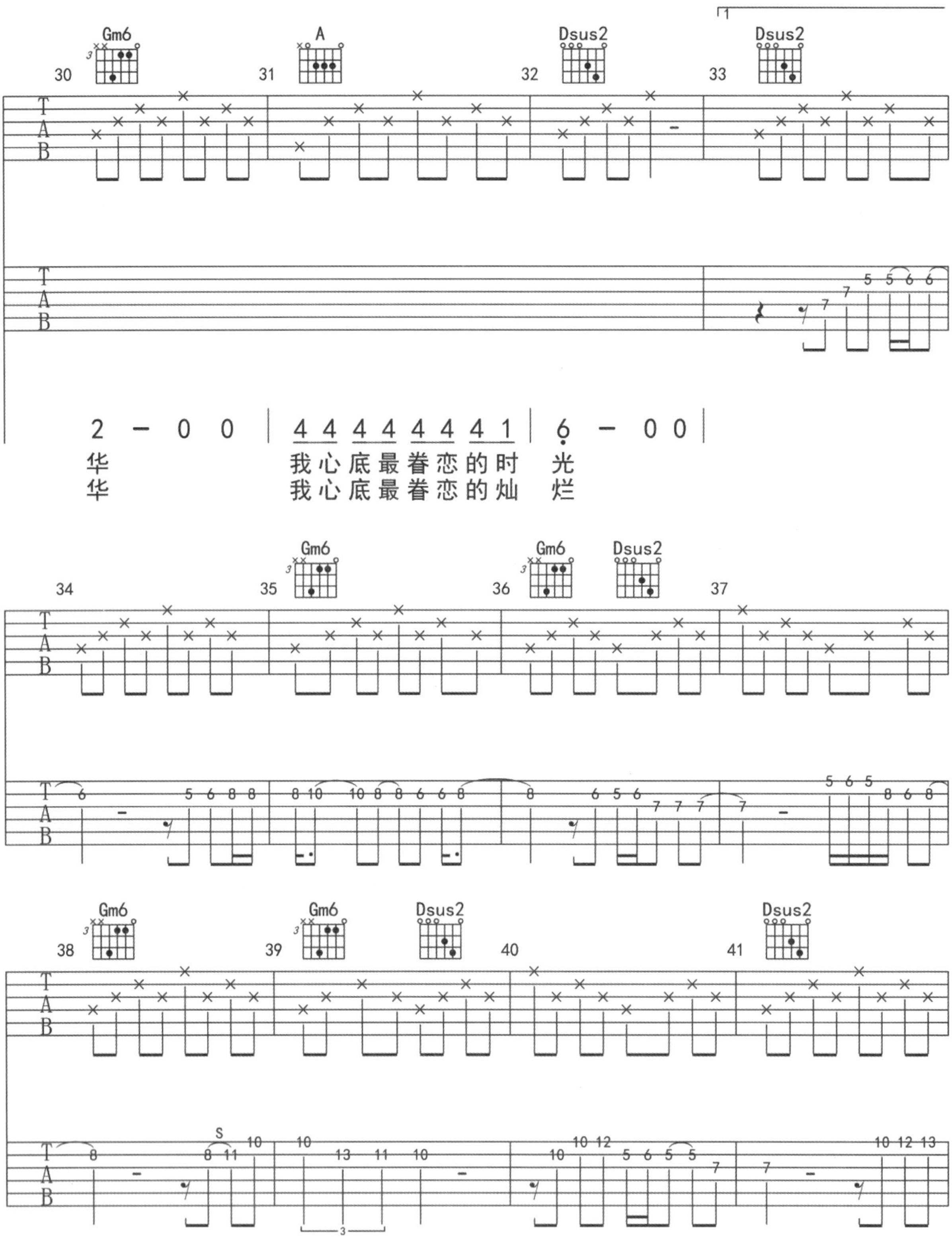
Gm6 A Dsus2 Dsus2
2 – 0 0 | 4 4 4 4 4 4 4 1 | 6 – 0 0 |
华 我心底最眷恋的时 光
华 我心底最眷恋的灿 烂
Gm6 Gm6 Dsus2
Gm6 Gm6 Dsus2 Dsus2

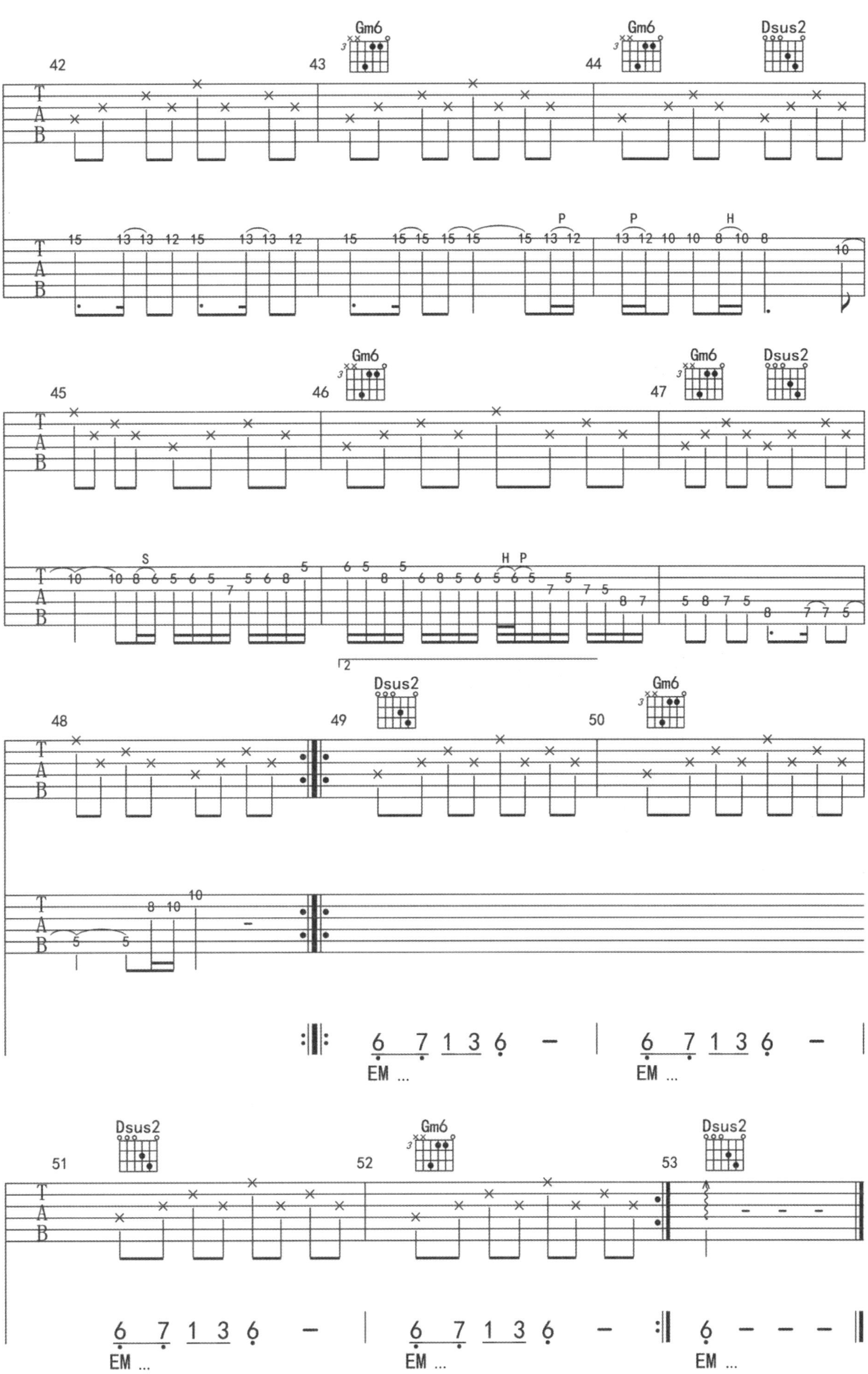
Gm6
Gm6
Dsus2
Gm6
Gm6
Dsus2
Dsus2
Gm6
EM ...
EM ...
Dsus2
Gm6
Dsus2
EM ...
EM ...
EM ...

男生，你快乐吗?（2010-5-7 06:26:03）

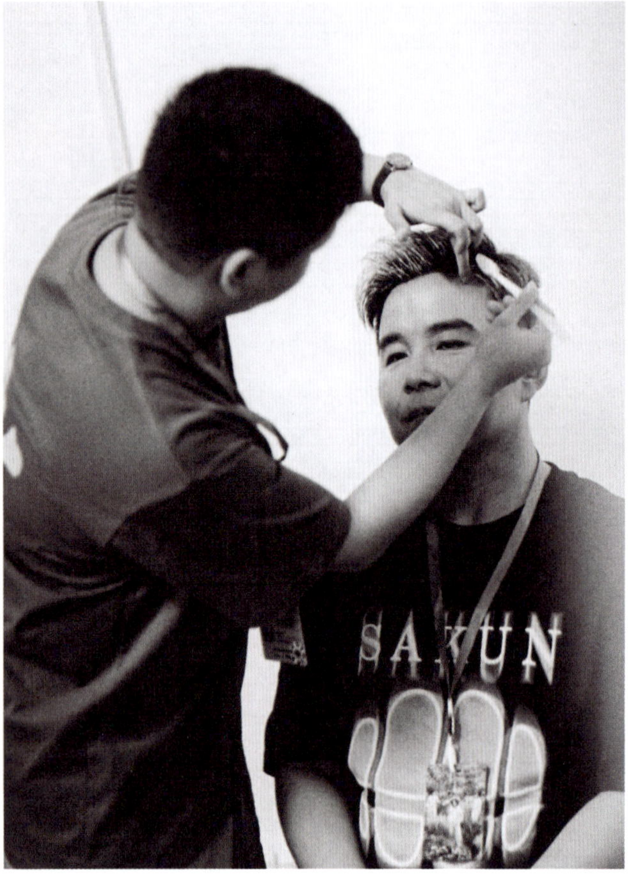

我是去武汉找男人的。出发前，我一直这样对自己说。我出生在武汉，我从这里开始的人生，从这里开始的梦想。如今，我回到这里，为了别人的梦想。之前做过许多歌唱比赛的评委，但是快男，是第一次。心情就如许多选手一样忐忑，因为我也没有把握，面对的会是什么。说实话，在这个缺少阳刚之气的时代，我实在想通过自己的眼睛和耳朵找到纯粹一点的男人的声音。

“伪娘”一词，从本届快男开始盛行。让我有些无所适从。我尊重别人的生活习惯，但是我得说，至少我自己还拥有着正常的审美和习惯。还没开始工作，工作人员已经告诫：本届比赛很多赛区“缺少阳刚之气”，不过好在武汉赛区在拒绝“伪娘”的大前提下，环境已经好多了，很多不靠谱的，在第一轮海选的时候已经筛掉了，不过，还是得有心理准备。

两天下来，精疲力竭，每天一回去，就感觉睁不开眼睛，只想睡觉。不过仍旧欣慰，至少，我知道我是负责任地面对每一个梦想的人。走进赛场之前，看到两边成排的或坐或立的少年们，我能够感觉到无数梦想的心在那里躁动。甚至还有不少父母如送孩子高考一般陪在左右。身边的工作人员叹了口气：“有时候想想也有点可怜。”“是谁？”我问，

“是孩子们，还是他们的父母？”每一个梦想都应该值得尊重，望着空荡的选手区，我这样想着，坐上了评委席。

关于过程，有些话不得不说。我是实在不愿意在选手用情歌唱的时候生硬地打断他们，但在已经了解了一位选手的水平后，我不得不按下铃去打断，因为每天两百多个选手，即使连演唱带点评平均 3 分钟一人，也要连续 10 个小时才能完成。所以那些被生硬打断的选手不要灰心，打断你只是因为我们已经了解了你的实力，不代表你已经被淘汰。还是那句话，每一个梦想都值得尊重。我知道，对于很多选手而言，这短短几十秒的表现，背后是多年的努力、汗水和等待，即使是表现得不理想，我也能够对这样的努力表示尊重。同样，对于个别选手而言，也请尊重这个舞台。我一直认为，选秀是一个很好的平台，关键是看怎么选，选什么人，还有，谁来参选。是的，如果把这个舞台当做一个急功近利、一步登天的跳板，认为没有实力和努力也可以成功的话，那么我只能说很遗憾。就像我对一些选手说的，为什么你宁可花很多的时间在琢磨你的造型、服装甚至如何出位上，也不愿意多花一些时间在唱歌的基本功上?

在选手的自我简历上，我看到无数的选手自称受过少则一年，多则六七年的专业声乐训练，但是等他一张嘴，我甚至感觉不到基本的气息的运用，好几次我都差点忍不住想问，你是在哪里学的声乐，哪个老师教你的。我内心的答案无非两种：一、你在吹牛；二、你根本没有用功跟老师学。其实，帅哥也罢，搞怪出位也罢，甚至“伪娘”也罢，我心中真正的尺子只有一个，就是实力。我承认优秀的外形和独特的创意会有加分，但是，前提是你要有至少和你的外表相配的演唱或者才华。还有，就是真实。哪怕你是“娘”。

我有自己的基本的审美观，但是这并不妨碍我对那些勇敢地展现真实自我的人的尊敬，只要你不是装的。所以，当有的评委一再要求他唱“爷们”一点的歌时，我甚至会出来辩护：他平时说话就是这个样子，你让他怎么爷们起来？回到“伪娘”，通过电视看到一些关于刘著的报道和表现，我发现自己其实并没有那么讨厌他，因为，我感觉到，至少他是真实的。相比，还有一些“娘”们，完全是在用刻意的秀来博眼球，那就有点恶心了。关于“伪娘”，我的底线是，你可以“娘”，但是不能“伪”。

不得不承认现在这个社会是越来越进步了，以至于男人和女人之间的界限越来越模糊，我们与真正的男人和女人的距离似乎越来越远。我希望，这舞台，能把我们和真正的“男”字的距离，拉近一些。过几天，我还会回去，继续找阳刚之气，继续为梦想。

青春感怀

妙龄常逝兮望断秋水

节此残生兮落英归木

祝君长乐兮坐享天年

福寿满堂兮正茂光华

——缪杰

2011-2-3 05:50:07

最温暖的冬天（2012.1.15 01:13:50）

差不多十年前的那个冬天，突如其来的一场大雪让所有人措手不及。当我走出公司，加入下班的人流，发现，交通已经瘫痪了。成群结队的人们在路边低头默默地走着，走向未知的黑夜。几个小时之后，路程已过半，身边徒步的人群没有减少多少，路上的车流也一样。很多车上只有司机一个人，很多出租车上只有一个乘客。因为没有任何思想准备，身上的衣服并不厚。我试图敲开一些车的车门，告诉他们，我的家的方向和你们一样，能不能捎我一路，或者，让我暖和一下也好。很遗憾，没有任何一辆车车门为我打开，我甚至看到一些得意洋洋的目光望向窗外，眼中充满嘲弄。那个夜晚，我永远不会忘记，那个冬天，格外的冷。

这个冬天，依然很冷。不过，不断有温暖传来。昨天下午，参加了由王永、赵普、郎永淳等几位朋友共同发起的活动发布会，主题很简单，"搭顺风车回家过年"。在这样一个车票、机票几乎都已卖空的日子，不知道多少没有买到票的人，还在望着家乡的方向兴叹不已，这个时候，这样一个活动，无疑给几乎绝望的人们，一个新的希望。这个下午，格外的温暖。

春运，是这几天最常提到的名词。其实想来，我们几乎每天的下班时分，都要经历一次微型的"春运"。每个傍晚，不知道有多少人拥挤在车站和地铁翘首盼望，多少车辆在大街上缓缓移动。他们的方向只有一个，家。而春运，不过是一个从时间、空间、人流上扩大了的大堵车。而方向，还是一样，家。

认识王永，其实就是从他在央视的那个顺风车的视频开始的。我不知道有多少咒骂着拥堵司机的车上，只空空地坐着一个人而已。如果每个人的车上，能够顺便多搭上几个同路的乘客，也许这条回家之路上的车流，会减少很多。一直欣喜于祖国经济的发展，一边也在想，如果十几亿中国人，每人一辆车在马路上跑，不论是从交通，环保，还是能源的角度上，都是一个灾难。我相信，我不是杞人忧天。我很喜欢顺风车的倡议，它不仅仅在解决交通问题、能源问题、环保问题，我想，更有意义的是，它在打开人与人之间的那一道墙，那一道叫做信任的墙。

有人强烈地质疑着：不现实，安全怎么办？看到这样的质疑，说实在，我有点想哭了。也许，就在短短几十年前，我们还在习惯地接受周围投来的陌生的微笑，坦然地伸出和接受着帮助的陌生的手。而世界不知在什么时候改变了，我们的父母在告诉孩子们外面和陌生人的危险。在孩子的心中，家门外，是一个危险的世界，而陌生人，其意义约等于坏人。那些质疑的人，我确实无法反驳你们。但是，我只是想问，如果这个世界，已经理所应当地成为你们心中的危险和冷漠的模样，你们和你们的孩子，真的还有勇气在这个世界上活下去吗？也许，你们只有两种选择，要么在这样一个危险而冷漠的世界上默默忍受着活下去，直到死去，要么从自己做起，给这个世界注入一点温暖和希望。

当然，也要感谢那些法律和保险单位，给这个“回家”的活动提供了法律和安全的担保，只希望这样一个活动，给茫然的人们打开一扇希望的窗。

家，这个字，在每一个冬天显得那样的沉重。一个在很多年轻的心中，一心想要离开，闯出自己的一片天空的地方；一个在很多疲惫的心中，一心想要回去，寻找一个拥抱的地方。就是这样一个地方，有时候就在眼前，有时候那样的遥不可及。在我的记忆中，在我的想象中，不断地重复着这样的画面：翘首企盼的母亲，在深夜的烛光下，打开沉重的家门，拍打着孩子肩上的灰尘和雪花，满含泪水地说着：没关系，没关系，回来就好，回来就好！

是啊，回来就好！这也许是这个冬天，最温暖的声音。

2014

怒放之青春再见

2014-1-8发行

序曲 怒放之青春再见 01
青春再见 独唱版 02
为梦而生 03
你的每一次呼吸 04
面朝大海 弦乐版 05
Hi！自由 06
再次怒放 07
昨日重来 08
时光的尽头 09
像青春一样怒放 10

怒放之青春再见

《怒放之青春再见》是水木年华的新专辑，也是水木年华的第一张电影原声专辑。

《怒放之青春再见》有记忆的回响，有摇滚的浓烈，也有民谣的幽远。

《怒放之青春再见》是70后群体的影音缩影，源于回忆，也源于经历，更源于那种青春的挚诚和理想的未泯。

《怒放之青春再见》是一曲青春的赞歌，也是一首青春的挽歌，它是激昂的组曲，也是婉约的小调。

《怒放之青春再见》也献给所有那些“为梦而生”的人，当“昨日重来”，尽情“面朝大海”，即使“青春再见”，也依然“像青春一样怒放”。

导演/编剧/音乐总监

卢庚戌

青春再见 / YOUTH, GOODBYE

卢庚戌 词/曲　部分曲调引用意大利歌曲《啊朋友再见》

原曲 E调 | 选调 C调 | Capo 4

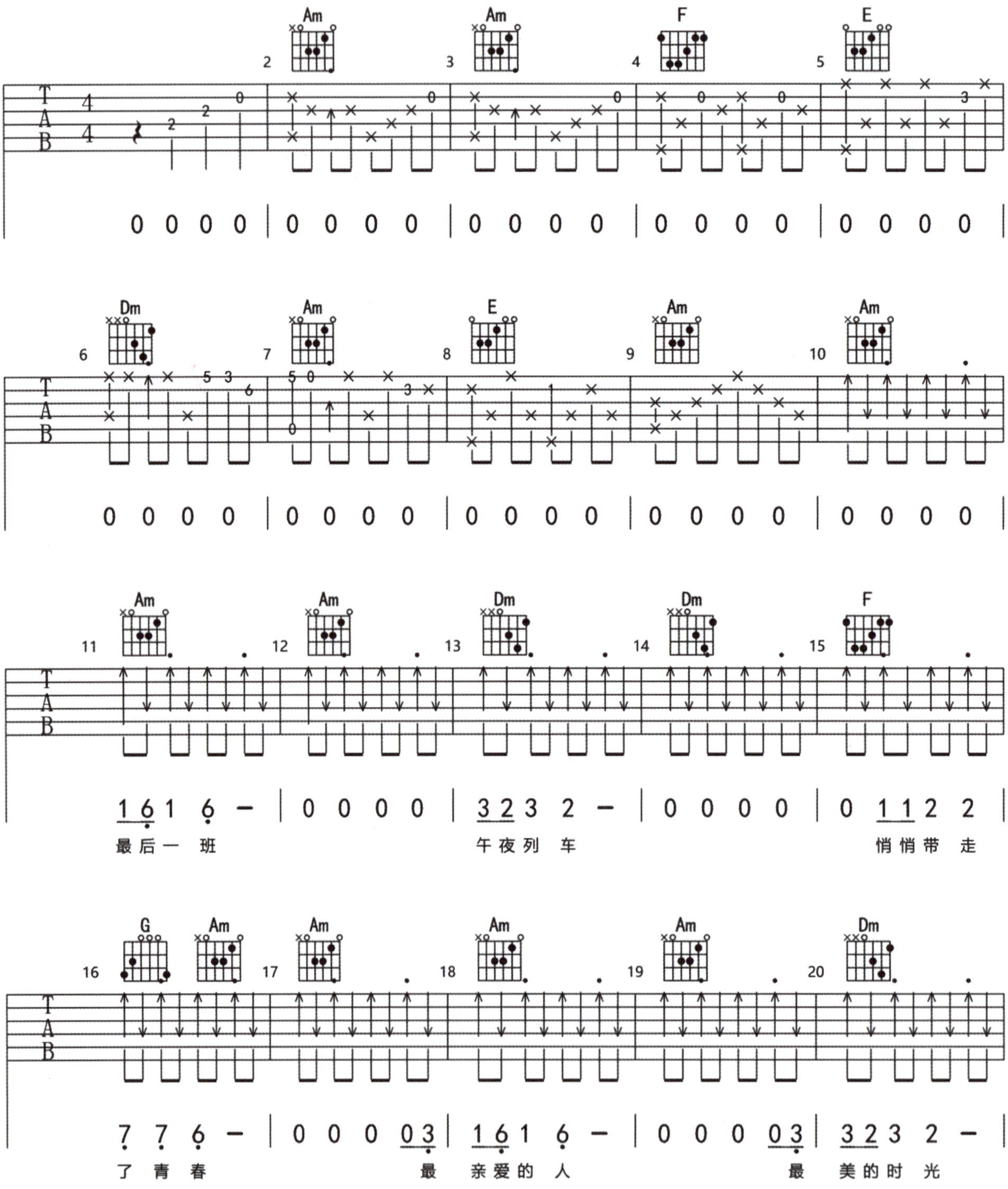

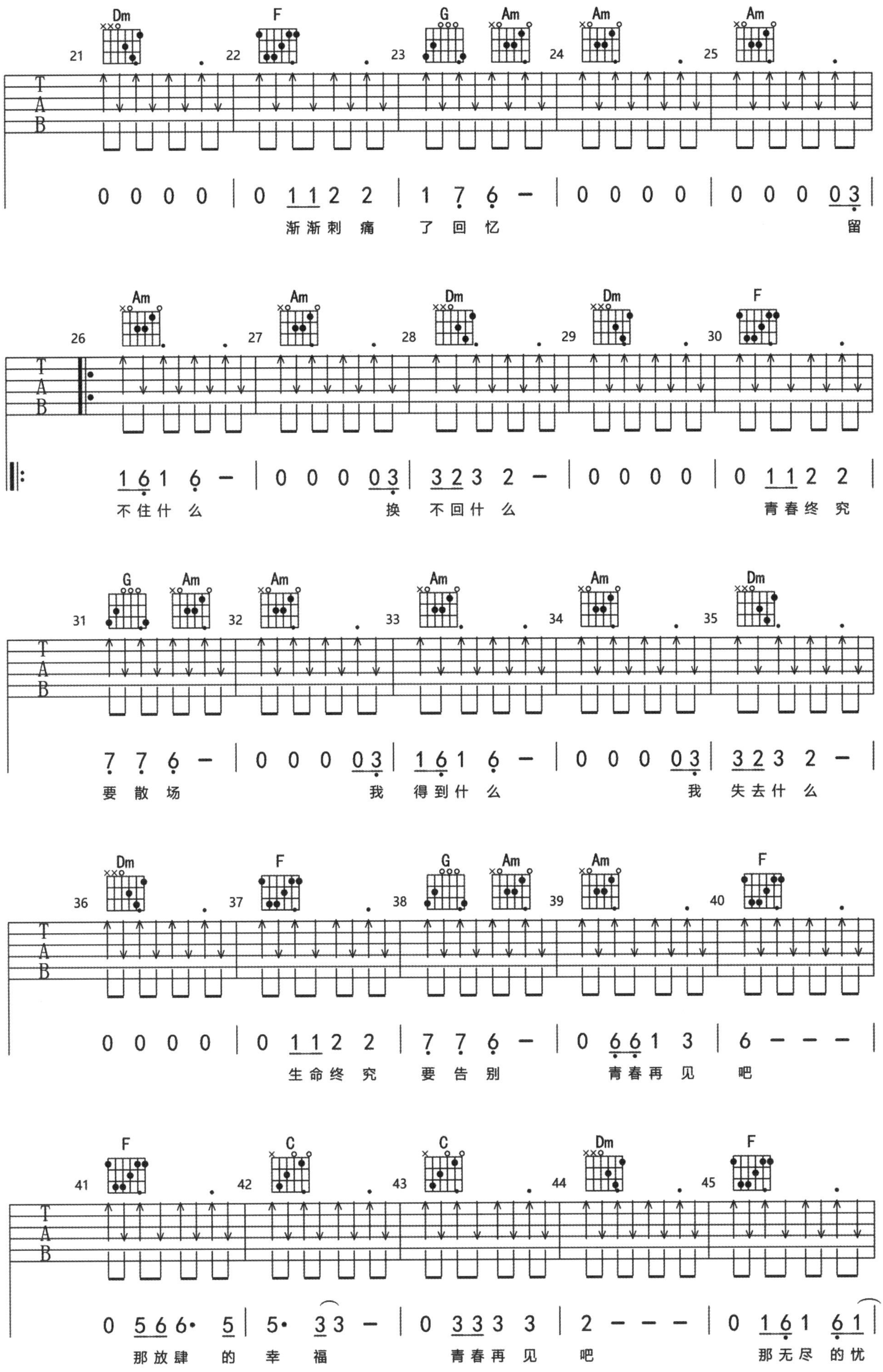
Dm F G Am Am Am
渐渐刺痛 了回忆 留
Am Am Dm Dm F
不住什么 换 不回什么 青春终究
G Am Am Am Am Dm
要散场 我 得到什么 我 失去什么
Dm F G Am Am F
生命终究 要告别 青春再见 吧
F C C Dm F
那放肆 的 幸 福 青春再见 吧 那无尽 的忧

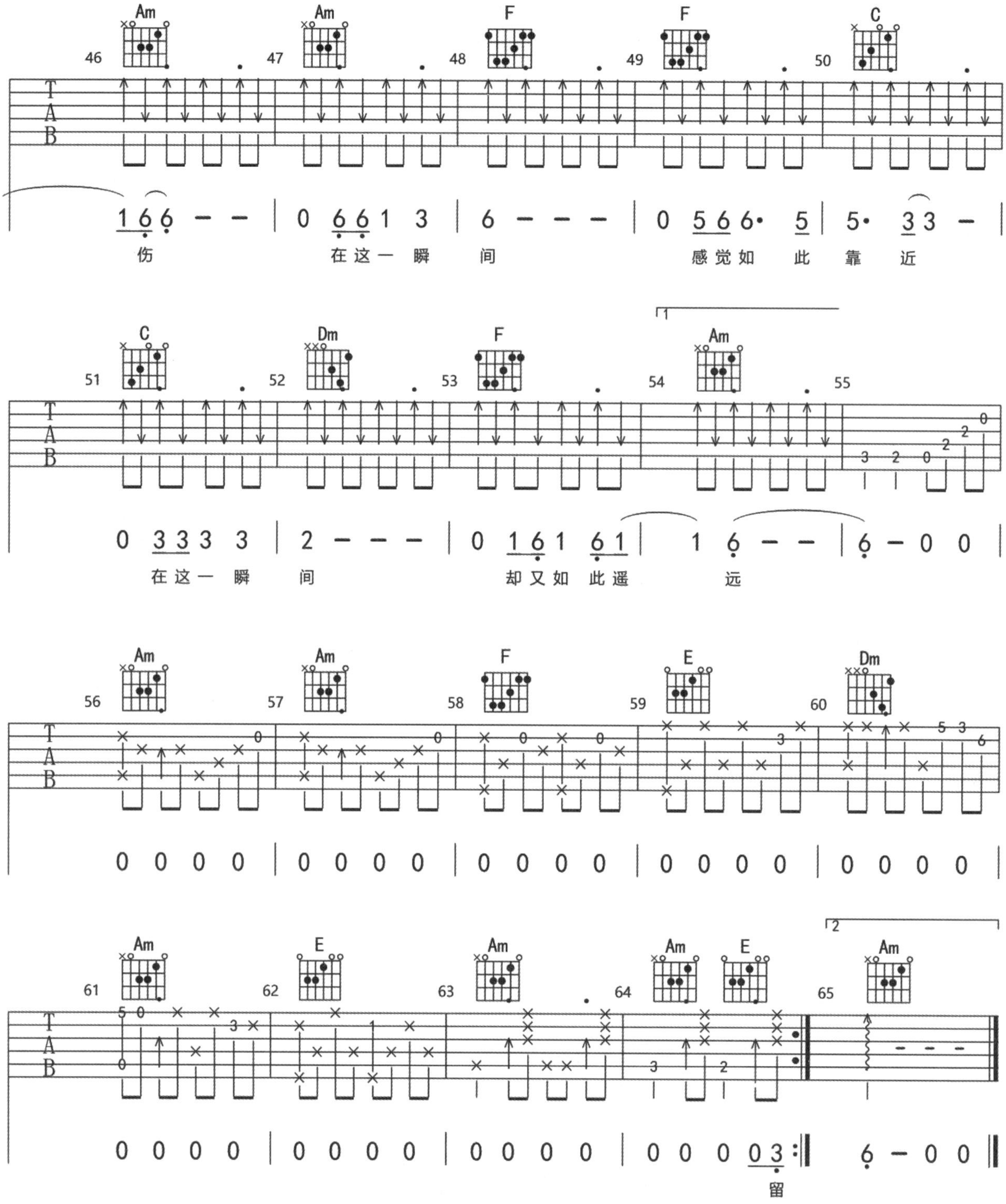

Am Am F F C
伤 在这一瞬间 感觉如此靠近
C Dm F Am
在这一瞬间 却又如此遥远
Am Am F E Dm
Am E Am Am E Am
留

Hi! 自由

/ Hi! FREEDOM

卢庚戌 词/曲

原曲 D调 | 选调 D调 | Capo 0

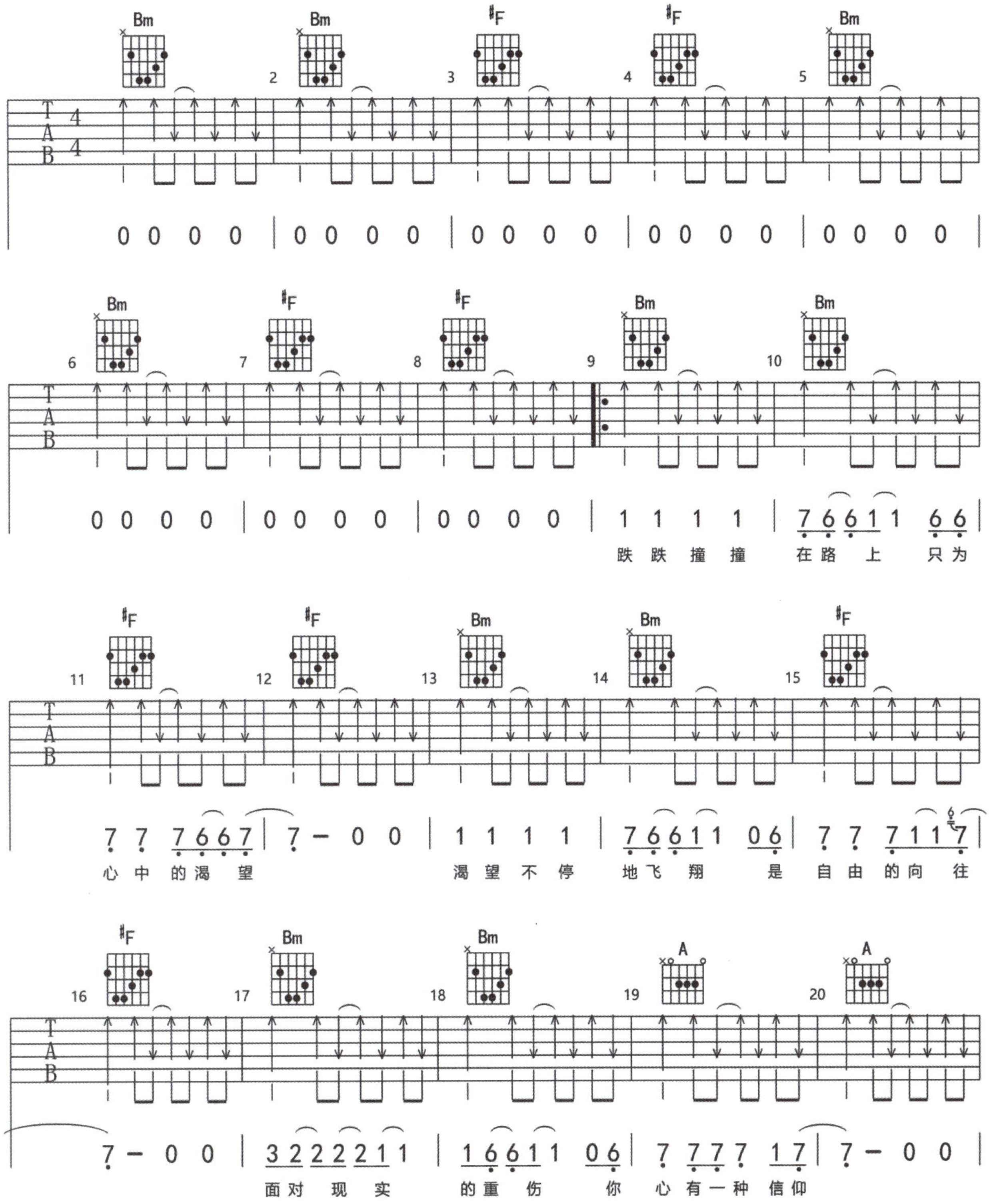

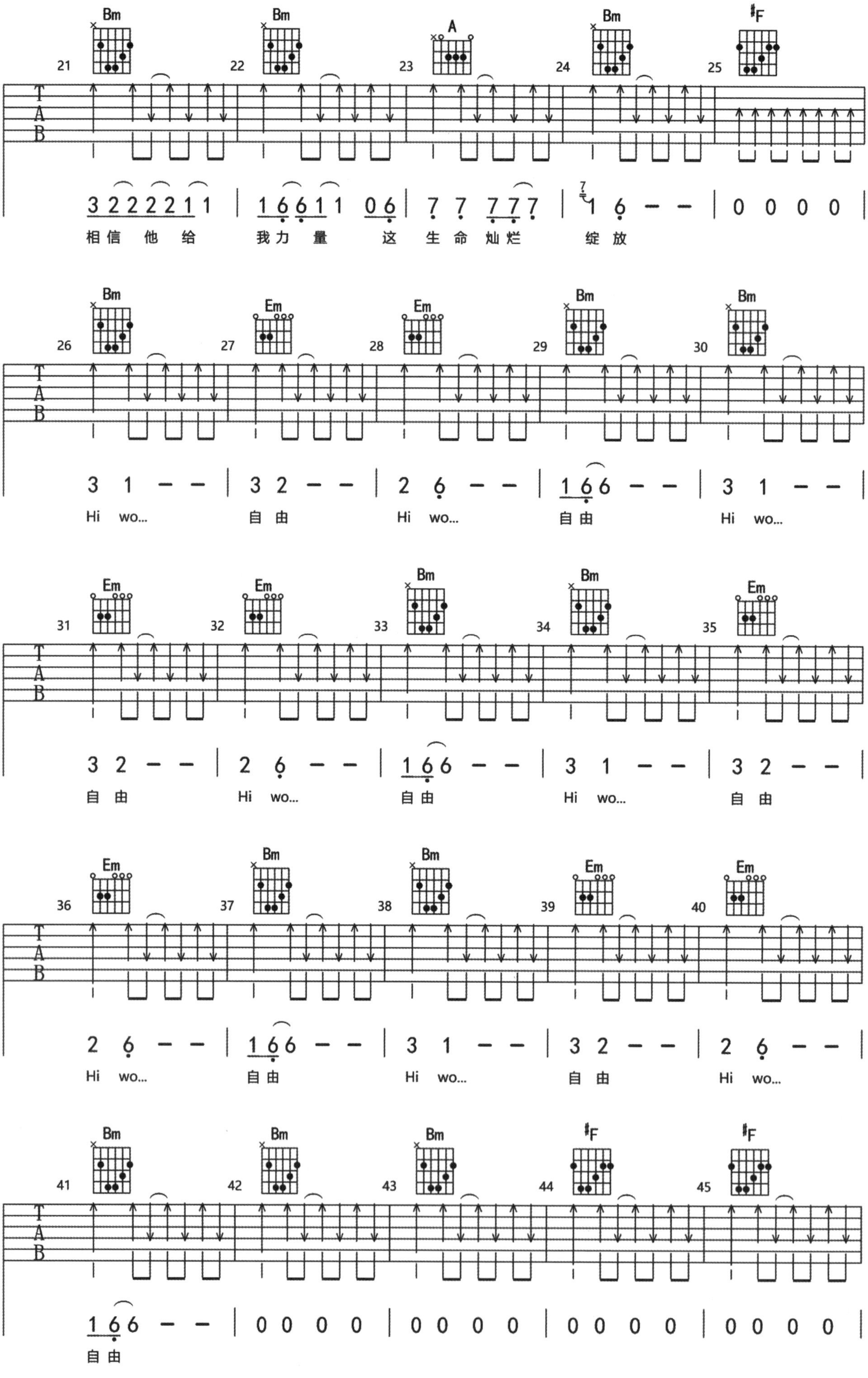
Bm Bm A Bm #F
相信他给 我力量 这生命灿烂 绽放
Bm Em Em Bm Bm
Hi wo... 自由 Hi wo... 自由 Hi wo...
Em Em Bm Bm Em
自由 Hi wo... 自由 Hi wo... 自由
Em Bm Bm Em Em
Hi wo... 自由 Hi wo... 自由 Hi wo...
Bm Bm Bm #F #F
自由

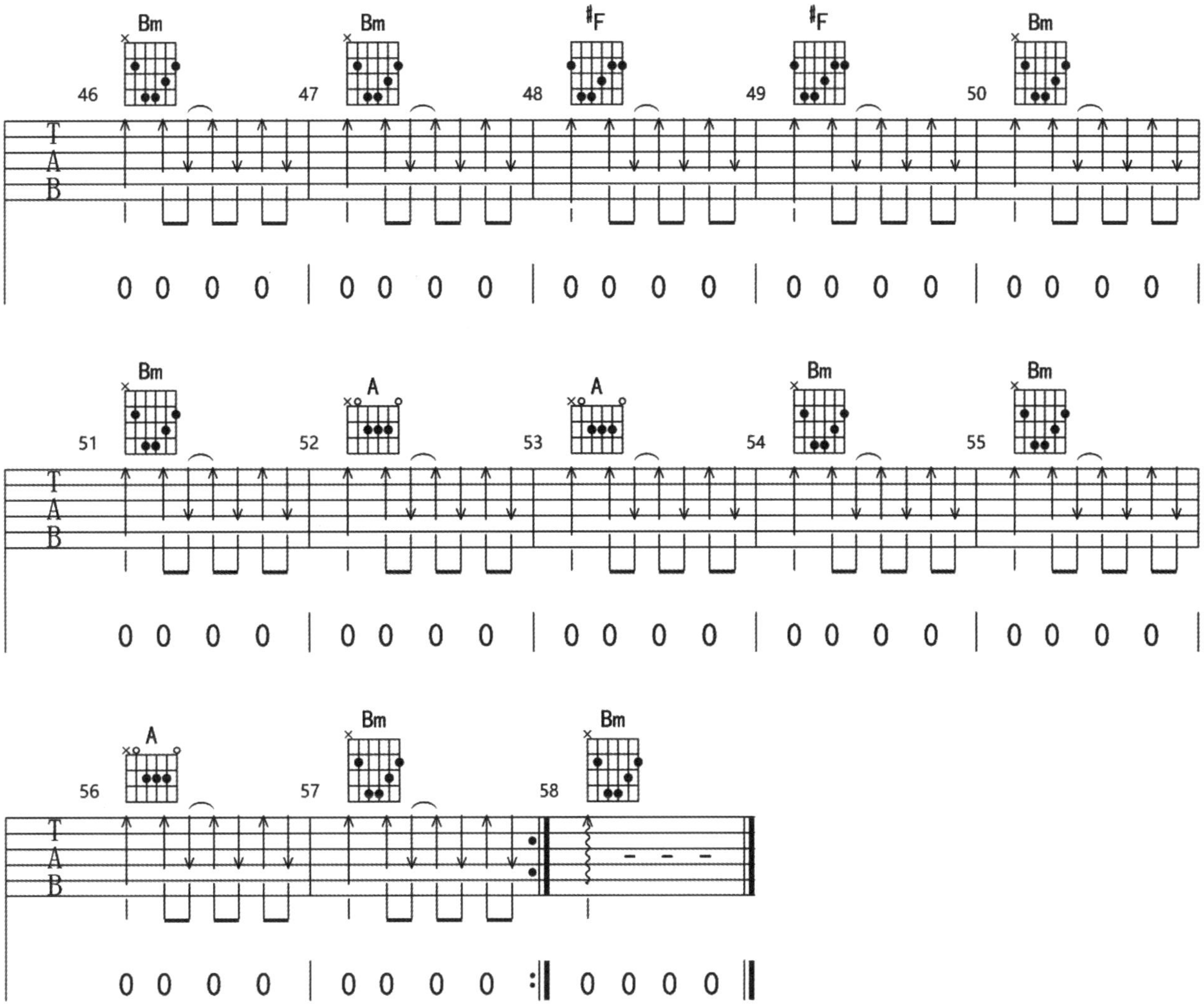
46 Bm 47 Bm 48 #F 49 #F 50 Bm
T A B
0 0 0 0 | 0 0 0 0 | 0 0 0 0 | 0 0 0 0 | 0 0 0 0
51 Bm 52 A 53 A 54 Bm 55 Bm
T A B
0 0 0 0 | 0 0 0 0 | 0 0 0 0 | 0 0 0 0 | 0 0 0 0
56 A 57 Bm 58 Bm
T A B
0 0 0 0 | 0 0 0 0 :‖ 0 0 0 0 ‖

南极，南极（2015-1-19 11:28:19）

当我写下这些文字的时候，正在世界闻名的“呕吐走廊”德雷克海峡上，艰难爬行。感谢上天的眷顾，当我刚刚还在完美世界的迷幻当中求死不得的时候，便立刻进入了生命的挑战的境地，在求生不能的艰难里燃烧起熊熊的战斗的小宇宙。

说实话，当我拿着中文的行程表，对照着刚买的英文南极地图时，着实晕了一小下。我们的破冰船驶离乌斯怀亚港，沿着一边是阿根廷一边是智利的狭长海域前行的地方，叫做 Beagle Channel，比格勒海峡，而我们在南极即将穿越的 Bransfield Strait 也叫海峡，相隔在南美大陆和南极大陆的宽广的 Drake Passage 也叫海峡。我只能从地图的目测上判断，所谓的 channel、strait、passage，或许是越来越大的海峡。

这中间，最为著名最为宽广的，当属这个 passage——德雷克海峡了。我宁可称之为走廊。因为这里几乎是从南美走向南极的必经之地。宽约 600 海里，北边是南美洲的最南端，南侧是南极半岛向北延伸的最北处，东临大西洋，西靠太平洋，也是从人类大陆打到南极大陆的最短距离了，所以这一关，是必须要过的。

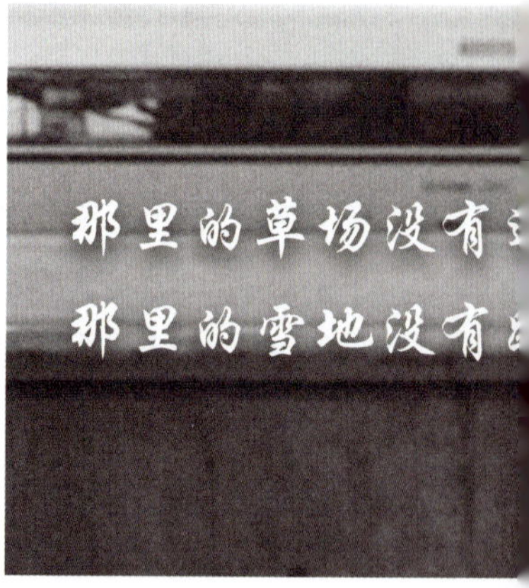

德雷克海峡的另一著名之处，就在于它处在极地旋风带之中，常年 5~10 米的大浪。我的一位常年搞旅游的朋友，曾经告诫过我，在你穿越德雷克海峡的两天中，脑子里盘旋的几乎的唯一念头就是：我为什么还要活着？这是啥意思？意思就是在游乐场里，连续坐两天的海盗船不下来。海盗船……我不畏惧游乐场里包括过山车、人肉弹弓等所有上下翻滚的项目，唯独海盗船这个令人欲罢不能的游戏，我只要上去几分钟，就会面如死灰魂飞魄散以至于觉得自己连写遗书的时间都来不及，更别说写遗书了。导游也不失时机地向全体船友早早地开始打预防针，建议大家提前吃好晕船药，否则等真的来临的时候再吃药，就来不及了。我打听了一下，所谓晕船药，基本上就是镇静剂，降低人的神经的敏感度，以至于对摇摆的反应减弱。果然，我看到左右吃过晕船药的船友们，开始慢慢目光呆滞，语速变慢，看到这样的场景，我心一横，说道，没关系，你们保护好自己，我拿自己做实验，告诉你们不吃晕船药，最后能吐成什么样。

事实证明，我有些大意了。刚起锚时，我看到本船在目测三四米的海浪下，依旧如履平地，心想浪再大点，好像也还可以。当晚船长欢迎会刚刚结束，“前进号”就在毫无前戏的状态下，直接一头钻入了德雷克海峡。不幸的是，外面还下雨了，乌云和风雨助长了外面的浪势，刚才还熙熙攘攘的外舱，人们瞬间如潮水般退去。当我回船舱取了自己的笔记本电脑，如企鹅般左右摇摆，艰难地走到七层的观景咖啡吧（这里几乎是全船唯一有点微弱的 Wi-Fi 信号的地方），准备坐下写些文字并上网发图的时候，我猛然发现整个公共区域已经空无一人。在巨浪的摇摆之下，安静无人的大厅里的旋转沙发各自在那里空转，吧台旁边弹簧门不时地自行开启，水池里的空杯子不停上下漂浮，整个大厅真是闹鬼感十足。我心中忍不住好笑，心想怪不得刚才有的女生高呼“有鬼呀”，并花容失色地逃回了自己的房间。说实话，我倒还蛮喜欢这样闹鬼般的场景的，这样让独自一人在大厅里的我显得不那么孤独。

当我架好了电脑把目光聚焦在屏幕上准备写字的时候，问题来了，头晕，要吐。我立刻躺倒在沙发上，感觉瞬间好了很多。休息了一会儿，觉得自己缓过来了，再坐起来准备写字，不行，又要吐，于是又躺倒。这样反复几次后，我咬牙决定放弃，赶快回去找我的马桶去吧。于是，我以迅雷不及掩耳盗铃之势收拾好东西，连滚带爬地回到房间，第一时间抱起我心爱的马桶放声“高歌”。这下，我终于知道大家早早地回到房间都干什么去了。看来，这一晚，我除了平躺睡觉，无法再实现其他任何计划。

当我睁眼的时候，外面已是天光大亮，不过依旧乌云密布、浪花翻飞。这一晚，我在摇摆中不断醒来，却不记得自己都梦到了什么，不记得自己是在天堂、地狱，还是人间，不过令我欣喜的是，在没有吃药的情况下，我的身体经过一晚的翻云覆雨后，已经适应了这样的摇摆。当我精神矍铄、欢天喜地地跑到楼下参加说明会的时候，发现其他一些吃过药的朋友们依旧面色惨白，不停眷顾洗手间。我瞬间开悟了，对着大家说，看来吃晕船药，只是让吐的时间晚到一会，既然早晚都是要吐，还不如像我一样，早吐早超生。

这一天，无事。大家基本都在做同一件事，与风浪作战、与马桶相伴。“前进号”依旧在漫长的德雷克海峡上勇敢地乘风破浪。到了晚间的时候，天放晴了，风浪也小了很多，再加上人们大都在吐过以后获得了重生，慢慢适应过来，所以，当黄昏时分，气氛已经一片安详。当然，所谓黄昏，已是晚上 10 点多，我走在走廊上时，看到一群银发苍苍的老人，在窗前坐成一排，安静而安详地注视着天边的晚霞，让我已是分不清，最美的黄昏，是在窗外的那头，还是在窗内的这头。

即使在午夜时分，鱼肚白依旧在天边若隐若现，3 点多，朝霞便来了。我知道，当太阳再次升起，我们将穿越这片“呕吐之海”，来到真正的天堂圣地。那一片人人都梦想前往、人人又都舍不得前往的洁白之处，因为如果人人都去，那里将不再是天堂。船员之前也在不停地给我们“讲课”，不要打扰、破坏、带走、留下那里的一切。我不知道那里会有什么，我只是确定，那里不会有什么。20 年前，还在大学里的我，写下了《路过天堂》，一切，仿佛早已在冥冥之中注定，一切不经意间出口成“真”。

无神论 —— 胜者为王（2018-7-4）

世界杯进行到这个地步，再次清晰地告诉大家一个现实，从来就没有什么救世主，也不靠神仙和皇帝。尽管大家有无限的憧憬，但现实残酷地证明，那个以一己之力拯救球队的上帝，并没有出现。克罗斯能一脚把德国拉出地狱，也能一脚把德国送回老家。离开了拜仁队友的莱万，也只能眼睁睁地看着自己的球队小组垫底。随着梅西和C罗所在的阿根廷、巴西两支球队的双双折戟，世界足坛已无法再继续指望他们缔造奇迹，大家可以把目光转向那些更值得期待的青年才俊了，而这届世界杯最不缺的，就是人才。

我们最终没有等到期待中的“梅罗”对决，那天赛前我还在微信中跟人调侃，“绝代双骄”要么双双晋级，要么双双回家。看来，上帝并不偏爱他们中的任何一个人。我一直不明白，很多“梅罗”各自的粉丝，要那么长时间地处于非你即我的互喷对骂之中，反正这两个人我都是很喜欢的。一个凭借着超人的足球天赋对抗着命运，甚至是很多人眼中的生理缺陷；一个依靠着无与伦比的身体条件，在永无休止的努力中走上巨星之路。他们以各自完全不同的道路和方式成为这个时代的王者。而现在，争论到底是队友拖累了他们，还是他们拖累了球队，毫无意义。难道大家都忽略了，每一代球王的诞生之际，他们的身旁，也都是一群不可替代的神队友。足球这项运动，超凡的个人和强大的集体，缺一不可。我无法想象，四年之后，37岁的C罗是否还能依仗那样的速度和弹跳，冲锋陷阵，而35岁的梅西，位置逐步后撤，从左冲右突的将才，蜕变为指挥若定的中场帅才，那还有点希望。具体做法，请参考86、90、94年马拉多纳在场上位置的变化。

之前说过无数次，两强相遇，谁沉不住气压出去，谁就凶多吉少。所以，我也不清楚，到底是谁给了桑保利那样的勇气，在实力不如对手的情况下还要压出去攻，压出去攻倒也罢了，还把能解决问题的射手都按在替补席上，停球停五米的技术，还要学西班牙Tiki-Taka，不被法国反击打穿才怪。所以，故事一开始，其实已经注定了结局。法国虽然舍弃了一个防守覆盖全场的坎特去专盯梅西，但至少不需要像其他球队一样要派出三个人去围梅西，这样使得自己的防守阵型更加严密，让阿根廷人无从下嘴，就像N年前他们派出马克莱莱冻结小罗一样，虽然，就是因为当时坎特跟着梅西跑了，才留出了禁区前的大片空挡给了迪玛利亚射出神仙球的机会。不过，作为阵容强大、全队无死角的法国，连貌似唯一的一个短板，右后卫帕瓦尔都能射出神仙球，你还能说什么呢？随着姆巴佩在小组赛悄悄打开进球“账户”，我就在之前的每篇文章里预言着姆巴佩正在开始复制贝利的球王之路，所以今天大家对姆巴佩一片欢呼赞许，也不足为奇。还是那句话，没有强大的神队友，就没有球王。只有C罗一条大腿的葡萄牙，终于无力回天，但是，拥有苏牙和卡瓦尼两条大腿的乌拉圭，可以。双刀出鞘，大大增加了乌拉圭打反击的效率，但是如果传说中的卡瓦尼无法上场，遇上有身高、有速度、有强壮、有柔韧、有技术的法国锋线和强硬的中后场，那么，只剩单刀的乌拉圭遇上法国，凶多吉少。

技术不过关还要学西班牙的阿根廷，遭了报应，话说回来，技术过关，能控住球不丢，不给对方打反击机会的西班牙自己，又如何呢？围着俄罗斯禁区外边蹭了120分钟，就是解决不了问题，也不往里射，随后连俄罗斯都等得不耐烦了，算了，算了，你不行的话，我帮你。不过就算这样，西班牙也不至于打道回府，所以还要回到那个关键问题，哪位专家能以足球范畴内的理论帮我解释一下，皮克为什么要那样伸手，给俄罗斯一个点球？克罗地亚和丹麦的过程意料之中，虽然双方实力有差距，但是从脚下攻丹麦禁区里一堆大长腿，从头上攻，丹麦人的个子不比你矮，只要丹麦耐心守，再加上丹麦反击能力也不行，120分钟零比零，也不奇怪。倒是莫德里奇加时赛射失的那个点球，值得说一下。作为长年的前锋兼守门员，在这里给大家普及一下射点球时，射手是怎么“骗过”守门员的。如果大家留意观察，人在下意识的情况下，射门时，因为要面向射门的角度，所以其支撑脚脚尖所指的方向，即是其射门的方向。请注意，这里说的是下意识的情况下，而很多时候，守门员也是依靠这个来判断射手的射门方向。所以，高明的点球手会利用这一点欺骗守门员，即，故意把支撑腿脚尖指向一个方向，拉出一副要向这个方向射门的架势，当门将上当以后，在脚要触球的瞬间把射门脚一拐，射向另一个方向，所谓，指东打西。当然，也会有高明的守门员，根本不吃你这一套。大家平时多看点球射门的慢镜头回放，就能看出其中的门道。值得一提的是，莫德里奇罚失的那个点球，支撑脚脚尖明显指向了自己最终的射门方向，不存在任何欺骗行为，就是所谓指哪儿打哪儿，需要说的是，之前梅西、C 罗罚失的点球，都是这么射丢的。至于为什么，我不知道，天知道。至于俄罗斯和克罗地亚谁能胜出，我想说，人家俄罗斯都把西班牙灭了，干吗不直接送进四强算了，谁叫人家是东道主呢?

如果不看队服，只看上半场 45 分钟，别说你还真分不清哪个是巴西哪个是墨西哥。墨西哥压出去打巴西，高位逼抢，看起来是在作死，别说还打得像模像样，作为“千年老妖”的巴西一开始也着实被吓了一跳，哟呵，对面的“白骨精”装得还挺像。当然,等到了禁区里,机会出来了,一比射术和把握机会的能力,原形就露出来了。看着上半场,我一直在想,凭着墨西哥更大的年龄、稍差的技术和消耗得更多的体力,墨西哥凭什么撑完 90 分钟,事实证明，墨西哥的确撑不完 90 分钟。没准人家墨西哥心想，面对巴西，反正都是死，还不如死得漂亮一点。话说下半场还剩 15 分钟，用费尔米诺换下热苏斯，几乎成了蒂特的规定动作，其实，要是早点上费尔米诺，用其冲击力去压制墨西哥，没准问题早就解决了。那边厢，巴西长年的小徒弟日本，也跟比利时打得风生水起。亚洲人的身体素质、强壮程度和身高体力，都全方面较欧美非洲处于劣势，所以，足球这项运动到底适不适合亚洲人，也是长期以来困扰我的问题，在这方面，日本至少给出了某种答案。亚洲人的强项是技术和纪律，所以在乒乓球、羽毛球甚至排球项目上一较高下，再加上点拼搏精神，是可以跟欧洲人掰掰手腕的。再加上，人家比利时面对亚洲球队，总不好意思缩着打防反吧，这就给了日本更大的机会，无奈，最后时刻，还是被比利时用身高、体力和速度不讲理地碾压。不论怎样，日本这场输得并不丢人，也确实代表了亚洲足球的最高水平。至于巴西对碰比利时的比赛嘛，我想说的是，还是把巴西留给法国大神来对付吧，比利时再妖，人家巴西是“千年老妖”。你的妖，是从一堆人里挑出来的，人家的妖，是从一堆妖里选出来的。

瑞典和瑞士，从过程到结果，都在我的预料之中。两个挥着乱棒的大个，王八拳对上王八拳，进攻王八拳，防守王八拳，最后是，瑞典王八拳进攻，瑞士王八拳防守，结果不小心乱棒打着了自己的脸，然后就是这个结果了。很多人在问，如果不是这两个队遇到一块，他们怎么能进得了八强? 我想说的是，杯赛的比赛就是这样，对于实力一般的队伍，幸运的赛程，能够让你走得比想象得更远一点，但是，最终的王者，还是要靠实力说话。在选秀节目中，我对选手们也是这么说的，一切，看你最终的追求是什么，追求一个幸运的赛程，这个心态，只能说明你实力不够。英格兰，我早就说过，如果连哥伦比亚都迈不过去，它就没资格走得更远，更何况是一个没有了 J 罗的哥伦比亚。当哥伦比亚补时绝平，眼看加时时间就要结束，基于英格兰几乎从来没赢过的点球大战历史，我已经在盘算，谁会代表下半区进入决赛，俄罗斯，克罗地亚，还是瑞典? 结果，英格兰竟然逆天赢了点球。我猛然想起，同样是罚点球失败专业户的意大利，2006 年世界杯能夺冠，正是因为破天荒地拥有了一批出色的点球手。至于瑞典和英格兰的比赛，双方打法的确有点相克，大赛上也互有胜负，当然，最终的结果，取决于你更希望什么样的队伍进入四强，甚至决赛。

好了，等下一轮的比赛结束，我将已经踏上前往俄罗斯的旅程，现场见证王者的诞生。在这里，我憧憬着这样的剧情：法国连斩三个南美球队进入决赛，在莫斯科，了结英法的百年恩怨。这届世界杯是属于哈里·凯恩的，世界的未来是属于姆巴佩的。

“中国贝利”预测完了，即日启程。

2022

手里的吉他是治愈世界的枪

2022-6-14发行

骄傲的赌徒 01
感谢生活 02
草莓时光 03
坦白书 04
啦啦啦我爱你 05
成为不朽 然后死去 06
阿丽塔 07
鱼说 08
失败者之歌 09
纸船谣 10

这是一张重新起航的专辑。

水木20周年，因为有新成员加入，如今是三人乐团的水木年华，将以全新面貌续写属于自己的“传奇”。

卢庚戌、缪杰、陈秋桦三位成员共同参与到新专辑的创作中，在保持一贯良好旋律性跟人文性的基础上，尝试着更具乐队感、节奏感和力量感。专辑在人声表现方面有了多种可能性，三位成员各自富有辨识度的声线默契配合，卢庚戌浑厚嗓音里尽显日常诉说的温度感和亲近感，缪杰的高亢声音拥有极强致远意境和穿透力，而陈秋桦的声音，年轻态里汇聚着温柔跟细腻。他们以不同人声、音色制造出层次感，以及依靠不同音区、频段来营造立体感，在歌曲呈现形式上有了明显的丰富变化。

由此整张专辑自然就显现出新鲜的风味，10 首歌曲让我们领略到水木年华的“不同过往”。这种不同从专辑封面就有直观体现。专辑封面特意远赴大理拍摄，三位成员分别选择头戴狗、猪、兔子的头套，实质是对应着不同的个性和追求。其中卢庚戌的象征是狗，隐喻其对于音乐的执着追求，突出信念感。缪杰的象征是猪，表现出缪杰一路以来心怀善意，砥砺前行，笨拙而可爱。陈秋桦的象征是兔子，显露他的个性温和，是一个追求梦想一直流浪的“兔子先生”。

与形象上完成自我突破同步的，是音乐上的求新求变。新专辑中的音乐风格更为多元。有充满摇滚能量的，有尽展舞动节奏的，甚至还有融合民族音乐元素的……总之此番会让你切实体会到，水木年华的音乐并不拘泥于标签化的校园民谣，而是以民谣风为主体的构架，融叠流行、摇滚等多种音乐元素的组合，从而建构音乐层面的丰富形态。新专辑中出现了音乐的“爆发式”景象，歌曲与歌曲间的风格跨度颇大，最终促使整张专辑宛如一场音乐大赏。

如此多变的风格，完美诠释出水木年华现阶段的核心诉求：遵循内心、追求自我。他们分明在按照自己的理解创作音乐、诠释音乐，而不被外部市场的潮流风格所左右。

这恰好正是专辑在内容层面所要传达的主旨，找回年轻态，保持锋芒感。不同于过往的温文雅致，这里的水木年华突出力量，强调热血。具体到歌词文本，在延续一贯人文特色的同时，重点显现出简洁有力。所以“手里的吉他是治愈世界的枪”所要讲的即是，以“追求自我”为核心，治愈自己和周遭的世界。这像是对于自己内心的一番唤醒，时刻激励着自己去探索、去实现；此外这也可以是对于所有人的一场治愈，召唤着我们加入“追求自我”的行列中，没有什么不可以，只要你想，就可以立即开始属于自己的精彩旅程。这是理想化的美好愿景，更应该是鼓舞人心的行动。

A LA LA LA
LOVE YOU

感谢生活 / THANKS FOR LIFE

卢庚戌 诺布朗杰 词 / 卢庚戌 曲

原曲 D转A | 选调 D转A | Capo 0

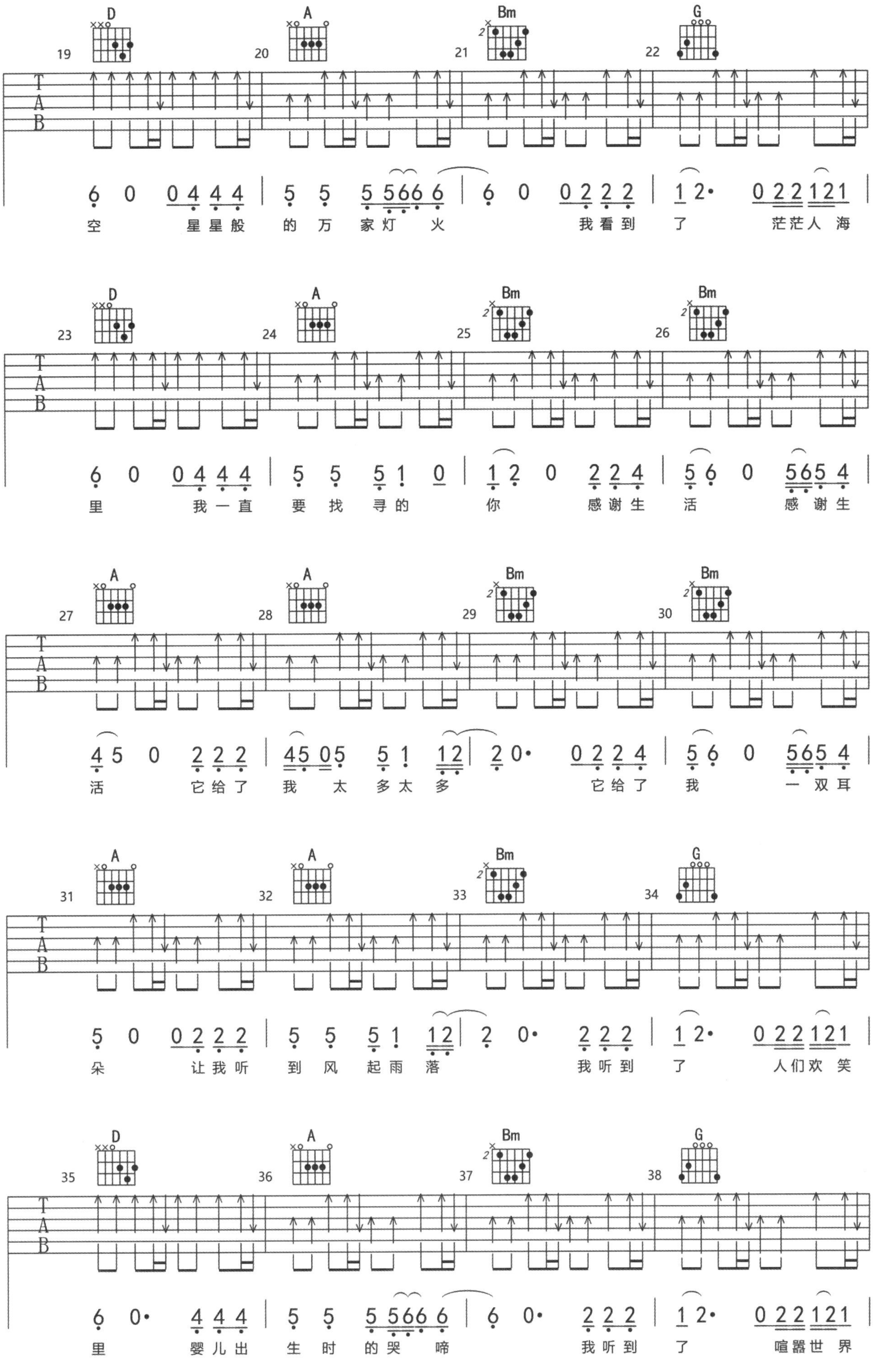
D A Bm G
空 星星般 的 万 家灯 火 我看到 了 茫茫人 海
D A Bm Bm
里 我一直 要 找 寻的 你 感谢生 活 感谢生
A A Bm Bm
活 它给了 我 太 多太 多 它给了 我 一双耳
A A Bm G
朵 让我听 到 风 起雨 落 我听到 了 人们欢 笑
D A Bm G
里 婴儿出 生 时 的哭 啼 我听到 了 喧嚣世 界

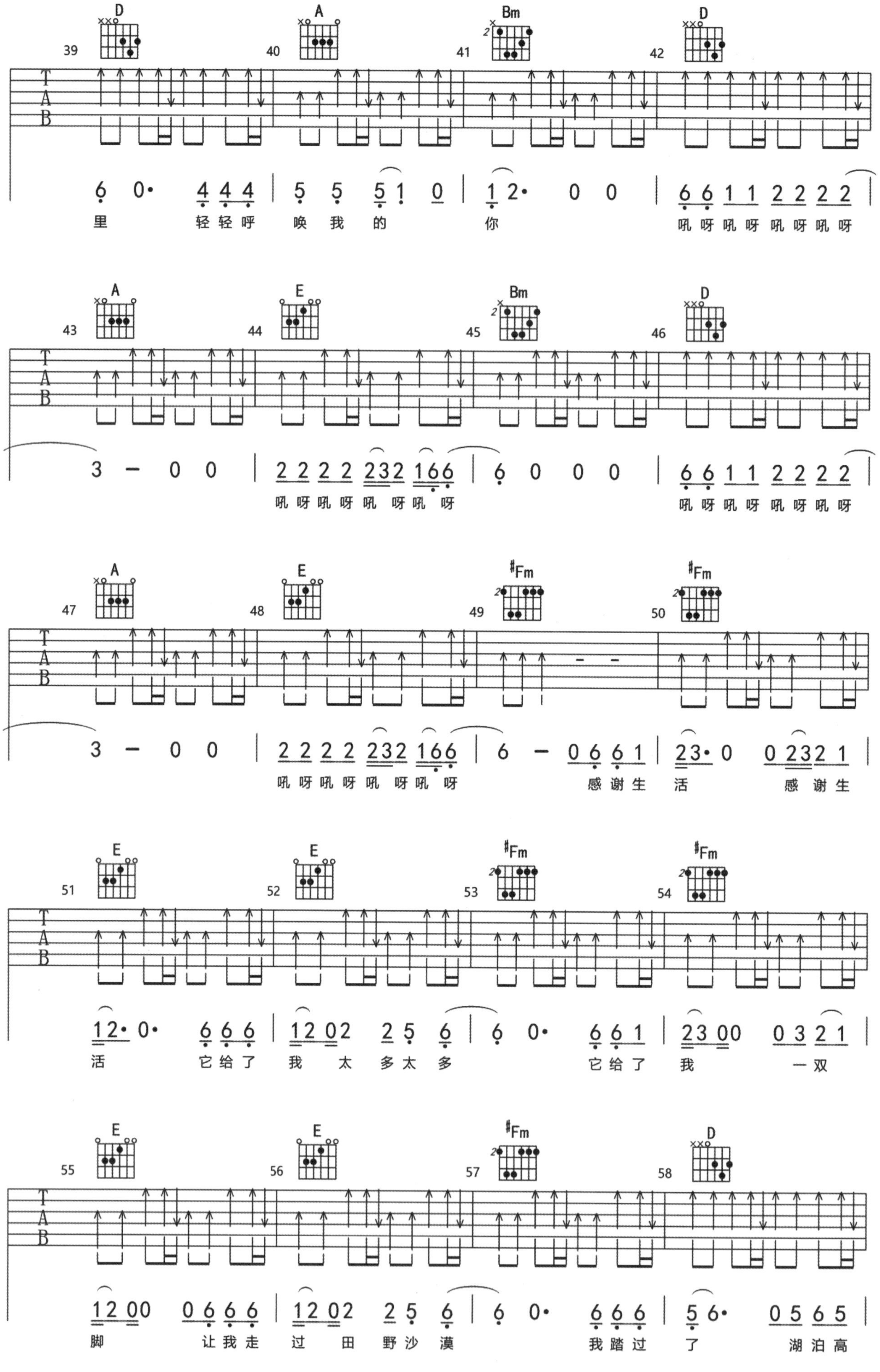
D A Bm D
里 轻轻呼 唤我的 你 吼呀吼呀吼呀吼呀
A E Bm D
吼呀吼呀吼呀吼呀 吼呀吼呀吼呀吼呀
A E #Fm #Fm
吼呀吼呀吼呀吼呀 感谢生活 感谢生
E E #Fm #Fm
活 它给了我 太多太多 它给了我 一双
E E #Fm D
脚 让我走过 田野沙漠 我踏过了 湖泊高

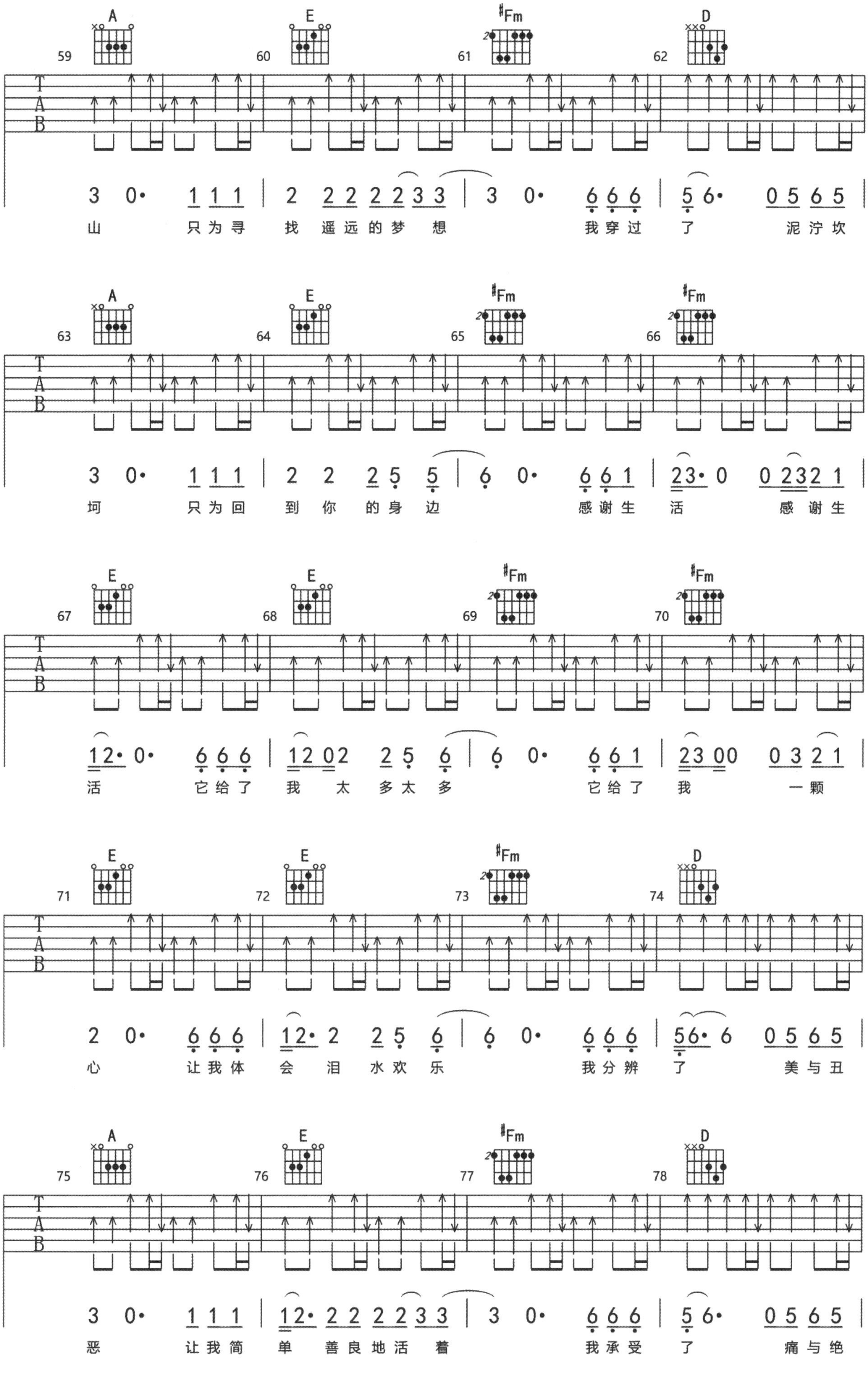

A E #Fm D
59 60 61 62
山 只为寻 找 遥远的梦 想 我穿过 了 泥泞坎
A E #Fm #Fm
63 64 65 66
坷 只为回 到 你 的身 边 感谢生 活 感谢生
E E #Fm #Fm
67 68 69 70
活 它给了 我 太 多太 多 它给了 我 一颗
E E #Fm D
71 72 73 74
心 让我体 会 泪 水欢 乐 我分辨 了 美与丑
A E #Fm D
75 76 77 78
恶 让我简 单 善良地活 着 我承受 了 痛与绝

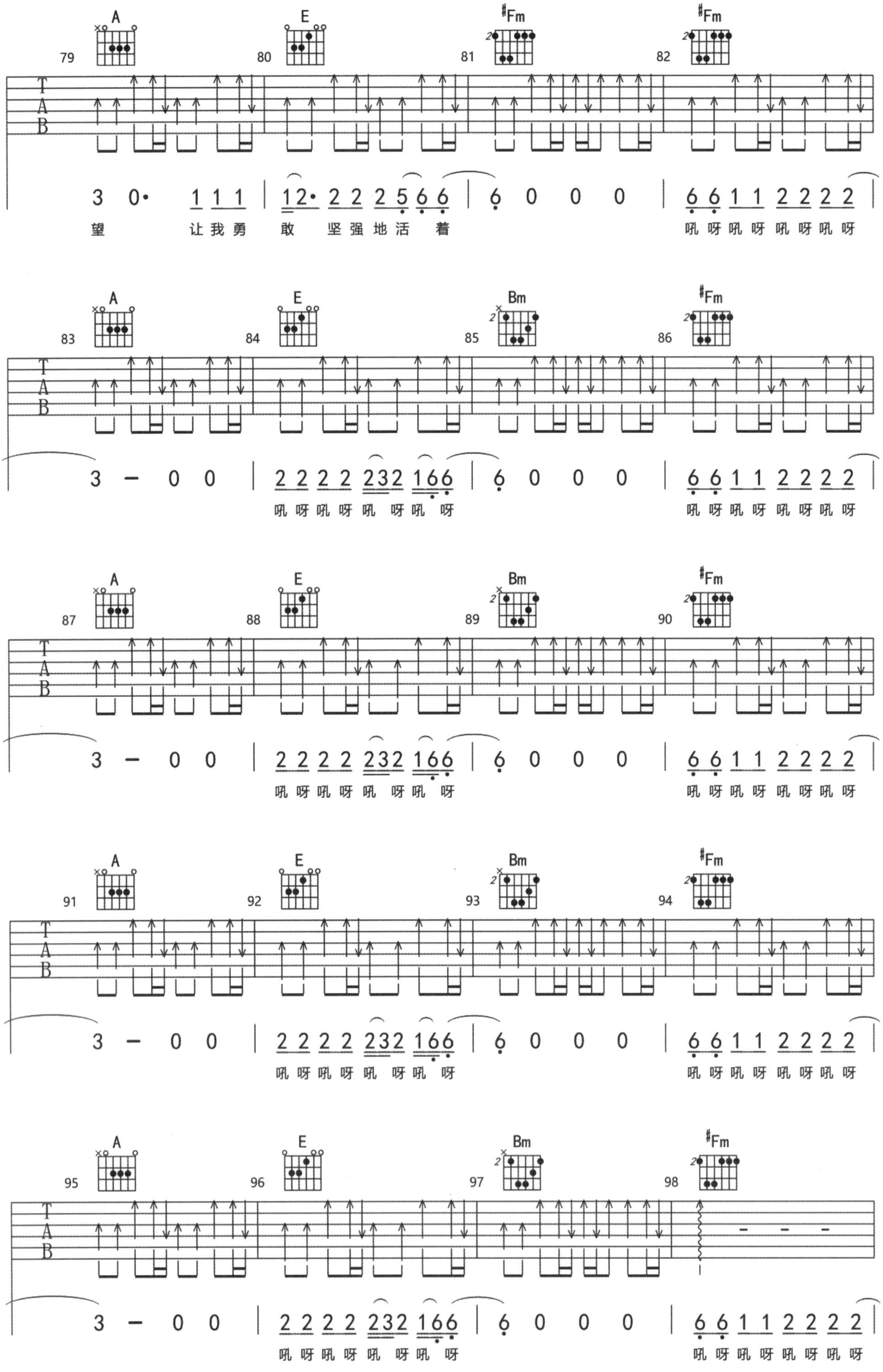
望 让我勇 敢 坚强地活 着
吼呀吼呀吼呀吼呀
吼呀吼呀吼 呀吼 呀
吼呀吼呀吼呀吼呀
吼呀吼呀吼 呀吼 呀
吼呀吼呀吼呀吼呀
吼呀吼呀吼 呀吼 呀
吼呀吼呀吼呀吼呀
吼呀吼呀吼 呀吼 呀
吼呀吼呀吼呀吼呀

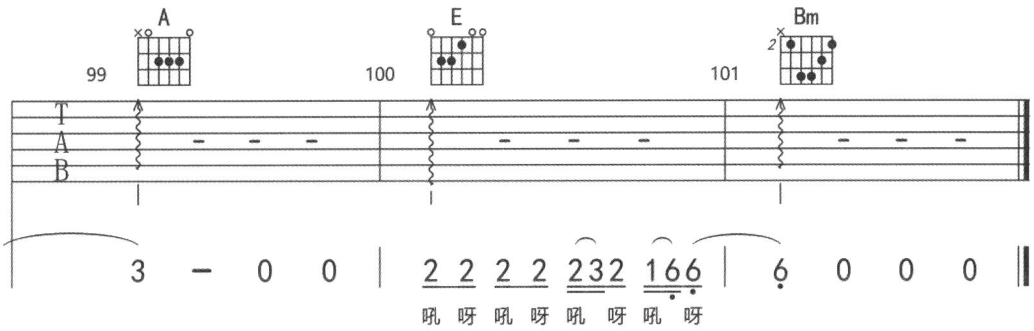
A
E
Bm
99
100
101
TAB
3 – 0 0 | 2 2 2 2 232 166 | 6 0 0 0
吼 呀 吼 呀 吼 呀 吼 呀

啦啦啦我爱你 / LA LA LA，I LOVE YOU

卢庚戌 词/曲

原曲 D调 | 选调 D调 | Capo 0

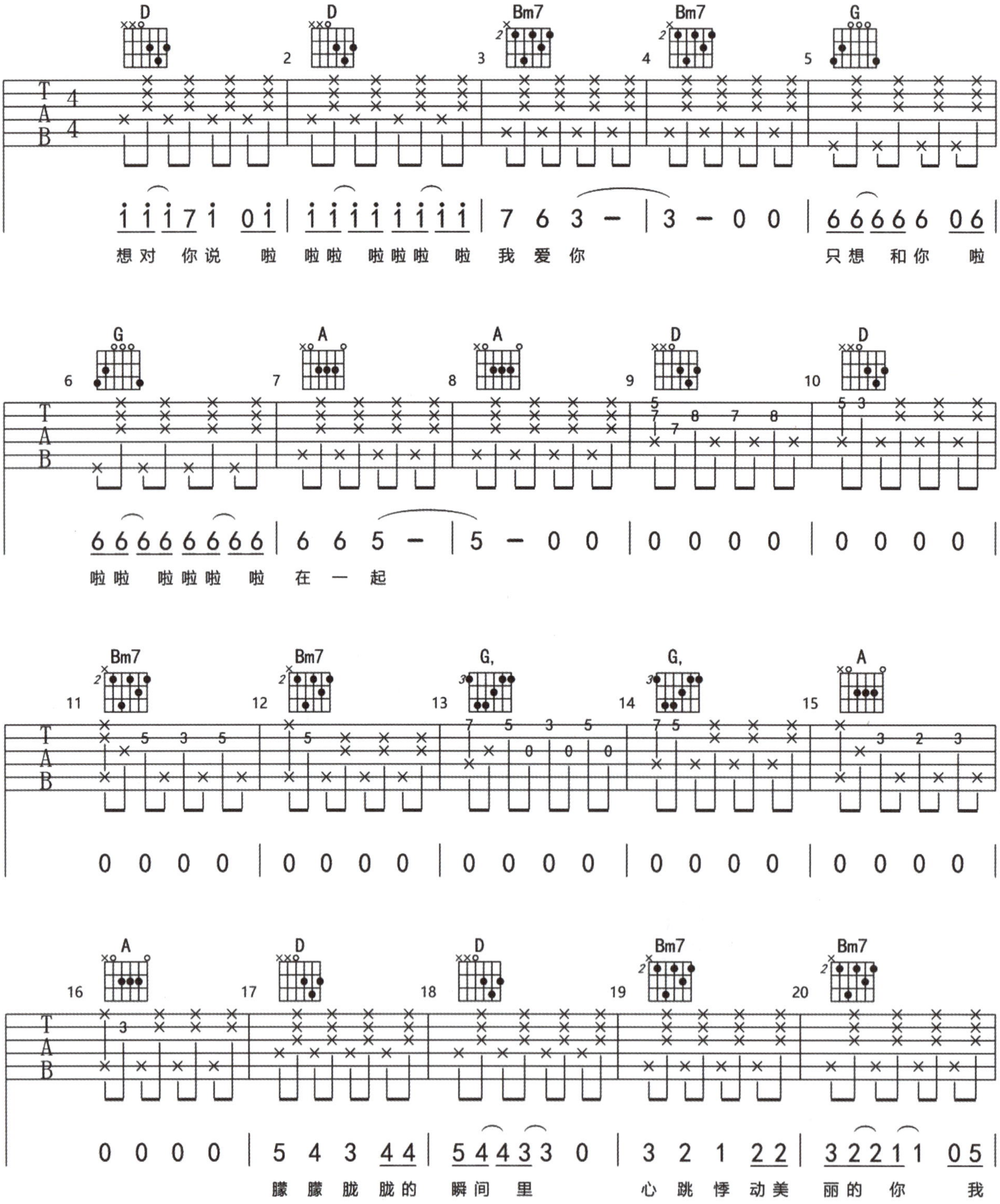

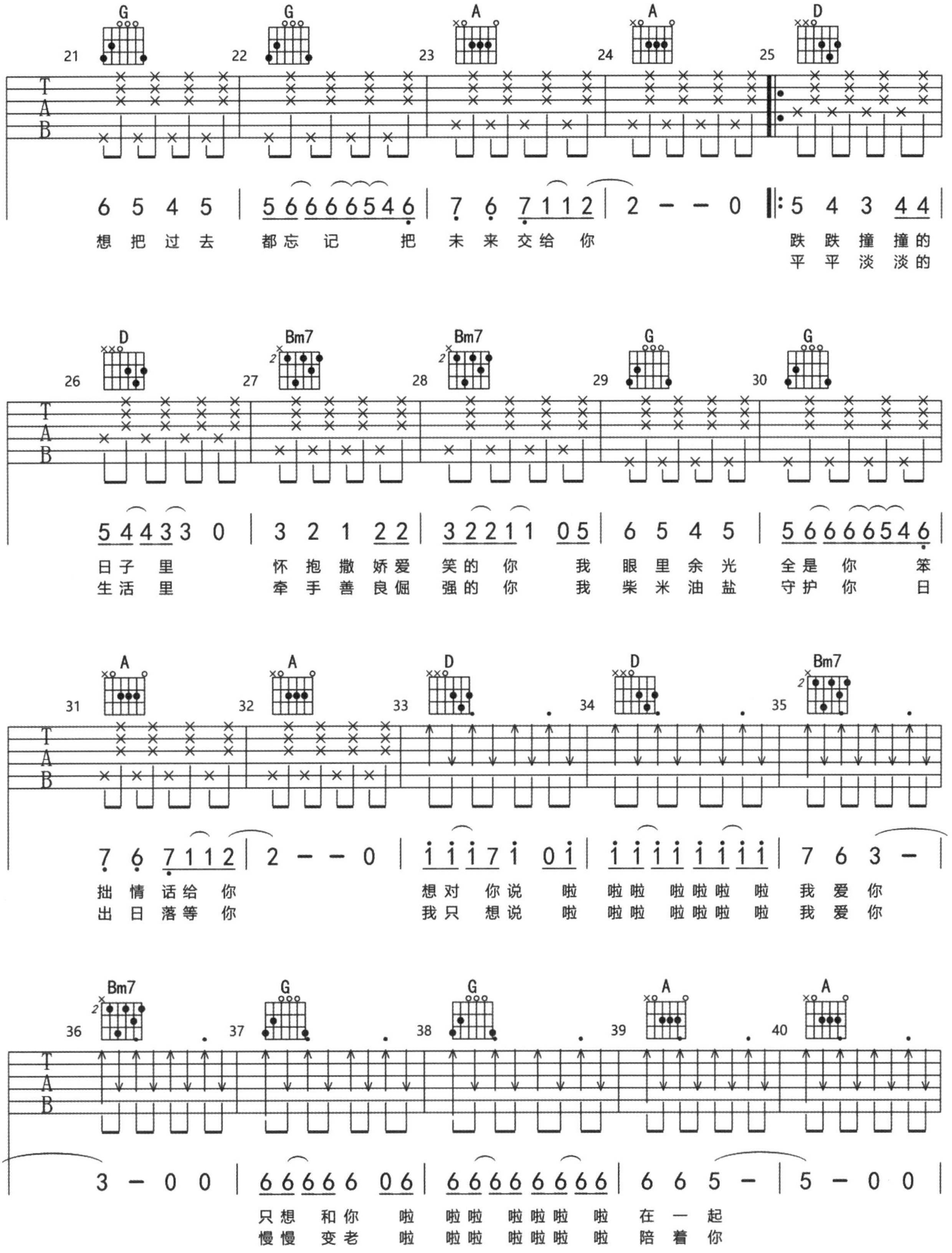
G G A A D
想把过去 都忘记 把 未来交给你
跌跌撞撞的
平平淡淡的
D Bm7 Bm7 G G
日子里 怀抱撒娇爱 笑的你 我 眼里余光 全是你 笨
生活里 牵手善良倔 强的你 我 柴米油盐 守护你 日
A A D D Bm7
拙情话给你 想对 你说 啦 啦啦 啦啦啦 啦 我爱你
出日落等你 我只 想说 啦 啦啦 啦啦啦 啦 我爱你
Bm7 G G A A
只想 和你 啦 啦啦 啦啦啦 啦 在一起
慢慢 变老 啦 啦啦 啦啦啦 啦 陪着你

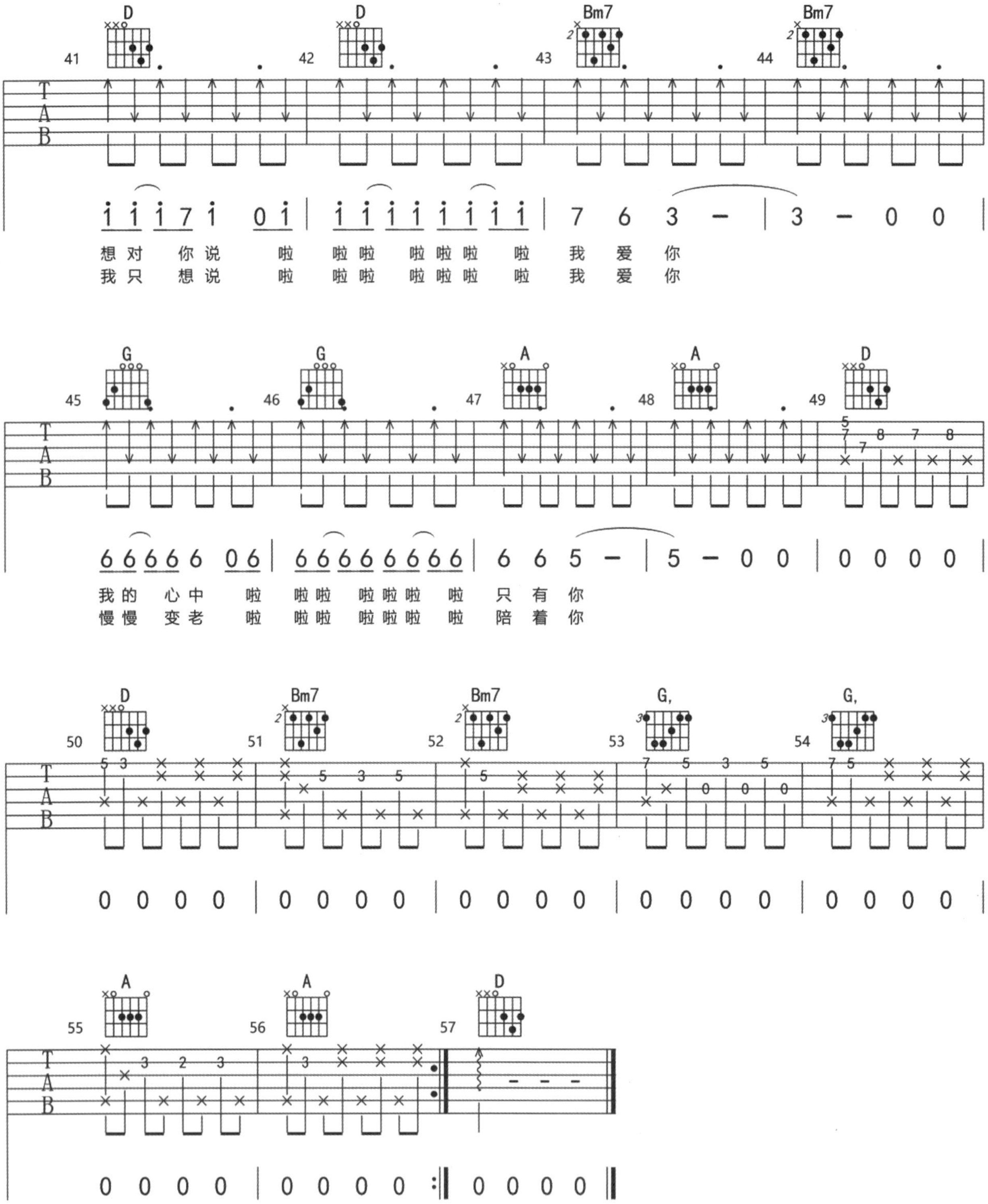
D D Bm7 Bm7
想对你说 啦 啦啦 啦啦啦 啦 我 爱 你
我只想说 啦 啦啦 啦啦啦 啦 我 爱 你
G G A A D
我的心中 啦 啦啦 啦啦啦 啦 只 有 你
慢慢变老 啦 啦啦 啦啦啦 啦 陪 着 你
D Bm7 Bm7 G, G,
A A D

骄傲的赌徒 / A PROUD GAMBLER

卢庚戌 词 / 陈秋桦 曲

原曲 G调 | 选调 G调 | Capo 0

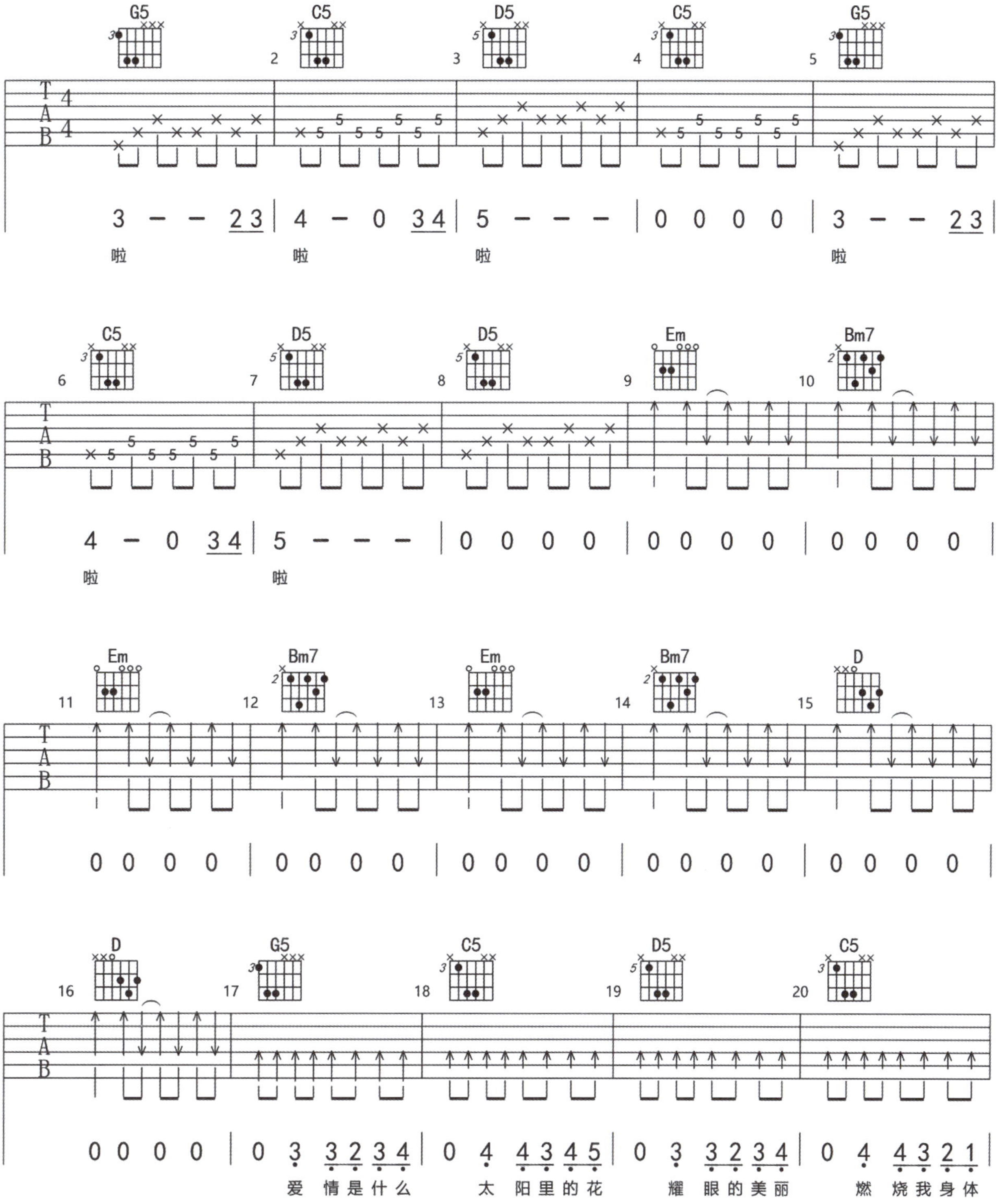

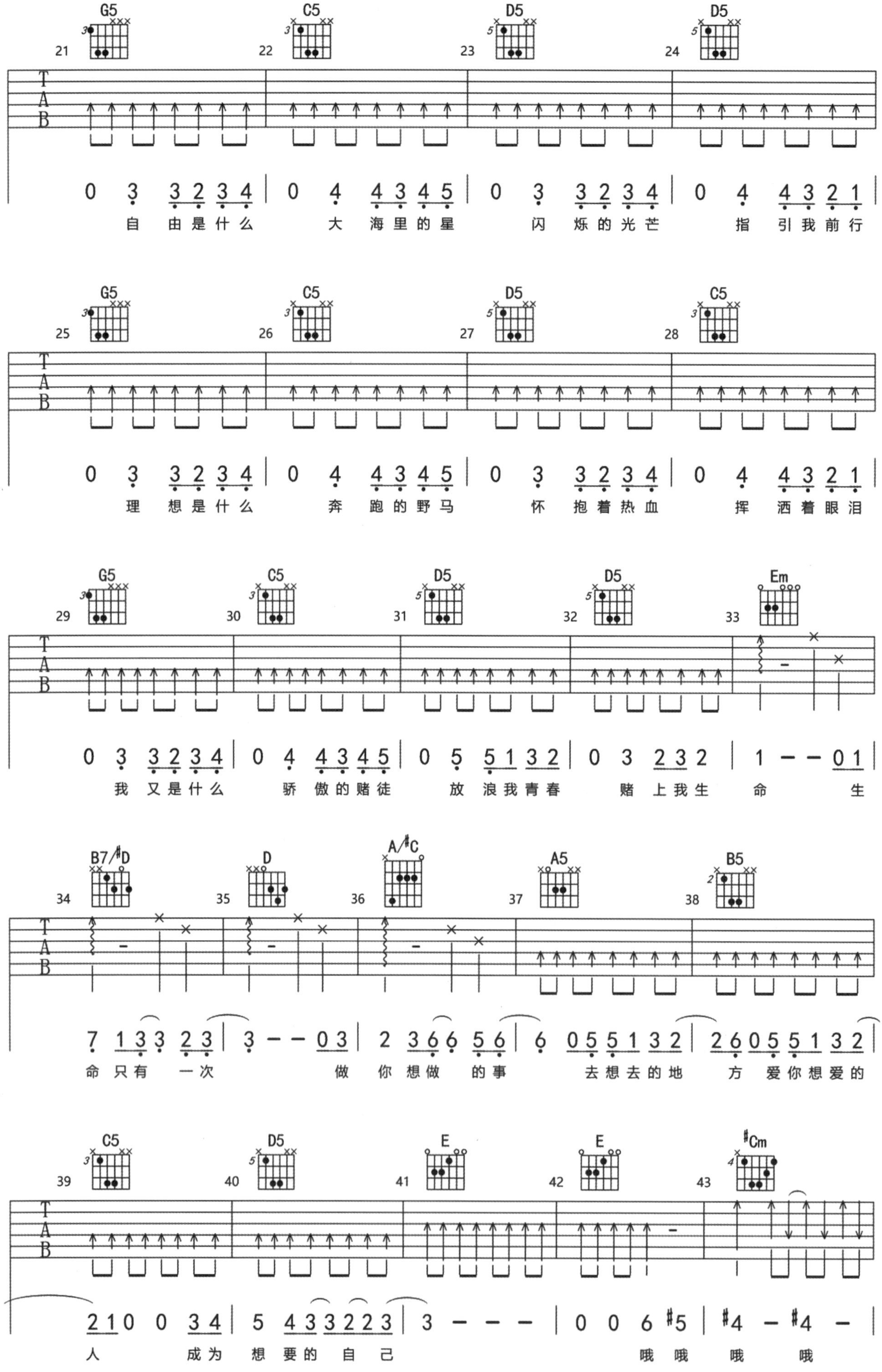
G5 C5 D5 D5
自由是什么 大海里的星 闪烁的光芒 指引我前行
G5 C5 D5 C5
理想是什么 奔跑的野马 怀抱着热血 挥洒着眼泪
G5 C5 D5 D5 Em
我又是什么 骄傲的赌徒 放浪我青春 赌上我生命 生
B7/#D D A/#C A5 B5
命只有一次 做你想做的事 去想去的地方 爱你想爱的
C5 D5 E E #Cm
人 成为想要的自己 哦 哦 哦 哦

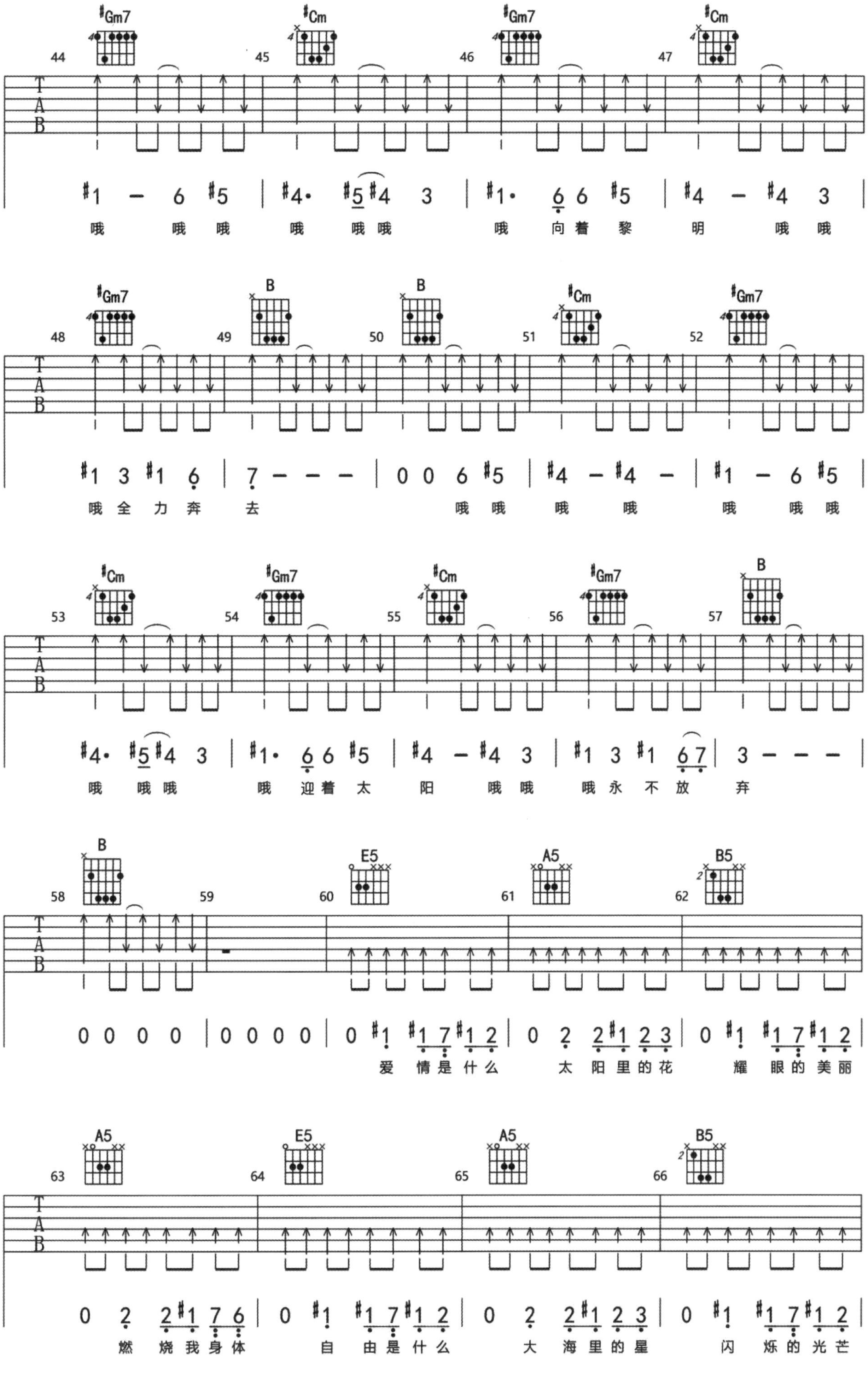
#Gm7 #Cm #Gm7 #Cm
44 45 46 47
哦 哦 哦 哦 哦 哦 哦 向着黎 明 哦 哦
#Gm7 B B #Cm #Gm7
48 49 50 51 52
哦全力奔 去 哦 哦 哦 哦 哦 哦 哦
#Cm #Gm7 #Cm #Gm7 B
53 54 55 56 57
哦 哦 哦 哦 迎着太 阳 哦 哦 哦永不放 弃
B E5 A5 B5
58 59 60 61 62
爱 情是什么 太 阳里的花 耀 眼的美丽
A5 E5 A5 B5
63 64 65 66
燃 烧我身体 自 由是什么 大 海里的星 闪 烁的光芒

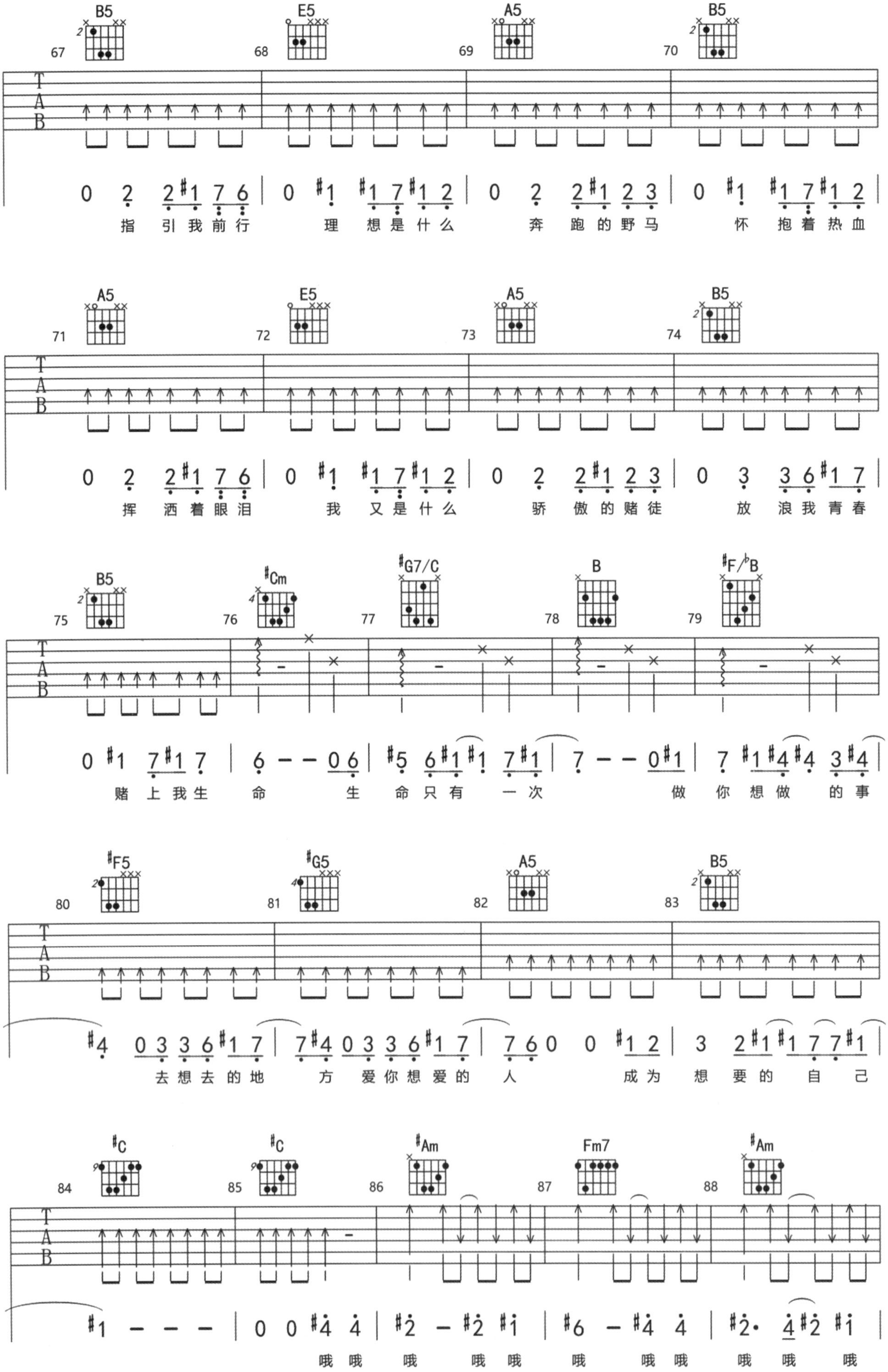
B5 E5 A5 B5
67 68 69 70
指引我前行 理想是什么 奔跑的野马 怀抱着热血
A5 E5 A5 B5
71 72 73 74
挥洒着眼泪 我又是什么 骄傲的赌徒 放浪我青春
B5 #Cm #G7/C B #F/♭B
75 76 77 78 79
赌上我生命 生命只有一次 做你想做的事
#F5 #G5 A5 B5
80 81 82 83
去想去的地方 爱你想爱的人 成为想要的自己
#C #C #Am Fm7 #Am
84 85 86 87 88
哦哦 哦 哦哦 哦 哦哦 哦哦 哦

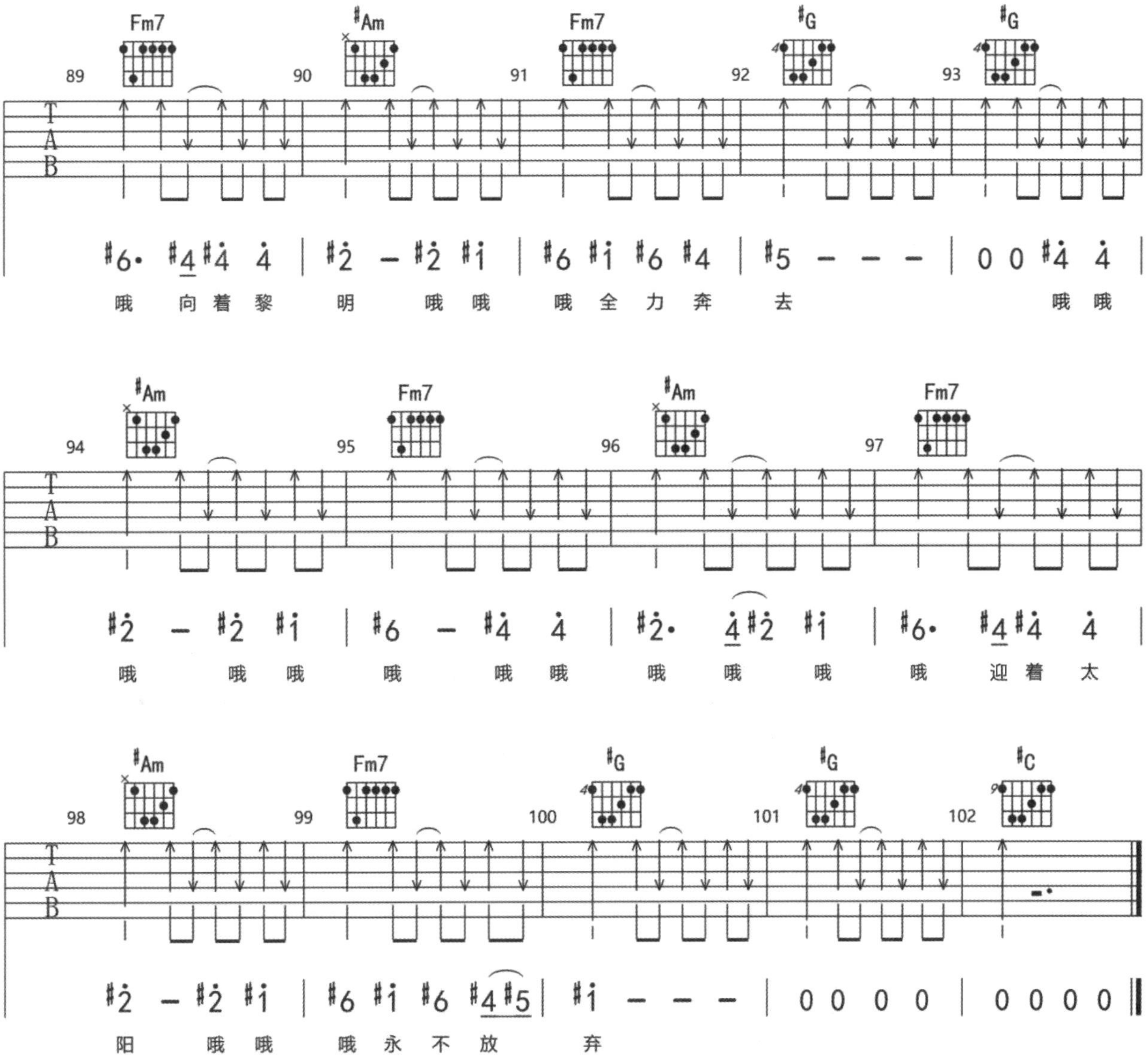
Fm7 #Am Fm7 #G #G
89 90 91 92 93
T
A
B
哦 向着黎 明 哦哦 哦全力奔 去 哦哦
#Am Fm7 #Am Fm7
94 95 96 97
哦 哦哦 哦 哦哦 哦 哦 哦 哦 迎着太
#Am Fm7 #G #G #C
98 99 100 101 102
阳 哦哦 哦永不放 弃

水木
年华

坦白书 / CONFESSION BOOK

马良 卢庚戌 词 / 卢庚戌 曲

原曲 A调 | 选调 A调 | Capo 0

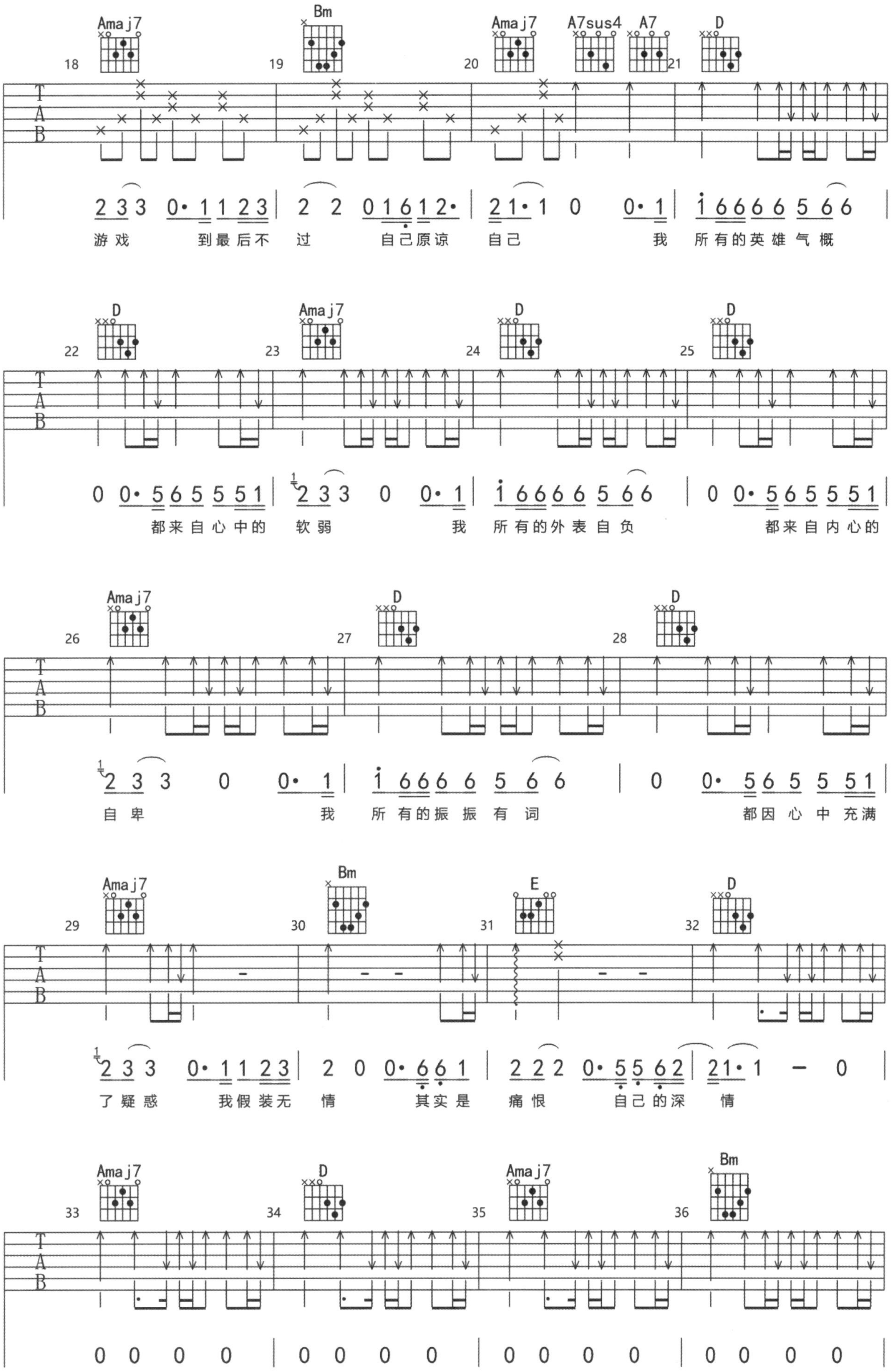
Amaj7 Bm Amaj7 A7sus4 A7 D
游戏 到最后不过 自己原谅 自己 我 所有的英雄气概
D Amaj7 D D
都来自心中的 软弱 我 所有的外表自负 都来自内心的
Amaj7 D D
自卑 我 所有的振振有词 都因心中充满
Amaj7 Bm E D
了疑惑 我假装无情 其实是 痛恨 自己的深 情
Amaj7 D Amaj7 Bm

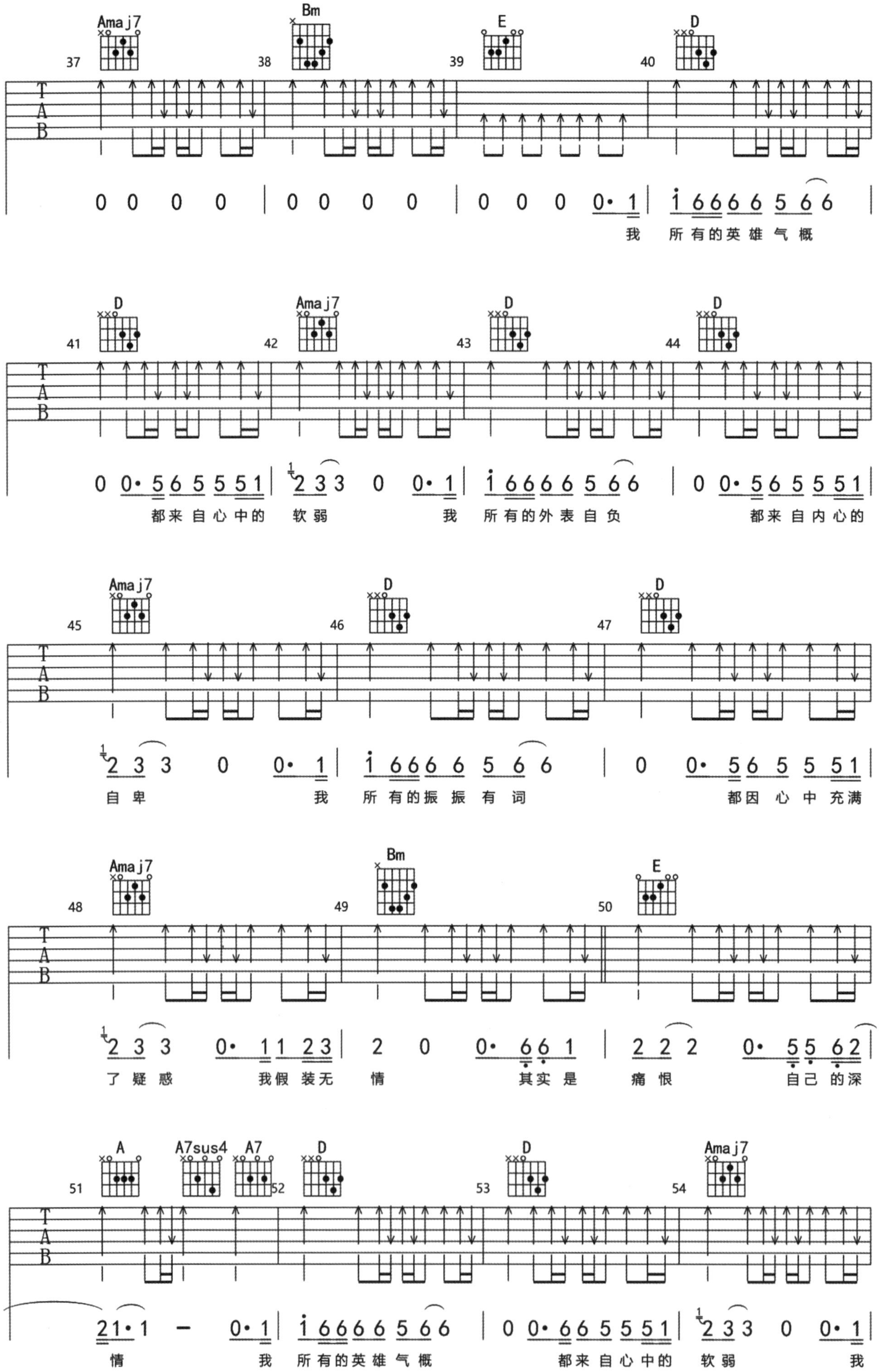
Amaj7 Bm E D
我 所有的英雄气概
D Amaj7 D D
都来自心中的 软弱 我 所有的外表自负 都来自内心的
Amaj7 D D
自卑 我 所有的振振有词 都因心中充满
Amaj7 Bm E
了疑惑 我假装无情 其实是 痛恨 自己的深
A A7sus4 A7 D D Amaj7
情 我 所有的英雄气概 都来自心中的 软弱 我

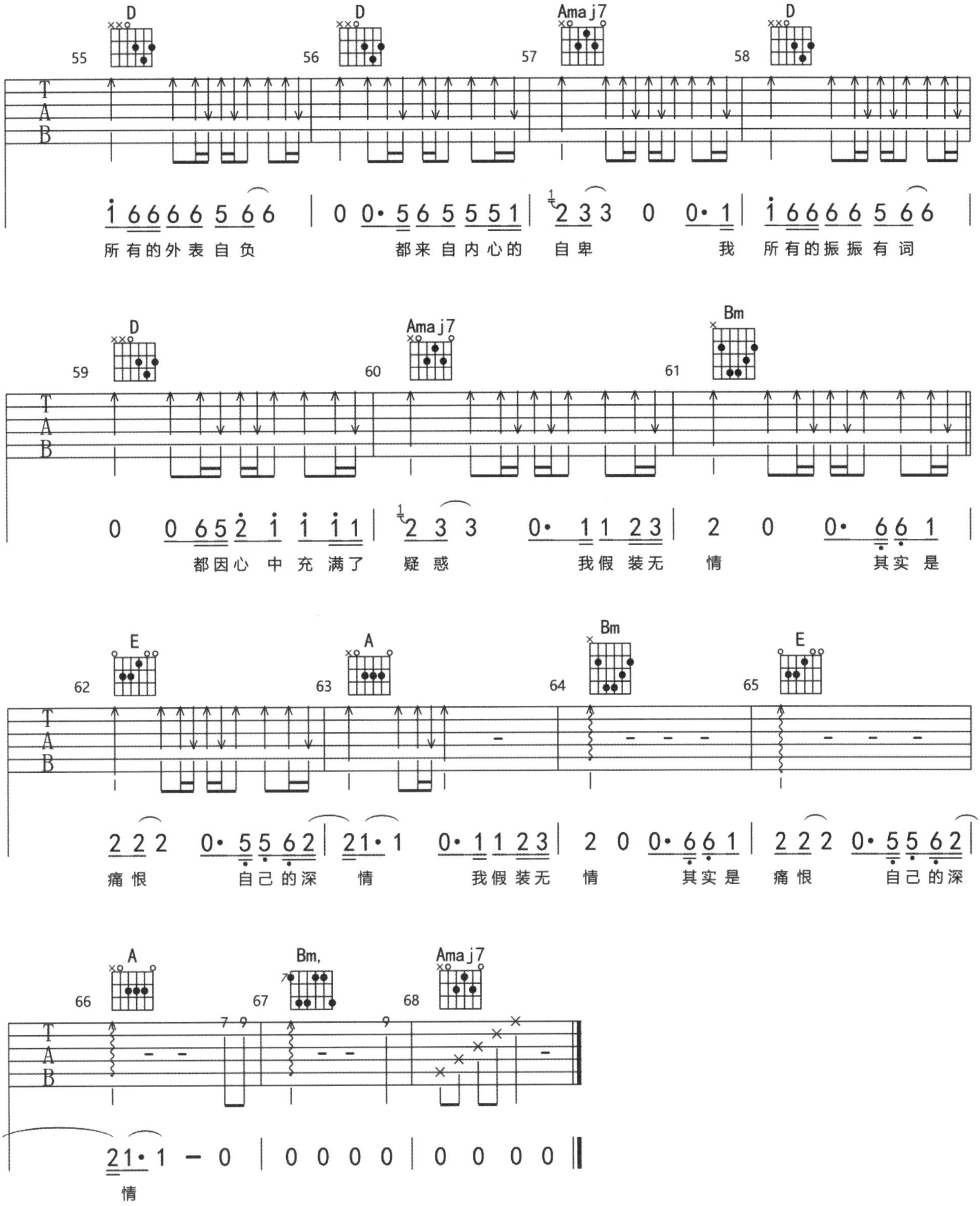
D D Amaj7 D
所有的外表自负 都来自内心的 自卑 我 所有的振振有词
D Amaj7 Bm
都因心中充满了 疑惑 我假装无 情 其实是
E A Bm E
痛恨 自己的深 情 我假装无 情 其实是 痛恨 自己的深
A Bm, Amaj7
情

成为不朽 然后死去 / BECOME IMMORTAL AND DIE

卢庚戌 词 / 缪杰 曲

原曲 ♭B调 | 选调 G调 | Capo 3

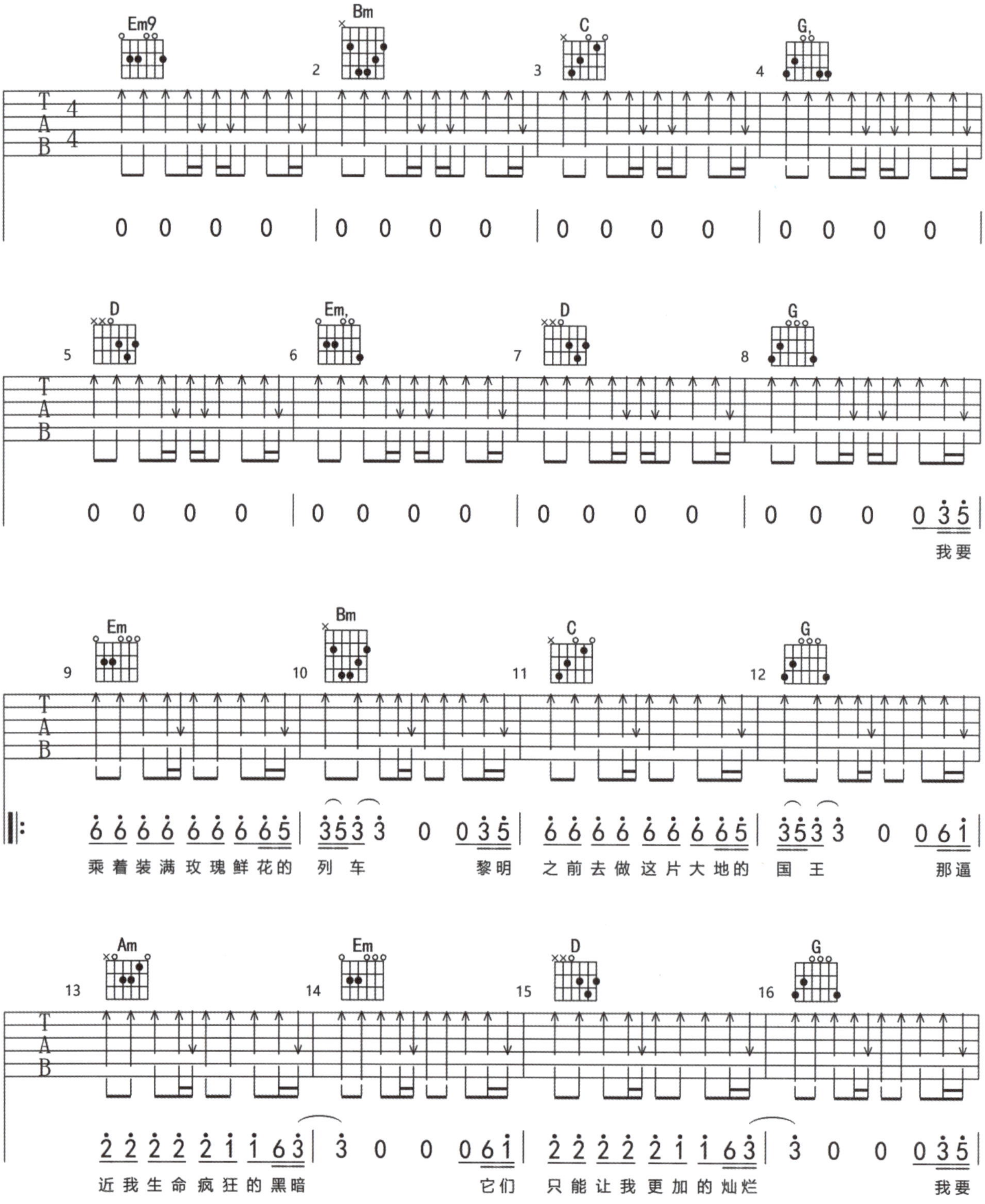

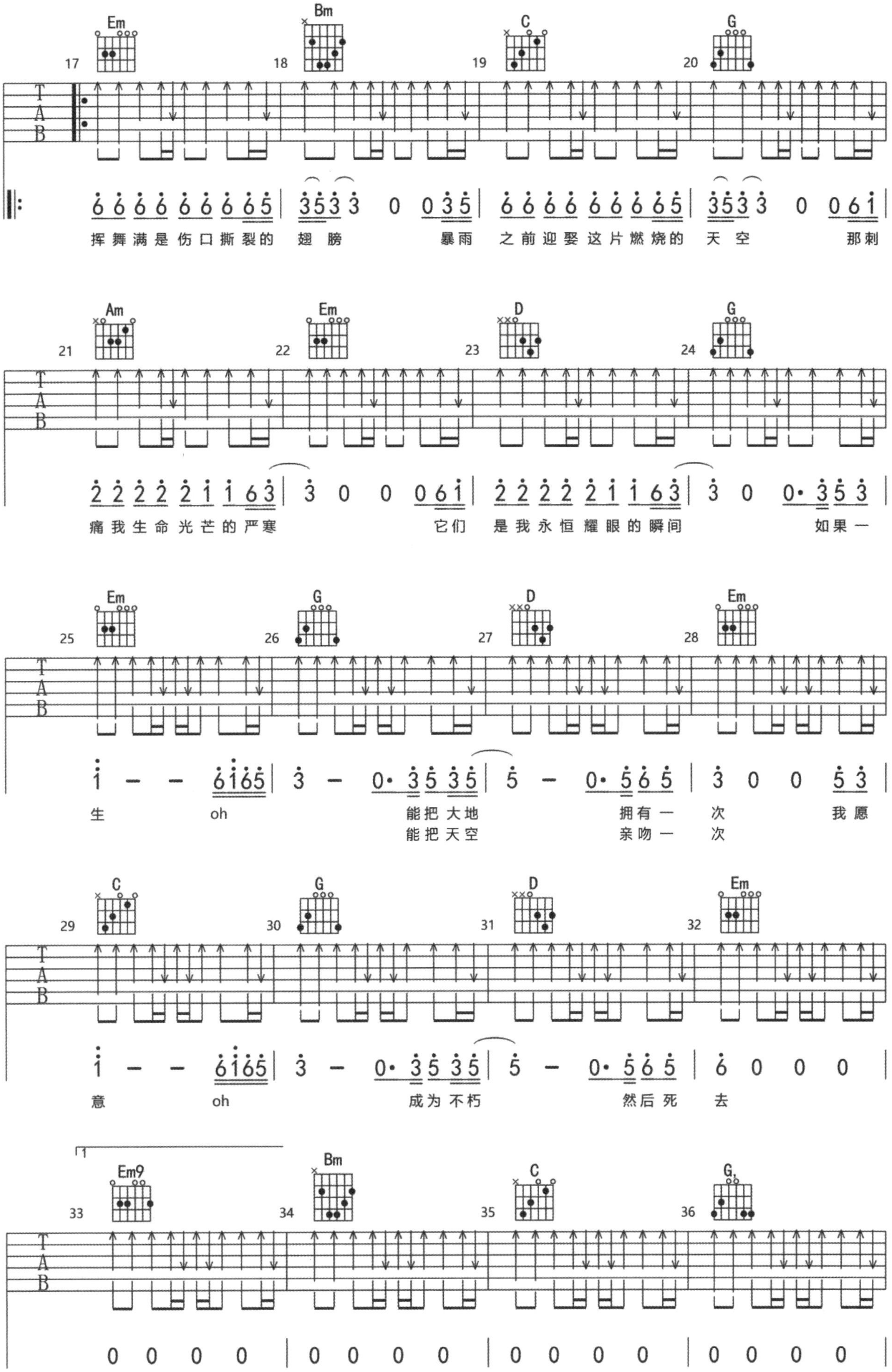
Em Bm C G
挥舞满是伤口撕裂的 翅 膀 暴雨 之前迎娶这片燃烧的 天 空 那刺
Am Em D G
痛我生命光芒的严寒 它们 是我永恒耀眼的瞬间 如果一
Em G D Em
生 oh 能把大地 拥有一 次 我愿
能把天空 亲吻一 次
C G D Em
意 oh 成为不朽 然后死 去
Em9 Bm C G

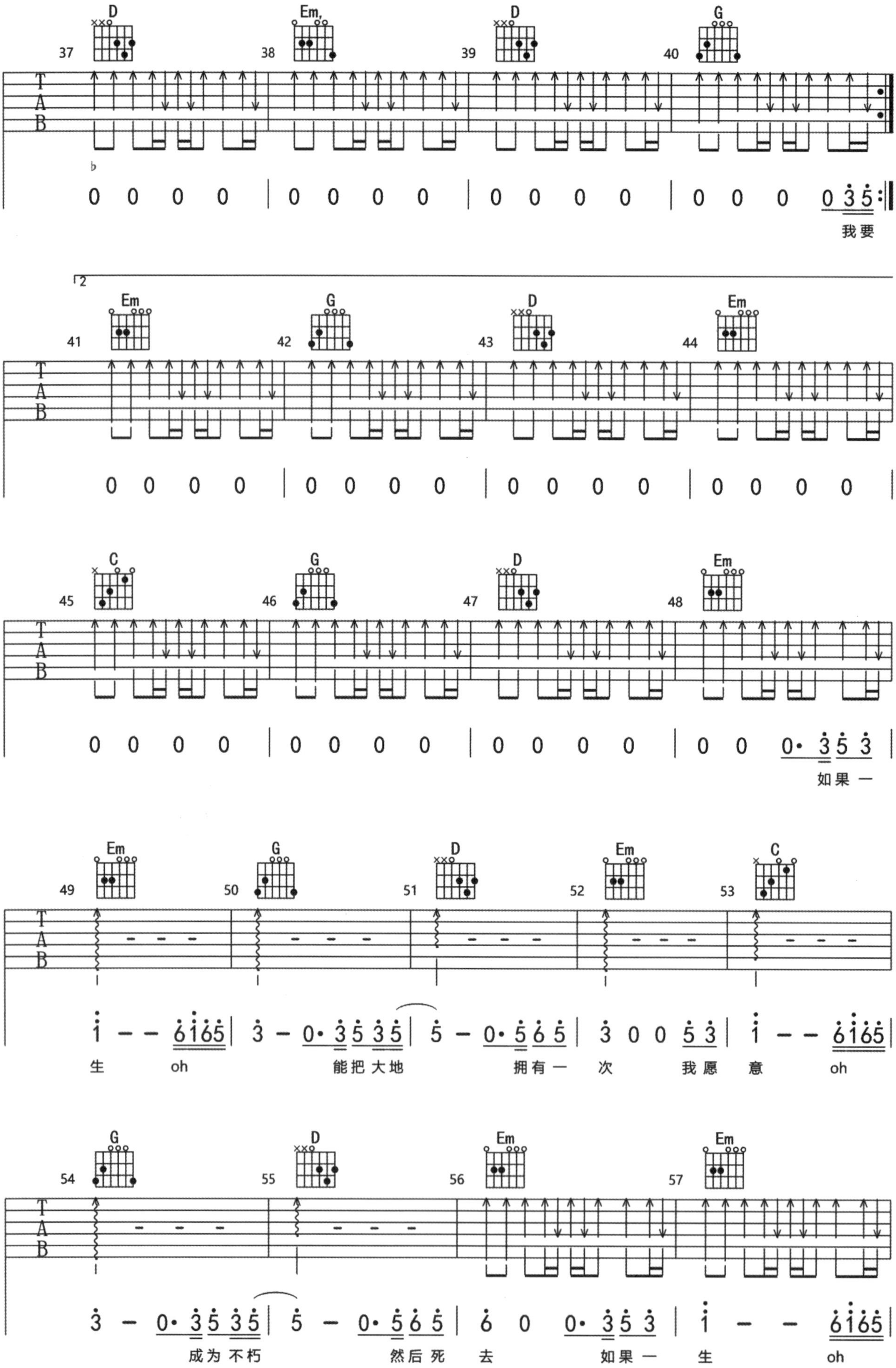
D Em D G
我要
Em G D Em
C G D Em
如果一
Em G D Em C
生 oh 能把大地 拥有一 次 我愿 意 oh
G D Em Em
成为不朽 然后死 去 如果一 生 oh

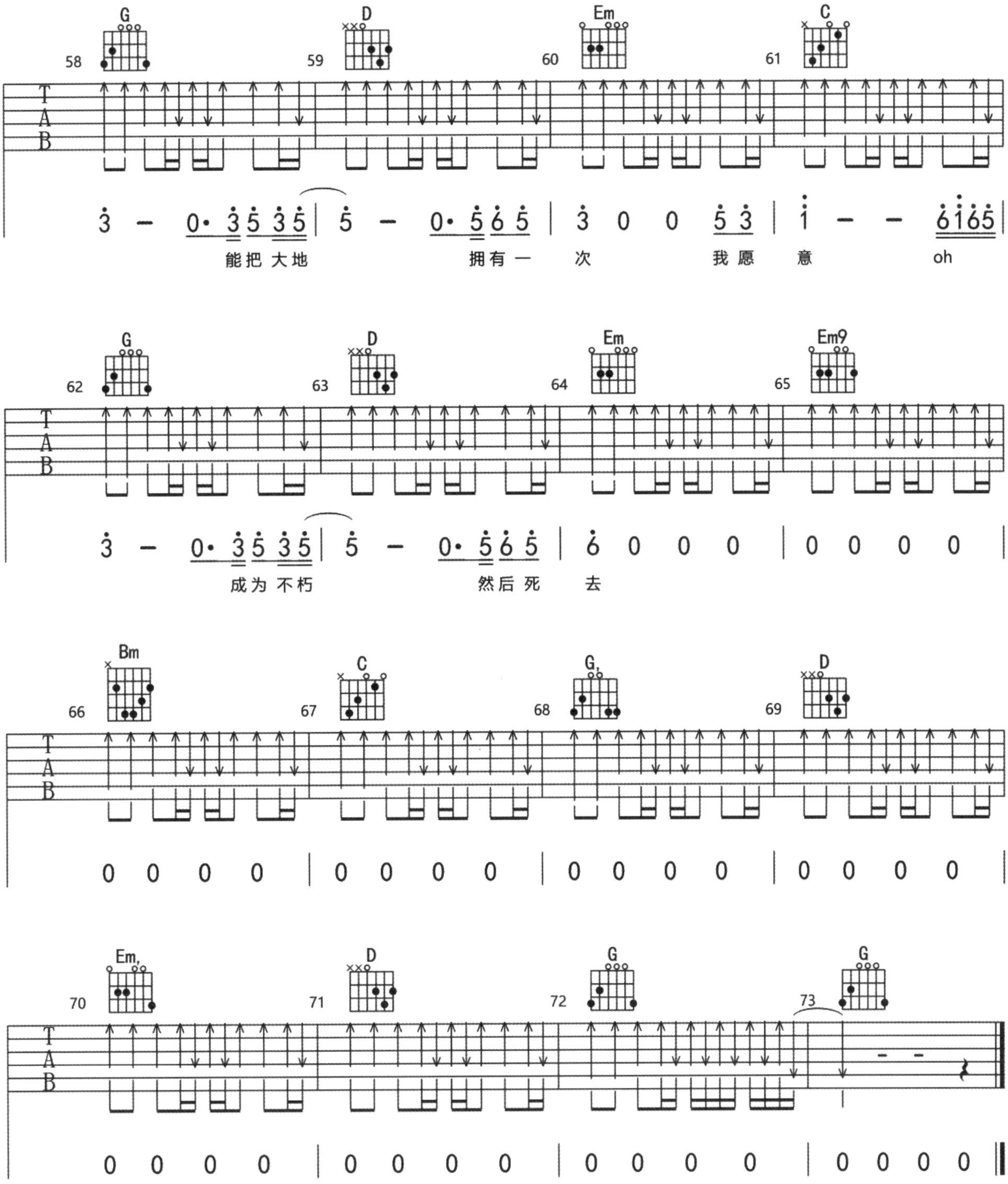
G D Em C
58 59 60 61
能把大地 拥有一 次 我愿 意 oh
G D Em Em9
62 63 64 65
成为不朽 然后死 去
Bm C G, D
66 67 68 69
Em, D G G
70 71 72 73

草莓时光 / STRAWBERRY TIME

卢庚戌 词 / 缪杰 卢庚戌 曲

原曲 A调 | 选调 G调 | Capo 2

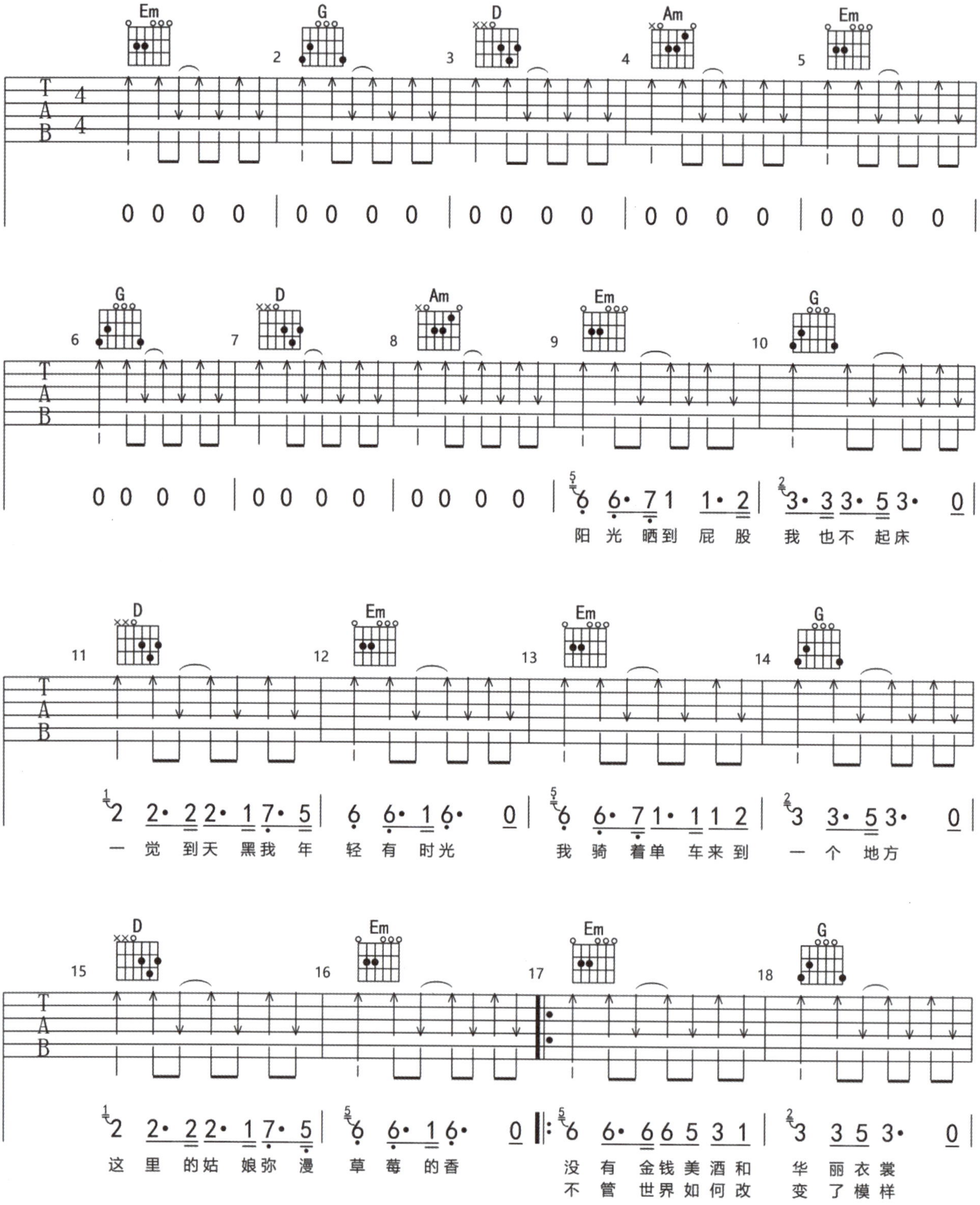

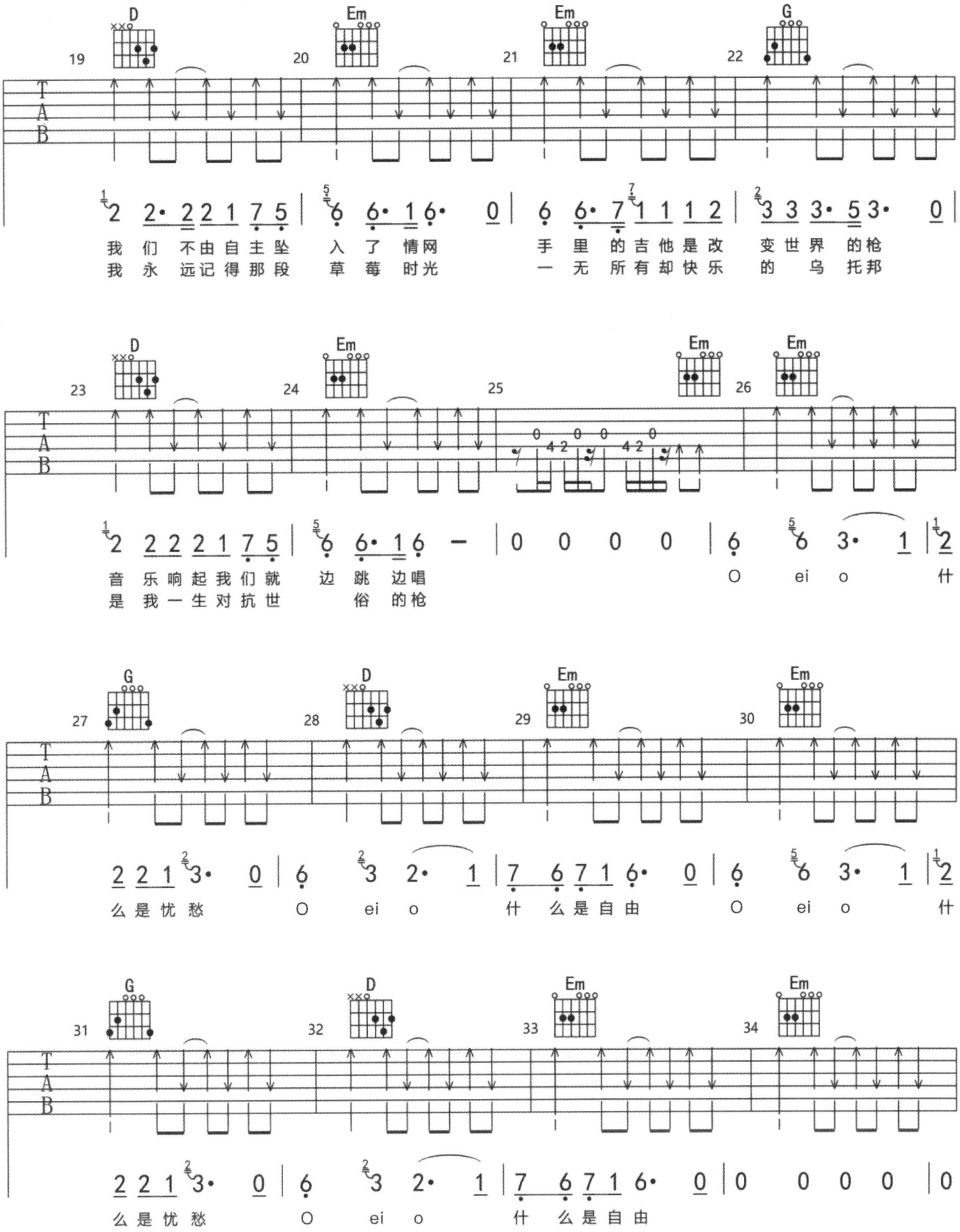
D Em Em G
我们不由自主坠入了情网 手里的吉他是改变世界的枪
我永远记得那段草莓时光 一无所有却快乐的乌托邦
D Em Em Em
音乐响起我们就边跳边唱 O ei o 什
是我一生对抗世俗的枪
G D Em Em
么是忧愁 O ei o 什么是自由 O ei o 什
G D Em Em
么是忧愁 O ei o 什么是自由

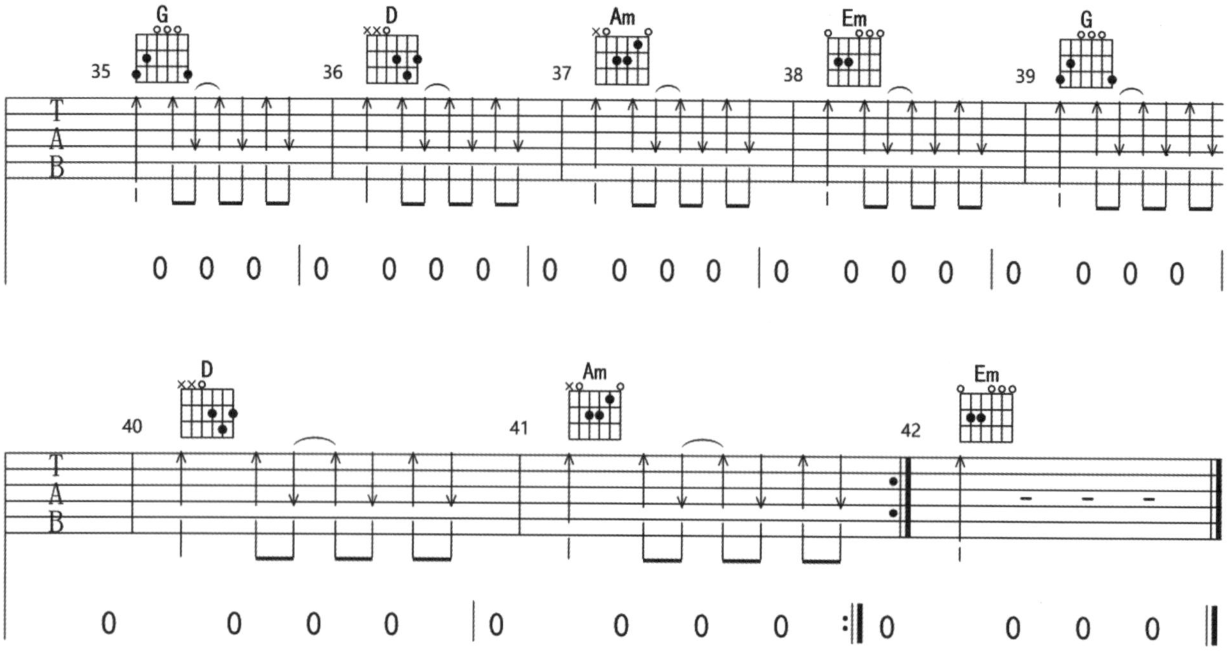
35
G
36
D
37
Am
38
Em
39
G
T
A
B
0 0 0 0 0 0 0 0 0 0 0 0 0 0 0 0 0 0 0
40
D
41
Am
42
Em
T
A
B
0 0 0 0 0 0 0 0 0 0 0 0

手里的吉他是治愈

失败者之歌 / THE SONG OF FAILURE

诺布朗杰 卢庚戌 词 / 卢庚戌 曲

原曲 A调 | 选调 G调 | Capo 2

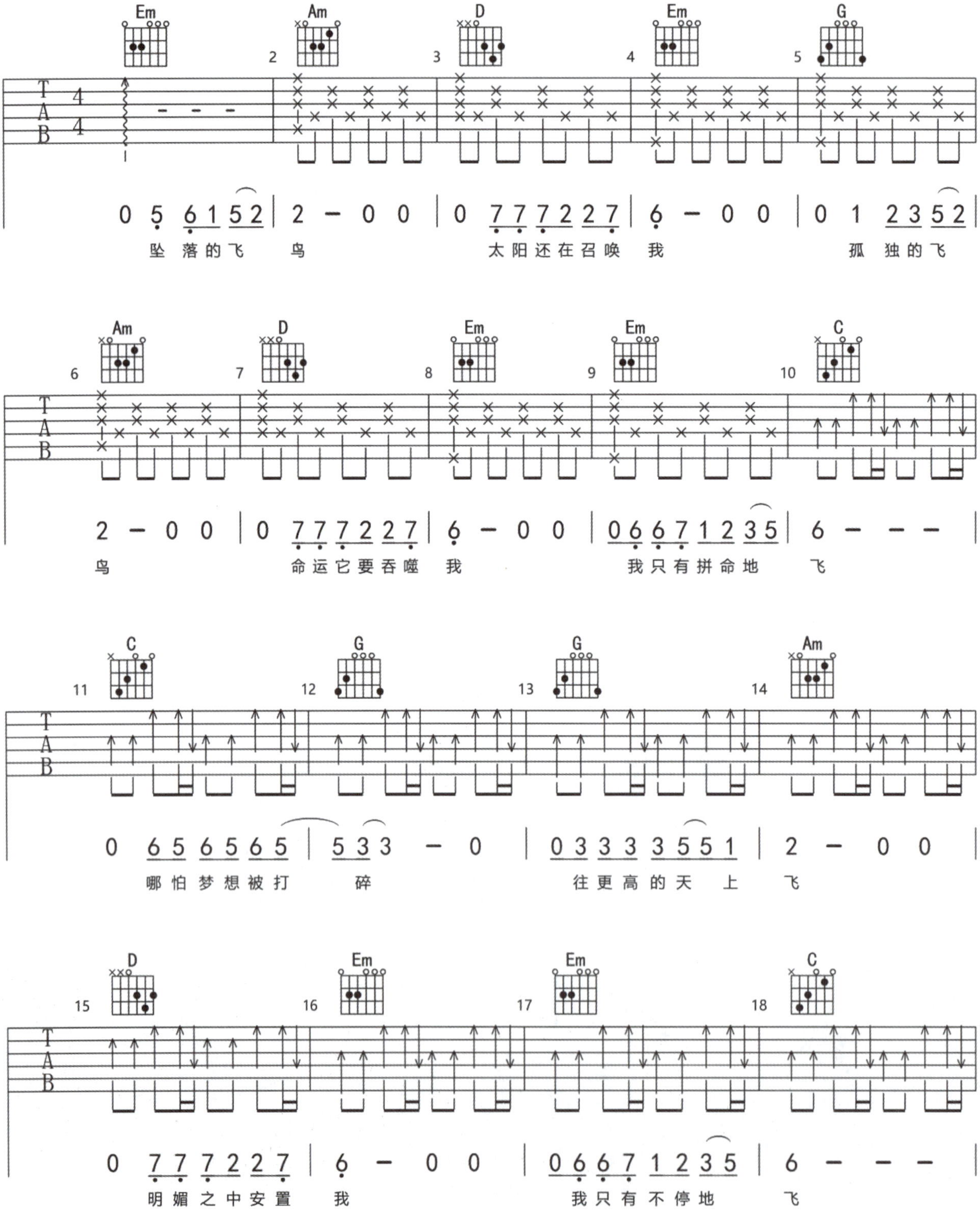

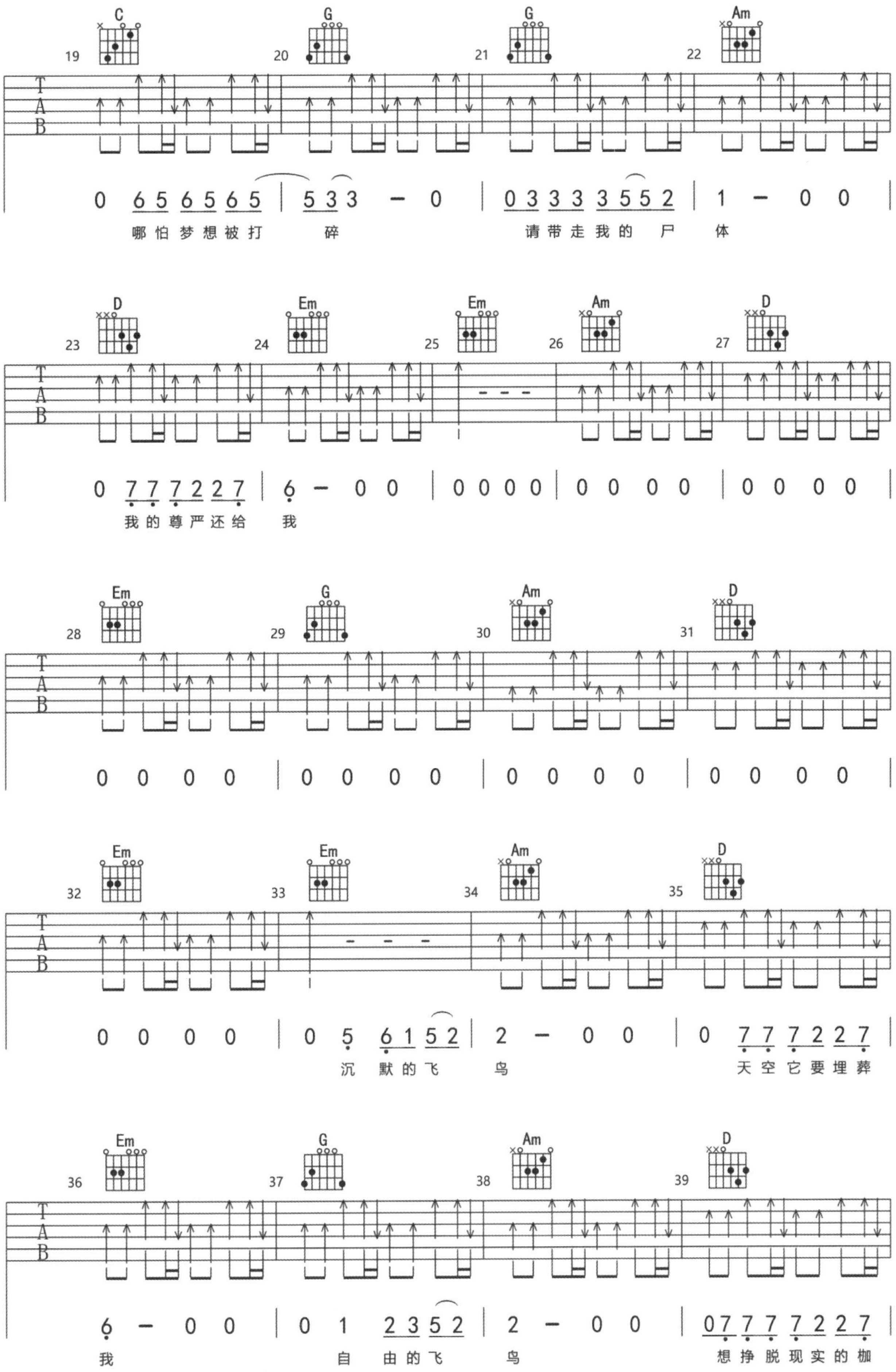
C G G Am
哪怕梦想被打 碎 请带走我的 尸 体
D Em Em Am D
我的尊严还给 我
Em G Am D
Em Em Am D
沉 默的飞 鸟 天空它要埋葬
Em G Am D
我 自 由的飞 鸟 想挣脱现实的枷

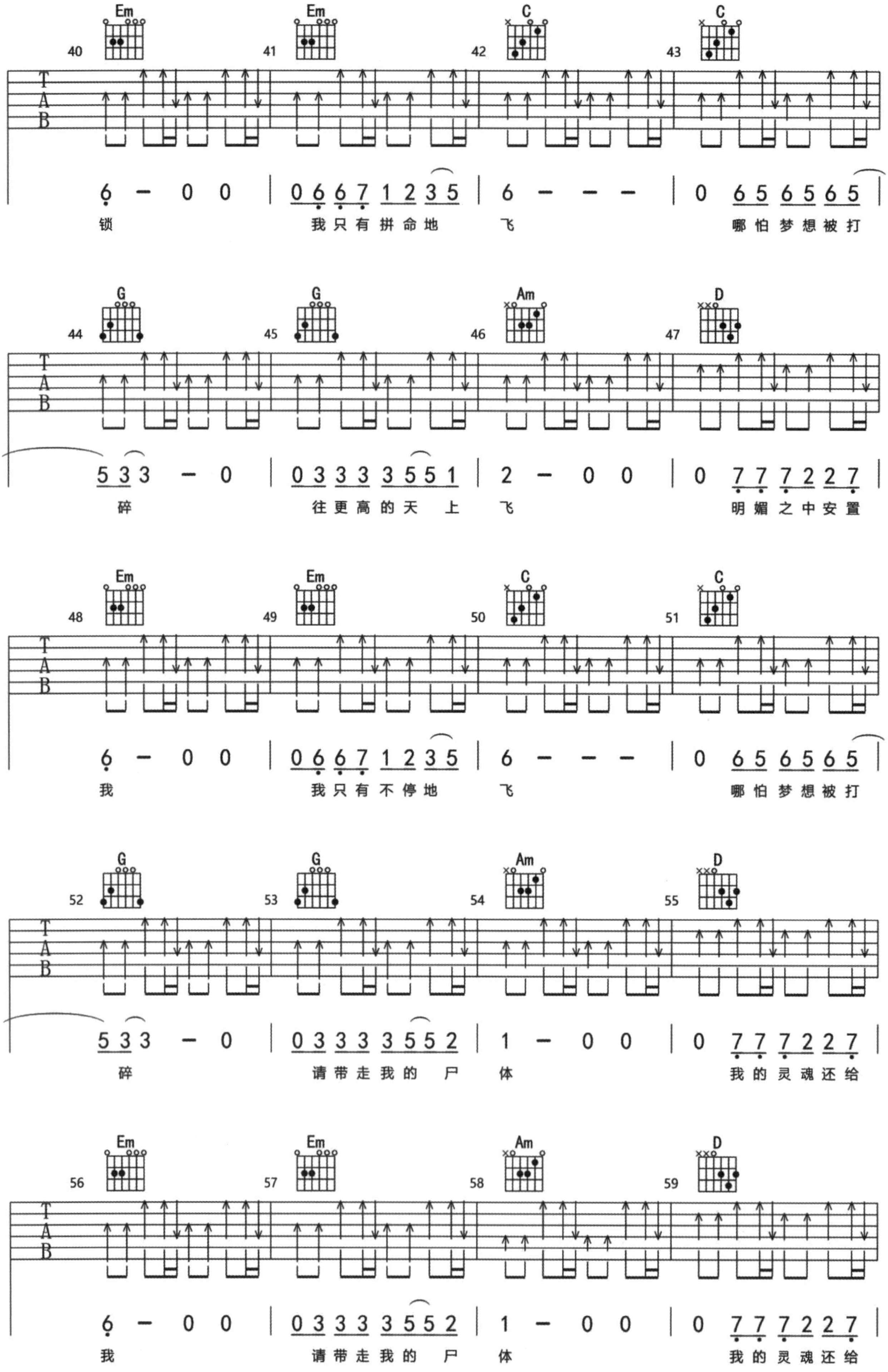
Em Em C C
锁 我只有拼命地 飞 哪怕梦想被打
G G Am D
碎 往更高的天 上 飞 明媚之中安置
Em Em C C
我 我只有不停地 飞 哪怕梦想被打
G G Am D
碎 请带走我的 尸 体 我的灵魂还给
Em Em Am D
我 请带走我的 尸 体 我的灵魂还给

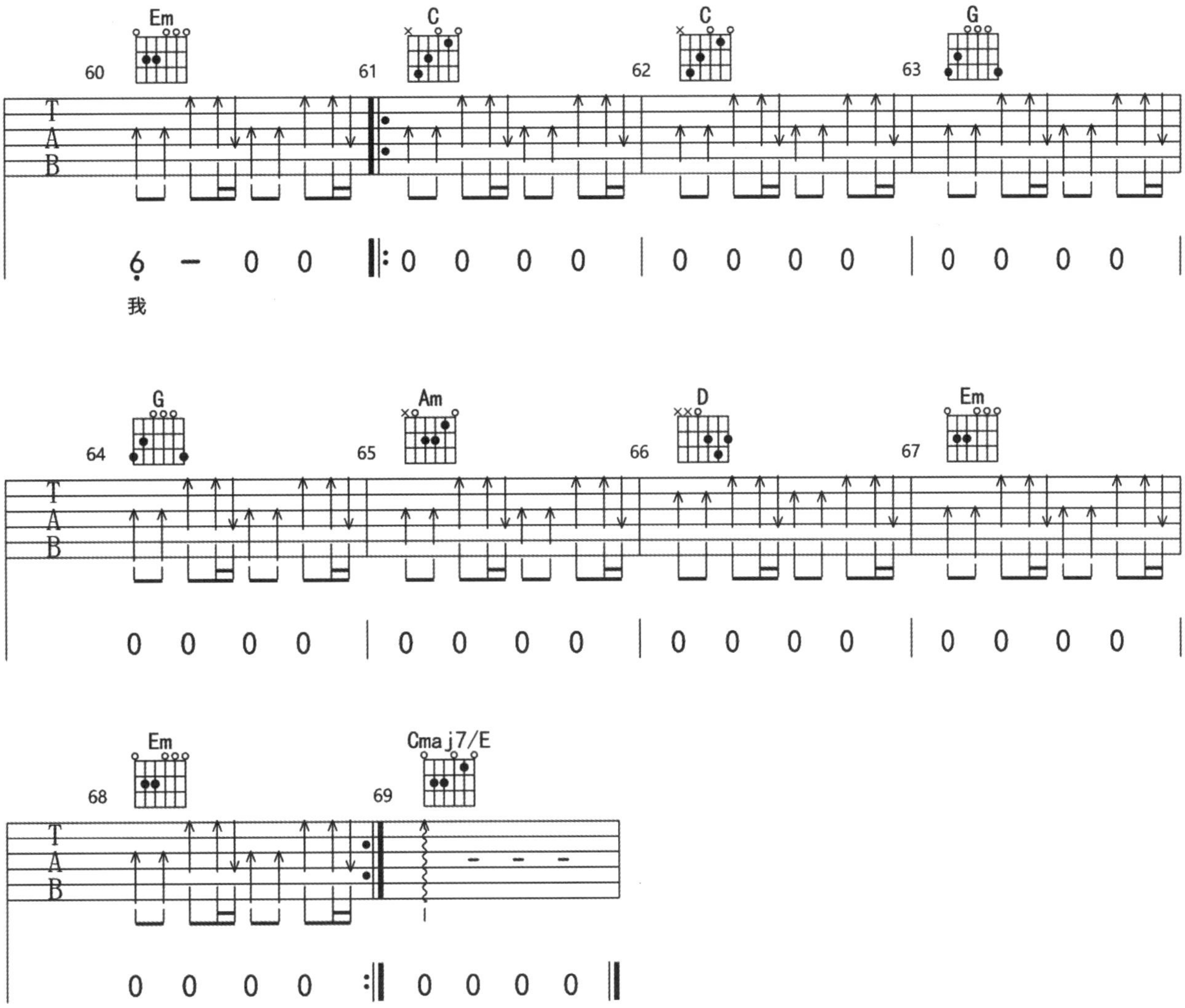
Em
60
C
61
C
62
G
63
我
G
64
Am
65
D
66
Em
67
Em
68
Cmaj7/E
69

鱼说 / THE FISH SAID

陈秋桦 词/曲

原曲 ♭E调 | 选调 C调 | Capo 3

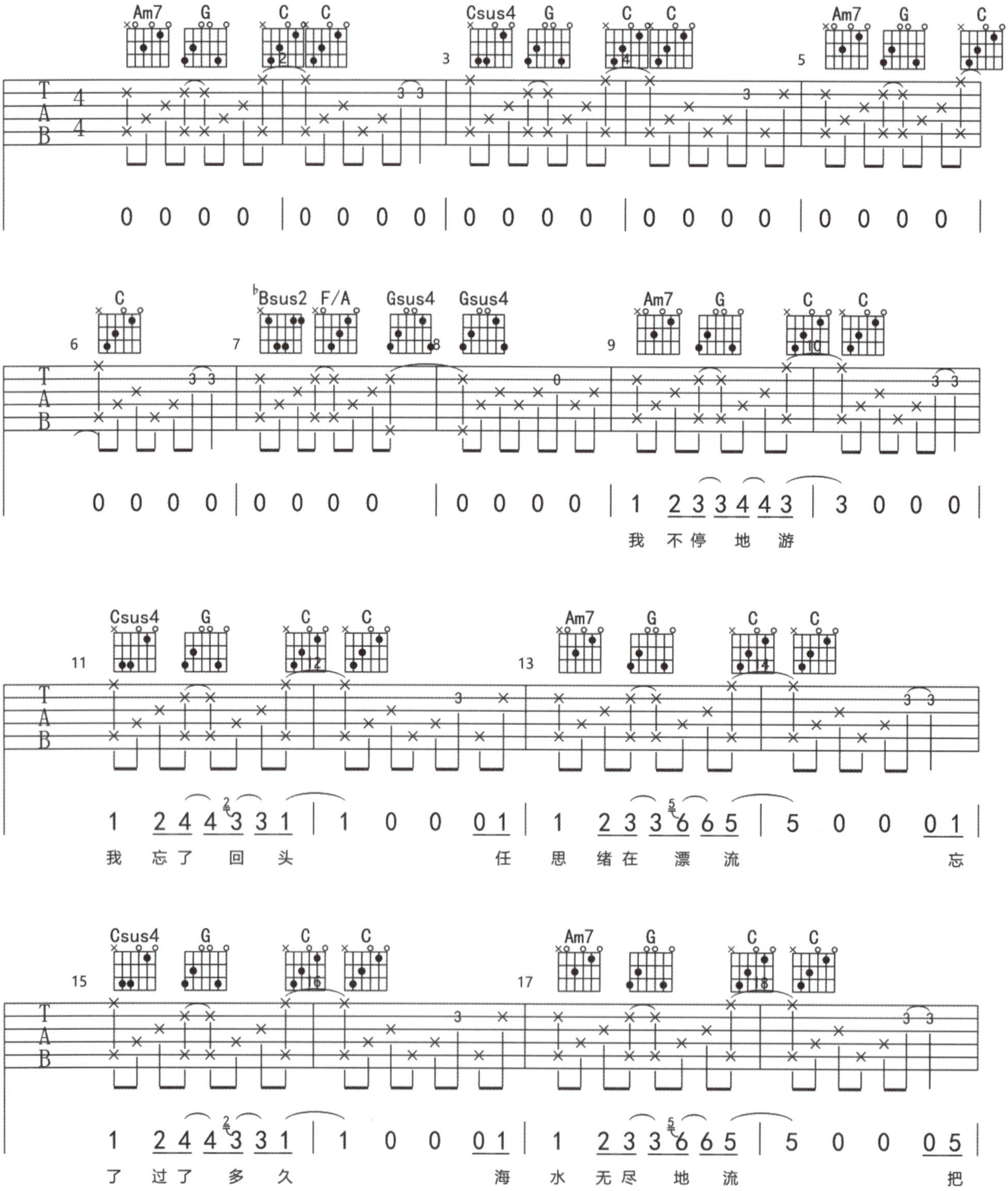

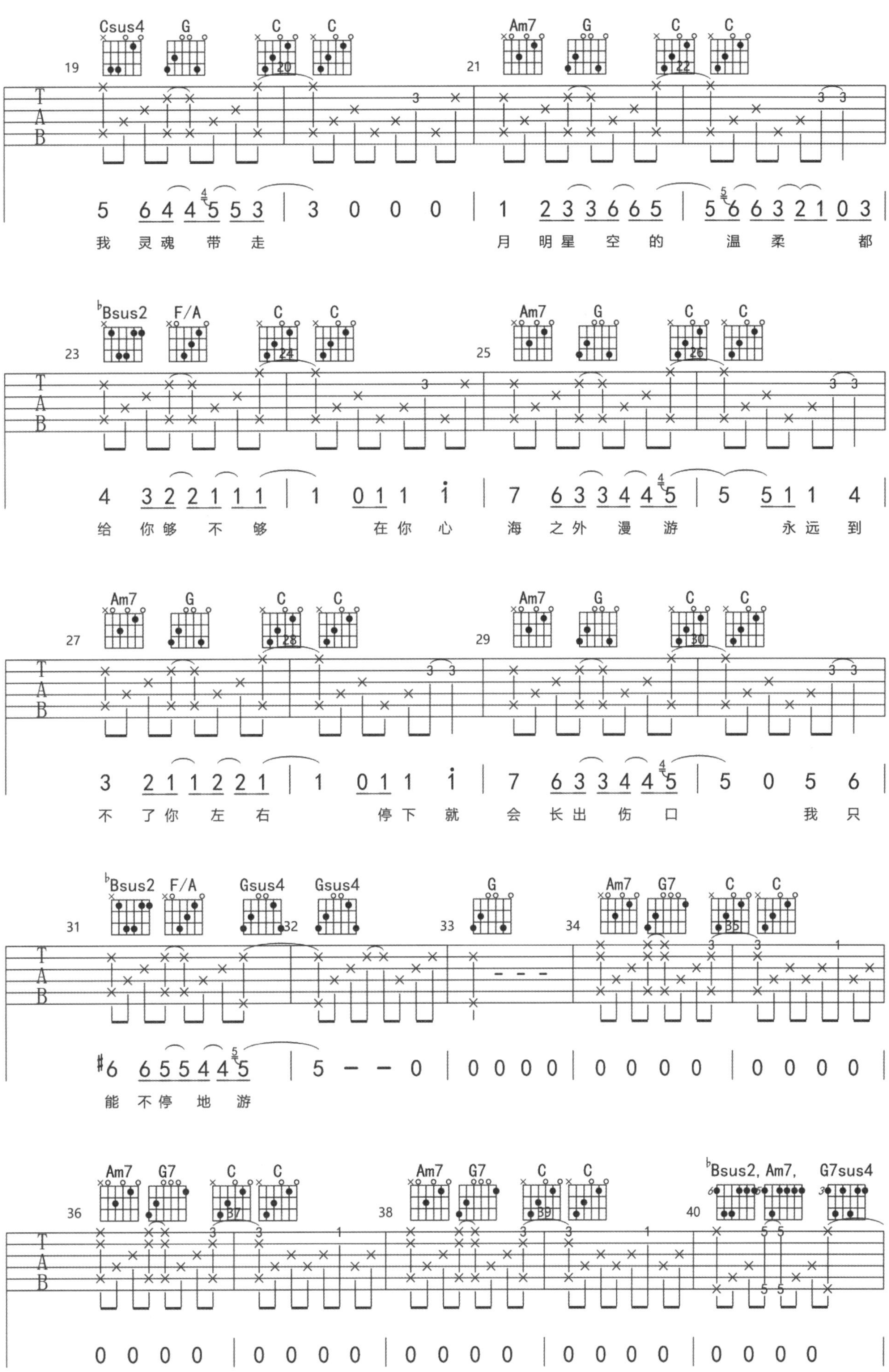
Csus4 G C C Am7 G C C
我灵魂带走
月明星空的温柔都
♭Bsus2 F/A C C Am7 G C C
给你够不够
在你心
海之外漫游
永远到
Am7 G C C Am7 G C C
不了你左右
停下就
会长出伤口
我只
♭Bsus2 F/A Gsus4 Gsus4 G Am7 G7 C C
能不停地游
Am7 G7 C C Am7 G7 C C ♭Bsus2, Am7, G7sus4

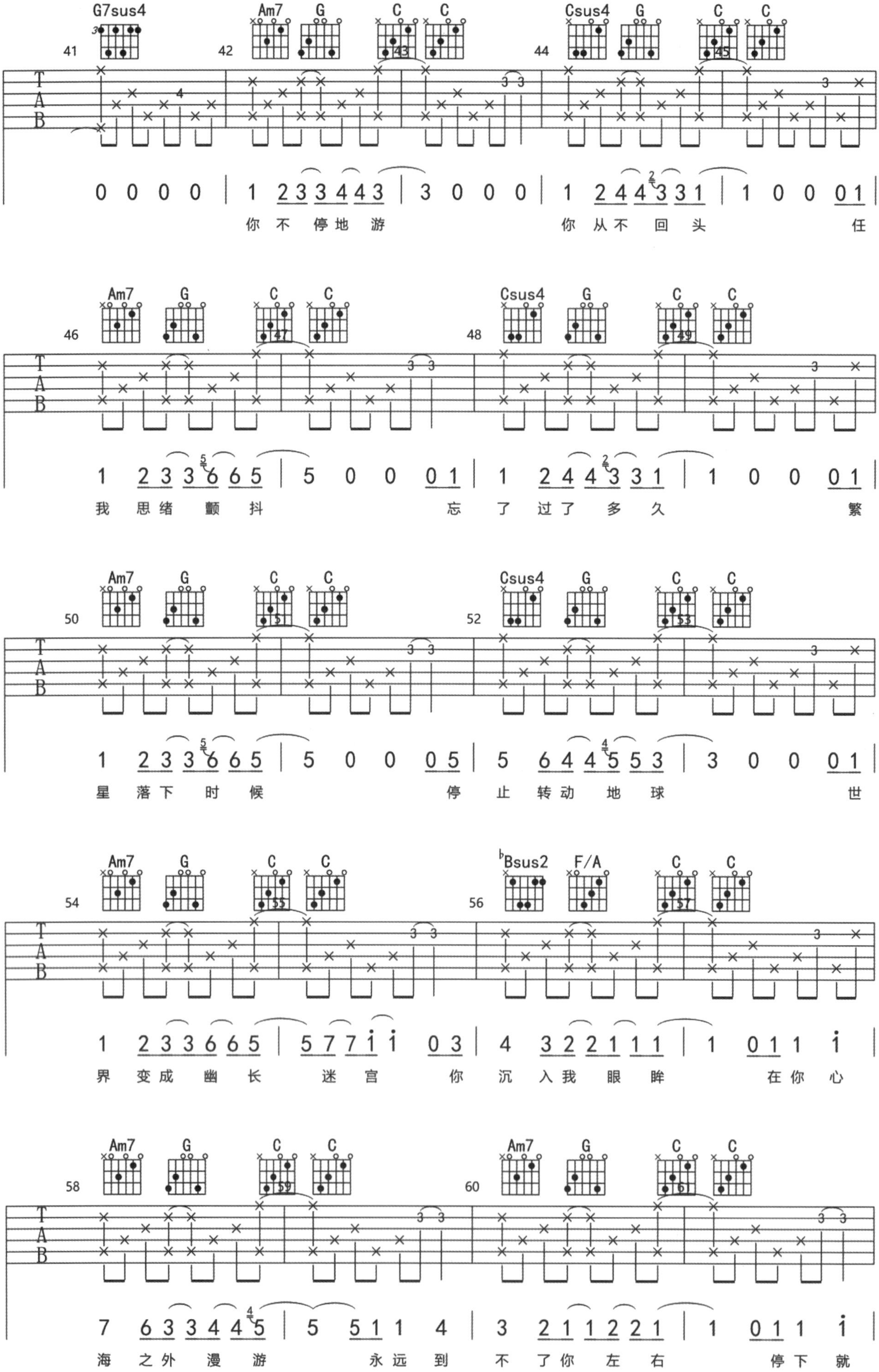
41 G7sus4
42 Am7 G C C
你不停地游
44 Csus4 G C C
你从不回头 任
46 Am7 G C C
我思绪颤抖 忘
48 Csus4 G C C
了过了多久 繁
50 Am7 G C C
星落下时候 停
52 Csus4 G C C
止转动地球 世
54 Am7 G C C
界变成幽长 迷宫 你
56 ♭Bsus2 F/A C C
沉入我眼眸 在你心
58 Am7 G C C
海之外漫游 永远到
60 Am7 G C C
不了你左右 停下就

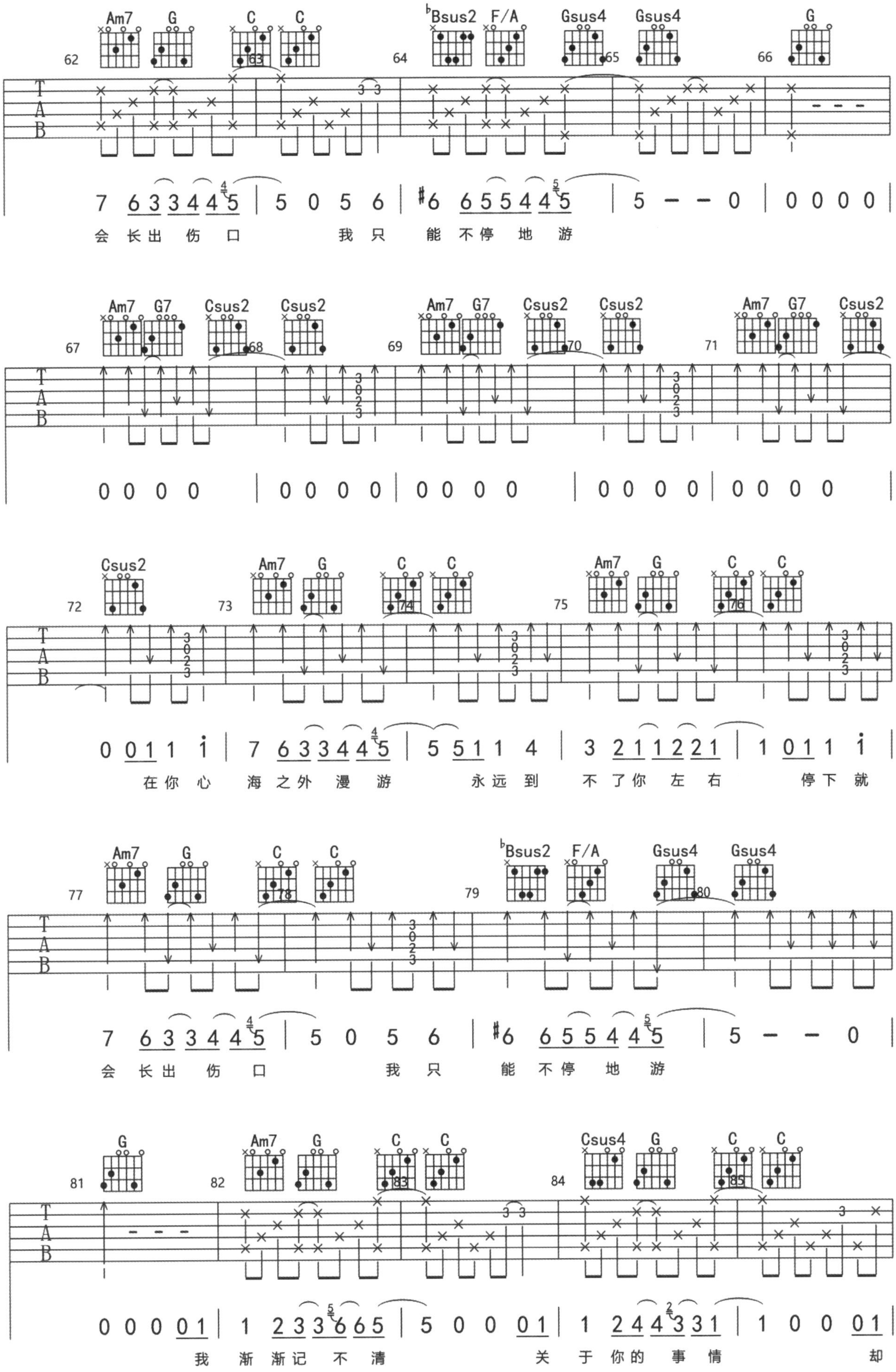
Am7 G C C ♭Bsus2 F/A Gsus4 Gsus4 G
会长出伤口 我只 能不停地游
Am7 G7 Csus2 Csus2 Am7 G7 Csus2 Csus2 Am7 G7 Csus2
Csus2 Am7 G C C Am7 G C C
在你心 海之外漫 游 永远到 不了你左右 停下就
Am7 G C C ♭Bsus2 F/A Gsus4 Gsus4
会长出伤口 我只 能不停地游
G Am7 G C C Csus4 G C C
我 渐渐记不清 关 于你的事情 却

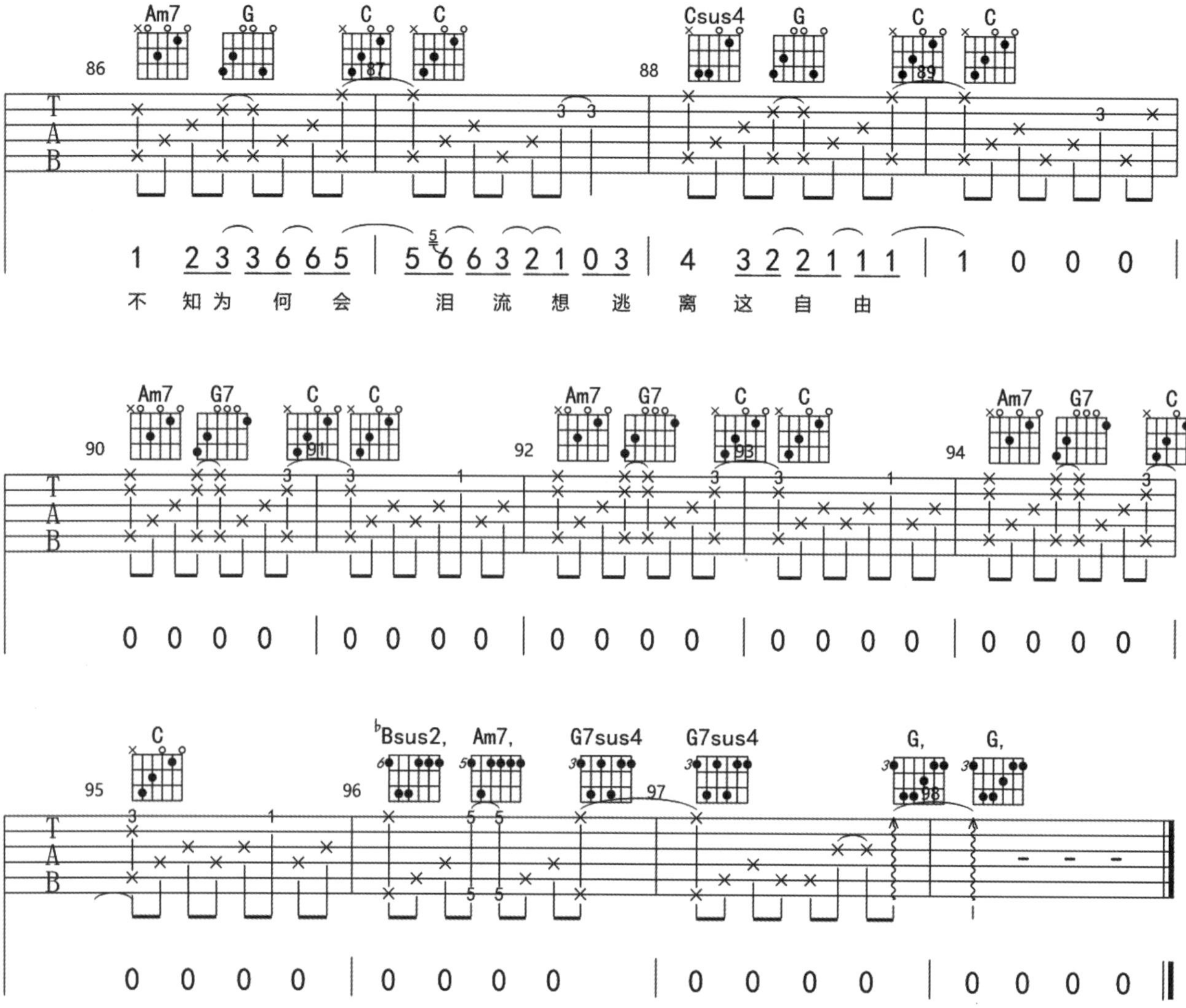
Am7 G C C Csus4 G C C
1 2 3 3 6 6 5 | 5 6 6 3 2 1 0 3 | 4 3 2 2 1 1 1 | 1 0 0 0 |
不 知为 何 会 泪 流 想 逃 离 这 自 由
Am7 G7 C C Am7 G7 C C Am7 G7 C
0 0 0 0 | 0 0 0 0 | 0 0 0 0 | 0 0 0 0 | 0 0 0 0 |
C ♭Bsus2, Am7, G7sus4 G7sus4 G, G,
0 0 0 0 | 0 0 0 0 | 0 0 0 0 | 0 0 0 0 ‖

纸船谣 / BALLAD OF PAPER BOAT

陈秋桦 词/曲

原曲 C调 | 选调 C调 | Capo 0

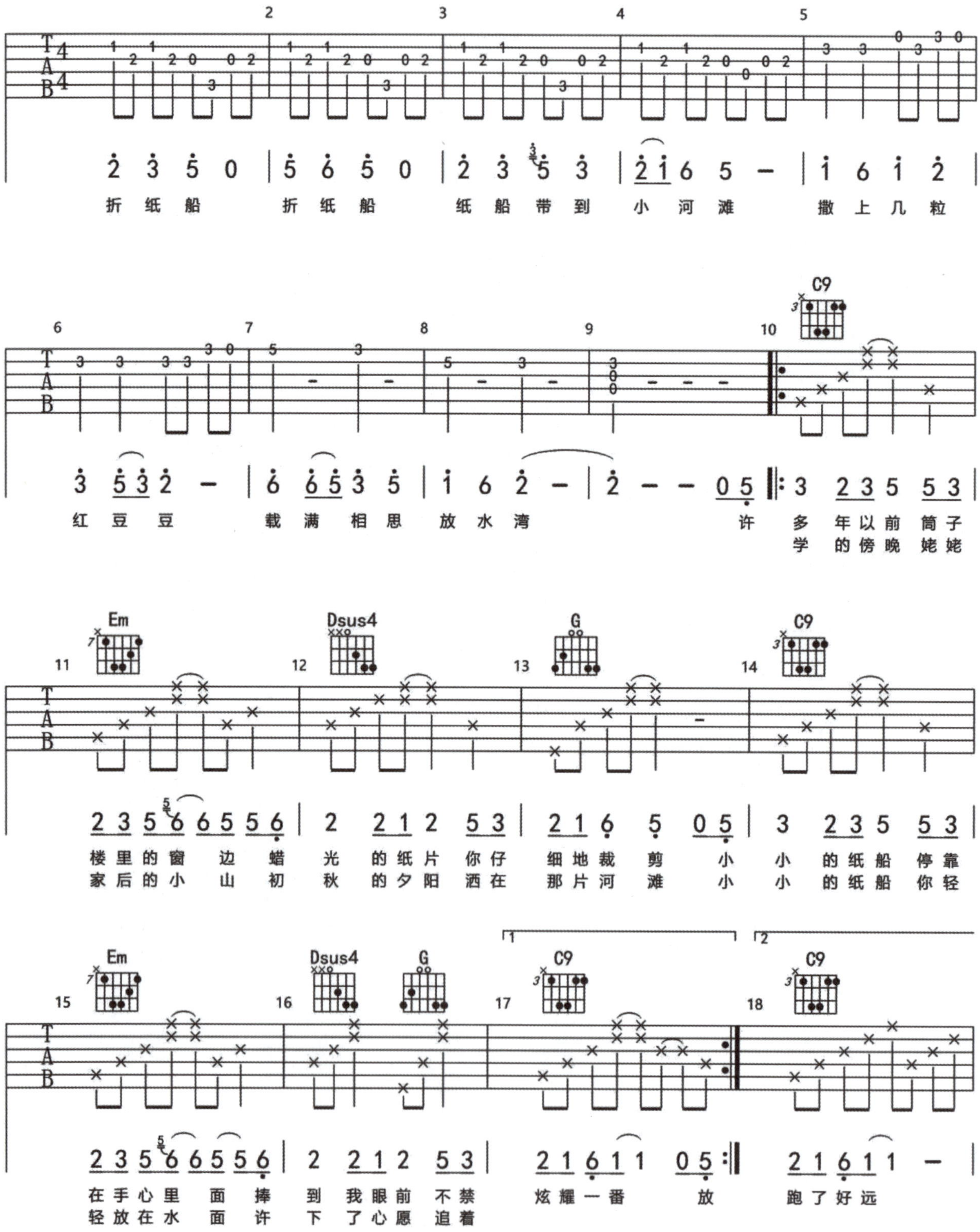

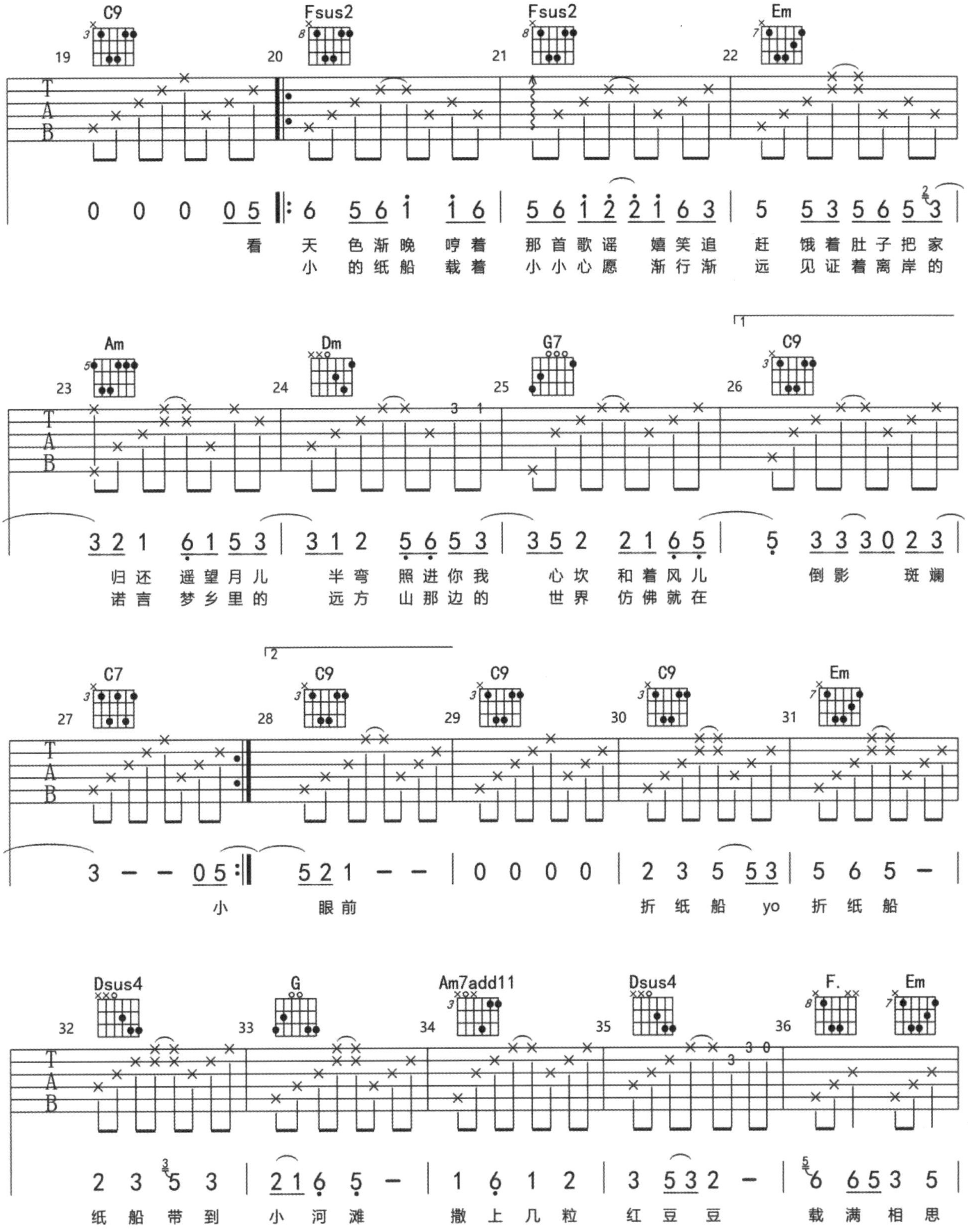

C9 Fsus2 Fsus2 Em
看 天 色渐晚 哼着 那首歌谣 嬉笑追 赶 饿着肚子把家
小 的纸船 载着 小小心愿 渐行渐 远 见证着离岸的
Am Dm G7 C9
归还 遥望月儿 半弯 照进你我 心坎 和着风儿 倒影 斑斓
诺言 梦乡里的 远方 山那边的 世界 仿佛就在
C7 C9 C9 C9 Em
小 眼前 折纸船 yo 折纸船
Dsus4 G Am7add11 Dsus4 F. Em
纸船带到 小河滩 撒上几粒 红豆豆 载满相思

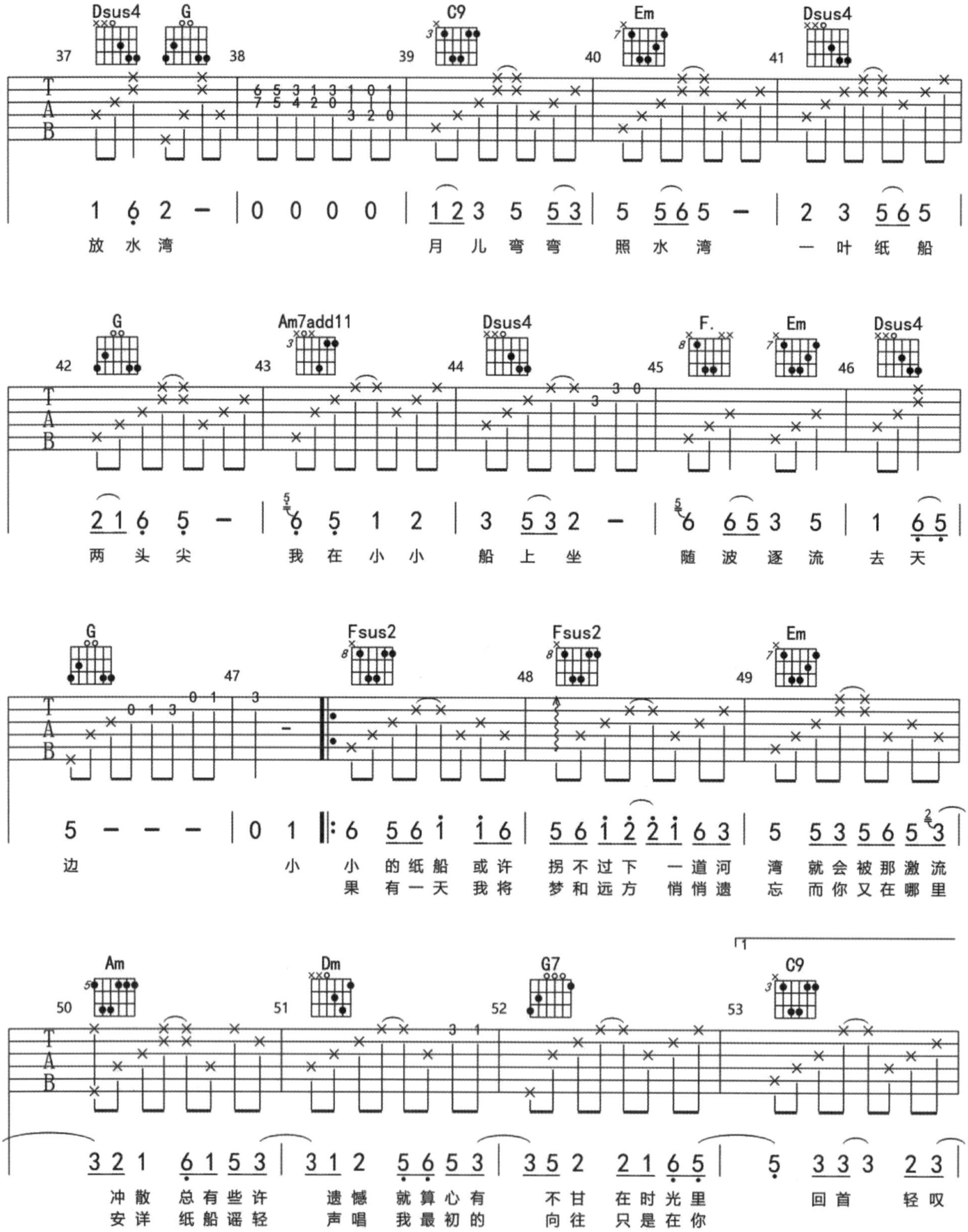
Dsus4 G C9 Em Dsus4
放水湾 月儿弯弯 照水湾 一叶纸船
G Am7add11 Dsus4 F. Em Dsus4
两头尖 我在小小 船上坐 随波逐流 去天
G Fsus2 Fsus2 Em
边 小 小的纸船 或许 拐不过下 一道河 湾 就会被那激流
果 有一天 我将 梦和远方 悄悄遗 忘 而你又在哪里
Am Dm G7 C9
冲散 总有些许 遗憾 就算心有 不甘 在时光里 回首 轻叹
安详 纸船谣轻 声唱 我最初的 向往 只是在你

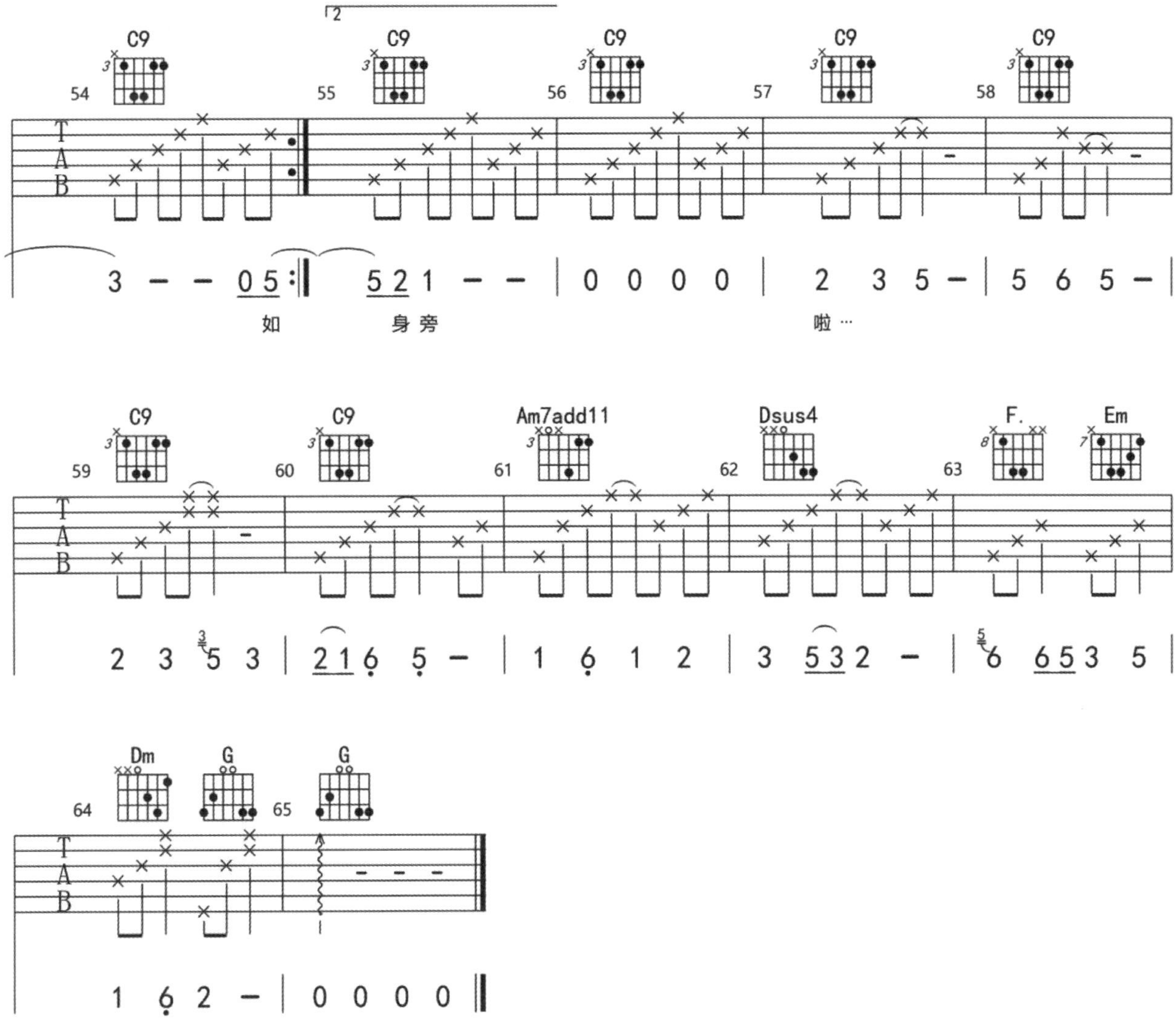
C9
54
3 – – 0 5
如
2
C9
55
5 2 1 – –
身旁
C9
56
0 0 0 0
C9
57
2 3 5 –
啦…
C9
58
5 6 5 –
C9
59
2 3 5 3
C9
60
2 1 6 5 –
Am7add11
61
1 6 1 2
Dsus4
62
3 5 3 2 –
F.
Em
63
6 6 5 3 5
Dm
G
64
1 6 2 –
G
65
0 0 0 0

四方 / ALL DIRECTIONS

刘凤瑶 王健美 祝何 词 / 刘凤瑶 曲

原曲 A调 | 选调 G调 | Capo 2

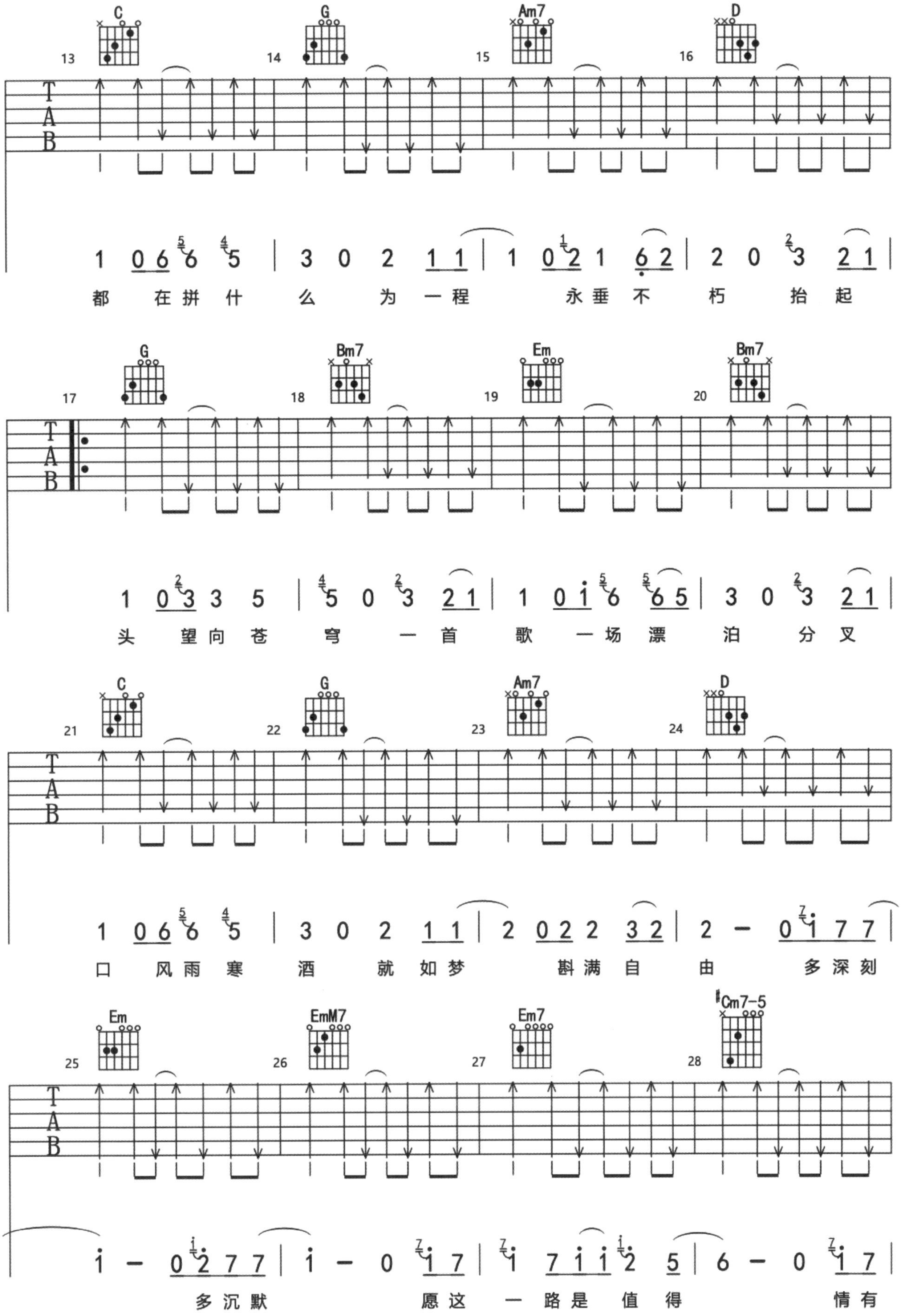
C G Am7 D
都在拼什么 为一程 永垂不朽 抬起
G Bm7 Em Bm7
头望向苍穹 一首歌 一场漂泊 分叉
C G Am7 D
口风雨寒酒 就如梦 斟满自由 多深刻
Em EmM7 Em7 #Cm7-5
多沉默 愿这 一路是值得 情有

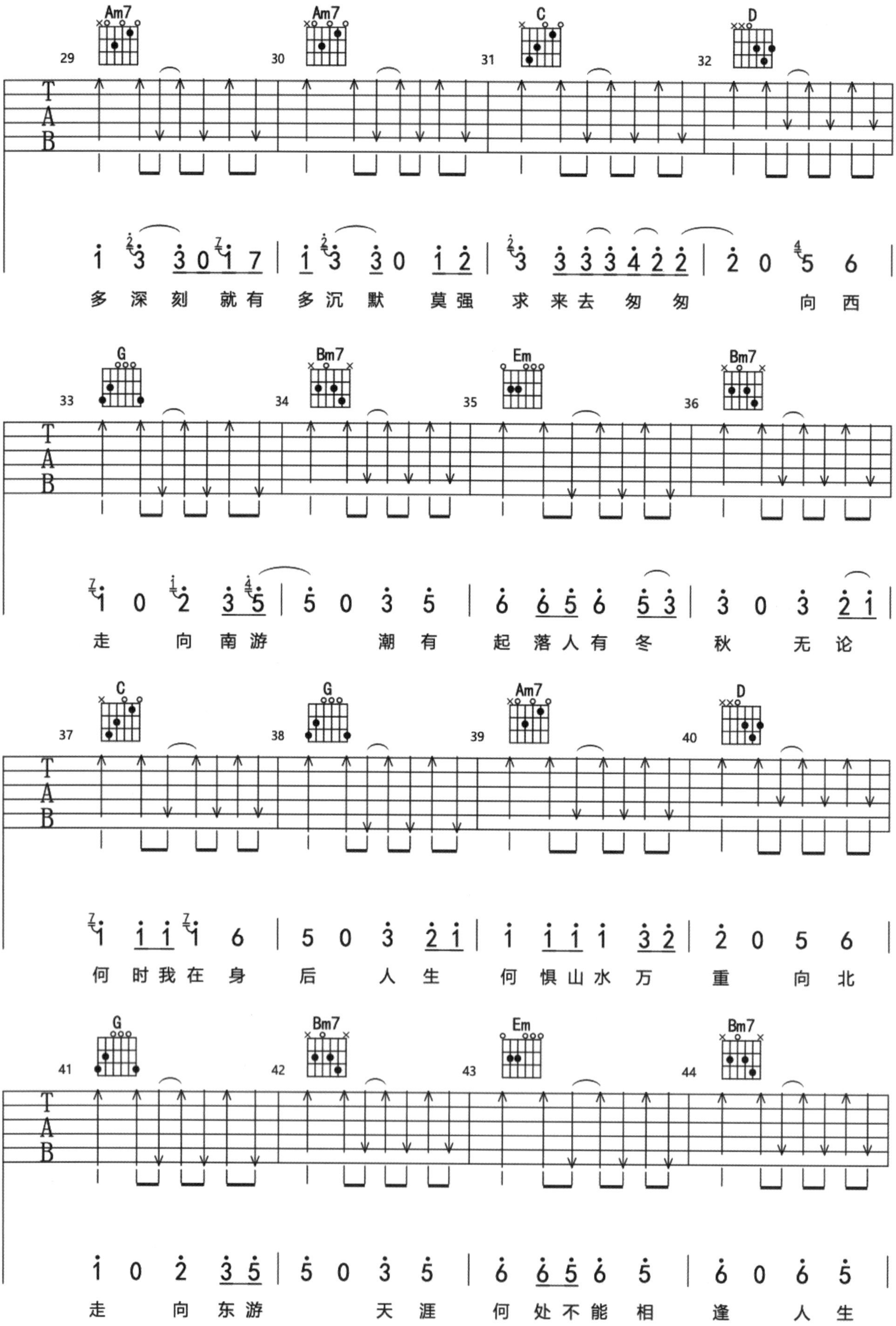
Am7 Am7 C D
多深刻 就有 多沉默 莫强 求来去 匆 匆 向西
G Bm7 Em Bm7
走 向南游 潮有 起落人有 冬 秋 无论
C G Am7 D
何时我在身 后 人生 何惧山水万 重 向北
G Bm7 Em Bm7
走 向东游 天涯 何处不能 相 逢 人生

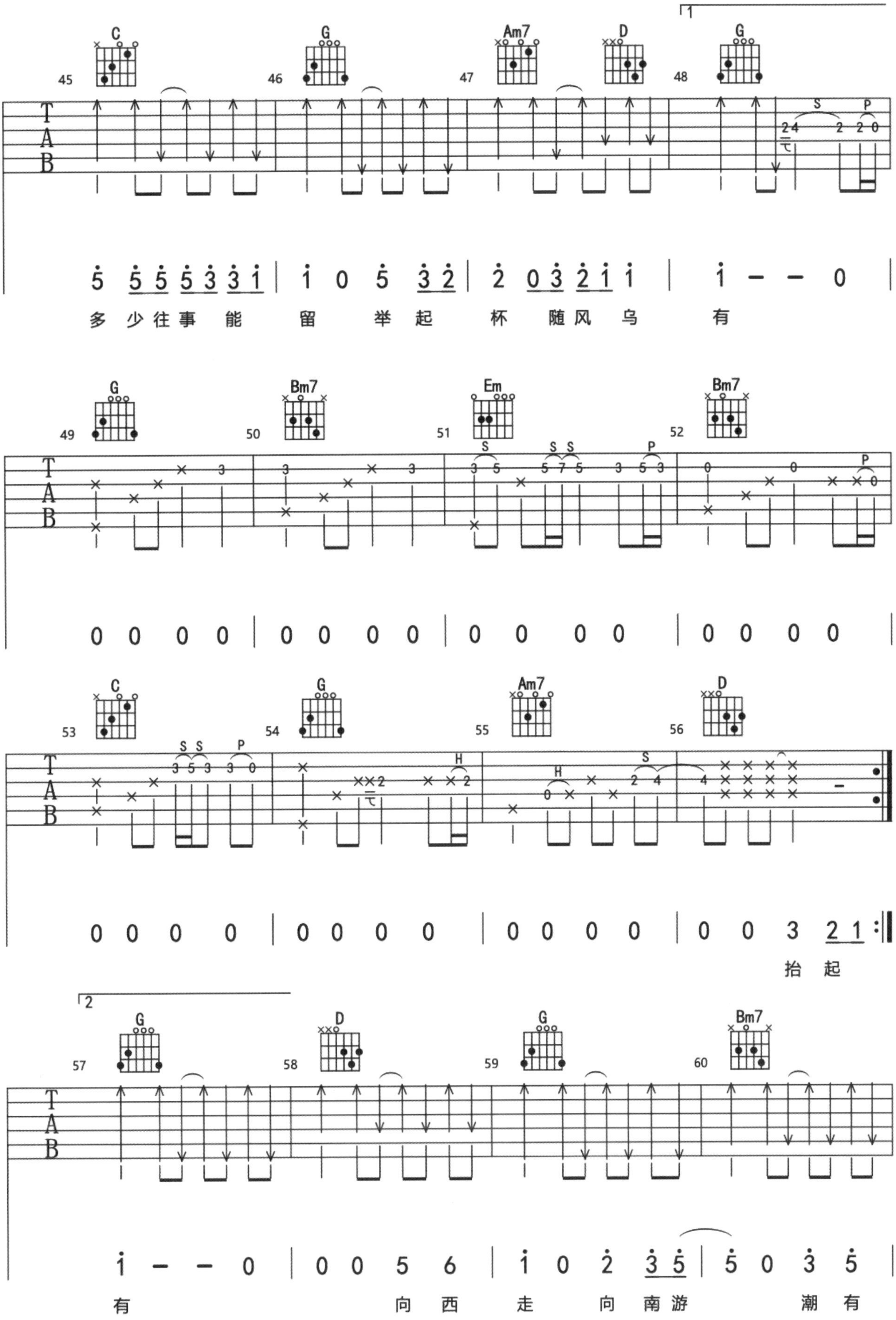
C G Am7 D G
多少往事能 留 举 起 杯 随风乌 有
G Bm7 Em Bm7
C G Am7 D
抬 起
G D G Bm7
有 向 西 走 向 南 游 潮 有

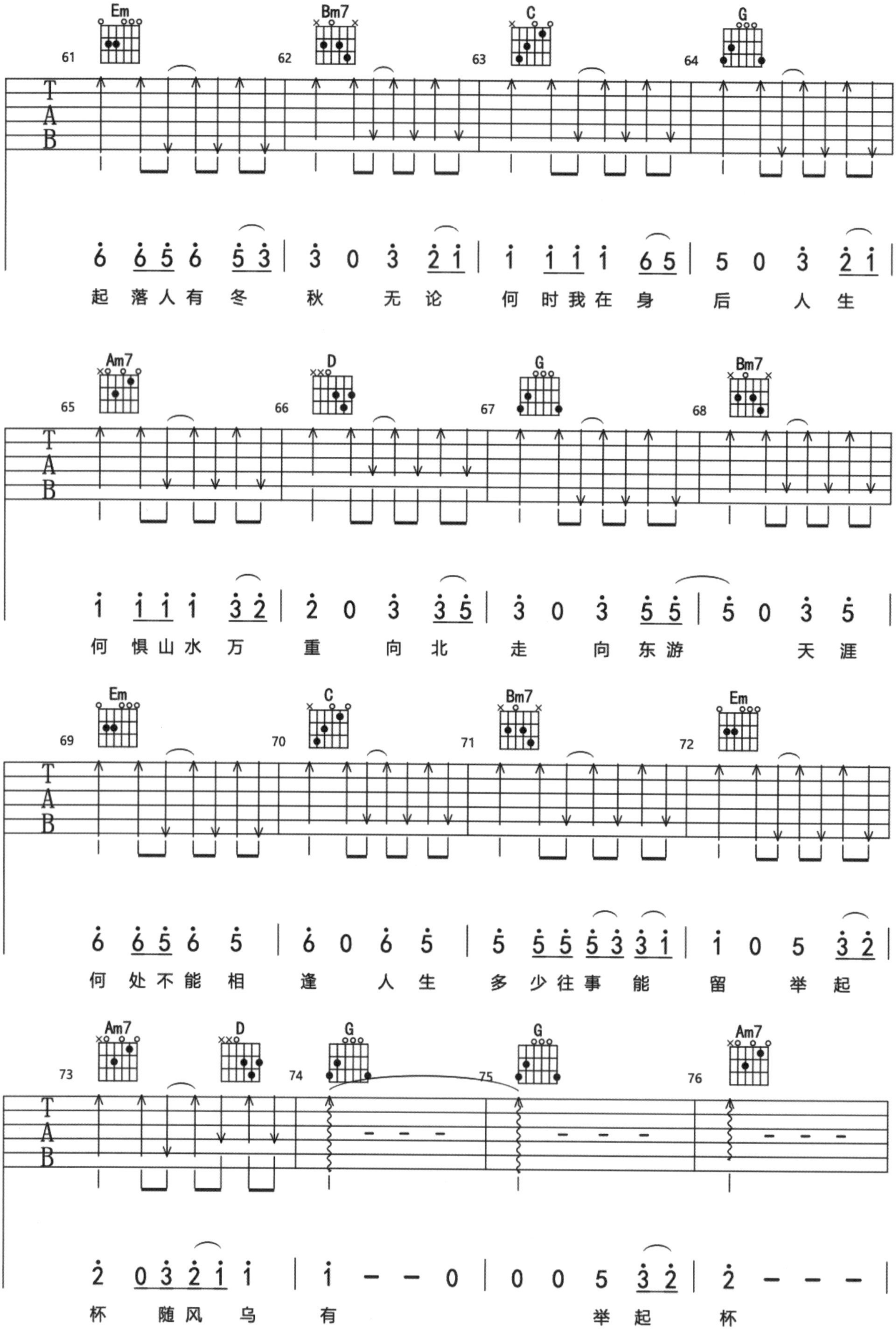
Em Bm7 C G
起落人有冬 秋 无论 何时我在身 后 人生
Am7 D G Bm7
何惧山水万 重 向北 走 向东游 天涯
Em C Bm7 Em
何处不能相 逢 人生 多少往事能 留 举起
Am7 D G G Am7
杯 随风乌 有 举起 杯

D
G
Bm7
Em
随风 乌 有
Bm7
C
G
Am7
D
G

海峡爱情1949 / STRAIT LOVE 1949

卢庚戌 词/曲

原曲 ♭D调 | 选调 C调 | Capo 1

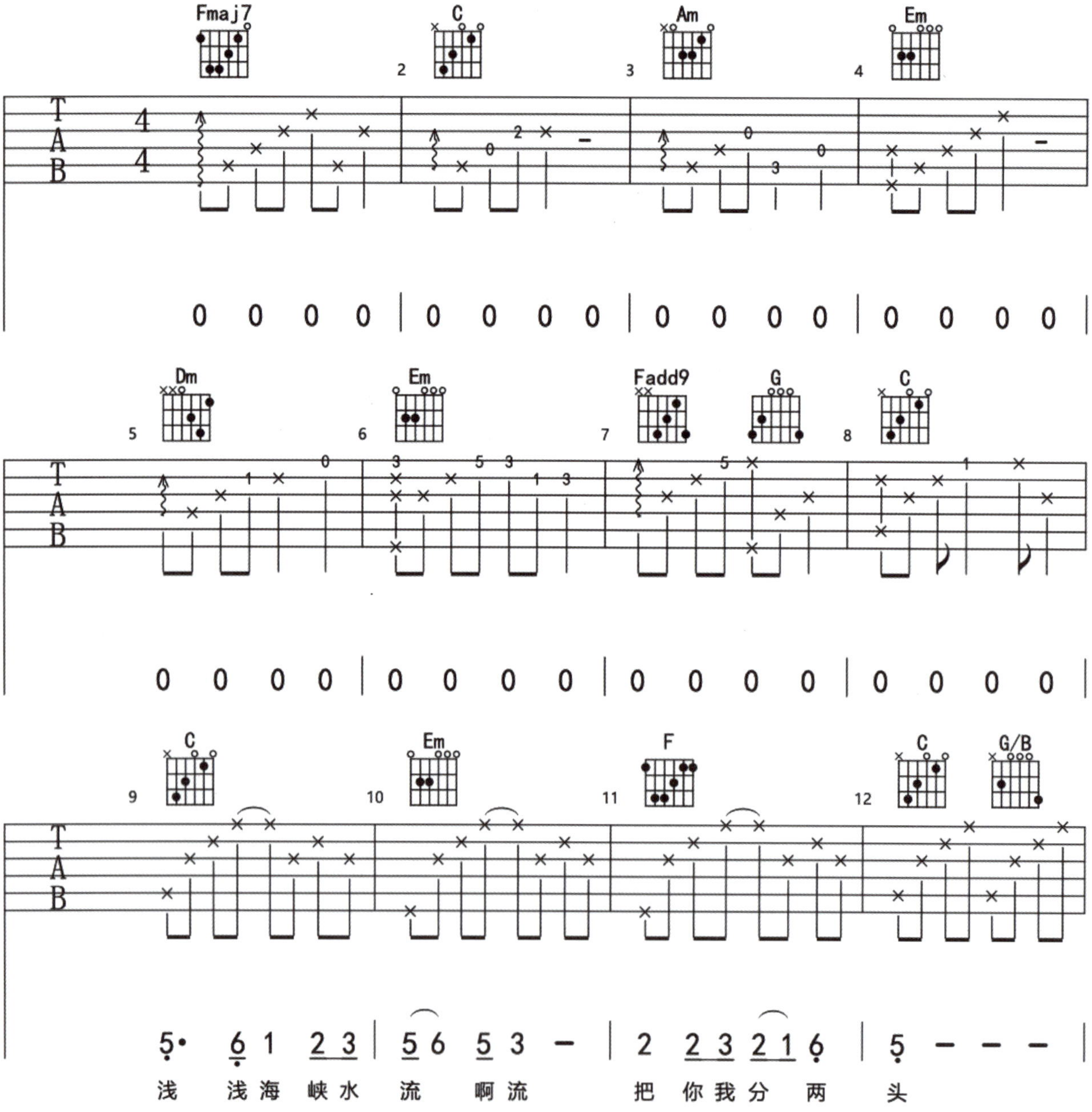

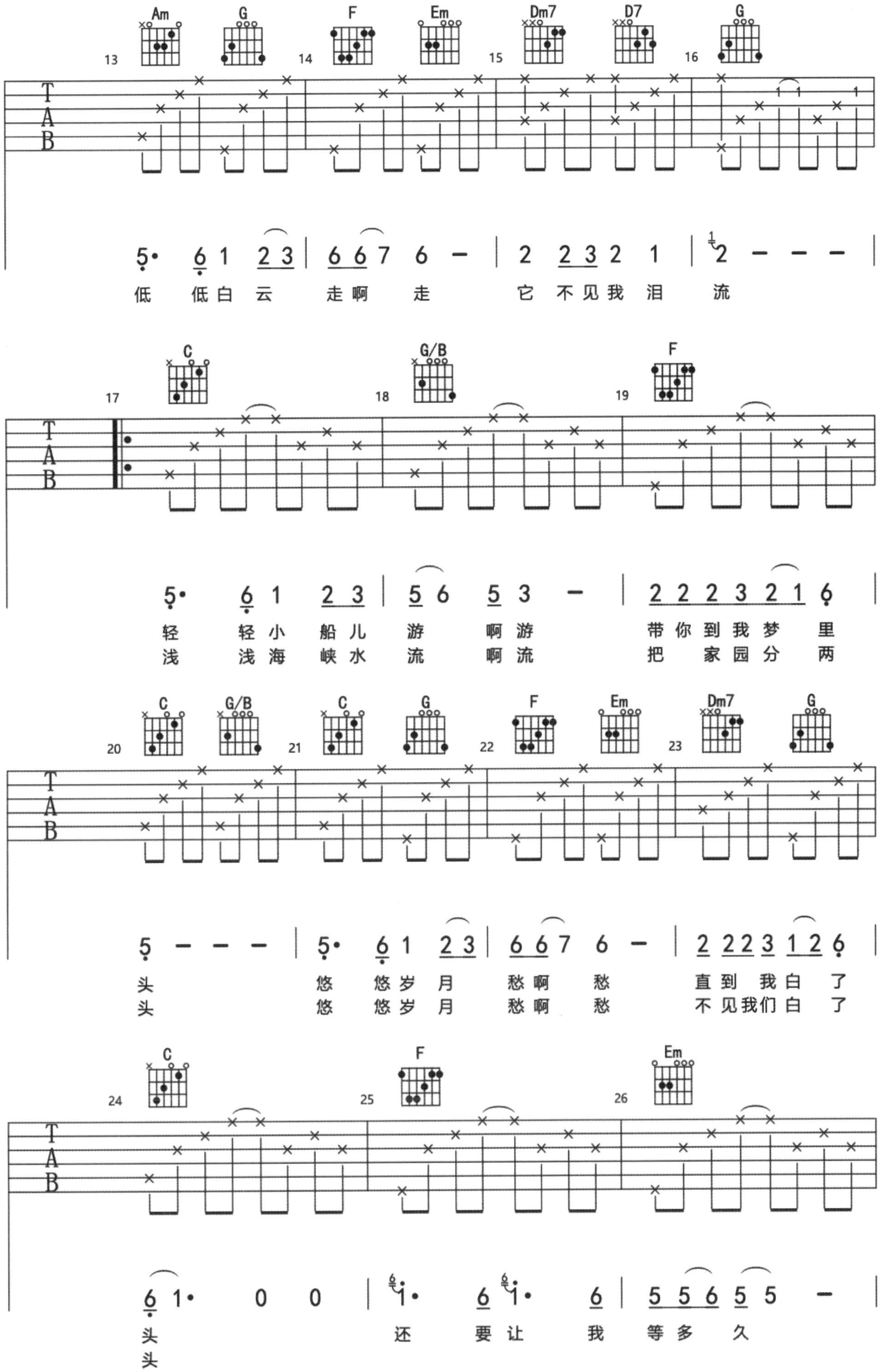
Am G F Em Dm7 D7 G
低 低白云 走啊 走 它不见我泪 流
C G/B F
轻 轻小 船儿 游 啊游 带你到我梦 里
浅 浅海 峡水 流 啊流 把 家园分 两
C G/B C G F Em Dm7 G
头 悠 悠岁 月 愁啊 愁 直到 我白 了
头 悠 悠岁 月 愁啊 愁 不见我们白 了
C F Em
头 还 要让 我 等多 久
头

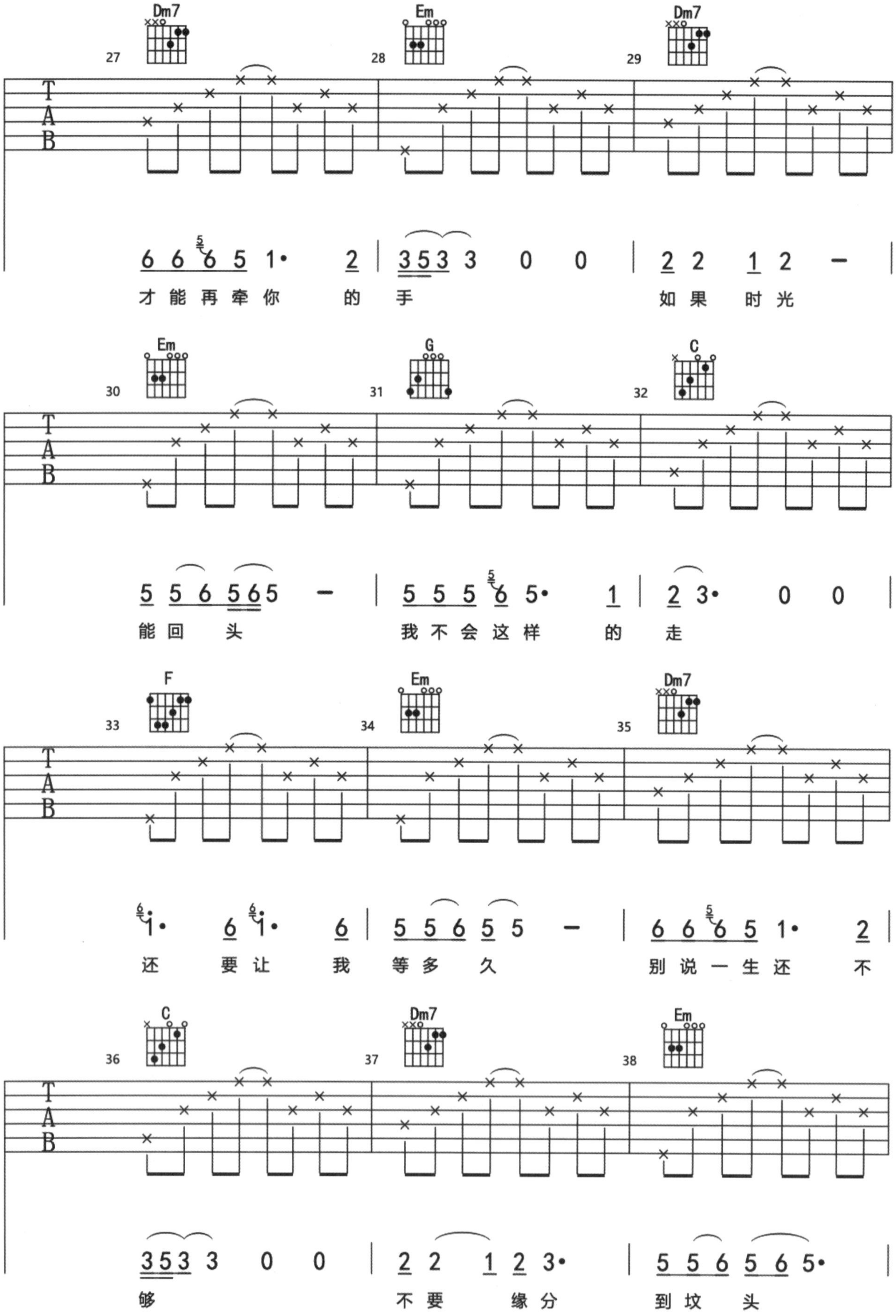

Dm7
Em
Dm7
27
28
29
6 6 6 5 1· 2 | 3533 3 0 0 | 2 2 1 2 —
才能再牵你的手
如果时光
Em
G
C
30
31
32
5 5 6 565 — | 5 5 5 6 5· 1 | 2 3· 0 0
能回头
我不会这样的走
F
Em
Dm7
33
34
35
1· 6 1· 6 | 5 5 6 5 5 — | 6 6 6 5 1· 2
还要让我
等多久
别说一生还不
C
Dm7
Em
36
37
38
3533 3 0 0 | 2 2 1 2 3· | 5 5 6 5 6 5·
够
不要缘分
到坟头

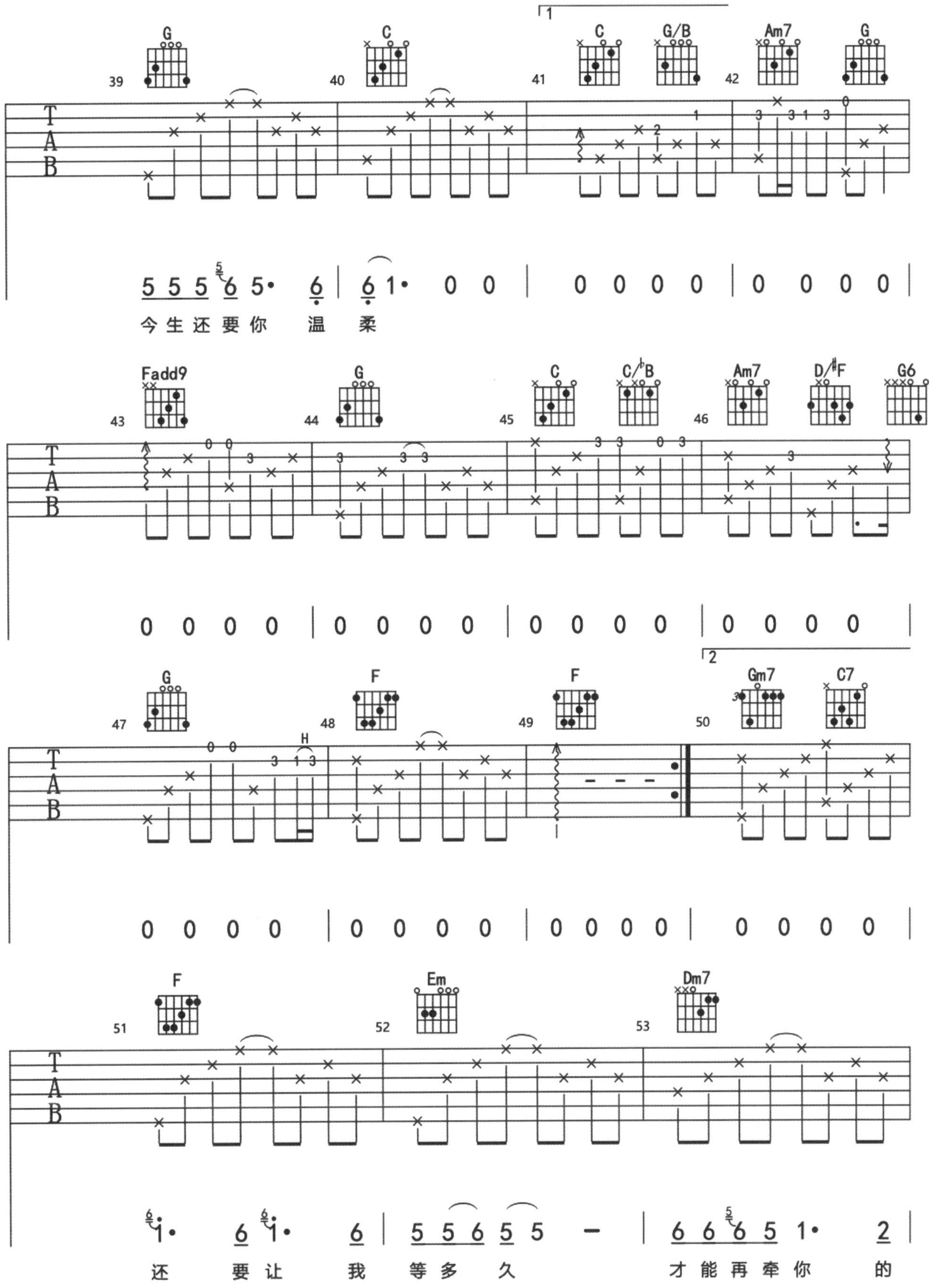
39 G
40 C
41 C G/B
42 Am7 G
今生还要你温柔
43 Fadd9
44 G
45 C C/♭B
46 Am7 D/♯F G6
47 G
48 F
49 F
50 Gm7 C7
51 F
52 Em
53 Dm7
还要让我等多久
才能再牵你的

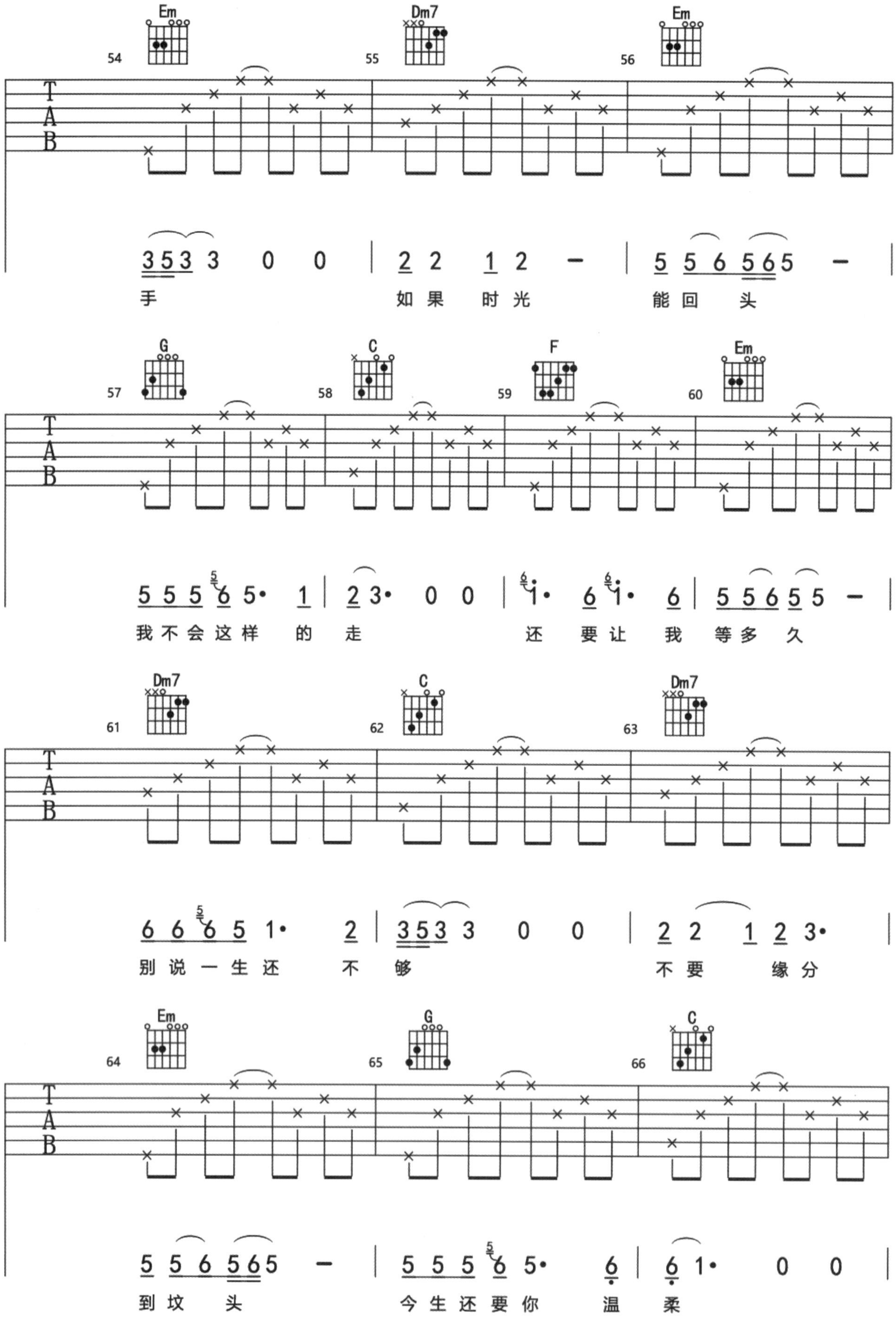
Em Dm7 Em
手 如果时光 能回头
G C F Em
我不会这样的走 还要让我等多久
Dm7 C Dm7
别说一生还不够 不要缘分
Em G C
到坟头 今生还要你温柔

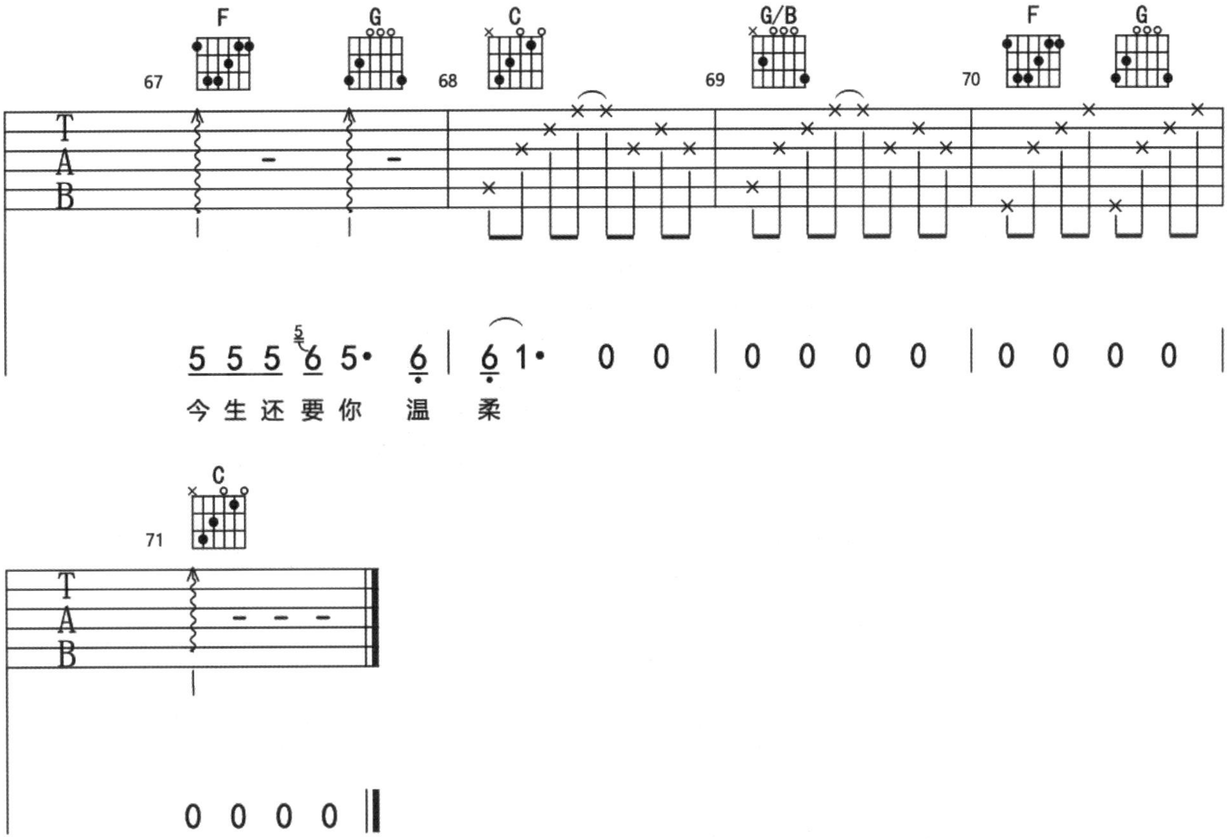
67
F
G
68
C
69
G/B
70
F
G
T
A
B
5 5 5 6 5• 6 | 6 1• 0 0 | 0 0 0 0 | 0 0 0 0 |
今生还要你 温 柔
71
C
T
A
B
0 0 0 0

2022巡演 – 杭州站

2022巡演 – 深圳站

青春，永不停歇……

2022巡演 – 成都站

2022 长沙芒果音乐节

2022巡演 – 西安站

2022巡演 – 武汉站

青春
我们的
永不落幕……